KNAUR

III

BERIL KEHRIBAR

# EMPIRE OF SINS AND SOULS

## DAS ZERRISSENE HERZ

ROMAN

KNAUR

**Besuche uns im Internet:**
**www.droemer-knaur.de**
**Instagram: @KnaurFantasy**
**TikTok: @droemerknaur**

MIX
Papier | Fördert gute Waldnutzung
FSC® C014496

Originalausgabe März 2025

Ein Imprint der Verlagsgruppe
Droemer Knaur GmbH & Co. KG
Maria-Luiko-Straße 54, 80636 München

Covergestaltung: Alexander Kopainski, www.kopainski.com
Coverabbildung: Alexander Kopainski, © Shutterstock.com
Illustration Innenklappe: Luxury Banshee
Alle Abbildungen im Innenteil von Shutterstock.com:
Anton Dzyna (Dornenranken), klyaksun (Zepter), NadiiaZ (Schwert),
Sunnydream (Rose), Zaleman (Spiegel),
SimoneN (Pergament-Hintergrund), Tartila (Gesplittertes Glas)
Satz und Layout: Adobe InDesign im Verlag
Druck und Bindung: GGP Media GmbH, Pößneck
ISBN 978-3-426-53094-8

Kontaktadresse nach EU-Produktsicherheitsverordnung:
produktsicherheit@droemer-knaur.de

2 4 5 3 1

*Für mich.*

*Und für alle, die auch noch hier sind,*
*obwohl sich gehen manchmal verlockender anfühlt.*

# VORWORT

Liebe Leserinnen und Leser,

dies ist der dritte und letzte Band der *Empire of Sins and Souls*-Trilogie. Wie in den vorigen Teilen erwarten euch auch in diesem Buch möglicherweise triggernde Themen. Eine genaue Auflistung findet ihr auf S. 395, jedoch enthält sie potenzielle Spoiler für die Geschichte. Bitte passt auf euch und eure mentale Gesundheit auf.

Und nun heiße ich euch ein letztes Mal in Xanthia willkommen – seid ihr bereit für das Finale?

Eure Beril

# PLAYLIST

*Born Alone Die Alone* – Madalen Duke
*My Soul's Demise* – Blackbriar
*I'll Make You Love Me* – Kat Leon, Sam Tinnesz
*My December* – Linkin Park
*Coffin* – Black Veil Brides
*ANYTHING > HUMAN* – Bad Omens
*Sweet Sacrifice* – Evanescence
*FU In My Head* – Cloudy June
*House of Mirrors* – Arch Enemy
*Tonight Is The Night I Die* – Palaye Royale
*I Disagree* – Poppy
*Blood* – In This Moment
*EVEN* – Bad Omens
*Sand* – Dove Cameron
*World Gone Mad* – The Phantoms
*It Had To Be You (Dark Version)* – Tommee Profitt, Tiffany Ashton
*TRASTEVERE* – Måneskin
*Tears Don't Fall* – Bullet for My Valentine
*How Far Does The Dark Go?* – Anya Marina
*Dynasty* – MIIA
*LET THE WORLD BURN* – Chris Grey
*The Hell I Overcame* – Bad Omens
*Prequel* – Falling in Reverse
*Empire* – Beth Crowley

# ZUVOR

Ein Kerker in Rivière in der République Adrasteau

# PROLOG

## ZOÉ

### TAG 2

Ich hörte drei aufeinanderfolgende Geräusche.

Erst zerschnitt etwas die Luft.

Dann platzte Haut auf.

Und ein gellender Schrei quälte sich aus meiner Kehle.

Drei ganz und gar unterschiedliche Laute, gefärbt von drei ganz und gar unterschiedlichen Arten von Emotionen.

Erst war da trübweiße Angst vor dem Unvermeidbaren.

Dann alles verzehrende blutrote Agonie.

Und schließlich brach der Schmerz in glühend schwarzen Wellen aus mir heraus, entfloh mir, wie ich ihm entfliehen wollte.

Ich ließ mich in die Ketten fallen, die von der Decke hingen und an meinen Handgelenken rissen. Meine Beine fühlten sich viel zu weich an, viel zu schwach, nachdem der Peitschenhieb auf ziemlich genau dieselbe Stelle eingeschlagen war wie der vorige.

»Steh auf!« Die Worte knallten wie weitere Hiebe. Ich hörte sie. Natürlich hörte ich sie, wo doch sonst nichts weiter als Stille in meinen Ohren brüllte.

Aber ich rührte mich nicht, konnte es nicht. Meine Knie waren aufgescheuert, Dreck klebte an den offenen Wunden und ließ sie glühen wie Feuer.

»Hoch!«, verlangte der Mann hinter mir.

*UMDREHEN!*, echote die niemals verblassende Erinnerung an die Stimme eines anderen Peinigers durch die Leere in meinem Schädel.

Nur einen röchelnden Atemzug später krallte sich eine fleischige Hand in mein Haar. Vergangenheit und Gegenwart schoben sich voreinander, dann ineinander, vermischten sich zu einem tödlichen Gebräu aus Schmerz und Wut und Scham und Hilflosigkeit.

Ich schrie gequält auf, als er an mir zerrte. Mein müder Körper bäumte sich unter Qualen auf, und die Ketten rasselten protestierend.

Meine Lider flatterten. Ich sammelte alle Kraft, die ich noch in mir trug, stellte mir vor, wie sie in meine Beine strömte und mich stärkte, damit ich mich irgendwie aufstemmen konnte. Weil er aufhören sollte. Er sollte aufhören, an meinen Haaren zu ziehen, als wäre ich eine Puppe, über die er bestimmen konnte. Es erinnerte mich viel zu sehr an das, was Raoul getan hatte. Es war vier Tage her, dass ich dem Bastard die Kehle aufgeschlitzt hatte, und noch immer verfolgten mich sein Gesicht, die wutverzerrten Augen.

Gerade hatte ich es geschafft, mich aufzurichten, meine Beine bebten unter mir, da fraß sich das Leder der Peitsche bereits siedend heiß in mein Fleisch und zwang mich ein weiteres Mal in die Knie.

## TAG 4

Schmutziges Wasser floss durch meine ausgedörrte Kehle wie ein reißender Strom aus Lava, in der spitze Steine schwammen. Spitze Steine, die sich in meinen Rachen bohrten wie Dornen, die sich niemals herausziehen ließen.

## TAG 5

Ich dachte an Raoul Vignaud. Ein Abbild seines Gesichts hatte sich mit siedend heißen Linien in mein Gedächtnis gebrannt.

Ich kroch tiefer in die kalte, dunkle Ecke, zog die Beine enger an meinen Körper, machte mich klein, immer kleiner. Meine rissigen Fingernägel klammerten sich um meine angezogenen Knie. Manchmal drückte ich sie besonders fest in mein Fleisch. Vor allem dann, wenn mich die Erinnerungen viel zu plötzlich überkamen. Wenn zu viele kleine Details seines Angriffs in meinen Gedanken aufblitzten. Dinge, die ich vergessen hatte. Verdrängt. Es genügten Kleinigkeiten wie die Farbe seines Gürtels, mit dem er mich geschlagen hatte.

Der unmittelbare Schmerz in meiner Haut lenkte mich für einen Moment von jenem ab, der in meiner Seele wohnte.

Heute dachte ich daran, wie ich Raoul zu der Kabine geführt hatte, in der alles begann. Hätte ich das nicht getan, wäre vieles anders verlaufen. Vielleicht wäre er jetzt nicht tot, und ich säße nicht hier in dieser Dreckszelle, verurteilt für etwas, das ich getan hatte, um mein Leben zu retten.

Welch Ironie.

Ich hatte überlebt, um hingerichtet zu werden.

Ich keuchte leise, als meine Fingernägel die Haut durchstießen.

## TAG 9

Wieder wurde die Luft zerteilt.

Wieder wurde mir die Haut vom Körper gepeitscht.

Doch diesmal folgte kein gellender Schrei, nur ein stummes Krächzen, das meine Stimme nun endgültig ersetzt zu haben schien.

»Steh auf!«

Die Worte hatten sich in meinen Schädel eingraviert wie ein Fluch, den man in Knochen schnitzte.

»Los, steh auf!«

*Nein*, dachte ich. *Liegen zu bleiben ist so viel einfacher. Hier und jetzt meine Augen zu schließen ist so viel einfacher. Elendig in einer Lache aus meinem Blut, meinen Tränen, meiner Pisse zu verrecken ist so viel einfacher.*

Alles war einfacher, als aufzustehen und einen weiteren Hieb zu ertragen.

## TAG 14

*Ich konnte nicht atmen, während er mich an die Wand gedrückt hielt. Die Feuchtigkeit, die sich in den Rissen des Mauerwerks gesammelt hatte, stank nach Verwesung. Wenn* er *mit mir fertig war, würde mein Körper auch so riechen.*

*»Willst du nicht für mich winseln, kleine Sünderin?«*

*Ich schrie, ich schrie um mein Leben, aber kein Ton drang aus meinem Hals. Stattdessen fühlte ich seine rauen Finger, die über meine Schenkel strichen, über ihre Innenseiten, bis ich sie zwischen meinen Beinen spürte.*

*»Dann hast du deine Chance vertan, fürchte ich.«*

*Tränen zogen warme Spuren über mein Gesicht, als ich ihn dort liegen sah. Auf dem Boden. Den Dolch.*

*Woher war er gekommen? Hatte er die ganze Zeit über dort gelegen und er war mir bisher nur nicht aufgefallen? Oder ist er aus seiner Hose gerutscht, als er mich angriff?*

*Ich befreite mich aus Raouls Griff und packte die Waffe, die meinen Namen zu rufen schien. Blut spritzte auf, als ihre Klin-*

*ge in den Bauch des Mannes drang, wieder und wieder. Ich stach auf ihn ein, konnte nicht aufhören, bis sich sein Gesicht vor meinen Augen veränderte. Eine schemenhafte Gestalt, umrissen von Rauch. Blaue Augen funkelten wie tödliche Saphire in der Finsternis.*

*Ich ließ den Dolch zu Boden fallen, stürzte aus der Kabine und sah Jean-Paul in einer Ecke des Bordells stehen. Er sprach mit jemandem, wahrscheinlich ein Kunde. Oder war es ein Gendarm?*

*»Hey!«, rief ich ihm zu, doch er hörte mich nicht. »Es ist etwas passiert! Jean-Paul!«*

*Ich stürmte auf die Männer zu, und ich wusste nicht, weshalb ich das tat, aber ich packte denjenigen, der mir den Rücken zugewandt hatte, am Arm, um ihn zu mir herumzudrehen.*

*Mir blieb der Atem in der Kehle stecken, und der Fluss meiner Tränen versiegte, als wäre da keine Kraft mehr in mir, von der er zehren konnte.*

*Das war kein Mann. Vielmehr verwandelte er sich vor meinen Augen in eine Frau. Eine Frau, die ich kannte und deren Iriden für einen Moment rot aufglühten.*

Mein Herz raste wie verrückt, als ich die Lider aufriss. Müdigkeit klebte an mir, obwohl meine Sinne in Alarmbereitschaft waren.

War es noch immer Nacht? Alles war dunkel. Aber das war es hier unten zu jeder Zeit, in jeder Minute.

Mit jedem weiteren Blinzeln ließ der Albtraum ein Stück von mir ab und verflüchtigte sich, bis nur noch Schall und Rauch übrig blieben.

# TAG 21

Jeder tonlose Laut aus meiner aufgerissenen Kehle begleitete die stummen Tränen, die aus meinen Augen quollen, als die Frau mit dem Schwamm über meinen Rücken scheuerte. Wie dumm von mir, dass ich wirklich gedacht hatte, ich könnte nicht mehr weinen.

Es war jetzt zwölf Tage her, seit der Mann mit der Peitsche das letzte Mal zu mir gekommen war. Die Krater in meiner Haut hatten angefangen, sich zusammenzuziehen, zusammenzuwachsen, als könnte der Schmerz dadurch rückgängig gemacht werden. Das eiskalte Wasser und der raue Schwamm schienen sie nun Stück für Stück wieder aufzureißen.

Es wäre ihre Aufgabe, mich zu säubern, bevor sie mich dem Urteil ihres Herrn übergab, hatte die Frau mürrisch erklärt. Im Angesicht Gottes müsste ich schließlich frei von Makeln sein. Es war selbsterklärend, dass sie nur von jenen sprach, die man mit dem bloßen Auge sehen konnte.

Ob es wirklich er war, der unsere Seelen nach dem Tod entgegennahm?

»Stell dich nicht so an, es ist ja gleich vorbei«, sagte sie. Ihre Stimme kratzte beinahe genauso unangenehm über meine Arme wie ihr beschissener Schwamm.

Als die Bedeutung ihrer Worte nach und nach in meinen Verstand tröpfelte, war es, als ginge doch noch ein weiterer Hieb auf mich nieder. Sie sprach nicht nur von diesem erniedrigenden Bad.

Ich zuckte so stark zusammen, dass meine Ketten klirrten.

»Halt still, verdammte Hure!«

Ihre nächste ruppige Bewegung zerrte ein gequältes Stöhnen aus mir heraus, dann legte sie den Schwamm auf den Rand des Zubers und zog mich aus dem Wasser, in dem samtrote Schlieren wirbelten.

»Abtrocknen.« Die Frau drückte mir ein Leinentuch in die Hand und griff nach einem weiteren Stück Stoff, das sie auseinanderfaltete.

Meine Finger, die sich in das Tuch krallten, als wäre es mein ganz persönlicher Anker, schmerzten. Selbst ohne die Eisenketten würde es mir nicht gelingen, mich abzutrocknen, doch mit ihnen brauchte ich es gar nicht erst versuchen. Meine Arme fühlten sich viel zu schwer an, um mir zu gehorchen. Also stand ich da, mein Körper gebeugt, meine Glieder zitternd, während abgestandene Luft über meine nasse Haut fuhr.

Die Frau drehte sich wieder zu mir um und rümpfte die gebogene Nase, was weitere Falten auf ihrem Gesicht erscheinen ließ wie ausgetrocknete Gräben in verbrannter Erde.

»Wie verdorben muss ein Weib sein, um sich selbst anzubieten?«, murrte sie.

*Die richtige Frage wäre: Wie verzweifelt muss es sein?*, dachte ich.

Ihr stechend blauer Blick fuhr urteilend über jeden nackten Zentimeter meines Körpers. Missbilligend schüttelte sie den Kopf, die mattgrauen Haarsträhnen bewegten sich mit.

»So jung und so verloren. Mögen die Flammen der Hölle die Sünden aus dir herausbrennen.«

Ich sog scharf die Luft ein, sie stach in meine Lungen wie eintausend Nadeln. Mein nächster Atemzug folgte, ehe ich meine Lungen geleert hatte, der nächste noch schneller. Meine Brust hob und senkte sich in viel zu raschen Zügen, Dunkelheit verschleierte meine Sicht, stieg wie Nebel in meinen Schädel. Ich versuchte mir einzureden, dass Gott nicht so grausam sein konnte, meine Seele in das Höllenfeuer zu werfen. Alles, was ich getan hatte, war aus meiner Not heraus geschehen.

*Sicher?*, hörte ich eine höhnende Stimme in meinem Kopf.

*Hättest du Raoul wirklich abschlachten müssen? Hätte eine einzelne Bauchwunde nicht gereicht, um ihn außer Gefecht zu setzen?*

Nein, hätte sie nicht. Er hatte gewusst, wer ich war. Und Maman … Ich musste sie beschützen, um jeden Preis. Der Gedanke an sie schnürte meine Kehle zu, und ich musste mehrere Male blinzeln, um weitere Tränen zurückzuhalten. Was würde sie nur ohne mich tun? Was würde sie denken, wenn ich nicht mehr nach Hause kam?

Ich hatte nicht bemerkt, wie zwei Kerkerwärter hereingekommen waren, aber sie zerrten an meinen Eisenfesseln, bis sie mit einem lauten Geräusch auf den Steinboden fielen.

Im nächsten Moment spürte ich, wie mir etwas über den Kopf gezogen wurde. Ein schmerzhafter Schluchzer bebte in meiner Brust. Ich dachte an Marie, wie sie auf dem Schafott gestanden hatte. An den Sack, den sie ihr über den Kopf gestülpt hatten, bevor …

Noch ein Schluchzer.

Erst als jemand nach meinem Arm griff, realisierte ich, dass der Stoff kein Sack war, sondern ein Kleid. Die Frau, die mich gewaschen hatte, schob meinen rechten Arm durch den Ärmel, dann den anderen, bis das schmutzige Beige ohne Mühe über meine dünner gewordenen Hüften fiel.

Sofort legten mir die beiden Männer in ihren schwarzen Kutten die Eisenketten wieder an.

Dachten sie wirklich, ich würde sonst eine Bedrohung darstellen oder fliehen können, wo doch nichts weiter als Trümmer von mir übrig waren?

Die Wärter hielten mich an den Oberarmen gepackt, als sie mich durch das heruntergekommene Kerkergewölbe führten. Wir gingen schmale Gänge mit niedrigen Decken entlang, ehe wir eine Treppe hochstiegen. Bis gerade eben hatte außer unseren Schritten Stille geherrscht, doch mit jeder weiteren Stufe drangen mehr und mehr Geräusche an meine Ohren. Stimmen.

Mein Herzschlag fühlte sich an, als wollte er meine Adern und mein Trommelfell platzen lassen.

*Ich bin Claire Moreau, und das hier bedeutet mir nichts.*

Ich wiederholte die Worte in Gedanken, noch mal und noch mal. So lange, bis ich sie vielleicht irgendwann glaubte. Und ich hoffte, dass *irgendwann* kam, bevor sie mir den Kopf abschlugen.

Als wir das obere Stockwerk erreichten, hielten wir an. Wind scheuerte an meinen tränenfeuchten Wangen, und blinzelnd blickte ich hoch in den Himmel, in sein tiefes Blau, das ich seit einundzwanzig Tagen nicht mehr gesehen hatte. Die Illusion von Freiheit hielt nur eine flüchtige Sekunde, dann stellte sich einer der schwarz gekleideten Männer vor mich und ragte über mir auf wie ein unheildrohender Schatten. Mein Puls hämmerte durch meine Venen, als ich erkannte, was er in der Hand hatte. Einen Sack. Und nur einen Augenaufschlag später zog er ihn mir über den Kopf.

Sofort beschleunigte sich mein Atem, der Geruch von Staub und altem, mottenzerfressenem Stoff senkte sich in meine Lungen.

»Vorwärts!« Der Wärter schubste mich, und die Eisenketten um meine Handgelenke klirrten ein weiteres Mal auf.

Jetzt, wo ich meine Umgebung nicht mehr sehen konnte, schienen meine anderen Sinne geschärft. Unter meinen nackten Füßen fühlte ich rauen Stein. Seine beißende Kälte sank in meine Haut, als die Stimmen um mich herum immer lauter erklangen, mit jedem weiteren wackeligen Schritt.

»Lasst ihren Kopf rollen!«

»Dreckige Hure!«

»Mörderin!«

Ich wollte Luft holen, doch sie fühlte sich viel zu angeschwollen an, staute sich in meiner Kehle, wurde zu Stein, der mir das Schlucken erschwerte.

»Mörderin!«

»Hure!«

»Mörderin!«

»Pécheresse, Pécheresse, Pécheresse!«

*Sünderin, Sünderin, Sünderin.*

Die Rufe und das Grölen hallten in meinen Knochen wider, jedes Wort zerrte eine neue Träne über mein Gesicht, tränkte den dunklen Stoff, der mir die Sicht auf die Menschenmenge verwehrte. Pure Hilflosigkeit hielt mich in ihrem Würgegriff.

*Ich bin Claire Moreau, und das hier bedeutet mir nichts.*

*Ich bin Claire Moreau, und das hier bedeutet mir nichts.*

*Ich bin Claire Moreau, und das hier bedeutet mir nichts.*

Als wir stehen blieben, echote das dumpfe Poltern meines Herzens durch meine eingeschnürte Brust.

Das hier war es doch, was ich mir jeden einzelnen Tag in dieser Zelle gewünscht hatte.

Sterben.

Ein Tritt in meine Kniekehlen entriss mir ein Wimmern, und ich fiel auf die Knie. Mein ganzer Körper bebte unkontrolliert. Jemand griff nach dem Sack, ehe er mir vom Kopf gezogen wurde. Kurz fragte ich mich, warum man sich überhaupt die Mühe gemacht hatte, ihn mir überzustülpen. War das Teil der Präsentation? Steigerte es die Neugier der geifernden Menge?

Düstere Augen wie scharf geschliffener Obsidian sahen mir hinter einer schwarzen Maske entgegen.

Der Henker.

Mein Ende.

Aber …

Mein Blick fiel auf jemanden, der aus der Menge der Schaulustigen stach wie eine Säule aus Licht inmitten der Dunkelheit. Die Zeit blieb stehen, ich hielt sie in meiner Brust fest wie einen letzten verzweifelten Atemzug.

Die alte Frau spähte zu mir hoch, ihre Miene ungerührt zwischen all dem Chaos um sie herum. Sie neigte den Kopf, und ihr dunkles Haar schimmerte in einem kühlen Blau.

*»Le plus précieux. Das ist der Name der Ausstellung«*, hallten längst gesprochene Worte in mir nach, wirbelten meine Gedanken auf, ließen meinen Verstand taumeln.

Ich keuchte, als der Henker meinen Kopf zwischen den beiden hohen Pfosten der Guillotine platzierte, direkt unter dem Chapiteau. Alles an mir, vom Skelett bis zur Haut, spannte sich an. Panik hämmerte einer Trommel gleich in meiner Brust und schnitt mir die Luft ab, wie es gleich das Beil mit meinem Kopf tun würde.

Ich versuchte zu schlucken, suchte den Blick der Frau in der Menge der Zuschauenden, als wäre sie mein Rettungsboot, das mir Sicherheit im tiefen Meer meiner Angst versprach.

Aber irgendetwas in ihrem Gesicht ließ mich daran zweifeln, dass sie die Gute war. Beinahe sah es so aus, als verzog sie die Lippen zu einem Lächeln. Einem grotesken Lächeln, das nicht zu ihr passen wollte. In dem Moment hatte ich das Gefühl, sie bereits öfter gesehen zu haben. Sie hatte mich nicht nur auf die Ausstellung bei Aubervilliers aufmerksam gemacht und von den wertvollen Schätzen der Königinnen und Könige geschwärmt. Da war noch etwas … Etwas, das ich nicht greifen konnte.

Ich vergaß keine Gesichter.

Und in dem Augenblick dämmerte es mir.

Im nächsten zerschnitt ein sirrendes Geräusch die eiskalte Luft.

# HEUTE

Der Blutdistrikt in Xanthia

# KAPITEL 1

## ZOÉ

Tozkrejz iz zwoy adrekhov, dobli stuthit' Xanthii. Kust' ty dozhneth' robli'mye adrekhi. Ich taufe dich *Zoya*, dhivoii.«

Alexeis volle Stimme schwängerte das Throngewölbe, kroch über die dunklen Wände und die Kalksteinsäulen, auf denen die Last der abgerundeten Decke ruhte. Und über meine Wirbelsäule.

Der Graf von Xanthia war gehüllt in die Farben der Nacht, während er die Worte sprach, die alles verändern würden.

*Zoya*, hallte es in meinen Gedanken nach. Ein Name, der einen Neuanfang symbolisierte. Ein Name, der alles Alte auslöschen sollte. Nicht nur all den Schmerz, sondern auch das andere. Das *Gute*. Auch wenn es davon nicht viel gab.

Maman.

Claire.

Marie.

Kas.

Mein Herz polterte, und mit ihm flackerten die Flammen von Abertausenden von Kerzen auf, warfen verzerrte Schatten, die durch das Gewölbe tanzten wie ruhelose Geister.

Nicht Kas, sondern Kaspar.

*Prinz* Kaspar. Er gehörte zu den Dingen, die ich für immer aus meinem Leben tilgen wollte. Alles von ihm. Jede Sekunde, die ich mit ihm verbracht hatte, jedes Wort, das er zu mir gesagt hatte, jedes Gefühl, das er mir gegeben hatte. All das musste sterben. *Er* musste sterben.

Wie Zoé ungebetene Gefühle hinter der Maske von Claire

verborgen hatte, würde Zoya sie alle unter dem Schleier ihres neuen Xathyr-Daseins verstecken.

Ich war endlich stark, und ich würde stärker sein als meine Gefühle.

Alexei erhob sich von seinem Thron, ein weiterer Schatten an der hohen Wand. Ein Raunen ging durch die Menge der Zuschauenden, die zu dem Podest aufsahen, auf dem ich in einem blutroten Kleid vor ihrem Herrscher kniete. Das Geräusch vibrierte in meinen Knochen, während Bilder in mir aufblitzten, die nicht an diesen Ort gehörten. Da stand keine Menge aus grölenden Menschen. Es waren Hunderte Xathyr, die in den Schatten lauerten, ihre Augen groß und voller Neugier auf mich gerichtet.

Hier würde kein Fallbeil auf mich herabsausen.

Stattdessen war es Alexeis Hand, die mein Kinn umfasste und mich langsam auf die Beine zog. Sein weinfarbener Blick tauchte in meinen ein, seine Lippen nur wenige Zentimeter von meinen entfernt.

»Meine Gräfin«, raunte er, und jede Silbe jagte als Gänsehaut über meinen Körper. Es klang beinahe so, als würde er mich als ebenbürtig anerkennen. Kurz darauf traten finstere Schatten aus Alexeis Mund, formten sich zu Schlieren, die uns umschlossen, die über meine Arme fuhren, in mein Dekolleté wanderten, unter meinen Rock glitten und meine Schenkel entlangstrichen.

Ich konnte ein leises Aufseufzen nicht verhindern, und Alexei fing es mit seinem nächsten Atemzug auf, um es tief in seine Lungen zu ziehen.

»Zoya«, flüsterte er an meinen Lippen. »Meine Lebende. *Mein Leben.*«

Seine Schatten zogen sich zurück und verdichteten sich hinter ihm. Es war beinahe, als formten sie etwas.

Blinzelnd blickte ich an Alexei vorbei, sah dabei zu, wie

sich die Schwaden lichteten. Lange schwarze Knochen ragten zwischen ihnen empor, wuchsen zusammen zu einem Gerüst, das aussah wie ein Abbild von Alexeis Thron.

Die Xathyr um uns herum begannen hinter vorgehaltener Hand aufgeregt zu tuscheln, beobachteten die Zeremonie aus gerundeten Augen, als wäre dies die erste Auferstehung, der sie beiwohnten. Die Luft war stickig, schwer vor Erwartung und uralten Traditionen, die ich kaum verstand. Mein Blick schoss zwischen den Xathyr hindurch, suchte nach etwas – nach Gesichtern, die ich kannte.

Maman.

Claire.

Marie.

…

Weiter hinten im Gewölbe erspähte ich Roman, der mir bedächtig zunickte. Obwohl wir uns nicht gut kannten und ich ihn wohl kaum als Freund bezeichnen konnte, fühlte ich mich ein wenig sicherer.

»Gud' maim y gravi zyarom zo mnoia.«

Mein Kopf schnellte herum zu Alexei.

*Sei die Meine und herrsche an meiner Seite.*

Seit meiner Auferstehung als Xathyr verstand ich jedes einzelne Wort der einst fremdartigen Sprache, und doch brauchte ich einen Moment, bis ihre wahre Bedeutung bei mir ankam. Meine neue Zofe hatte mir beim Ankleiden erklärt, was die Auferstehungszeremonie bedeutete. Dass ich mein Leben als Xathyr beginnen würde, mit einem neuen Namen und einem Platz am Hofe von Alexei. Diese Ehre würde nicht jedem neugeborenen Xathyr zuteil, so hatte sie gesagt.

Und nun sprach Alexei davon, dass ich nicht nur ein Teil seines Hofes sein, sondern mit ihm *herrschen* sollte? War dieser neue Thron … War er für *mich* bestimmt?

*Sag, dass ich dich lieben darf, Zoé. Sag, dass du bei mir bleibst.*

Das war es, worum Alexei mich gebeten hatte, als ich vor der Entscheidung stand, die alles für immer veränderte.

Und ich war geblieben. War zur Xathyr geworden, statt mich in die Hölle ziehen zu lassen, nachdem … *Dunkelblaue Augen.* Nachdem diese dunkelblauen Augen mich verraten hatten.

Ich ballte meine Hände zu Fäusten, doch Alexei griff nach ihnen und löste meine Finger aus ihrer verkrampften Haltung, als wollte er mir meine Wut wegnehmen. Dann hob er sie an seinen Mund und hauchte Küsse auf jeden einzelnen meiner Knöchel.

»Dir wird nie wieder Leid widerfahren, meine Gräfin.«

*Meine Gräfin.*

Nannte er mich deshalb so? War diese Zeremonie … Bedeutete sie mehr, als ich angenommen hatte? Die Menge um uns herum war still geworden. Jede Bewegung, jedes Geräusch schien zu viel.

Nervös hielt ich Alexeis Blick fest, in dem verschiedene Emotionen wirbelten. Sie alle gruben sich mit ihrer Intensität in mein Herz. Ich sah ihn an, und ich glaubte ihm. Er würde jeden Schmerz von mir fernhalten. Er würde mich vor ihm verstecken.

Langsam neigte ich den Kopf zu einem Nicken, und ein Lächeln formte sich auf Alexeis perfektem Gesicht. Beinahe wirkte es … erleichtert? Dabei war Alexei kein unsicherer Mann.

Er hielt meine Hand und führte mich zum schwarzen Thron, der aus seinen Schatten geboren war.

»Die Macht, die du ab dem heutigen Tage haben sollst, verlangt Weisheit, Stärke und Loyalität«, sagte er, bevor er sich zu den Xathyr umdrehte, die uns noch immer still beobachteten. Noch während ich zu begreifen versuchte, was die Worte bedeuten konnten, sprach Alexei weiter, seine Stimme schwer von der Wichtigkeit, die sie trugen: »Bewohner von Xanthia, begrüßt eure neue Herrscherin!«

*Herrscherin.* Ich keuchte.

Auf Alexeis Worte folgte ein ohrenbetäubendes Grölen. Hunderte Xathyr schlugen sich mit ihrer Faust auf die Brust und verneigten sich.

Vor uns.

Vor *mir.*

Das Gewicht dieses Augenblicks lastete schwer auf mir, die Gefühle, die damit einhergingen, waren berauschend, und doch machten sie mir Angst. Alles an dieser Zeremonie fühlte sich so … endgültig an. Selbst das Kleid, das ich trug, wirkte mit einem Mal zu opulent, zu prunkvoll. Als gehörte es zu einer Rolle, die ich von nun an spielen sollte.

Alexei sah mich mit funkelnden Augen an und bedeutete mir, mich zu setzen. Er griff in die Schatten, und zwischen seinen Fingern blitzte ein filigranes Diadem auf, das ich schon einmal gesehen hatte. In Nastyas Gemächern, in ihrem Spiegelbild. Schwarze Edelsteine funkelten darin, edel und tödlich. Wie die Xathyr.

Als er es mir aufsetzte, kratzten Dornen auf der Innenseite über meine Haut.

Ich konnte nicht einmal so tun, als wäre das Diadem nicht da, denn ich spürte es mit jedem Atemzug. Und die Macht, die darin lag.

Alexei ließ sich auf seinem Thron nieder, der neben meinem stand, und schob seine Finger zwischen meine.

Vielleicht war es das, was ich brauchte. Endgültigkeit. Beständigkeit nach einundzwanzig Jahren des Chaos. Und vielleicht war es Alexei, der sie endlich in mein Leben brachte. Schließlich verdankte ich ihm mein neues Dasein. Ich verdankte ihm alles.

»Wie fühlt er sich an?«, fragte Alexei. »Dein Thron?«

Mondlicht fiel durch die Vorhänge und floss wie ein blutiger Wasserfall durch das hohe Gewölbe. Die Masse an Xathyr hatte sich aufgelöst, nur zwei von Alexeis Wachleuten flankierten den Torbogen mit wachsamen Mienen.

»Fremd«, gestand ich. Wenn ich genauer darüber nachdachte, war es absurd, dass ich hier saß. Ich, eine Ratte aus dem Trou, die doch nichts anderes kannte, als jeden Tag um ihr Überleben zu kämpfen. »Aber ich denke, ich könnte mich daran gewöhnen.«

Alexei erhob sich, und ich folgte seinen Bewegungen, bis er vor mir stehen blieb und zu mir herabsah, ein schelmisches Leuchten in den Rubinaugen.

»Wir könnten den Prozess beschleunigen.« Etwas Dunkles färbte seine Stimme und fuhr direkt in meinen Unterleib.

»Wie stellst du dir das vor?«, fragte ich, obwohl ich wusste, worauf das hier hinauslaufen würde. Wir hatten die letzten Tage nichts anderes getan. Es hatte mich abgelenkt von dem Krieg, der mein Herz zerriss.

Ich hielt seinen Blick fest, als der Graf von Xanthia sich zu mir herunterbeugte. Er stützte sich auf die Armlehnen des Throns links und rechts von mir, schob sein Gesicht direkt vor meines. Sein betörender Geruch hüllte mich ein, und ich hob den Kopf, bis unsere Lippen aufeinandertrafen.

Alexei knurrte heiser, als meine Zunge gegen seine stieß. Seit ich als Xathyr erwacht war, konnte ich nicht genug von ihm bekommen, und ihm erging es anscheinend nicht anders. Drei Tage und drei Nächte hatten wir in seinem Bett verbracht und schamlos miteinander gevögelt.

»Meine Gräfin«, hauchte er zwischen zwei Küssen. »Sag mir, was du brauchst.« Seine geschwollenen Lippen teilten sich zu einem Grinsen, das mein Herz zum Flattern brachte.

Ich lächelte zurück, konnte meinen Blick nicht von ihm lösen.

»Es gefällt mir, wenn du mich so nennst.«

Alexeis Augen waren lustgetränkt, und seine Fangzähne blitzten im Halbdunkel des flackernden Kerzenlichts.

»Und mir gefällt es, dir jeden Wunsch von den Lippen abzulesen.«

Mein Herz taumelte, mein Blut kribbelte. Seit ich mich verwandelt hatte, fühlte sich auch die Verbindung zu Alexei verändert an. Als wäre da ein unsichtbares Band, das sich um unsere Körper schlang, mit jedem Atemzug fester.

»Ich will, dass du auf die Knie gehst.«

Alexeis Grinsen wurde breiter, dann küsste er mich ein weiteres Mal, bevor er meinem Befehl Folge leistete.

Erregt rückte ich bis zum Rand des Throns vor, und Alexei schob den Saum meines Kleids über meine Knie, langsam, Zentimeter für Zentimeter. Dann hob er eine Hand, um seinen Wachschutz fortzuschicken. Kaum waren die beiden weg, verschwand Alexeis Kopf unter meinen Röcken.

Ich stöhnte laut auf, als seine spitzen Zähne sanft über die Haut an meinem Innenschenkel kratzten. Alexei ließ mir eine flüchtige Sekunde, um tief Luft zu holen, ehe er sie in mein Fleisch stieß.

Ich krallte die Finger um die Armlehnen des Throns und bäumte mich unter seinen Schlucken keuchend auf. Seine Zunge glitt heiß über die Einstichstellen, bevor er ein Stück weiter oben erneut zubiss. Näher an meiner Mitte.

Ich drückte mich ihm entgegen, spürte die feuchte Hitze zwischen meinen Beinen, die verzweifelt nach seiner Berührung verlangte.

»Alexei«, keuchte ich, und er verstand.

Während er von mir trank, schob Alexei einen Finger in mich, und mein Mund öffnete sich zu einem stummen Schrei.

Er stöhnte mit jedem Schluck, den er von mir trank, während ich mich an seiner Hand bewegte. Sein Daumen fand meine empfindlichste Stelle, und ich schob meine Beine weiter auseinander.

Alexei leckte wieder über meine Haut, dann zog er seinen Finger aus mir heraus, nur um ihn durch seine Zunge zu ersetzen. Ich sog scharf die Luft ein, als Erinnerungen bruchstückhaft in mir aufflackerten. Bisher hatte sich nur ein Mann auf diese Art zwischen meine Schenkel gegraben.

Eilig schob ich *ihn* weg, verbarg ihn unter dem Schleier.

Alexei griff nach meinem linken Bein und hob es über seine Schulter, um tiefer in mich zu dringen. Ich ließ mich in den Thron sinken und lauschte unserem abgehackten Atem, dessen Echo durch das Gewölbe hallte. Sollten sie es doch alle hören, es kümmerte mich nicht.

Mein Körper begann, unter den Wogen meiner Lust zu zittern, meine Lider flatterten. Als ich sie aufschlug, hatte ich das Gefühl, das Throngewölbe würde sich verändern. Plötzlich waren da die holzvertäfelten Wände einer kleinen Hütte im Wald, alte gerahmte Bilder hingen an ihnen. Mein Blick schoss hinunter zu dem Mann, der zwischen meinen Beinen kniete, schwarze Linien wirbelten auf weißer Haut.

»Kas …« Sein Name rollte über meine Zunge wie ein Fluch, dazu gemacht, Leben zu zerstören. Allen voran das meine. Trotzdem rieb ich mich weiter an seiner Zunge, als wäre sie meine Heilung.

Bis das Gefühl, dem ich nachjagte, versiegte. Die Waldhütte verwandelte sich zurück in das Throngewölbe von Alexeis Schloss.

Und Alexei sah zu mir auf.

*Alexei.*

Verflucht.

In seinem Blick stand geschrieben, dass auch er bereit war, Leben auszulöschen.

»Du hast gesagt, du bist fertig mit ihm.« Alexeis Stimme offenbarte eine Verletztheit, die in direktem Kontrast zu seinem harten Blick stand.

»Das bin ich«, gab ich zurück, um Atem ringend. Noch immer rauschte Erregung durch meine Venen, pochte in meinem Unterleib. »Es sind nur Erinnerungen«, beteuerte ich.

»Dann sind dir Erinnerungen kostbarer als die Gegenwart?«

»Nein.« Ich schüttelte nachdrücklich den Kopf. »Aber ich dachte, gerade du würdest das verstehen.«

Ich wusste, dass Alexei begriff, wovon ich sprach. Es schien, als wäre seitdem ein halbes Leben vergangen, doch auch er hatte damals an seine Verflossene gedacht, im Rosengarten hinter dem Schloss, während er in *meinem* Mund gekommen war.

»Nastya ist tot«, erwiderte er ungerührt. Er wischte sich mit dem Handrücken über den Mund, als er sich erhob. »Ich kann sie nie mehr haben, selbst wenn ich wollte, ganz gleich, wie oft sie meine Gedanken streift. Das kannst du nicht miteinander vergleichen.«

»Willst du das denn?«, erwiderte ich schnippisch. Meine Finger krallten sich fester um die Armlehnen. »Sie *haben*?«

»Nein.«

Ich atmete aus, nicht sicher, ob ich Erleichterung darüber empfand. »Kaspar wird auch bald tot sein.« Ich schloss meine Beine und richtete mich auf. »Es gibt nichts, auf das du eifersüchtig sein müsstest.«

»Eifersüchtig?« Alexeis Kiefer knackte, dunkle Schatten zogen über sein Gesicht. »Du bist mein in Geist und Blute. Es gibt nichts, das dich von mir fortreißen könnte.«

Seine Worte ergossen sich über mich wie ein Wolkenbruch.

»Was soll das heißen?« Tausende Gedanken wirbelten durch meinen Verstand. Sprach er davon, dass er von meinem Blut getrunken hatte? Oder ich von seinem? Erst in der Nacht hatte ich meine Zähne in seine Halsschlagader gesenkt. Allein der Gedanke daran ließ erneut Hitze zwischen meinen Schenkeln erblühen. Plötzlich vernahm ich kaum mehr denn Alexeis pulsierenden Herzschlag, der in meinen Ohren dröhnte.

»Das soll heißen«, etwas Rohes, Wildes flackerte in seinen Augen, »dass du *mir* gehörst, Zoya.«

Der Klang des Namens war mir so fremd, dass ich einen Augenblick benötigte, um zu verstehen, dass seine Worte mir galten.

»Ich gehöre dir nicht«, gab ich zurück, mein Blick noch immer auf seinem pochenden Hals. »Ich gehöre niemandem.« Das war etwas, das nicht verhandelbar war. Wenn ich schon diese stärkere, diese bessere Version meiner selbst war, würde ich alles, was ich zuvor an mir gehasst hatte, nie wieder zulassen.

Und ich hatte lange genug jemandem gehört. Jede Nacht der vergangenen drei Jahre. Jede Nacht waren es andere Männer gewesen.

»Zoya –«, setzte er an, da fuhr ich hoch, überrascht von der Wut, die so plötzlich Besitz von mir ergriff. Der Name, der doch meinen Neuanfang bedeuten sollte, klang in diesem Moment mehr nach etwas, das Alexei Macht über mich gab.

Seine Hände schossen vor, und im ersten Moment zuckte ich zusammen. Doch alles, was er tat, war, sie vorsichtig an mein Gesicht zu legen. Fürsorge zeichnete seine Züge, und ich fühlte mich töricht, dass ich etwas anderes erwartet hatte.

»Ich schwöre dir, dass sich alles fügen wird. Du wirst dich an all das hier gewöhnen.« Sein Blick fuhr durch das Throngewölbe, bevor er zu mir zurückfand. »An dein neues Leben an meiner Seite. Ich werde dir alles geben, was du brauchst. Alles, was dich glücklich macht. Willst du das denn nicht?« Sein Daumen strich über meine Wange. »Glücklich sein?«

Der sanfte Ton in seiner Stimme glättete die Kanten meiner Wut.

»Doch, natürlich.«

Alexei ließ mich los und führte eine Hand an seinen Hals, Schatten formten sich zu Krallen, die ihm in die Haut schnitten. Der Geruch von Blut wob sich in die Luft, und Hunger kreischte in meiner Brust.

»Das ist es, was du jetzt brauchst, oder?«

»Ja«, wisperte ich, ohne den Blick von dem roten Rinnsal zu lösen, das über seine Haut lief.

»Vertraust du mir?«

»Ja«, sagte ich wieder. Dabei wusste ich, dass der letzte Mann, dem ich vertraut hatte, zu meinem Untergang geworden war.

Alexei neigte den Kopf zur Seite, und all meine Bedenken lösten sich in Luft auf, als ich meine Zähne in seine Halsbeuge grub.

# KAPITEL 2

## ZOÉ

*Meine liebe Zoé,*

*du bist noch jung, aber eines Tages wirst du diese Worte vielleicht lesen, und ich hoffe, dass sie dir Kraft geben, wenn du sie am meisten brauchst.*

*Heute habe ich dich zum ersten Mal laufen sehen. Du bist gestolpert, direkt in meine Arme. Dein Lachen war heller als alles, was ich je gehört habe. Ich habe dir zugesehen, wie du immer stärker wurdest, und du machst mich so stolz. Ich weiß, dass du eines Tages eine wunderbare junge Frau sein wirst.*

*Was auch immer in der Zwischenzeit passiert, ich hoffe, du wirst immer wissen, wie wertvoll du bist. Du wirst immer mein hellster Stern sein.*

*Ich liebe dich, Zoé.*

*Für immer,*
*Maman*

Die Worte meiner Mutter waren verblasst, aber noch lesbar. Ich nahm den vertrauten Duft des alten Papiers auf, als wäre sie hier bei mir, ihre warme Hand auf meiner Schulter, ihr Lächeln vor meinen Augen.

Stattdessen fraß sich nur die Kälte des Steinbodens durch den Teppich und meine Kleidung direkt in meine Brust. Dabei brannten zahlreiche Kerzen, die Alexeis Gemächer erhellten. Aber ich spürte ihre Wärme nicht. Ich spürte nichts außer dieser Kälte.

Meine Finger klammerten sich zitternd an das zerknitterte Papier. Ich hatte die Zeilen jetzt vier oder fünf Mal gelesen, und doch war ich noch nicht bereit dazu, den Brief beiseitezulegen.

Neben mir auf dem Boden lagen weitere alte Umschläge, die ich nach meinem Besuch auf der Erde mit nach Xanthia genommen hatte. Sie waren vergilbt, die Kanten ausgefranst, als wären sie zu oft in unsicheren Händen gehalten worden.

Sie zu lesen, hüllte mich in die Illusion, ich könnte mit Maman sprechen. Und wenn ich sie alle gelesen hatte, wäre da nichts mehr, das ich von ihr bekommen konnte. Keine neuen Worte mehr. Ihr Gesicht würde ich ohnehin nie wieder sehen, ihre Stimme nie wieder hören. Ich hatte Angst, ihren Klang irgendwann zu vergessen. Ich hatte Angst, mich irgendwann nicht mehr daran erinnern zu können, wie sie meinen Namen sagte. Wie er sich aus ihrem Mund anhörte. Ich hatte Angst, dass ihr Gesicht vor meinen Augen irgendwann so verblassen würde wie diese Tinte auf dem Papier. Dass ich mit jedem weiteren Jahrzehnt ein Detail ihrer weichen Züge vergessen würde, bis da nur noch Umrisse waren und dann … nichts mehr.

Tränen schnürten mir die Kehle zu, aber ich musste sie unter meinem Schleier verstecken. Ich musste mich selbst zusammenhalten, wenn doch ohnehin schon alles andere um mich herum zerfiel wie eine getrocknete Blume, die zu großem Druck ausgesetzt wurde.

»Es tut mir leid, Maman. Bitte verzeih mir«, flüsterte ich in die Stille. »Ich habe dir versprochen, niemals wegzugehen. Und jetzt …«

Ich verstummte, als Schritte hinter der Tür erklangen, kurz bevor sie geöffnet wurde.

»Zoya«, erklang eine vertraute Stimme sanft hinter mir. Alexei. Seine Schritte verhallten, als er näher kam, bis er direkt neben mir stehen blieb. Seine Hand legte sich vorsichtig auf meine Schulter. »Ich habe dich sprechen hören. Du klangst traurig.«

Ich hob den Kopf und sah ihm ins Gesicht. Er hatte die Augenbrauen zusammengezogen, und ein bitterer Zug umspielte seinen Mund.

»Mach dir keine Sorgen«, sagte ich matt.

»Du sollst dich doch nicht so quälen.«

»Wie soll ich mich nicht quälen? Die letzten Tage, sie …« Ich stand auf, damit er nicht länger auf mich herabblickte. »Es ist alles so viel. Mal geht es mir gut, und dann fühlt es sich wieder so an, als würde alles auseinanderbrechen. Gestern krönst du mich zu deiner Gräfin, und ich fühle mich mächtig, und heute finde ich diese Briefe wieder.« Meine Stimme brach. »Ich bin … Ich fühle mich … *zerrissen.*«

Alexei streckte eine Hand nach mir aus und strich über meine Wange. Die Wärme überwältigte mich, und ich schmiegte mich in seine Berührung.

»Ich brauche meine Mutter«, flüsterte ich erstickt, noch immer gegen die Tränen ankämpfend.

Alexei nickte verständnisvoll. »Weißt du, es gibt Dinge, die jenseits deiner Vorstellungskraft liegen. Du magst nicht mehr in ihrer Welt sein, aber das bedeutet nicht, dass du sie verloren hast.«

Ich schluckte schwer und schüttelte den Kopf. »Das ändert nichts. Sie ist krank. Ich muss bei ihr sein, aber ich …«

Alexei hob seine andere Hand, strich mir eine lose Haarsträhne hinters Ohr und hielt meinen Blick mit seinen ruhigen, eindringlichen Augen fest.

»Zoya, glaub mir, ich verstehe deinen Schmerz.« Seine Stimme war weich, fast hypnotisch. »Und wenn ich sage, dass du sie nicht gänzlich verloren hast, dann meine ich das so. Es gibt eine Möglichkeit, wie du sie sehen kannst.«

»Was meinst du?« Die Worte klangen atemlos, ich hörte die Hoffnung, die sie tränkte.

Alexei lächelte, als hätte er auf diese Frage gewartet. »So, wie ich dich beobachtet habe, als du auf der Erde warst.«

»Spiegel«, wisperte ich, mein Herzschlag ein aufgeregtes Trommeln.

»Ich habe dir versprochen, dass ich dir alles geben werde, was du brauchst. Alles, was dich glücklich macht.« Er beugte sich vor, und seine Lippen berührten meine Stirn. »Versprich mir im Gegenzug nur eines, meine Liebste. Vergiss Kaspar.«

Ich hielt die Luft an.

»Vergiss deine Wut auf ihn. Ich werde ihn finden und mich um ihn kümmern, wenn die Zeit dafür gekommen ist.«

»Ihr müsst die Macht verstehen, die Euch geschenkt wurde.«

Der Raum war schummrig beleuchtet und die Luft schwer vom Geruch nach altem Pergament und Tinte. Die hohen Bücherregale, die die Wände säumten, ließen ihn anmuten wie eine Bibliothek, und der Mann, der vor mir stand, war ein Gelehrter. Ein alter Berater der Xathyr-Elite, einer, der verstand, was es hieß, am Hof zu leben.

»Xanthia besteht aus vielen Regionen, jede mit ihren eigenen Gesetzen und Regeln. Ihr seid nun Teil dieses Gefüges, ledi Zoya, und als Gräfin müsst Ihr begreifen, wie man es lenkt.« Seine hageren Finger tippten auf eine Karte von Xanthia, die vor uns auf dem schweren Tisch ausgebreitet lag. Den runden Kern bildete der Blutdistrikt, das Regierungsviertel, mit Alexeis schwarz-rotem Wappen. So viel wusste ich schon.

Um ihn herum fügten sich drei unförmige, aber nahezu gleich große Gebiete. Im Norden prangte das Wappen des Knochendistrikts in Dunkelblau und Gold. Östlich davon lag der Schattendistrikt, das Wappen darüber in tiefem Violett gehalten, das von glänzend silbernen Wirbeln durchzogen wurde. Im Westen Xanthias erstreckte sich der Aschedistrikt mit einem Wappen in Mattgrau und Smaragd.

»Ihr seid noch jung, gerade erst verwandelt«, fuhr Andrei fort, wobei er nun durch den Raum schritt, seine dunkle Robe hinter sich herwehend, »und viele werden Euch unterschätzen. Das ist Eure größte Schwäche, aber auch Eure größte Waffe. Ihr müsst lernen, wie man diese Annahmen gegen sie verwendet.«

Ich seufzte innerlich. Seit Tagen hatte ich nichts anderes getan, als diesen politischen Unterricht zu ertragen. Der Rat hatte entschieden, dass man mich auf meine Rolle als Gräfin vorbereiten musste – so schnell wie möglich, inmitten der andauernden Unruhen.

Die Politik dieser Welt war wie ein dichtes Netz aus Lügen und Halbwahrheiten, und ich fühlte mich gefangen darin. Alles drehte sich um Kontrolle, um Macht und das ewige Ringen darum, wer oben stand. Aber vermutlich sah das auf der Erde nicht anders aus.

»Moia ledi«, Andreis Stimme wurde weicher, und er strich sich langsam über den langen Bart. Hinter ihm flackerte eine Fackel an der Wand. »Ihr habt die Möglichkeit, Xanthia zu formen. Lasst Euch nicht von Euren Gefühlen leiten. Wenn Ihr überleben wollt, müsst Ihr Euch die Härte der Xathyr zu eigen machen.«

Ich dachte einen Moment über seine Worte nach und nickte dann. Das war alles, was ich wollte. Hart sein. Stark sein. Kas vergessen. Meine Wut.

Es war Alexeis Wunsch.

»Gut.« Andrei drehte sich um und nahm ein Buch aus dem Regal. »Das hier wird Euch helfen, mehr über die Machtverhältnisse in den einzelnen Regionen zu verstehen. Studiert es, aber vergesst nicht, dass Wissen allein nicht ausreicht. Ihr müsst auch lernen, wie Ihr es anwendet.«

Ich nahm das Buch entgegen, spürte das schwere Leder und den Druck der Zeit, die es durchlebt hatte. Es war alt, so wie alles in dieser Welt.

»Danke«, murmelte ich und stand auf, bereit, den Raum zu verlassen.

»Denkt immer daran, Gräfin«, rief er mir nach, als ich die Tür erreichte, »Vertrauen ist ein seltenes Gut in Xanthia. Und diejenigen, die Eures erbitten, sind oft die Gefährlichsten.«

Seine Worte hallten in meinem Kopf nach, als ich den langen Korridor zu Alexeis Gemächern entlangging. Die steinernen Wände warfen das leise Echo meiner Schritte zurück. Ich drückte das Buch fest an meine Brust, obwohl ich wusste, dass es mir nicht die Antworten geben würde, die ich brauchte. Alles, was ich hier tat, fühlte sich an wie eine aufgezwungene Ablenkung von dem, was ich wirklich tun wollte.

Prinz.

Kaspar.

Töten.

*Vergiss Kaspar. Vergiss deine Wut auf ihn.*

All diese Erwartungen. Diese verfluchten Erwartungen. Wie sollte ich ihnen gerecht werden? Wie sollte ich *ihm* gerecht werden? Alexei. Er verlangte zu viel von mir. Diese brodelnde Wut in mir war doch alles, woran ich mich festhalten konnte. Wenn ich sie aufgab, würde ich irgendwann im Nichts verschwinden.

Als ich Alexeis Gemächer erreichte, stand die Tür leicht offen. Warmes Licht schimmerte aus dem Raum, und ich trat leise ein. Er saß in seinem Sessel am Kamin, die Beine ausgestreckt, ein Buch in der Hand. Der Anblick war seltsam beruhigend. Als wäre Alexei die einzige Konstante in einer Welt, die sich mit jedem Atemzug falscher anfühlte.

Machte es ihn damit zum einzig Richtigen?

»Zoya«, sagte er sanft, ohne aufzublicken. »Wie war dein Tag?«

Ich ließ mich auf das Bett sinken, meine Beine fühlten sich schwer an.

»Anstrengend«, gab ich zu.

Alexei legte das Buch beiseite und stand auf. Für einen Moment wankte er, als wäre ihm schwindelig, doch er griff nach seinem Gehstock und fing sich schnell wieder. Ich hatte ihn lange nicht mehr damit gesehen.

»Was hast du?«

»Es ist nichts«, gab er zurück, wobei er versuchte, den gereizten Unterton in seiner Stimme zu verbergen. »Ich hatte nur ein unangenehmes Gespräch mit … jemandem.« Er kam auf mich zu und setzte sich neben mich. Seine Hand berührte meine, seine Finger waren kühl.

»Zurück zu dir«, sagte er. »Andrei berichtet, dass du Fortschritte machst. Fremde Politik in einer fremden Welt zu verstehen ist kein einfaches Gelingen. Aber du bist klug. Du wirst dich daran gewöhnen.« Er hob meine Hand an seine Lippen und küsste sie sanft. »Du bist stärker, als du denkst, Zoya. Du hast dich schon in Xanthia behauptet, als du noch ein Mensch warst.«

Seine Worte waren tröstend, und doch spürte ich das Gewicht ihrer Bedeutung. Alexei glaubte an mich. An die Version von mir, die er sah. Sehen wollte. Er formte mich wie ein Bildhauer den Ton, und tief im Innern fragte ich mich, ob er das tat, damit ich den Gefahren Xanthias standhielt, oder weil ich ihm so besser gefiel.

»Danke«, flüsterte ich und lehnte meinen Kopf an seine Schulter. Die Wärme des Feuers erfüllte den Raum, und für einen Moment war alles still. Zumindest um mich herum. In mir drin sah es anders aus.

»Du wirst lernen, wie man Macht nutzt«, sagte er leise, seine Stimme wie ein beruhigender Strom, der mich umfloss. »Und wenn du erst die wahre Kraft in dir entdeckst, wirst du verstehen, dass du keine Angst mehr haben musst. Nicht, solange ich an deiner Seite bin.«

Ich schloss die Augen und ließ seine Worte in mich einsinken. Wir legten uns hin, und bevor die Müdigkeit mich überrollte und ich in den Dämmerzustand verfiel, den mir der eine gezeigt hatte, an den ich nicht länger denken durfte, erwischte ich mich bei dem Gedanken, ob das wirklich stimmte. Ob ich wirklich Alexei brauchte, um keine Angst mehr zu haben.

# KAPITEL 3

## ZOÉ

Am nächsten Morgen war ich allein. Die schweren Vorhänge ließen nur einen schmalen Streifen Licht durch, der den steinernen Boden und die dunkel polierten Möbel streifte. Ein klickendes Geräusch ließ mich aufhorchen.

Die Tür öffnete sich, und meine Zofe trat lautlos ein, ein Tablett in den schlanken Händen. Ohne ein Wort stellte sie es auf dem kleinen Tisch neben dem Bett ab und verneigte sich tief.

»Euer Frühstück, meine Herrin.«

Ich nickte, noch immer müde von dem schlafähnlichen Zustand, in dem ich mich befunden hatte. Die Zofe trat zurück und wartete an der Tür. Ich hatte mir ihren Namen nicht nennen lassen, denn meine Erfahrung mit Zofen war ohnehin, dass sie nie lange in meinem Leben blieben, und noch einen Verlust würde ich nicht ertragen. Sie war eine stille Erscheinung, hatte nicht dieselbe Präsenz, wie Mikayla sie gehabt hatte. Ihr Gesicht war weich und sanft, mit feinen Zügen, blassen Lippen und Augen in der Farbe von Bernstein.

Ich griff nach dem Becher mit heißem Tee und spürte seine Wärme an meinen Handflächen. Der Duft von Kräutern stieg mir in die Nase, erinnerte mich an die Nachmittage mit meiner Mutter aus einer längst vergangenen Zeit.

»Meine Herrin?« Die Stimme der Zofe riss mich aus meinen Gedanken. Sie schob sich nervös eine flachsblonde Haarsträhne hinters Ohr.

Ich nahm einen Schluck und stellte den Becher zurück. »Ich muss mich beeilen, nicht wahr?«

»Ja, moia ledi. Die Delegationen erwarten Euch. Ich werde Euch beim Ankleiden helfen, sobald Ihr mit Eurem Frühstück fertig seid.«

Ich sah zum goldverzierten Teller und entdeckte zwei Scheiben Butterbrot, gesalzenen Fisch, Schinken, getrocknete Feigen und Datteln sowie eine Handvoll Nüsse. Dinge, von denen ich in meinem alten Leben nur hatte träumen können.

Heute lösten sie Übelkeit in mir aus. Das, was ich brauchte, war kein Brot, kein Fisch oder Fleisch. Mein Blick schoss hoch, fuhr die pochende Vene am Hals der Zofe entlang. Es war nur ein schmaler Streifen Haut, der über dem Kragen ihres schwarzen Leinenkleids hervorlugte, und das war alles, was es brauchte, um ein unstillbares Verlangen in mir auszulösen.

Aber sie war eine Xathyr. Ihr Blut würde meinen Hunger nicht stillen, mich nur für den Moment befriedigen.

»Ich möchte nicht essen«, sagte ich.

Die Frau nickte und geleitete mich zum Spiegel. Sie löste den Gürtel meines Nachtgewands und half mir, in ein Kleid aus dunklem Stoff zu schlüpfen, verziert mit goldenen und burgunderfarbenen Stickereien. Ein Umhang aus schwerem Brokat lag bereit, den sie über meine Schultern legte. Ihre Finger waren flink und geschickt, ihre Stimme ruhig. Ein Hauch von Vorsicht schwang darin mit.

»Ihr seht erhaben aus, moia ledi.«

Ich warf einen flüchtigen Blick in den Spiegel, doch die Person, die mir entgegenblickte, kam mir noch immer fremd vor. Der Schmuck an meinem Hals, das Diadem aus Silber und schwarzen Steinen auf meiner Stirn.

»Danke«, sagte ich leise und strich den Umhang glatt. »Ich bin so weit.«

Die Zofe führte mich durch die gewundenen Gänge der Festung, ihre Schritte kaum hörbar auf dem steinernen Boden. Draußen lag Xanthia im Nebel, der Himmel in ein blasses Rot gefärbt, als wäre die Sonne für immer hinter einem Schleier verborgen wie meine Gefühle.

Als wir das Throngewölbe erreichten, warteten bereits die ersten Xathyr. Inmitten der unzähligen Kalksteinsäulen erhob sich mein Thron neben dem von Alexei. Seiner würde heute leer bleiben. Für einen Moment hatte ich Sorge, dass er tatsächlich nach Kas suchte, wie er es mir versprochen hatte. Dass er mir zuvorkam. Dass er mir meine Rache wegnahm.

Ich setzte mich und warf einen prüfenden Blick auf die versammelten Bittsteller, um meine Gedanken zum Verstummen zu bringen.

Der Erste, der sich vorstellte, war ein Mann mittleren Alters mit müden Augen und tiefen Falten im Gesicht. Er trug einfache Kleidung, und seine knorrigen Hände zeugten von harter Arbeit.

»Meine Herrin«, begann er und verbeugte sich tief. »Ich komme aus der Grenzregion zum Schattendistrikt. Wir haben dort schon seit Wochen Streitigkeiten mit unseren Nachbarn, die immer wieder unser Land beanspruchen. Die Grenzen sind unklar, und es kommt oft zu Auseinandersetzungen. Wir haben versucht, es selbst zu regeln, aber … es wird schlimmer. Die Leute haben Angst. Meine Familie hat Angst. Wir fürchten, dass es bald zu Ausschreitungen kommt wie schon im Rest des Distrikts.«

Ich nickte langsam und überlegte fieberhaft. Der Schattendistrikt von Baron Miron hatte Alexei – und damit auch unweigerlich mir – den Krieg erklärt. Streitigkeiten um Land waren in Xanthia nicht ungewöhnlich, hatte Andrei beteuert, aber hier handelte es sich um eine Region, die mir besonders gefährlich erschien. Doch dieser Mann und seine Familie lebten dort, gefangen zwischen ihrer Heimat und einer feindlichen Region.

»Ihr habt versucht, die Sache friedlich zu lösen?«, fragte ich.

»Ja, moia ledi, aber …« Er seufzte. »Unsere Nachbarn hören nicht zu. Sie glauben, das Land gehöre ihnen, und sie wollen uns vertreiben.«

Ich lehnte mich zurück, fühlte das Gewicht des Diadems auf meinem Kopf. Es wäre leicht, einen Trupp Wachen zu entsenden, um die Angelegenheit gewaltsam zu beenden. Aber das war nicht der Weg, den ich gehen wollte. Nicht jetzt, nicht so früh in meiner neuen Rolle.

»Ich werde Abgesandte schicken«, sagte ich schließlich. »Sie sollen die Grenzen neu verhandeln und sicherstellen, dass beide Seiten zu einer friedlichen Lösung kommen. Doch wenn es weitere Aggressionen gibt, werde ich keine andere Wahl haben, als Gewalt anzuwenden.«

Der Mann verbeugte sich erneut, tief und dankbar.

»Vielen Dank, meine Herrin. Eure Weisheit wird den Frieden bringen.«

Der nächste Bittsteller trat vor, um sein Anliegen kundzutun, dann ein weiterer.

Hinter den Fenstern sah ich, wie sich der Himmel dunkler färbte, während sich das Throngewölbe allmählich leerte, bis die schweren Türen von den letzten Mitgliedern der Delegation geschlossen wurden. Ihre Anliegen waren besprochen, ihre Forderungen abgeklärt.

Doch statt Erleichterung spürte ich nur Erschöpfung. Und mit ihr krochen die Gedanken hinter dem Schleier hervor.

*Vergiss Kaspar. Vergiss deine Wut auf ihn.*

Die kühle Stille des Saals breitete sich aus, kaum unterbrochen vom Flackern der Fackeln und dem entfernten Murmeln der Bediensteten in den Fluren. Mein Kopf schmerzte, überladen von den Stimmen der vielen Bittsteller, die sich zu einem endlosen Durcheinander verhedderten, in das sich immer wieder Alexeis Worte mischten.

*Vergiss Kaspar. Vergiss deine Wut auf ihn.*

Doch je mehr ich versuchte, die Wut zu unterdrücken, desto mehr hatte ich das Gefühl, dass sie versuchte, aus mir herauszuplatzen. Ich brauchte dringend ein Ventil.

Ich lehnte mich zurück, schloss die Augen und ließ einen tiefen Atemzug in meine Brust strömen.

Alle Geräusche verstummten.

Alle, bis auf …

Ein Rauschen.

Kaum hörbar, doch mein neues, so viel schärferes Gehör fing es auf wie einen Schrei in der Stille.

Ein pochender Puls.

Langsam, stetig, ein leises Klopfen, das wie ein unaufhörlicher Herzschlag in meinen Ohren widerhallte.

Ich öffnete die Augen und sah ihn.

Ein Mann, gekleidet in ein einfaches Hemd und dreckige Hosen, stand unsicher an einer der Säulen im hinteren Teil des Gewölbes. Er wirkte fehl am Platz, wie eine verirrte Seele, die den Ausgang nicht fand. Sein Blick war gesenkt, und er trat nervös von einem Fuß auf den anderen.

Ein Sklave.

Das Pochen seines Herzens füllte den Raum, verdrängte alles andere. Der Rhythmus wurde schneller, lauter, und mit jedem Schlag breitete sich ein Gefühl in mir aus, das ich seit meiner Verwandlung nur zu gut kannte.

Hunger.

Er kroch durch meinen Körper wie ein lebendes Wesen, versengte meine Adern mit einem brennenden Verlangen. Der Hunger war unaufhaltsam, ein unstillbarer Drang, der alles andere überschattete.

Meine Gedanken, meine Vernunft, meine Moral.

Nur ein Gefühl in mir schrie laut auf und schlug seine Krallen in mich.

Wut. Sie war mit aller Macht zurückgekommen.

Und ich hatte mein Ventil gefunden.

Ich stand auf, beinahe mechanisch, ohne darüber nachzudenken. Meine Schritte waren lautlos auf dem harten Steinboden, und mein Ziel war klar.

Der Mann hob den Kopf und starrte mich verwundert an, seine Augen wurden groß. Sein Puls beschleunigte sich weiter, und das Blut in seinem Körper rauschte in meinen Ohren wie das Dröhnen eines nahenden Sturms. Lauter, lauter, immer lauter.

Ich fuhr mit der Zunge über die Spitzen meiner Zähne, bereit, sie in sein Fleisch zu bohren. Auch nur der Gedanke an den süßen, metallischen Geschmack seines Blutes – seiner *Sünden* – ließ nun mein Herz schneller schlagen.

Ich war nur noch wenige Schritte entfernt, als er einen unsicheren Schritt zurück machte, doch es war zu spät. Mit einem schnellen Ruck packte ich ihn an den Schultern und zog ihn zu mir heran.

Sein Atem entwich ihm in einem leisen Keuchen. Er hatte keine Chance.

Meine Zähne gruben sich tief in seinen Hals, und sofort strömte sein warmes Blut in meinen Mund. Der Geschmack war überwältigend, gleichzeitig süß und salzig, reichhaltiger, als ich es mir vorgestellt hatte. Anders als jenes der Sklavin, von der ich kurz nach meiner Auferstehung getrunken hatte.

Vielleicht war damals alles noch zu neu gewesen, um es wirklich zu genießen. Jetzt und hier fühlte es sich an, als würde das Blut mich von innen heraus beleben, jede Faser meines Wesens durchdringen und mich mit zwei längst vergessenen Gefühlen erfüllen.

Kontrolle und Macht.

Ich trank tief, gierig, unaufhörlich. Der Mann in meinen Armen bäumte sich kurz auf, sein Körper zitterte, doch mein

Griff wurde nur fester. Er wimmerte und stöhnte, und ich glaubte, dass er weinte. Eine Stimme tief in meinem Unterbewusstsein erinnerte mich daran, dass ich ihm seine Angst nehmen konnte. Wie Alexei es mit mir gemacht hatte. Aber ich wusste nicht, wie. Alexei hatte mich damit alleingelassen, mit allem, was ich als neugeborene Xathyr lernen musste. Außer mit Politik. *Dafür* hatte ich einen Lehrer bekommen.

Wut brüllte in meinen Adern, Hunger trieb mich an, verlangte nach mehr, bis ich nichts mehr von dem Mann spürte außer dem gleichmäßigen Pumpen seines Lebenssaftes in meinen Mund.

Seiner *Sünden.*

Fetzen von Bildern schoben sich in meinen Geist. Erst dunkel, dann deutlicher, als würde man sie nur kurz in Kerzenschein tauchen. Ich erkannte eine verdreckte Hand, die ein Fenster aufschob. Schwielige Finger, die in eine Tasche glitten. Den Bruchteil einer Sekunde später sah ich Geldmünzen, die gegen Brot eingetauscht wurden.

Der Mann war ein Dieb gewesen.

So wie Claire, die ich nicht wiedergefunden hatte, seit ihre Seele den Riss geöffnet hatte.

Und so wie –

»Ledi Zoya.«

Eine Stimme. Dumpf, weit entfernt, wie durch eine Wand dröhnend. Ich ignorierte sie. Ich brauchte mehr. Mein Hunger war noch nicht gestillt, noch lange nicht.

»Ledi Zoé, hört auf!«

Mein Name.

*Mein Name.*

Er riss mich aus meiner Raserei, und ich blinzelte verwirrt. Meine Zähne lösten sich aus der Haut des Mannes, und er sank wie ein lebloser Sack in meinen Armen zusammen.

Ich drehte mich um und sah Stanislav. Er stand vor mir, der

Blick ernst. Eine Spur von Sorge lag in seinen Augen. »Ihr würdet es bereuen.«

Mein Atem ging stoßweise, und ich starrte ihn an, unfähig, sofort zu verstehen, was gerade geschehen war.

»Ihr müsst lernen, Euch zu kontrollieren, wenn Ihr Euch nicht eines Tages selbst verabscheuen wollt.«

»Ich …« Blut lief aus meinem Mund, als sich meine Lippen teilten. Ich hatte so viel getrunken, dass ich nicht mal alles schlucken konnte.

»Macht Euch keine Vorwürfe, moia ledi, es ist noch nichts passiert.« Sein dunkelgrüner Blick fuhr herab zu dem Mann in meinen Armen. »Er atmet noch. Ich lasse ihn wegbringen, und dann begleite ich Euch in die Gemächer des Herrn. In Ordnung?«

Ich war zu benommen, um zu widersprechen. Mein ganzer Körper fühlte sich gleichzeitig schwer und leer an, als Stanislav zurückkam und wir den Korridor gemeinsam entlanggingen. Die Dunkelheit der Festung schien sich enger um uns zusammenzuziehen, und ich begrüßte sie.

»Es ist nicht leicht, ich weiß das«, begann Stanislav. »Der Hunger kann überwältigend sein. Besonders am Anfang.«

»Ich … habe das nicht gewollt, ich …« Meine Worte klangen schwach, als ich sprach. Eine Entschuldigung, die ich mir selbst nicht abkaufte.

Ich hatte es gewollt, so sehr.

»Es ist in Ordnung, wenn es Euch gefallen hat. Das ist jetzt Eure Natur.« Stanislav sah mich kurz von der Seite an, und ich fühlte mich ertappt. »Aber Ihr solltet lernen, Euch zu kontrollieren. Sonst werdet Ihr irgendwann jemanden verletzen, den Ihr nicht verletzen möchtet.«

Ich hörte ihm zu und spürte noch immer das warme Blut auf meiner Zunge. Auch der Nachgeschmack war anders als jener der Sklavin, von der ich mich genährt hatte, um mich zu verwandeln. Deutlich salziger. Ob das mit der Art seiner Sünden zusammenhing?

»Ich kann Euch helfen«, sagte Stanislav, als wir die Tür zu Alexeis Gemächern erreichten. »Ich weiß, der Herr hat selbst ein … *Kontrollproblem*, wenn es um seinen Blutdurst geht. Aber das bedeutet nicht, dass Ihr das allein durchstehen müsst, nichts von alldem.«

Ich hob den Blick und sah ihm direkt in die Augen. Dort war kein Hohn, keine Missbilligung, nur das stille Versprechen, dass er für mich da sein würde.

»Stanislav …« Ich wollte etwas sagen, wollte ihm danken, aber die Worte blieben mir im Hals stecken.

Er öffnete die Tür und wartete, bis ich eintrat. Ein Lächeln lag auf seinen Lippen. »Ich weiß, ledi Zoé.«

# KAPITEL 4

## ZOÉ

Die Nacht brach an, und ich saß allein in Alexeis riesigem Bett, die schweren Vorhänge zugezogen.

Es war wieder einer dieser Tage, an denen er ständig verschwand, ohne mir wirklich zu sagen, wohin er ging. Irgendetwas war immer wichtiger als ich. Ich sollte hier warten, mich gedulden, mich seinem Willen beugen.

Es waren diese Nächte, in denen der Hass auf Kaspar besonders tief in meiner Brust brannte.

*Vergiss Kaspar. Vergiss deine Wut auf ihn.*

Meine Finger ballten sich zur Faust. Wie lange sollte ich es noch aushalten? Ich konnte nicht länger still sitzen. Ich musste irgendetwas tun, bevor der Drang, auszubrechen, Kas zu finden und ihn zu töten, mich vollkommen überwältigte.

Einem plötzlichen Impuls folgend, erhob ich mich und verließ das Gemach.

Barfuß bewegte ich mich nahezu geräuschlos über die Steinböden des Schlosses, als ich mich in einen Seidenmantel gehüllt auf den Weg zu Nikas Gemächern machte.

Vielleicht würde sie mich auf andere Gedanken bringen.

Vielleicht konnte sie mir helfen, diesen Drang zu ersticken.

Oder vielleicht würde sie das Feuer in mir nur weiter anfachen. Immerhin hasste sie Kaspar beinahe genauso sehr wie ich.

Ich klopfte nicht, als ich vor ihrer Tür ankam. Nika erwartete mich nicht, aber sie hatte bisher nie Wert auf Höflichkeiten gelegt – oder auf Privatsphäre. Ich stieß die Tür auf, und sofort umfing mich Dunkelheit.

Der Geruch von Leder und brennendem Holz lag in der Luft, schwer und betäubend. Es dauerte nur eine Sekunde, bis meine Augen sich an die neuen Lichtverhältnisse gewöhnt hatten. Mein Blick wanderte über die wenigen Möbelstücke, als wäre es Ewigkeiten her, seit ich das letzte Mal in diesem Zimmer gewesen war. Alles in diesem Raum war schlicht, aber aus massivem, dunklem Holz. Hier gab es keine verspielten Verzierungen oder opulenten Dekorationen. Es war, als hätte Nika jeden Hauch von Schönheit aus ihrem Gemach verbannt, damit es genauso kalt und unnahbar war wie sie. Aus dem Augenwinkel bemerkte ich eine große gepackte Tasche neben einem schwarzen, mit Leder bespannten Stuhl.

Und dort, auf dem Stuhl, saß sie. Nikas Blick lag auf mir, als hätte sie auf mich gewartet, obwohl das unmöglich war. Wir hatten seit dem Vorfall in der Aschewüste nicht mehr miteinander gesprochen. Nachdem Alina mich aus Gregoris Folterkammer geholt und an sie übergeben hatte. Nachdem wir daraufhin von den Ghulen überfallen worden waren.

Es war das erste Mal, dass ich sie in Nachtwäsche sah. Und obwohl ich wusste, es wäre angebracht, wegzusehen, starrte ich sie an. Sie hatte die Beine überkreuzt, ihre Bauchmuskeln zeichneten sich unter dem dünnen seidigen Stoff ab, ihre Haltung war entspannt, fast nachlässig, und ihre Augen … Da flackerte etwas in ihnen, das ich nicht zuordnen konnte. Etwas, das ich noch nie zuvor bei ihr gesehen hatte.

»Zoya«, sagte sie leise, und ihre Stimme war rauer als gewöhnlich, als müsste sie sich erst an meinen neuen Namen gewöhnen. *Genau wie ich.* »Was machst du hier?«

Ich zögerte einen Moment, spürte, wie mich die Atmosphäre im Raum fest umklammerte, bis sich meine Glieder schwer anfühlten. Hastig räusperte ich mich. »Ich wollte dich sehen.«

Nikas dunkelrote Augen verengten sich kaum merklich, aber das Funkeln darin blieb. »Mich sehen? Oder dich von etwas ablenken?« Sie lehnte sich zurück, ließ ihre Arme auf den Lehnen ruhen, als gehörte ihr nicht nur dieses Gemach, sondern das ganze verdammte Schloss.

Ich wusste nicht, was ich erwartet hatte, als ich hierherkam, aber diese Art von Gespräch war es sicher nicht gewesen. Nika war immer scharfzüngig und gnadenlos. Doch heute lag etwas Warmes, fast … seltsam Vertrautes in ihrem Blick. Alles daran brachte mich durcheinander.

Ich schluckte. »Beides. Ich weiß nicht, was ich tun soll.«

»Weil du ihn finden willst, nicht wahr?« Ihre Lippen verzogen sich zu einem leichten, fast mitleidigen Lächeln, und ich fragte mich, ob sie schon immer so sinnlich ausgesehen hatten. »Weil du Kaspar umbringen willst.«

Ich blinzelte, überrascht, dass sie es so unverhohlen aussprach. Aber natürlich wusste sie es. Sie kannte dieses Gefühl. Diesen Hass. Sie kannte das Verlangen nach Vergeltung.

»Ja«, antwortete ich schließlich, und meine Stimme klang heiser. »Aber Alexei hat … es mir verboten.«

»Alexei.« Nika spuckte seinen Namen fast aus, als wäre er etwas Giftiges. »Natürlich hat er das.« Sie stand auf, kam langsam auf mich zu, und die Dunkelheit um sie herum bewegte sich mit ihr. »Aber du hast deinen eigenen Kopf, nicht wahr?«

Ich erstarrte, als sie vor mir stehen blieb, so nah, dass ich den süßen Duft ihrer Haut riechen konnte. Sie musterte mich so intensiv, als wollte sie etwas finden, von dem sie selbst nicht wusste, was es war.

»Du bist …«, sagte sie leise, beinahe flüsternd. Ich erschauderte. Sie hob eine Hand und strich mir eine Haarsträhne aus dem Gesicht, ihre Finger so sanft, dass ich sie kaum spürte. Trotzdem begann mein Herz, schneller zu schlagen. Es war, als ob ihre Berührung eine unsichtbare Verbindung zwischen uns schuf, etwas, das sich nicht greifen ließ.

»Was?«, fragte ich atemlos, obwohl ich nicht sicher war, die Antwort überhaupt hören zu wollen.

Doch anstatt zu antworten, ließ Nika ruckartig die Hand sinken und trat zurück. Nahm ihre Wärme mit sich. Ihr Blick wurde hart, und das Funkeln in ihren Augen gefror.

»Du solltest gehen.« Sie klang wieder so distanziert, wie ich es von ihr gewohnt war.

»Nika, ich –«

»Lass dir von niemandem Verbote auferlegen. Erst recht nicht von einem Mann.« Sie drehte sich von mir weg und wandte sich dem Fenster zu. Das schwache Glühen des Mondes betonte ihre dunkel schimmernde Haut und umspielte ihre Kurven. »Und jetzt geh.«

Ich wollte etwas erwidern, wollte wissen, was sie gerade hatte sagen wollen, aber ich wusste, dass es sinnlos war. Nika ließ niemanden an sich heran, und vielleicht war das besser so.

Alexei stieß sich noch mal fest in mich, und mein Körper bäumte sich ihm zitternd entgegen. Weißes Licht blitzte hinter meinen Lidern, und die Matratze löste sich unter mir auf, während die Wellen der Lust über mir zusammenschlugen. Er machte weiter, vergrub sich immer wieder in mir, hart und schnell. Bis sein Schwanz zuckte und auch er laut knurrend kam. Einige Herzschläge lang blieb er auf mir liegen, dann zog er sich aus mir zurück und ließ sich auf seine Seite des Bettes sinken.

Die Matratze bewegte sich unter seinen schweren Atemzügen und dem Beben meines Körpers. Ich hatte mich noch immer nicht daran gewöhnt, wie viel intensiver sich Orgasmen als Xathyr anfühlten.

Der Raum war unnatürlich still geworden ohne unser lautes Keuchen und Stöhnen, nur das leise Knistern des Kaminfeuers durchbrach die Ruhe.

Ich zupfte das Nachtkleid zurecht, das Alexei mir vor wenigen Minuten nur notdürftig über die Hüften geschoben hatte. Seit der hässliche Schriftzug auf meiner Brust prangte, hasste ich den Anblick meines nackten Körpers. Ich konnte es Alexei nicht verdenken, dass er meine Brüste seither nicht berührte.

Alexei gähnte, und sein Arm schob sich schwer auf meine Hüfte, als wollte er mich festhalten. Hatte die Hitze seiner Haut, die sich durch den Stoff brannte, mich eben noch in einen Wirbel aus Lust und Vergessen gezogen, so war sie plötzlich eine Fessel.

»Was ist los?« Alexei schielte unter halb gesenkten Lidern zu mir herüber.

»Ich will kurz an die frische Luft, und dann brauche ich ein Bad«, antwortete ich knapp, ohne seinen Blick zu erwidern. Sanft hob ich seinen Arm an, jede Bewegung, jedes Wort ein Balanceakt, um ihn nicht misstrauisch werden zu lassen. Nach dem Gespräch mit Nika gestern Nacht hatte ich einen Entschluss gefasst. Ich würde mir nichts verbieten lassen. Auch nicht, jemanden zu töten. Und schon gar nicht Kas.

Alexei schob den Arm unter seinen Kopf, seine schwarzen Haarsträhnen verteilten sich auf dem Kissen. »Die Bediensteten haben sich schon zur Ruhe gelegt. Warte bis morgen früh mit dem Bad. Vielleicht bringe ich dich ohnehin gleich noch mal zum Schwitzen.«

Ich hörte den Schalk in seiner Stimme und sah ihn über meine Schulter hinweg an. Er war atemberaubend schön, wie er dalag, ganz ohne Kleidung. Ein dünner Schweißfilm überzog die gestählten Bauchmuskeln, deren Konturen vom schwachen Licht des Kaminfeuers umrissen wurden. Nicht einmal die tiefen Schatten unter seinen Augen konnten seiner Makellosigkeit etwas anhaben. Ich hatte das Gefühl, dass sie von Tag zu Tag dunkler wurden.

»Ist schon in Ordnung«, gab ich lächelnd zurück. »Ich kann mir selbst ein Bad einlassen. Und wenn wir es nachher noch einmal tun, nehme ich eben ein weiteres Bad.«

Alexeis Augen funkelten, als sich seine Lippen zu einem schiefen Grinsen teilten. »Du *darfst* dich bedienen lassen, das weißt du, oder?«

»Ich weiß. Aber ich möchte jetzt niemanden aufscheuchen, und bis morgen warten will ich auch nicht. Glaub mir, ich schaffe das schon.«

Dieses neue Leben, das ich an Alexeis Seite führte, war in all seinen Facetten anders als jenes, das ich im Trou Tag für Tag, Nacht für Nacht kennengelernt hatte. Die Xathyr nannten mich ihre *Gräfin*, und es war, als sprächen sie von einer anderen Person, jemandem, den ich kaum kannte, obwohl ich in ihrer Haut steckte. Die Höflichkeit, die Verbeugungen, das ständige Flüstern hinter meinem Rücken.

Ich sollte mich inzwischen daran gewöhnt haben, meine Auferstehung und Ernennung zur Gräfin war jetzt über eine Woche her.

Aber tief in mir drin wusste ich, dass ich das niemals würde. Immerhin war ich mein Leben lang unsichtbar gewesen. Ein Schatten, an dem die Leute vorbeigingen, ohne auch nur hinzusehen.

Männer und Frauen kamen, bezahlten und gingen. Kein Heucheln, kein endloses Spiel von Macht und Einfluss, das unter einem höflichen Lächeln verborgen lag.

Jeder wusste, was er wollte.

Doch das war Teil dieses Spiels am Hof, oder? Die Maske, die man trug, musste perfekt sitzen. Keiner durfte die Risse sehen oder gar Schwächen dahinter vermuten.

Ich hatte mich aus der Dunkelheit befreit, und ich würde auch in dieser neuen Welt – *in Xanthia* – überleben.

»Beeil dich. Ich will dich so bald es geht wieder bei mir haben«, raunte Alexei und riss mich damit aus den Fängen meiner Gedanken.

Langsam schob ich mich aus dem Bett, und mein Herz schlug schneller. Ich fühlte die Wärme des Teppichs unter meinen Füßen, als ich aufstand, und sie breitete sich angenehm in meinem Körper aus.

Ich durchquerte das große Gemach auf leisen Sohlen, als könnte jedes noch so kleine Geräusch dafür sorgen, dass Alexei mich zurück ins Bett zog. Obwohl ich es genoss, mit ihm zu schlafen, hatte ich für die restliche Nacht andere Pläne. Mein Blick flog ein letztes Mal zu dem Grafen. Sein Gesicht wirkte entspannt, beinahe friedlich. Er wusste nichts von dem Sturm, der in mir tobte.

Ich zog mir einen Morgenmantel über und trat aus der Tür in den Korridor. Das Schloss lag in völliger Dunkelheit, nur das schwache Mondlicht, das durch die hohen Fenster fiel, erhellte die endlosen Gänge, die sich vor mir erstreckten. Auf nackten Füßen bewegte ich mich lautlos, die Steinwände warfen keinerlei Echos zurück. Meine Atmung ging flach und kontrolliert. Jede Bewegung war durchdacht, jeder Blick über die Schulter voller Vorsicht. Ich kannte diese Art der Fortbewegung zu gut.

Es war eine Sache, sich am Tag allein durch die Gänge zu bewegen, doch jetzt, in der Stille der Nacht, lag eine ganz andere Art der Bedrohung in der Luft. Das Schloss schien zu atmen, als wäre es ein lebendiges Wesen, das meine Anwesenheit spürte.

*Xanthia selbst ist ein Geschöpf,* erinnerte ich mich an Alexeis Worte von einst.

Doch ich wusste, wie ich mich durch das Schloss bewegen musste, ohne gesehen zu werden. Ich war lange genug hier gewesen, um die Verstecke, die dunklen Ecken, die toten Winkel zu kennen. Jedes Mal, wenn ich in der vergangenen Woche als Gräfin durch die Gänge geschritten war, hatte ich mir von meiner Zofe einen neuen Flügel zeigen lassen und mir alles genauestens eingeprägt.

Und trotzdem spürte ich mit jedem Schritt, den ich tiefer in das Herz des Schlosses vordrang, wie sich mein Puls beschleunigte. Ich wusste, dass ich beobachtet werden könnte. Alexei hatte seine Augen und Ohren überall, und ich hatte keine Ahnung, wer vertrauenswürdig war.

Außer Stanislav.

Ich hielt an einer Ecke inne, lauschte in die Finsternis, von der ich wusste, dass sie Gestalten verbarg. Als die Wachen fort waren, schlüpfte ich durch einen schmalen Gang, der zu den Dienstbotenkammern führte. Der Geruch von Stein und altem Holz lag in der Luft.

Ein schwaches Klopfen ließ mich innehalten, dabei war es unser abgesprochenes Zeichen.

»Ledi Zoya.«

»Ihr habt mich erschreckt«, sagte ich leise.

»Verzeiht, moia ledi.« Er neigte den Kopf. »Aber wir waren verabredet. Ich dachte, Ihr würdet mit meinem Erscheinen rechnen.«

»Ich fürchte, gewisse Dinge werde ich wohl nie ablegen können.« Mit fahrigen Fingern schob ich mir eine Haarsträhne hinters Ohr, um die aufgekommene Unsicherheit zu kaschieren. Wäre es wirklich zu viel verlangt gewesen, wenn meine Auferstehung als Xathyr zugleich meine Schreckhaftigkeit beseitigt hätte? Sie war ein lästiges Produkt von Raouls

Überfall. Es war beinahe lächerlich, dass seine Tat noch immer Einfluss auf mich hatte. Aber vielleicht war ich auch zu streng mit mir.

»Ihr seid spät.« Stanislav sah mich nicht direkt an, seine Stimme kaum hörbar im flüsternden Echo der leeren Hallen.

»Die Wachen … Ich musste warten, bis sie weg waren«, antwortete ich genauso leise, trat einen Schritt näher. Sein Gesicht war schwer zu erkennen, nur seine Augen blitzten im schwachen Licht auf.

»Nun sagt, meine Herrin, wie ich Euch helfen kann. Weshalb wolltet Ihr mich sehen?«

Mein Blick fuhr durch den leeren Korridor, in dem wir standen. Lediglich eine Fackel erhellte das schwarze Gemäuer.

»Ich will nicht, dass Ihr mich Eure Herrin nennt, Stanislav. Ihr wart der Erste, der mir hier in Xanthia mit Offenheit begegnete und immer freundlich zu mir war. Ich bin immer noch ich, und ich möchte nicht, dass sich etwas an unserer Beziehung ändert.«

»Nun«, er verschränkte die Hände hinter seinem Rücken, als ein Lächeln an seinen Mundwinkeln zupfte, »dafür, dass Ihr nicht meine Herrin sein wollt, stellt Ihr ganz schön viele Forderungen.«

»Es ist schön, dass Ihr Euren Humor nicht verloren habt.« *Nach Mikayla,* ergänzte ich in Gedanken. Stanislavs Maske war glatt. Perfekt. Zu perfekt, um echt zu sein. Er trug sie weitaus länger als ich, spielte dieses Spiel am Hof seit Ewigkeiten.

Ich wusste trotzdem, dass die Trauer nicht von ihm abgelassen hatte, nicht in dieser kurzen Zeit. Vermutlich würde sie das nie gänzlich.

»Es wäre doch ein doppelter Verlust, wenn ich nicht nur mein Herz, sondern auch meine Seele mit ihrem Tod verloren hätte, meint Ihr nicht?«

Seine Worte versetzten mir einen Stich.

»Aber Ihr seid nicht hier, um über Liebe und Verlust zu sprechen, ledi Zoya, oder?«

Ich wollte den Kopf schütteln, aber stattdessen sammelte ich meinen Mut und fragte: »Wie fühlt sich Liebe an?«

Zum ersten Mal, seit ich ihn kannte, entdeckte ich so etwas wie Überraschung in Stanislavs Zügen. Seine blonden Brauen wölbten sich, und sein Mund stand leicht offen.

»Verzeiht«, ruderte ich zurück. »Das hätte ich nicht fragen dürfen.«

»Nein«, erwiderte er. »Das ist in Ordnung.«

»Ich habe damit nicht andeuten wollen, dass ich nicht weiß, was Liebe ist. Der Graf und ich … Er ist … mir sehr wichtig. Ich …«

»Ich weiß, dass Ihr ihn nicht wahrhaft liebt, moia ledi, und ich verurteile Euch nicht dafür.«

Ich schnappte nach Luft. »Wieso sagt Ihr das?«

»Weil ein jeder, der die wahre Liebe erleben durfte, sie überall wiedererkennt.« Er legte den Kopf schief. »Und bei Euch, ich bitte um Verzeihung, wenn das anmaßend ist, sehe ich keine Liebe. Nicht, wenn Ihr mit dem Herrn zusammen seid.«

Meine Kehle wurde eng, und hinter meiner Stirn baute sich Druck auf. Schnell wandte ich mich ab, ehe es mir Tränen in die Augen trieb.

Ich hatte es gewusst. Natürlich hatte ich es gewusst. Ich liebte Alexei nicht. Doch ich *wollte* ihn lieben. Er war gut zu mir. Jemand Besseren würde ich nicht finden – oder er würde mich am Ende nur wieder verraten.

»Aber wenn ich Eure Frage beantworten soll, würde ich sagen, dass Liebe nicht das ist, was die meisten Leute glauben.« Stanislav lachte leise, und obwohl die Wände des Ganges kalt und erbarmungslos waren, durchbrach die Wärme dieses Geräuschs die Dunkelheit der Nische, in der wir standen. »Sie ist kein buntes Feuerwerk, kein dramatischer Akt des Opfers, kein ewiger Glanz, wie uns Kindermärchen weismachen wollen. Nein …« Er hielt inne und sah mich an, seine Augen durchdringend, als wollte er sichergehen, dass ich wirklich zuhörte. »Liebe ist viel leiser. Sie schleicht sich heimlich in unsere Seelen, langsam und unbemerkt. Sie beginnt in den unscheinbaren Augenblicken. In der Art, wie jemand unseren Namen sagt, oder wie er uns ansieht, wenn er denkt, wir bemerken es nicht.«

Meine Brust zog sich zusammen. Seine Worte trafen mich tiefer, als ich erwartet hatte. Und doch blieb ich stumm, lauschte nur, als er fortfuhr.

»Es gibt Momente, in denen wir die Anwesenheit einer Person mehr brauchen als die Luft zum Atmen. Weil ohne sie etwas in uns fehlt. Etwas, das nur sie ausfüllen kann. Liebe ist nicht immer heilsam oder einfach. Manchmal ist sie verwirrend. Und manchmal schmerzt sie mehr, als dass sie Freude bringt.« Stanislav hielt inne, sein Blick wurde trüb, als würde er gedanklich an einen anderen Ort reisen. »Selbst wenn man die Liebe in solchen Momenten loswerden will, geht sie nicht weg. Egal, wie sehr man sich dagegen wehrt. Man kann sie ignorieren, sie verdrängen, versuchen, sie zu *töten* …«

Ich spürte einen schmerzhaften Stich.

»Doch sie bleibt wie unser ureigener Schatten. Wir können ihr nicht entkommen, egal, wie weit wir laufen. Und selbst wenn wir glauben, wir hätten sie abgeschüttelt, ist sie doch immer noch da. Unsichtbar, aber stets präsent. Wir können sie leugnen, sie bekämpfen, aber wir werden niemals ganz frei von ihr sein.«

Ich schluckte schwer. Seine Worte schnitten in mich wie scharfe Messer. Ich konnte gar nicht anders, als an Kas zu denken, an seinen Verrat, an die Wut in meinem Bauch.

Eine dunkle Erkenntnis wollte aus einem verborgenen Winkel meines Herzens an die Oberfläche brechen, doch ich hielt sie zurück. Stanislav musste sich irren. Liebe und Leid gehörten nicht zusammen. Alles andere im Leben war schmerzhaft genug.

Meine Hände zitterten, und ich ballte sie zu Fäusten, als könnte ich die Gefühle, die in mir aufstiegen, so kontrollieren.

»Denkt Ihr, dass Liebe uns zerstören kann?«

Stanislavs Blick driftete in die Ferne, als er einen Moment lang nach den richtigen Worten zu suchen schien. »Letztendlich entsteht die verheerendste Form der Liebe, wenn zwei Einsame aufeinandertreffen. Wenn sie jemanden finden, mit dem sie reden können. Jemanden, der ihre Seele sieht und der die seine zeigt. Wenn man gemeinsam nicht mehr einsam ist. Ich glaube, eine intimere Verbindung gibt es nicht. Nicht auf Erden, nicht im Himmel, nicht in der Hölle, nicht in Xanthia.«

»Das klingt doch erfüllend«, sagte ich mit kratziger Stimme und Hoffnung im Herzen.

»Nun, ledi Zoya, wenn diese ehemals Einsamen nicht mehr einsam waren und einer von ihnen geht … Dann sind sie wieder einsam. Doch war die Einsamkeit einst ihre einzige Realität, so wissen sie nun, wie grausam diese ist.«

»Das ist furchtbar.«

»Ja.«

Ich bemerkte, dass Stanislavs glatte Maske verrutscht war. In seinen Augen wütete ein dunkles Unwetter.

»Es tut mir leid, dass Ihr so empfinden müsst, Stanislav.«

»Ja«, sagte er wieder. »Und mir tut es leid, dass *Ihr* so empfinden müsst, moia ledi.«

»Ich …« Irritiert schüttelte ich den Kopf, wusste nicht, was ich entgegnen sollte.

Im selben Moment hob Stanislav eine Hand und legte sie

mir auf die Schulter. Die Berührung war zart, ich spürte das Gewicht seiner Finger kaum.

»Die größte und zugleich einzige Reue in meinem unsterblichen Leben ist, dass ich Mikayla nie gesagt habe, wie ich empfinde.«

Seine Stimme fühlte sich schwer an, sackte wie ein Stein auf den Grund meines Herzens. Ich schluckte. Sofort rasten meine Gedanken zurück zu Kas. Nicht, weil ich ihn liebte. Ganz im Gegenteil. Ich hasste ihn, und ich wollte, dass er das wusste.

Nach einem schwachen Lächeln ließ Stanislav seine Hand wieder sinken.

»Nun, Ihr habt mir immer noch nicht gesagt, weshalb wir uns hier treffen, moia ledi. In einem verlassenen Gang inmitten der Nacht. Gewiss war es nicht Eure Frage nach der Liebe, die Euch das Gemach des Grafen verlassen ließ.«

»Helft mir, unbemerkt aus dem Schloss zu gelangen«, stieß ich hastig aus, bevor ich es mir anders überlegen konnte.

Stanislav sah mich aus großen Augen an, den Mund spitz verzogen. Er schien für einen Augenblick nachzudenken und abzuwägen, dann nickte er langsam.

»Ihr seid dem Grafen ebenbürtig, ledi Zoya. Euch zu dienen, ist ihm zu dienen.«

Ich atmete auf. »Danke.«

»Jedoch«, fügte er mit geneigtem Kopf hinzu, »würde ich gerne wissen, wo Ihr gedenkt, Euch aufzuhalten. Sollte Euch etwas zustoßen, so könnte ich es mir nicht verzeihen.«

Ich überlegte einen Moment. »Den genauen Ort kenne ich noch nicht. Ich suche … jemanden.«

Wieder nickte Stanislav, als würde er verstehen, wovon ich sprach. Ich war froh darum, dass er keine weiteren Fragen stellte. Wie sollte ich ihm erklären, wer es war, der mich aus den Schlossmauern lockte? Raus aus Alexeis Schutz.

Ich wusste, es war riskant, aber dieses Gefühl in meinem Magen, diese unbändige Wut, loderte heißer als alles andere.

Ich musste Kas finden.

Ich *musste.*

Ich musste ihn zur Rede stellen, und ich musste ihn töten.

Ich musste das, was auch immer zwischen uns war, endgültig auflösen, bevor es zu meinem dauerhaften Schatten wurde.

Nur, wenn Kas durch meine eigene Hand starb, würde ich frei sein und meiner Zukunft an Alexeis Seite entgegenblicken können.

# KAPITEL 5

## ZOÉ

Das große Tor mit dem Fallgatter erstreckte sich hoch über mir. Mein Herz spannte sich in meiner Brust an, schien sich daran zu erinnern, was es beim letzten Mal gefühlt hatte, als ich hier stand. An meinem ersten Tag in Xanthia.

Ich ließ meinen Blick zwischen die gitterartigen Eisenstreben fahren, betrachtete die dunkle Welt jenseits der Schlossmauern. Beinahe meinte ich, das schaurige Quietschen auszumachen, das mich damals in blanke Panik versetzt hatte. Ich hatte einen Käfig zwischen den Baumkronen erspäht, der auch jetzt noch dort oben hing, an einem kräftigen Ast. Mit meinen verschärften Sinnen erkannte ich diesmal sofort, dass das Skelett im Inneren des Käfigs zu einem Menschen gehörte.

Mit einem gewaltigen Beben unter meinen Füßen bewegte sich das Fallgatter. Es zog seine wuchtigen Eisenbalken aus der rostbraunen Erde wie Messer, die aus einem Bauch gerissen wurden. Stanislav öffnete das Tor, wie wir es besprochen hatten. So, wie er es auch in den vergangenen fünf Nächten getan hatte. Immer wieder hatte ich mich aus Alexeis Bett geschlichen, um das Schloss zu verlassen und auf die Suche nach *ihm* zu gehen.

Als der Spalt unter dem Gitter groß genug war, trat ich hindurch. Es dauerte nicht lange, da wurde es wieder runtergelassen. Mit den Rebellen des Schattendistrikts im Zentrum des Regierungsviertels wollte man keine Risiken eingehen. Aber hier, am Hinterausgang, herrschte ohrenbetäubende

Stille. Man könnte sie beinahe mit Frieden verwechseln, wären da nicht die schwarz vertrockneten Rinden der Bäume. Die Erde, die von Rostbraun in Mattgrau überging. Die Asche, die in dicken weißen Flocken vom blutenden Himmel regnete.

Was hatten diese Monster nur getan? Sie beschuldigten Alexei, das Blut der Sünder für sich zu behalten, statt es in Xanthias Grund und Boden fließen zu lassen, und zerstörten deswegen Teile seines Machtzentrums.

Aber ich wusste es besser. Während der Erntezeremonie hatte ich dabei zugesehen, wie Alexei das Blut der Seelen in die großen Behältnisse gegeben und dann mit seinen Untertanen geteilt hatte.

Aber ich wusste auch, dass die Ruhe, die mich umfing, nicht mehr war denn ein Vorbote drohenden Unheils. Sollte es mich doch in den Abgrund reißen – ich war bereit, Kaspar mit mir zu ziehen.

Ich bewegte mich leise durch den Wald, beinahe geräuschlos, wie ich es früher zusammen mit Claire getan hatte. Doch diejenigen, vor denen ich mich heute verborgen hielt, hatten ein weitaus besseres Gehör als jene, vor denen wir uns damals versteckt hatten.

In dieser Nacht war etwas anders als in den vorigen Nächten, und der Gedanke breitete sich kribbelnd in meinen Gliedern aus. Ich würde in die Hütte gehen, in der ich Kas das letzte Mal gesehen hatte. Die Hütte, in der wir … Ich schluckte und spürte den Kloß, der sich in meinem Hals festgesetzt hatte. Sofort versteckte ich jede Erinnerung daran hinter dem Schleier, der meine inneren Mauern abgelöst hatte.

Nachdem ich seine Spur in den vergangenen Nächten nicht hatte finden können, war die Hütte meine nächstbeste und vorerst letzte Option. Bisher hatte ich es vermieden, an diesen Ort zurückzukehren, hatte mir eingeredet, dass Kas sich niemals an einem Ort verstecken würde, der so naheliegend war. Aber vielleicht würde ich dort seine Witterung aufnehmen und seinem Geruch folgen können – wie ich es bereits zweimal getan hatte, als wir uns auf der Erde begegnet waren.

Der Wald war dunkel, die Bäume ragten hoch und stumm um mich herum auf, ihre kahlen Äste wie knochige Finger, die sich über meinem Kopf verflochten. Es war, als würde der Wald selbst den Atem anhalten. Nur das Echo von Schreien und das dumpfe Grollen in der entfernten Stadt durchbrachen die unheimliche Ruhe.

Mein Herz pochte in meiner Brust, schneller, als ich es zulassen wollte. Das Gefühl der Bedrohung krabbelte in mir hoch, griff nach den verborgenen Ängsten unter meinem Schleier. Die Kälte der Nacht biss durch meinen Umhang, und ich zog ihn fester um mich.

Ich ging weiter durch den Wald, und irgendwann baute sich die Silhouette des kleinen Häuschens zwischen den Baumstämmen auf, schwarz und schwach umrissen vom glühend roten Mondlicht. Ein Ort voller Erinnerungen. Voller Küsse. Voller Schmerz. Wir hatten uns angeschrien, Wut und Enttäuschung hatten die Luft zwischen uns vergiftet, bis ich nicht mehr atmen konnte.

Ein Ast knackte unter meinen Stiefeln, und ich blieb abrupt stehen. Die Dunkelheit schien lebendig zu werden, flüsterte und bewegte sich wie eine unsichtbare Präsenz, die mir folgte. In der Ferne tobte noch immer der Lärm des Kampfes, doch ich hatte das Gefühl, dass er immer näher rückte. Ich fragte mich, wie lange es dauern würde, bis auch die Wälder brennen würden.

Ob ich Kas finden würde, bevor der drohende Krieg uns alle verschlang.

Ob ich ihn finden würde, bevor Alexei es tat und mir meine Rache wegnahm.

Als ich die Lichtung erreichte, auf der die Hütte stand, wuchs das Unbehagen in meiner Brust. Die Fenster waren schmutzig, die Wände von schwarzem Moos und Efeu überwuchert, als hätte die Natur versucht, diesen Ort zu verschlingen.

Aber da war noch mehr. Etwas, das ich nicht sehen, aber spüren konnte. Ich nahm einen tiefen Atemzug, versuchte die Angst und die Unsicherheit zu unterdrücken. Die Nacht war still, aber mein Herz war laut. Ich hasste es, dass ich meinen Körper noch immer nicht unter Kontrolle hatte. Ich war zu einer Xathyr geworden, verdammt. Ich *musste* mich kontrollieren können.

Kurz bevor ich die Tür erreichte, blieb ich stehen. Ich holte tief Luft, stieß sie wieder aus. Meine Fingernägel formten neue Kerben in meinen Handflächen, die sogleich wieder verschwinden würden, wenn ich meinen Griff lockerte. Doch dafür musste ich die Anspannung gehen lassen.

Atmen, atmen, atmen.

Ein schwacher Wind bewegte die Äste über meinem Kopf und trug den Geruch von Feuer und Asche an meine Nase. Und …

Wildrosenblüten.

Kaspar.

Ich konnte ihn riechen, und alles daran warf mich zurück zu den Momenten, die wir miteinander geteilt hatten. Ein zittriges Schluchzen stieg in mir hoch, doch ich reagierte schnell. Ich wandelte es um in die reinste Form von Wut. Wut, die heiß durch meine Adern rauschte, als wollte sie alles, was mit Kaspar zu tun hatte, aus mir herausbrennen.

Ich beschleunigte meine Schritte, und jeder Meter, den ich hinter mir ließ, befeuerte den Zorn in mir. Meine Brust hob und senkte sich schwer, als ich vor der Tür stehen blieb. Ohne lange nachzudenken, stieß ich sie auf.

Hier drin war sein Geruch noch intensiver. Er schlängelte sich in unsichtbaren Schwaden entlang der Überreste des Tisches, den wir zerstört hatten, wanderte über die Wände, sammelte sich in den Scherben von Glas und Geschirr, das zerschmettert den Boden bedeckte. Ich konnte einen Teller darin ausmachen, aus dem nur eine einzelne kleine Ecke herausgebrochen war. Ich bückte mich, hob ihn hoch und warf ihn so fest gegen den Kaminsims, dass das Porzellan in Hunderte Stücke zersprang. *Wie mein Herz.*

Die winzig kleinen Splitter regneten auf mich nieder, schrammten über die Haut auf meinem Gesicht, meinem Dekolleté, meinen Armen. Ich hieß den Schmerz willkommen, lenkte er mich doch von jenem ab, der in mir drin herangewachsen war wie ein Ungeheuer, das seine scharfen Klauen in meine Seele schlug.

Als ich mich wieder gefangen hatte, wischte ich mir die Scherben von den Armen und spürte, wie die Schnitte zusammenwuchsen. Wie sehr hätte ich diese schnelle Form der Regeneration gebraucht, als ich nach meiner Festnahme in dem dunklen unterirdischen Kerker saß. Oder als die drei Xathyr mich in der Folterkammer des Aschebarons gequält hatten. Gedankenverloren strich ich über die Korsage des roten Kleides, das ich trug. Meine Finger fuhren über den samtigen Stoff direkt über meinen Brüsten. Dort, wo der Schriftzug auf meiner Haut glühte.

*Hure.*

Ich schluckte.

*Gräfin.*

Ich streckte den Rücken durch und warf mir das Haar über die Schulter, schloss damit Zoés Zellentür in meinem Innersten noch fester zu. *Jetzt bin ich Zoya.* Mein Blick fuhr ein weiteres Mal durch das verwahrloste Zimmer, in dem ich stand, und blieb am Fenster haften, unter dem ich vor über zwei

Wochen schluchzend zusammengebrochen war, nachdem Kas mich zurückgelassen hatte.

*Versprich mir, dass wir uns irgendwann wiedersehen.*

*Ich verspreche es. Aber dann wird alles anders sein, kleine Diebin.*

Er hatte das alles geplant. Er hatte geplant, mir das Relikt zu stehlen, und er hatte gewusst, dass ich ihn danach durch ganz Xanthia jagen würde. Kaspar hatte mir eine weitere Falle gestellt, und ich war geradewegs in sie hineingelaufen.

»Seit wann?«, flüsterte ich in die Stille. *Seit wann wusstest du, dass du mich hintergehen würdest?*

Als würde ein Teil von mir auf eine Antwort hoffen, verharrte ich für einige Atemzüge an Ort und Stelle, sah durch das zerstörte Zimmer. Nichts als Stille starrte zurück.

Ich zog Kaspars Geruch ein letztes Mal tief in meine Lungen, um seine Spur aufzunehmen. Irritiert roch ich noch mal in die Luft. Täuschte ich mich, oder wurde er stetig intensiver, der Rosenduft?

Gerade als ich mich umdrehen wollte, spürte ich eine Präsenz dicht hinter mir. Ähnlich wie damals in dem kleinen Raum über der Boulangerie in Adrasteau. Mein Herz schlug unkontrolliert schnell, und dann hörte ich Worte, die es für mehrere Schläge aussetzen ließen.

»Hallo, kleine Diebin.«

Ich wirbelte herum, vollkommen überzeugt davon, dass ich den Verstand verloren hatte. Dass die Stimme nur aus den dunkelsten Winkeln meiner Gedanken hervorgebrochen war, hier an diesem Ort, der Erinnerungen und Geheimnisse zwischen seinen Wänden barg, nicht bereit, sie gehen zu lassen.

Aber ich hatte mich noch nie so sehr geirrt.

Kas stand vor mir. Mit seinen schattenblauen Augen, den ungebrochenen Linien seines Gesichts, dem schwachen Abbild eines schiefen Grinsens auf den Lippen.

Er trat einen Schritt auf mich zu, das schwarze Hemd ein scharfer Kontrast zu der Marmorhaut, die hinter den geöffneten Knöpfen des Kragens hervorblitzte. Sein Blick fuhr über meinen Körper, und ich war froh darum, dass das Kleid meine neuen Narben versteckte.

*Narben sind nichts, wofür du dich schämen solltest. Sie erzählen deine Geschichte.*

Ich wollte nicht, dass er die neuen Kapitel meiner Geschichte lesen konnte. Ich wollte nicht, dass er irgendetwas von mir bekam. *Noch mehr.*

»Ich habe dich noch nie in einem Kleid gesehen.«

»Das ist es, was du mir zu sagen hast? Nach allem, was war?« Mein Puls hämmerte unkontrolliert gegen meine Haut, ließ sie vibrieren und pochen.

»Es steht dir gut«, sagte er und legte den Kopf schief. »Auch wenn ich Rot nicht ausstehen kann.«

Mit einem Satz war ich bei ihm, grub meine Finger in seine Schultern und schleuderte ihn gegen die Wand. Noch bevor Kas sich fangen konnte, glitt ich durch die Schatten, bis sich meine Brust bei jedem Atemzug gegen seine hob. Meine Hand schloss sich um seine Kehle.

So etwas wie Verstehen dämmerte in Kas' Blick.

»Du bist eine Xathyr«, presste er hervor.

Ich drückte fester zu. »War es nicht das, was du wolltest?«

Er zog die silberblonden Brauen zusammen, Verwirrung sammelte sich zwischen ihnen. »*Das* habe ich nie gewollt.«

»Ach ja?«, höhnte ich. »Mir war, als wolltest du mich um jeden Preis an Xanthia ketten. War dem nicht so?«

»Nicht für *diesen* Preis.«

Ich schloss meine Finger fester um seine Kehle, bis Kas aufstöhnte. »Und doch habe ich ihn bezahlt. Jetzt bist du dran, *Prinz.*«

Ich legte meine andere Hand an seine Brust, spürte seinen

Herzschlag, der in viel zu raschem Tempo schlug. Schatten stoben aus meinen Fingen und wurden zu Krallen. Ich presste ihre Spitzen gegen ihn, bis sein Hemd unter meinen Fingernägeln einriss.

»Du willst mein Herz?«, keuchte Kas, Schweiß glänzte auf seiner Stirn.

»Wieso wehrst du dich nicht?«, fragte ich zurück, statt ihm zu antworten. Mit meinem nächsten Atemzug durchstieß ich seine Haut, bis Blut zwischen meinen Fingern hervorquoll.

Ich erstarrte, als Kas seine Hand hob und auf meine legte, sie tiefer in sein Fleisch zwang. Er trug seine Handschuhe nicht mehr.

»Weil es ohnehin dir gehört.«

Ein Schaudern lief durch meinen Körper und zwang ein Wimmern aus meiner Kehle. Im nächsten Moment kam ein Windzug auf, und aus schwarzen Schatten formte sich eine weitere Gestalt.

»Nein, wie dramatisch«, seufzte sie. Eine Frau mit gebräunter Haut, schwarzem langem Haar und felsengrauen Augen.

Ich hielt die Luft an, während sich die Sekunden über uns ausdehnten wie Stunden. Das war ... Wie konnte es ... Was ...

»Nastya«, flüsterte ich erstickt. Mein Blick fuhr an ihr auf und ab, nahm jeden Zentimeter ihres Körpers in sich auf, dessen Kurven in einem nachtblauen figurbetonten Kleid steckten.

Wie war das möglich? Kurz nach meiner Auferstehungszeremonie erst hatte Alexei betont, dass sie tot war. Und Kas, er ... Ich hatte mit eigenen Augen in dem Spiegel gesehen, wie er sie umgebracht hatte.

Mein Kopf schnellte zu ihm herum. Da war kein entsetzter Ausdruck auf seinem Gesicht, nicht mal der Anflug von Überraschung.

»Du wusstest, dass sie noch lebt.« Selbst ich konnte hören,

wie fassungslos ich klang. »Du hast gesagt, du hättest sie getötet!«

»Oh, das hat er auch«, kam es von Nastya, die sich eine Strähne ihres schwarzen Haars hinters Ohr schob. Es lief nach oben hin spitz zu.

»Er hat dich verwandelt. Kas hat … Kas und du, ihr …« Mein Blick flog zurück zu Kas, der sich unter meinem Griff noch immer nicht rührte. »Was hat das zu bedeuten?« Ich spürte, wie mein Herz ein Stück weiter einriss. »Weiß Alexei davon?«

Kas machte keine Anstalten, mir zu antworten, also grub ich meine Krallen fester in seine Brust. Blut tränkte das dunkle Hemd, und eine einzelne Träne lief über meine Wange. Ich wischte sie mit einer ruppigen Bewegung fort.

Kaspar ächzte und stöhnte unter meinem Griff, und endlich, *endlich* empfand ich so etwas wie Befriedigung. Sein Kehlkopf bewegte sich träge auf und ab, bevor er kaum merklich nickte. Übelkeit regte sich in mir.

»Ich verstehe, dass ihr etwas zu klären habt, aber ich kann nicht zulassen, dass du ihn tötest«, erklang Nastyas raues Flüstern direkt an meinem Ohr. Dann ging ein Ruck durch meinen Körper.

Ich krachte in die gegenüberliegende Wand, und Schmerz schoss meine Wirbelsäule hoch. Als ich mich aufrichtete, sah ich noch, wie die Gestalten von Kas und Nastya mit den Schatten verschmolzen. Kas' blaue Augen blitzten in der Schwärze auf, und ich meinte, ein letztes Glitzern in ihnen zu erkennen. Dann waren sie fort.

# KAPITEL 6

## KAS

Mein Herz schlug viel zu heftig, als ob es sich nach Zoés verloren gegangener Berührung sehnte. Hatte es denn nicht begriffen, dass sie es aus mir herausreißen wollte?

Ich fühlte ihre Krallen noch immer auf meiner Haut, fühlte ihren Körper an meinem. Sie hatte sich an mich gepresst, als wüsste sie nicht, ob sie mich spüren oder zerstören wollte.

So, wie ich es mit ihr getan hatte.

Mein Griff in das Sesselpolster wurde fester, bis meine Knöchel weiß aufglühten.

Zoé war eine Xathyr, ihre Menschlichkeit für immer verloren.

Ich hatte nie gedacht, dass ich Alexei noch mehr hassen konnte, als ich es ohnehin schon tat, doch man lernte auch im Tod nie aus.

»Du bist nicht ganz bei mir«, säuselte eine Stimme an meinem Ohr, die nicht zu Zoé gehörte. Leider.

Nastya bewegte sich auf meinem Schoß und berührte mein Kinn. Sie hob mein Gesicht an, sodass ich ihr in die Augen sehen musste. Ihr Blick war dunkel und offenbarte, wie sehr sie mich begehrte. Oder eher meinen Körper.

»Heute nicht, Nastya.«

»Bevor du auf meiner Türschwelle aufgetaucht bist, hatte ich verdammte acht Jahre keinen Sex mehr, und du hast nichts Besseres zu tun, als an diese Furie zu denken? Sie wollte dich töten. Komm über sie hinweg.« Sie beugte sich vor und leckte stöhnend über die Haut an meinem Hals. In meiner Hose regte sich nichts.

»Tu nicht so, als hättest du acht Jahre enthaltsam gelebt.«

Nastya zog ihren Kopf aus meiner Halsbeuge zurück und taxierte mich. Die Lust in ihren Augen war etwas Härterem gewichen, das mit jedem weiteren Blinzeln an Schärfe gewann.

»Ich musste mich verstecken, Kas! Wenn Alexei auch nur Wind davon bekommen hätte, dass mich irgendjemand gesehen hat, wäre ich *wirklich* tot gewesen. Alles umsonst. Alles, was wir geplant haben! Denkst du, ich setze mein Leben aufs Spiel für ein bisschen Sex mit irgendwelchen Leuten, die es vermutlich eh nicht bringen?« Sie atmete leise aus, bevor ihre Züge weicher wurden. »Du bist der Einzige, der es mir richtig besorgen kann.« Ein tiefes Seufzen drang aus ihrer Kehle, als sie sich an mir rieb.

Ich packte ihre Hüften, um sie aufzuhalten.

»Der Einzige, an den du gerade herankommst«, entgegnete ich, was sie mit einem Augenrollen quittierte. Dass sie in Wirklichkeit jemand anderes wollte – *eine* andere –, wusste ich. »Was ist mit deinem Vorrat an Tränken? Du hättest einhundert verschiedene Gesichter annehmen können.«

Nastya sank schwer in meinen Schoß, als würde zumindest ihr Körper resignieren.

»Du weißt, dass sie nur so lange wirken, wie ich mich in Romans Nähe aufhalte. Ich wollte keine Risiken eingehen.« Ihr Blick schweifte zu einem Schrank mit verzierten Türen aus dunklem Holz. »Ich habe oft daran gedacht, es einfach zu versuchen. Sehr oft. Aber …« Sie schüttelte den Kopf. »Ich hatte Angst, Kas. Ich *habe* Angst. Angst vor *ihm*.«

»Er hat keine Macht mehr über dich.«

»Beschützt du mich?«, flüsterte sie.

Ich schnaubte. »Du brauchst keinen Schutz, Nastya. Du kommst bestens allein zurecht, so wie immer.«

Sie holte aus und schlug mir mit der flachen Hand ins Gesicht. Das Klatschen hallte durch das Zimmer.

»*Du* hast mich da rausgeholt! *Du* hast mich verwandelt, statt mich sterben zu lassen! Und jetzt tust du so, als wäre ich dir egal?« Tränen glänzten in ihren Augen.

»Du *bist* mir egal.«

»Das war ich aber nicht immer«, sagte sie leise, und ich hörte die noch nicht vollends versiegte Hoffnung, die ihre Stimme zeichnete.

»Was früher war, ist nicht mehr wichtig.«

»Ach ja?« Der Träger ihres Kleids rutschte ihr von den Schultern, und sie schob ihn zurück an seinen Platz. »Gestern hast du mich gefickt. Vorgestern hast du mich gefickt. Die ganzen letzten Tage, Kas! Und jetzt tust du so, als wäre ich nicht mehr als Abschaum für dich? Womit habe ich es verdient, dass du mich so behandelst?«

Ich nahm die Hände von ihren Hüften und wollte sie von mir runterschieben, um aufzustehen, doch sie hielt mich im Klammergriff ihrer Beine gefangen und stieß mich zurück in den Sessel.

»Ich verdiene eine Antwort!«

»Du bist zu Alexei zurückgegangen«, knurrte ich. Wir hatten dieses Gespräch schon etliche Male geführt, und ich war es leid.

»Das ist *sie* doch auch!«, keifte Nastya. »Jetzt, in diesem Moment, während du mich haben kannst und abweist, lässt sie sich von ihm in jeder erdenklichen Stellung, in jedem einzelnen Zimmer seines verdammten Schlosses vögeln!«

Jeder Muskel in mir spannte sich bei dem Gedanken daran an. »Halt deinen verfluchten Mund, Nastya. Und geh runter von mir.«

»Was?«, fragte sie höhnisch. »Verschließt du dich vor der Wahrheit? Sie sitzt gerade auf seinem Schwanz, Kas. Oder sie hat ihn in ihrem Mund. Stöhnt immer wieder seinen Namen. *Alexei, Alexei, Al–«*

Meine Hand schoss vor und umklammerte ihre Kehle. Ich wusste, sie wollte mich provozieren, und ich verfluchte mich dafür, dass es ihr gelang. »Ich habe gesagt, du sollst deinen verdammten Mund halten!«

»Bring mich dazu«, presste sie hervor, ein durchtriebenes kleines Grinsen auf den Lippen. »Na los. Du darfst dabei auch an Zoé denken. Mein Ego verkraftet das.«

Ich drückte noch fester zu, hielt ihren lustverschleierten Blick mit meinem fest, für drei, vier, fünf Herzschläge.

»Benutz mich. *Bestraf* mich. Du willst es doch auch«, keuchte sie, als ich ihr ein wenig Luft gewährte, und rieb ihren Schoß an meinem.

Ich zwang meine Kiefer so fest aufeinander, dass es wehtat. Dann zog ich Nastya zu mir heran und presste meinen Mund auf ihren, bis ich Blut schmeckte.

Sie stöhnte in den Kuss, schob ihre Hand zwischen uns und ließ sie in meinen Hosenbund gleiten.

Ich unterdrückte ein Stöhnen, als sie meinen Schwanz umfasste.

»Komm schon«, flüsterte sie atemlos. »Werde hart für mich. Fick mich, wie du es die letzten Tage getan hast. So wie früher. Um der alten Zeiten willen.«

Meine Finger noch immer um ihren Hals, schob ich sie so weit zurück, dass ich in ihr Gesicht sehen konnte. Ihr Mund war geöffnet, die Lippen blutverschmiert, während sich ihr Brustkorb unter den schweren Atemzügen hektisch auf und ab bewegte.

Ich sah sie an, und alles, woran ich denken konnte, war Zoé. Der Geschmack ihres Blutes, der Geschmack ihrer Lust, der Geschmack ihrer *Tränen*.

»Du hast sie belogen«, keuchte Nastya, als würde sie meine Gedanken lesen. »Wieso hast du ihr gesagt, Alexei würde von mir wissen?«

»Damit sie nicht auf die Idee kommt, uns zu erpressen.«

Sie lachte ungläubig. »Und jetzt wird sie zu ihm rennen und ihn damit konfrontieren.«

»Wird sie nicht.« Nastya kannte Zoé nicht, aber ich tat es.

»Ich glaube –«

»Sei still und steh auf«, befahl ich.

Nastya wirkte irritiert, doch sie tat, was ich verlangte. Ich öffnete die Knöpfe meines Hemdes und deutete mit einer knappen Kopfbewegung zu dem massiven Holztisch an der Wand.

»Beug dich darüber.«

Als sie begriff, dass sie bekommen würde, was sie wollte, blitzte es dunkel in Nastyas Augen auf. Sie drehte sich um und trat an den Tisch, stützte ihre Hände auf seine polierte Oberfläche.

»Beine auseinander.«

Wieder gehorchte sie. Meine Hose glitt zu Boden, und innerhalb eines Wimpernschlags stand ich hinter ihr. Ich griff in ihr Haar, ließ die langen schwarzen Strähnen durch meine Finger fließen. Sie sahen aus wie Zoés. Mit der anderen Hand schob ich ihr Kleid hoch. Da waren keine langen roten Narben auf ihrem Rücken. Ich hatte Zoé so oft fragen wollen, wer sie ihr beigebracht hatte. Sie änderten nichts an ihrer Schönheit, erzählten nur davon, dass sie unbrechbar war.

Aber trotzdem wollte ich jeden, der sie ihr zugefügt hatte, töten.

Ich packte fester zu, wickelte mir Nastyas Haar ums Handgelenk und zog so fest daran, dass sie aufkeuchte. Ich umschloss meinen Schwanz und rieb ihn auf und ab, dachte an Zoé und daran, wie sie sich unter dem Sternenhimmel auf mir bewegt hatte. Daran, wie sie sich anfühlte. Dachte an ihren perfekten Mund, mit dem sie mich vollständig in sich aufgenommen hatte. Ich war hart.

»Ich werde grob sein«, warnte ich Nastya. »Das ist deine letzte Gelegenheit, deine Meinung zu ändern.«

»Kas, verflucht, wenn du mich jetzt noch länger warten lässt, schmeiße ich dich raus!«

Ich ließ von mir ab und grub die Finger stattdessen in Nastyas Hüfte, zog sie zu mir heran und stieß mich fest in sie. Einmal, zweimal, dreimal. Ich fragte sie nicht, wie es sich für sie anfühlte. Es war mir schlicht egal.

Nastya schrie immer wieder auf, und ihr ganzer Körper zitterte vor Lust. Sie kam mir verlangend entgegen, trotzdem knallte ihr Becken bei jedem meiner Stöße gegen die scharfe Tischkante. Ihr abgehacktes Stöhnen klang nach einer Mischung aus Erregung und Schmerz.

Ich drückte ihren Kopf runter auf die Tischplatte und rammte mich noch tiefer in sie. So, als könnte ich die Bilder mit jedem Stoß weiter verblassen lassen. Die Bilder von Zoé und Alexei, die sich in meinem Schädel eingenistet hatten wie eine unheilbare Krankheit.

»Ich möchte dir wehtun«, knurrte ich. Ich wollte all meinen Zorn, all meine Wut an ihr auslassen.

»Dann tu es endlich«, keuchte Nastya.

Ich nahm sie noch härter, füllte jeden Millimeter von ihr mit meinem Schwanz. Aber das genügte mir nicht. Ich zog sie an den Haaren zu mir hoch, bis ihr Rücken an meiner Brust lag. Sie war schweißnass. In einer gefährlichen Einladung neigte sie ihren Kopf, wohl wissend, wonach es mich verlangte. Sie kannte mich besser, als mir lieb war.

Ohne Vorwarnung grub ich meine Zähne in ihre Haut. Nastya stöhnte tief und befriedigt, während ihr erhitztes Blut meine Kehle hinabrann. Und dann kam sie.

Ich hob meinen Kopf aus ihrer Halsbeuge, und ihr Oberkörper sackte kraftlos zurück auf den Tisch. Wieder packte ich ihre Hüften, versenkte mich noch einige Male in ihr.

Nastya krallte sich an die Tischplatte und wimmerte bei jedem Stoß.

»Das ist es doch, was du wolltest, oder?«, fragte ich schwer atmend und vergrub mich ein weiteres Mal in ihrer feuchten Hitze.

»Ja«, stöhnte sie zwischen zwei Stößen. »Ich habe … jede Nacht … an dich gedacht, als … ich es mir selbst gemacht habe.«

»Hat es sich gut angefühlt?«

»Ja«, wiederholte sie schreiend, als ihr Körper ein weiteres Mal tief erzitterte.

Ich zog mich gerade im letzten Augenblick aus ihr zurück und kam auf ihren Hintern.

Nastya drehte sich zu mir um, ihre Wangen gerötet, ein schiefes Grinsen auf den Lippen. Es sah ganz anders aus als das von Zoé. »Am Ende kriege ich immer, was ich will, vergiss das nicht.«

# KAPITEL 7

## ZOÉ

Der Wald um mich herum war so unnatürlich ruhig, dass es mich fast in den Wahnsinn trieb. Der Wind, der die kahlen Äste zuvor noch bewegt hatte, schien sich verzogen zu haben, als ob auch er vor dem, was ich gerade gesehen hatte, fliehen wollte. Kas und Nastya.

Zusammen.

Die Szene spielte sich immer wieder vor meinen Augen ab, wie eine endlose Schleife, aus der ich nicht entkommen konnte.

Jeder Schritt, den ich zurück Richtung Schloss setzte, fühlte sich schwerer an als der vorige. Die Dunkelheit um mich herum sammelte sich in meiner Brust.

Es war nicht nur das, was Kaspar mir bereits angetan hatte – es war auch das, was er immer noch tat. Sein Verrat ging tiefer, als ich gedacht hatte. Gab es überhaupt einen Moment zwischen uns, der echt gewesen war? Die Lügen sponnen sich wie ein Netz um mein Herz.

Hatte er mich jemals wirklich gesehen, oder war ich von Anfang an nur eine Schachfigur in seinem Spiel gegen Alexei gewesen?

Die Bäume zogen an mir vorbei, ihre Äste wie Schatten, die sich in meine Gedanken krallten und mir keine Ruhe ließen. Ich wusste nicht mehr, was echt war.

Die Stille um mich herum wurde immer erdrückender, und ich bemerkte, wie sich meine Schritte unbewusst beschleunigt hatten. Der Weg zurück zum Schloss war mir vertraut, aber in diesem Moment schien er sich endlos hinzuziehen. Jeder Schatten, jedes Rascheln in den Büschen ließ meine Sinne aufschrecken. Ich konnte sie beinahe spüren – die Augen des Krieges, der Täuschung, des Verrats, die mich aus dem Dickicht heraus beobachteten.

Mein Herzschlag wuchs zu einem heftigen Trommeln heran, wurde zu einem scharfen Schmerz, der mich zischend die Luft einziehen ließ. Ich ging weiter, bis ich Stanislav hinter den spitzen schwarzen Eisenstreben des Fallgatters stehen sah, die bedrohlich in den Nachthimmel ragten.

Ich nickte ihm zu, um ihm zu bedeuten, dass er das Tor wieder öffnen lassen konnte. Ich wollte einfach nur dort ankommen, nur noch ins Schloss zurück, das Sicherheit versprach.

Gerade hatte Stanislav sich umgedreht, da überwältigte mich der Schmerz in meiner Brust.

Ich krümmte mich, keuchte schwer. Meine Hand fuhr zu meinem Brustbein, rieb darüber in der Hoffnung auf Linderung. Doch der Schmerz kam aus einer Tiefe, die keine Finger erreichen konnten. Es war, als hätte etwas in mir nachgegeben, als wäre das, was Kas von mir übrig gelassen hatte, endgültig zerbrochen, nur um mir seine Splitter ins Fleisch zu rammen.

»Ledi Zoé!« Stanislavs Stimme klang panisch. Er hatte die Finger um die Metallstäbe gekrallt und betrachtete mich aus geweiteten Augen. »Was habt Ihr? Was ist geschehen?«

Es war absurd, dass mir der Klang meines echten Namens in dem Moment die nötige Kraft schenkte, um mich aufzurichten.

»Es … geht schon«, presste ich hervor. In der Sekunde stutzte ich. Unter meiner Handfläche, da … Ich presste sie noch fester gegen meine Brust, um sicherzugehen. Es fühlte sich so an, als wären da *zwei* Herzschläge in mir.

»Ich hole einen Heilkundigen!«, drang Stanislavs Stimme

an mein Ohr. Erschrocken stellte ich fest, dass er viel zu weit weg klang.

»N-nicht«, flehte ich. Oder ich dachte es zumindest. Ich war nicht sicher, ob auch nur ein Ton aus meinem Mund drang, denn plötzlich waren da andere Laute, die sich in mein Bewusstsein schoben. »Nicht … Alexei«, glaubte ich noch zu sagen, dann sackte ich auf die kühle Erde. Eine vertraute Stimme erklang in der Stille.

»Es ist eine schmerzhafte Erfahrung, von jemandem verraten zu werden, den man liebt, nicht wahr?«

Ich blickte hoch. Eine dunkle Silhouette erhob sich über mir. Von hier unten sah sie aus wie ein Riese. Ein Riese mit Flügeln. Ich blinzelte. Seine Flügel waren nicht ledrig wie die von Alexei oder Nika. Sie waren über und über mit Federn versehen, blühend weiß wie Schneeflockenblumen.

»Ich kenne Euch«, hörte ich mich sagen, dabei wusste ich nicht, woher.

Der Mann, der Engel – *er muss ein Engel sein* – kniete sich zu mir. Er hatte uralte Augen in einem jungenhaften Gesicht mit einer geraden länglichen Nase und wohlgeformten Lippen.

»Ich bin Xanthos. Der Mittler.«

Ich sog scharf die Luft ein, als Fetzen von Erinnerungen durch meinen Geist rauschten.

Nein, keine Erinnerungen. Jedenfalls nicht von etwas, das ich selbst erlebt hatte. Es fühlte sich mehr an wie ein Theaterstück, dem ich zugesehen hatte, gegriffen aus dem echten Leben. Und seine Kulisse … Sanddünen, Palmen, goldgelbe Früchte. Dann ein dunkles, klammes Verlies. Zwei Gesichter, so strahlend, dass sie zu Göttern gehörten. Es war ein Wissen, das tief in meinem Bewusstsein verankert war.

»Eure Brüder, sie haben …«

Xanthos nickte. »Sie haben mich verraten.«

»Und dann haben sie …«

»Mich bestohlen«, vervollständigte er meinen Satz vorsichtig nickend.

Ich schüttelte ungläubig den Kopf, der Schmerz in meiner Brust längst vergessen.

»Was ist danach passiert?«

Ein schwaches Lächeln formte sich auf seinem Mund. Es sah traurig aus wie seine Augen.

»Danach haben sie mich zerrissen.«

»Es geht mir gut«, versicherte ich jetzt zum dritten Mal. Alexei lief neben meinem Bett auf und ab. Ich hasste den besorgten Ausdruck auf seinem Gesicht, weil ich mich dadurch nur noch schlechter fühlte.

»Wenn Stanislav dich dort draußen nicht gefunden hätte, wäre ihm vielleicht einer von den verfluchten Verrätern zuvorgekommen. Miron und seine Leute hätten dich jetzt in ihrer Hand. Schon wieder. Ist dir das eigentlich bewusst?«

Seine indirekte Schuldzuweisung ignorierend, presste ich die Lippen aufeinander und richtete mich auf. Meinen Kopf lehnte ich gegen das Kopfteil des Bettes, in ihm drehte es sich bei jeder noch so kleinen Bewegung. Das sagte ich Alexei natürlich nicht.

»Was sind diese Relikte?«, fragte ich stattdessen. »Nachdem ich die ersten beiden an mich genommen habe, hatte ich merkwürdige Visionen. Ich hatte das vollkommen vergessen oder vielmehr verdrängt, ich …«

Ich senkte die Lider und sammelte mich. Mein Körper teilte mir ganz eindeutig mit, dass er Ruhe brauchte, aber die konnte ich ihm jetzt nicht gewähren. Ich wollte Antworten. Seit Xanthos mir außerhalb der Schlossmauern begegnet war, waren so viele fremde Erinnerungen in mir wachgerüttelt worden, für die ich verzweifelt nach Erklärungen suchte.

»Visionen?«, hakte Alexei nach. Er blieb stehen und sah zu mir runter. Aus der Nähe wirkten die dunklen Ringe um seine Augen wie tiefe Gräber. »Wieso höre ich zum ersten Mal davon?«

»Weil ich bereits sagte, dass ich mich nicht erinnern konnte. Bis gerade eben.« Es fiel mir schwer, meinen Ärger zurückzuhalten. Hörte er mir denn überhaupt nicht zu? Vielleicht waren seine Gedanken bei seiner nicht ganz so toten Nastya. Dass er mir dreist ins Gesicht gelogen hatte, machte mich rasend.

Alexei atmete geräuschvoll aus, dann glätteten sich seine Züge. »Was hast du gesehen, Zoya?«

»Den Mittler. Er heißt Xanthos.«

»Es gibt keinen Mittler«, erwiderte er prompt. »Nur eine Mittlerin. Das waren Hirngespinste.« Er ging wieder dazu über, auf und ab zu laufen.

»Nein, Alexei«, entgegnete ich scharf. »Ich weiß, was ich gesehen habe, und es waren mit Sicherheit keine Hirngespinste. Xanthos stand vor mir, kurz bevor ich das Bewusstsein verloren habe und hier aufgewacht bin.« Ich deutete durch sein Gemach. Die Nächte seit meiner Verwandlung hatte ich hier verbracht, weil Alexei mich immer an seiner Seite wissen wollte nach allem, was Ana und ihre Handlanger mir angetan hatten. In mein eigenes Gemach hatte ich lange keinen Fuß mehr gesetzt. Ich war noch nie gern allein gewesen, und nach den Ereignissen der letzten Monate fiel es mir zunehmend schwerer, also war mir sein ausgeprägter Beschützerinstinkt sehr entgegengekommen.

»Zoya.« Alexei blieb in Höhe meines Gesichts stehen und

beugte sich zu mir runter, um mich auf die Stirn zu küssen. »Ich denke, du musst dich ausruhen.« Er schob mir eine Haarsträhne hinters Ohr und strich über meine Wange. »Alles wird wieder gut werden.«

Seine Berührungen waren sanft, aber die Worte fuhren wie Messer in mein Herz. Er glaubte mir nicht. Nein, schlimmer: Alexei versuchte mir einzureden, dass ich mir das alles nur eingebildet hatte.

Ich wusste, die alte Zoé hätte sich von seinen Worten beeinflussen und irritieren lassen. Sie hätte begonnen, an ihrem eigenen Verstand zu zweifeln. Aber die Zoé, die hier saß, wusste es besser. *Ich* wusste es besser. Alexei konnte mir so viel erzählen, wie er wollte. Genau wie Kas. Sie hatten mich belogen. Alle beide.

Nastya *lebte*.

Ein gequältes Schluchzen stieg in mir hoch, und ich schluckte es mit aller Kraft herunter. Ich wollte Alexei damit konfrontieren, aber ich wurde das Gefühl nicht los, dass ich damit besser wartete. Vielleicht konnte es für mich von Vorteil sein, wenn er nichts von meinem neu gewonnenen Wissen ahnte.

»Ich möchte nicht, dass du mich so nennst«, sagte ich stattdessen. »Mein Name ist Zoé.«

Alexei, der sich gerade zur Tür gewandt hatte, hielt inne und bedachte mich mit einem Stirnrunzeln. »Das war dein Name, als du noch ein Mensch warst. Du bist jetzt eine Xathyr, erinnerst du dich?«

Mein ganzer Körper summte. Wollte er andeuten, mit meinem Kopf stimmte etwas nicht?

»Wenn es dir nicht gut geht, kann ich –«

»Es geht mir gut«, wiederholte ich zum vierten Mal, obwohl ich das Gefühl hatte, innerlich zu zerreißen.

Alexei ließ seinen Blick prüfend über mein Gesicht gleiten,

runter zu meinem Dekolleté, nur für einen winzigen Moment. Er räusperte sich und schob seine Mundwinkel in die Höhe, als hätte ich nicht bemerkt, was der Anblick meiner Narben in ihm auslöste. Ekel. Ablehnung.

»Vielleicht gehst du eine Weile in den Garten. Wie die Rosen blühst auch du auf, wenn du dort bist, Zoya.«

War das sein Ernst?! Ich schluckte meinen Ärger runter und nickte knapp. Ihn jetzt gegen mich aufzubringen, brachte mir nichts. »Was für eine schöne Idee. Das wird meine Probleme sicher lösen. Danke, Liebster.«

Nachdem Alexei gegangen war, ohne auf meine spitze Bemerkung einzugehen, machte ich mich tatsächlich auf den Weg, der mich zwischen friesplattenbehangenen Wänden hindurch bis ganz nach unten führte. Nein, ganz nach unten stimmte nicht wirklich.

Nach dem Erdgeschoss folgte ein weiteres kellerartiges Gewölbe, dessen Zutritt Alexei mir untersagt hatte. Aber ich war ohnehin nicht sonderlich interessiert daran, die Gefangenen im Verlies zu besuchen. Und wie eine Zelle von innen aussah, war mir schmerzhaft bewusst. Die Winkel meiner eigenen hatten sich auf die Innenseiten meiner Lider eingebrannt. Wenn ich wollte, erinnerte ich mich sogar an jede einzelne Falte in dem Gesicht der Alten, die mich in den Badezuber geworfen und anschließend mit Blicken erdolcht hatte.

Ich lockerte meine Fäuste, entkrampfte die Muskeln in meinem Nacken, die sich bei dem Gedanken fest angespannt hatten.

Vor mir erstreckte sich der Rosengarten, eingehüllt in den sanften Duft von Blüten, die sich in der frischen Morgenluft wiegten, mit seinen hohen Büschen, den Kletterpflanzen, die das rissige Mauerwerk unter sich versteckten, und dem Brunnen, der in seiner Mitte thronte.

Blutiges Wasser machte plätschernde Geräusche, und ein seichter Wind trug den Geruch des blühenden Lebens. Noch immer war dieser Gedanke seltsam fremd, hier, an einem Ort, der vom Tod regiert wurde.

Ich trat in das Gartenhäuschen, griff nach Werkzeug, das sich in einer alten eingestaubten Holzkiste befand, und ging über die Wiese zu den Rosenbüschen. Sanft ließ ich meine Finger über die Rosenblüten streichen. Sie brauchten Pflege und Zuwendung, wie alle Lebewesen es taten. Als ich das letzte Mal hier gewesen war, hatten sie alle gleich ausgesehen, blutrot getränkt.

Aber heute, mit meinen neuen Xathyr-Sinnen, erkannte ich feine Unterschiede in ihren Nuancen. Für manche Farben hatte ich noch nicht einmal einen Namen.

An einem der Rosenbüsche blieb ich stehen und ging auf die Knie. Ich begann damit, die alten Triebe abzuschneiden, und mit jedem Schnitt, mit jedem verwelkten Blatt, das zu Boden fiel, schien sich der Knoten in meinem Inneren ein wenig zu lösen. So, als könnte ich zugleich die Dunkelheit stutzen, die in mir herangewachsen war wie ein kranker Trieb.

Ich atmete tief ein, konzentrierte mich auf die rhythmischen Bewegungen meiner Hände.

Hier, zwischen den Pflanzen, fühlte ich mich ein wenig mehr wie ich selbst. Wie die Zoé, die im kleinen Garten hinter dem Haus ihrer Mutter Kräuter anpflanzte und ihnen beim Wachsen zusah, weil es sie daran erinnerte, dass das Leben immer irgendwie weiterging. Es konnte so einfach sein. Und gerade brauchte ich es *einfach.*

Als ich mich erhob, wischte ich mir den Schweiß von der Stirn, bevor ich zum nächsten Busch ging. Ich musste nicht lange nach älteren Pflanzenteilen suchen, um sie zurückzuschneiden, denn zwischen den violetten Stängeln schlängelten unübersehbar schwarze Triebe empor. Es war kein samtenes Schwarz wie bei den Mitternachtsrosen, sondern irgendwie verkohlt und matt.

Mein Blick glitt zwischen den unzähligen Blättern und Dornen hindurch bis auf die Erde, ihr sattes Rot war tiefdunkel gefleckt.

Die Dürre, die von Xanthia Besitz ergriff, breitete sich immer rascher aus, machte nicht mal halt vor den Schlossmauern und den Rosen. Der Anblick schmerzte mich.

Ich überlegte nicht lange und schnitt mir mit der Schere in meine Hand. Sofort quoll Blut aus der Wunde. Ich ballte die Hand zur Faust und hob sie über den Rosenbusch, beobachtete, wie die dicken roten Tropfen auf die Pflanze hinabregneten, um ihr Leben einzuhauchen.

»Komm schon«, murmelte ich, ohne mich von den Blüten abzuwenden. »Werd gesund.«

»Moia ledi«, ertönte es hinter mir.

Ich hielt die Luft an und drehte mich um. »Stanislav.« Ich stieß den angehaltenen Atem erleichtert aus.

Ein Lächeln zierte seine Lippen, nicht aufdringlich und doch da. »Habt Ihr gefunden, wonach Ihr suchtet?«

Es war, als rann ein Schwall eisiges Wasser über meine Wirbelsäule. Er musste seine Frage gar nicht weiter ausführen. Ich wusste genau, wovon er sprach, und die Erinnerung ließ mich schaudern. Wie gerne hätte ich gedanklich weiter bei den Rosen verweilt, statt an das zu denken, was in der Nacht geschehen war.

Ich holte tief Luft, sog den Duft der Blumen tief in meine Lungen. »Ja.«

*Ja, ich habe Kaspar gefunden.*

»Das ist erfreulich.« Stanislav neigte nachdenklich den Kopf. Wie immer trug er die schwarze Uniform der Bediensteten hier am Hof, einen Frack über einer edlen Stoffhose.

»Oder nicht?«, hakte er nach, als er bemerkte, dass ich nichts weiter sagte.

»Ich weiß nicht«, gestand ich leise. Ich blickte hinab auf die Schere in meiner Hand. »Ich hatte ihn, aber …« Meine Gedanken drifteten zurück in die Hütte. Es war, als fühlte ich Kaspars Herz direkt unter meinen Fingern. Es schlug so kräftig. So schnell.

*Weil es ohnehin dir gehört.*

Ich räusperte mich. »Aber er ist mir entwischt.«

Stanislav nickte, als würde er verstehen, wovon ich sprach. »Rache ist ein tückisches Biest. Wenn wir nicht gut auf uns achtgeben, verschlingt es uns, ehe wir es entfesseln können.«

»Rache?«, fragte ich, meine Stimme eine Oktave höher. War ich so einfach zu durchschauen?

»Wir erkennen ein Gefühl, das wir selbst im Herzen tragen, wenn wir es in den Augen unseres Gegenübers sehen.«

Ich zog die Brauen zusammen. Etwas Ähnliches hatte er über die Liebe gesagt, aber es war das andere Geständnis, das er hervorbrachte, das mich in diesem Moment erschütterte.

»Ihr strebt nach Rache? Für Mikayla?«

Stanislav nickte. Eine kurze, kaum merkliche Regung, die mir entgangen wäre, hätte ich auch nur geblinzelt.

»Alexei hat die Baronin getötet. Ich bin sicher, Miron leidet – auf seine Art«, sagte ich leise. Ich konnte erkennen, wie sich Stanislavs Blick verdunkelte, und fürchtete seine nächsten Worte.

»Das mag wohl sein«, gab er zurück. »Doch die Baronin ist eine Ursprüngliche. Ihr Tod ist nicht von Dauer.«

Es war, als hörte mein Blut auf zu fließen, und doch rauschte es mir in den Ohren, so laut, dass ich meine Hände auf sie pressen wollte.

Vielleicht wäre es besser gewesen, ich hätte es getan, denn Stanislavs folgende Offenbarung entzog mir den Boden unter den Füßen.

»Ana wird zurückkommen, aber ich weiß, wie wir das verhindern können.«

# KAPITEL 8

## ZOÉ

Wir?«, hörte ich mich fragen. »Wir beide?« Mit der Gartenschere in der Hand deutete ich zwischen Stanislav und mir hin und her.

»Ich weiß, was Ana Euch angetan hat.« Der Blick aus seinen grünen Augen glitt für einen Moment zu meinem Dekolleté, wo die Narben in Form von Buchstaben unter dem Stoff meines Kleids glühten. »Und nun, da ich Euch geholfen habe, dachte ich, Ihr könntet *mir* helfen. Was sagt Ihr, ledi Zoé?«

Ich schluckte. Mehrmals. Doch noch immer konnte ich nicht ganz begreifen, worum Stanislav mich gerade bat.

»Er hat mir mein Glück geraubt«, fuhr er fort, die langen, schlanken Finger aneinandergelegt. Ich wusste, er sprach vom Schattenbaron. »Ich kann nicht zulassen, dass er seines behält.«

Ich holte tief Luft, während die letzten Sekunden nach und nach in mein Bewusstsein einsanken. Es war falsch, den Baron leiden zu lassen, indem man seine Frau tötete. Allerdings …

»Miron ist mir egal, aber Ana soll büßen für das, was sie und ihre Leute mit mir gemacht haben.« Meine Hände formten sich wie von selbst zu Fäusten, und die nächsten Worte strömten über meine Lippen, als könnten sie sich nicht länger an meine Seele klammern. »Ich habe lange genug nur dabei zugesehen, wie man mir immer wieder wehtut. Es reicht.« Die letzten Silben waren kaum mehr denn ein Flüstern, aber die Bedeutung, die sie in sich bargen, wog schwer. So schwer, dass ich für einen Moment taumelte.

Stanislav löste seine Finger voneinander und griff zaghaft nach meinen Händen. Die Berührung fühlte sich warm an, und ich ließ sie zu. »Keiner von ihnen hatte je das Recht dazu.«

»Ich weiß«, wisperte ich. »Und sie hatten auch nicht das Recht dazu, uns Mikayla zu rauben.«

Stanislav senkte das Kinn, ließ mich los und griff stattdessen in die Innentasche seines schwarzen Fracks. Als er seine Hand wieder hervorholte, glänzte eine Phiole darin.

»Was ist das?«

»Man kann Ursprüngliche zwar nicht *wirklich* töten, aber …« Stanislav bewegte die Phiole unter den rötlichen Lichtstrahlen der Sonne, und eine violette Flüssigkeit schwappte gegen die gläsernen Wände. »Man kann sie austrocknen.«

Mein Mund klappte auf, doch ich wusste nicht, was ich sagen sollte.

»Dass Roman einige Tage länger im Schloss verweilte, war kein Zufall. Er hat den Trank für mich gebraut.«

Ich erinnerte mich zu gut an Romans Tränke. »Dann weiß er von Euren Plänen?«

Stanislav deutete ein Nicken an. »Er ist verschwiegen …«

Ich runzelte die Stirn.

»… wenn es um seine Geschäfte geht.«

Einige Sekunden war es still im Garten, und ich nutzte die Zeit, um über Stanislavs Worte nachzudenken. Die Erinnerungen an die Folterkammer stiegen in mir hoch, an Ana, die mich verhöhnt und dann stranguliert hatte. An die Xathyr, die sie auf mich losgelassen hatte. An alles, was danach folgte.

»Was muss ich tun?«

Stanislav drehte das Gefäß erneut unter der Sonne. »Ihr trinkt es, und Euer nächster Kuss wird tödlich sein.«

Ich spürte, wie sich meine Augen weiteten. »Ich soll Ana küssen?«

Wieder ein Nicken.

»Aber ich …« Ich presste mir die freie Hand auf den Magen, in dem es rumorte. Diese Frau … Ich hasste sie. »Wieso sollte sie mich küssen?«, fragte ich. In dem Moment erinnerte ich mich schaudernd daran, wie sie mir in Gregoris Folterkammer über die aufgeplatzte Lippe geleckt hatte.

»Xathyr sind körperliche Wesen, moia ledi. Sicher werdet Ihr das auch schon festgestellt haben.«

Ich brauchte gar nicht in mich zu gehen, um über seine Aussage nachzudenken, denn ja, manchmal genügte nur der Anblick von Blut, um Lust in mir zu entfachen. Bei Ana würde das sicher nicht anders sein.

»Was passiert danach?«, wollte ich stattdessen wissen.

Stanislav drückte die Schultern durch und ließ seinen Kopf von links nach rechts rollen. Sein blondes Haar fing die roten Sonnenstrahlen auf.

»Mit jeder Sekunde, die Eure Lippen auf denen der Baronin liegen, trocknet sie weiter aus, bis sie zu Stein wird. Es ist ein ähnliches Prinzip wie bei den Gargoa, nur dass diese von ganz allein in diesen Zustand geraten. Und wenn es so weit ist und sie keinen Widerstand mehr leisten kann …« Er bückte sich und hob sein Hosenbein an, bis es darunter metallisch aufblitzte. Stanislav zog einen Dolch aus seiner Halterung. »Erdolcht Ihr sie. Die Klinge muss bis zum Anschlag in ihr Herz dringen.«

Ich schnappte nach Luft.

»Keine Sorge, sie ist so scharf, dass sie selbst den strahlendsten Diamanten zerschneidet, sofern Ihr das möchtet.« Er hielt mir die Waffe hin, und ich konnte nichts anderes tun, als sie anzustarren. Ihr Griff war silbern, die Schneide aus blutrotem Stahl. Runen und Linien waren darin eingraviert, und ich hatte nicht die leiseste Ahnung, was sie bedeuteten.

»Wichtig ist nur, dass Ihr den Dolch nicht wieder herauszieht. Ana würde sich regenerieren.«

Ich musterte ihn skeptisch. »Wo habt Ihr ihn her?«

»Sagen wir es so«, Stanislav lächelte schwach, »jemand hat mir verraten, in wem er vorher gesteckt hat.«

Mir entging nicht, dass seine Antwort ausweichend war, doch ich wurde ungeduldig. Die Rache an Kas mochte ich vorerst vielleicht nicht bekommen haben, aber die Baronin würde mir nun nicht mehr entkommen. »Wo finde ich Ana?«

»Vermutlich in ihrem Schloss.«

»Und …« Ich nahm den Dolch entgegen und drehte ihn in meiner Hand. Er war deutlich schwerer, als er aussah. »Was ist mit Roman? Kann ich ihn bitten, mich zu begleiten?«

Wenn er ohnehin Bescheid wusste, wäre das vielleicht eine Option. Denn bei dem Gedanken an Mirons Spiegelpalast vertiefte sich die Gänsehaut, die mich seit dem ersten Blick auf die Waffe fest im Griff hatte. Alexei hatte diesen Ort vor wenigen Wochen erst mit Hunderten von Leichen und ihren Gedärmen gepflastert, seine Spiegelwände mit Blut besudelt. Ich wollte nicht allein dahin zurück, wenn es sich irgendwie vermeiden ließ.

Der metallische Geruch schien sich um mich herum in die Luft zu mischen, wenn ich nur daran dachte, und alles in mir zog sich verlangend zusammen. Der Hunger saß wie ein schmerzender Stachel in meiner Brust fest, einer, der sich nicht herausziehen ließ.

Nie wieder.

Und wenn ich in den Schattendistrikt gelangen wollte, musste ich zunächst den Blutdistrikt durchqueren. Mein Blick glitt an Stanislav vorbei über die Rosenbüsche, hoch zu den spitzen schwarzen Dächern des Regierungsviertels außerhalb der Schlossmauern.

Alexeis Soldaten waren bereits ausgerückt und versuchten, die Aufstände zu zerschlagen, doch ich sah den Qualm, der aus der Stadt emporstieg, an Hausmauern leckte, zwischen hohe Türme kroch und den roten Himmel mit grauen Schlieren schwängerte.

Stanislav räusperte sich, was meine Aufmerksamkeit zurück auf ihn lenkte.

»Es ist besser, niemand weiß, dass ich Euch in diese Sache mit hineinziehe. Ich bin sicher, Ihr schafft das, ledi Zoé. Seit Ihr als Xathyr erwacht seid, spüre ich, dass Euch eine große Macht innewohnt. Bisher gab es nur einen Xathyr, bei dem ich Vergleichbares fühle, und das ist unser Graf höchstpersönlich.«

Die Worte bewegten etwas hinter meinem Magen, und das Gefühl drückte gegen meine Rippen, bis es meinen nächsten Atemzug verhinderte.

»Was bedeutet das?«, presste ich hervor, meine Finger um den Griff des Dolches gekrümmt. Während ich Stanislavs Antwort abwartete, wirbelten meine Gedanken durcheinander wie dunkle Schatten, die kein Licht durchdringen konnte. Alexei … Spürte er diese Macht in mir auch? War es das, was ihn zu mir hinzog? In den vergangenen Monaten hatte es Momente gegeben, in denen ich wirklich geglaubt hatte, dass er mich um meinetwillen wollte, aber …

»Das weiß ich auch nicht, moia ledi. Vielleicht ist es eine göttergegebene Kraft, die zufällig verteilt wird.« Ein leichtes Lächeln kroch auf seine Lippen. »Doch ich habe nie wirklich an Zufälle geglaubt. Und ich spürte bereits, dass Ihr etwas Besonderes seid, als ich Euch das erste Mal begegnete.«

Ich schluckte. Jener Tag schien Ewigkeiten entfernt. Der in schwarz gehüllte Bedienstete, der vor meiner Tür wartete und Mikayla zu mir schickte. Der, der mich aus meinem Gemach zu Alexei begleitete. Zu dem Abendessen, das alles veränderte.

Der Graf hatte mir von Anfang an Avancen gemacht, und während ich glaubte, er wollte nur meinen Körper, hatte er immer wieder etwas anderes behauptet.

*Es mag Euch verwundern, Zoé, aber es geht mir um Euch. Es geht mir um* dich.

Sollte ich Recht behalten? War es ihm nie wirklich um mich gegangen, sondern um diese Macht, die Stanislav an mir spürte?

Alexei hatte mich mehrere Male belogen. Er hatte mir gesagt, dass Nastya tot war, dass Kas sie getötet hatte. Andererseits … Sie *war* tot. Der Mensch in ihr war es. Und es war Kas, der sie ermordet hatte, um sie zur Xathyr zu machen.

Mir schwirrte der Kopf, und ich sah ein weiteres Mal hinab auf die Schere in meiner rechten Hand, die unablässig zitterte. Ich konnte Wahrheit nicht mehr von Lüge unterscheiden, Trug nicht von Realität. Und es sollte doch Alexei sein, der mir Sicherheit in diesen Fragen schenkte. Der mir Halt versprach. Stattdessen zweifelte er an meiner Wahrnehmung.

Ich trat an den Rosenbusch und betrachtete die Blüten mit verschwommenem Blick.

*Sind sie giftig?*

*Wie alles wahrhaft Schöne.*

Alexei hatte mir die Wahrheit über sich verraten, noch während ich all seine Lügen geschluckt hatte wie gezuckerte Pralinen. Ich war so hungrig gewesen. Hatte nie gelernt, was Sicherheit und Geborgenheit bedeuteten. Mich so verzweifelt nach Liebe gesehnt, dass ich meine Augen vor dem Offensichtlichen verschlossen gehalten hatte.

Ich griff nach einer der Rosen und schnitt sie ab. Der Kopf fiel mit einem leisen Rascheln zu Boden. Seine Blütenblätter verstreuten sich um ihn herum.

Gift. Ich hatte bereits zu viel davon getrunken. Auf ein wenig mehr kam es nicht mehr an.

»Moia ledi? Geht es Euch gut?«, fragte Stanislav.

Ich war es leid, diese Frage zu beantworten.

»Gebt mir die Phiole.«

# KAPITEL 9

## ALEXEI

Mein Herr.« Maxim verbeugte sich, als ich den Saal betrat, in dem wir unsere Ratssitzungen abhielten. Er war schwach beleuchtet, das Licht der Fackeln warf lange Schatten an die Wände. »Geht es ledi Zoya besser?«

Ich nickte knapp und trat näher. »Sie wird trotzdem nicht an der heutigen Sitzung teilnehmen.« Mein Blick flog über die drei anderen Ratsmitglieder, die sich versammelt hatten. Sie alle saßen um den langen Tisch herum auf ihren gepolsterten Stühlen und sahen angespannt auf ihre Hände, die sie auf der bordeauxroten Tischdecke gefaltet hatten. Als hätten sie Angst davor, mir ins Gesicht zu blicken.

»Wo ist Alina?«, fragte ich in die Runde. Einer der Bediensteten trat aus den Schatten und schob meinen Stuhl an der Spitze des Tisches zurück, damit ich mich setzen konnte.

Maxim räusperte sich, bevor er an das andere Kopfende trat. »Die Baroness lässt sich entschuldigen, mein Herr. Sie hat … Verpflichtungen. Und sie sagte, sie wäre sicher, dass wir solch *kleine Angelegenheiten* auch ohne sie klären könnten.«

»Kleine Angelegenheiten«, murmelte Lord Ruslan abfällig in seinen weißen Bart. »Frauen verstehen nichts davon, wie man einen Krieg führt.«

»Ihr werdet von einer Frau regiert, die an meiner Seite herrscht, Lord Ruslan. Also hütet Eure Zunge, bevor ich sie Euch herausschneide.« Ich warf ihm einen Seitenblick zu. Seine riesige Nase lief puterrot an, bevor sich Schweißperlen auf seiner faltigen Stirn bildeten, die er sich sogleich mit dem

Ärmel aus dem Gesicht wischte. »Und es ist kein *Krieg*. Lediglich ein naiver kleiner Aufstand.« Mein Blick fand Maxim, in dessen Zügen für den Bruchteil einer Sekunde Unsicherheit flackerte. »Berichtet.«

Er nickte knapp, sein Blick wieder distanziert und analytisch. »Nach einer Zählung am gestrigen Abend verzeichnen wir einhundertvierzehn Tote, darunter sechsundachtzig Soldaten und –«

»Die wichtigen Dinge, General Maxim.«

Maxim atmete tief durch. »Die Berichte, die wir erhalten haben, sind alarmierend, mein Herr. Es handelt sich nicht nur um vereinzelte Übergriffe – die Rebellen scheinen besser organisiert zu sein, als wir angenommen hatten. Und sie sind vermutlich nicht allein.«

Lord Mikhail, ein älterer Xathyr mit einem strengen Gesicht, lehnte sich vor. »Was soll das heißen?«

Maxims roter Blick schoss von Mikhail zu mir. »Es gibt Truppenbewegungen aus dem Westen.«

»Aus dem Westen?«, fiel Lord Ruslan ihm ins Wort.

Mein Geduldsfaden war drauf und dran, entzweizureißen.

»Ich habe gestern Nachmittag Späher geschickt, nur«, Maxim zog die kantigen Schultern hoch, »sind sie nicht zurückgekehrt. Es gibt Grund zur Annahme, dass man sie gefangen genommen hat.«

Ich hörte nur noch mit halbem Ohr zu. Mein Blick flog über die Karte von Xanthia, die sich über die gesamte Wand hinter dem Tisch spannte, schwarze Tinte auf hellem Leder.

Westen.

Der Aschedistrikt.

Gregori, der götterverfluchte Bastard.

»Möglicherweise will Baron Gregori uns mit seiner Armee unterstützen. Damit wir die Aufstände der Rebellen aus dem

Schattendistrikt schneller zerschlagen«, spekulierte Lord Dima, wie gewöhnlich auf der völlig falschen Fährte.

Lord Mikhail gestikulierte mit den Händen. »Warum sollte er das tun, ohne vorher um eine Verhandlung gebeten zu haben? Er würde es sich nicht nehmen lassen, irgendeine Gegenleistung zu fordern.«

»Wenn er uns ungefragt zu Hilfe eilt und damit dazu beiträgt, dass wir Baron Mirons Truppen schneller besiegen, sieht er uns vielleicht in Zugzwang. Wir könnten eine Belohnung nicht ausschlagen«, entgegnete Lord Dima. »Nicht, wenn wir nicht schwach erscheinen wollen.«

»General Maxim, wie schätzt Ihr die Lage ein?« fragte ich und wandte mich ihm zu. Seit Nika fort war, war er mein engster Vertrauter. Sie hatte ihre Tasche gepackt und war gegangen.

*Ihr habt mich verletzt*, hatte sie gesagt. *Und es ist an der Zeit, dass ich für mich einstehe.*

Ich habe ihr zu verstehen gegeben, dass sie nicht mehr zurückzukommen brauchte, wenn sie ihren Posten einfach so verließ, nur weil ihr meine Behandlung nicht gefallen hatte. Sie war es schließlich, die mein Vertrauen missbraucht und meine Frau ohne mein Wissen in eine Welt geschleust hat, in die ich ihr nicht folgen konnte. Und dann auch noch direkt in *seine* Arme. Es war verdammt großzügig von mir gewesen, sie überhaupt am Leben zu lassen, aber Undankbarkeit war wohl wirklich der Welten Lohn.

»Die Truppen sind bereit, mein Herr«, sagte Maxim mit fester Stimme und riss mich damit aus meinen Gedanken. »Aber ich warne davor, ohne klare Strategie vorzugehen. Wenn wir angreifen, brauchen wir einen Plan, um die Rebellen schnell und effektiv zu neutralisieren.«

»Noch mehr unnötiges Blutvergießen«, raunte Lord Dima und sah in die Runde, als suchte er nach einem Augenpaar, das ihm Zustimmung zusicherte.

»Was schlagt Ihr vor, mein Herr?«, wollte Mikhail wissen.

Bevor ich antworten konnte, fuhr ein Klopfen durch den Ratssaal, und alle Köpfe drehten sich zur Tür, die in jenem Moment geöffnet wurde.

»Bitte verzeiht die Unterbrechung, mein Herr, aber soeben ist einer unserer Späher zurückgekehrt.« Ein Soldat in blutiger Rüstung verneigte sich und streckte seine Hände aus, in denen er etwas hielt.

Ich nickte als Zeichen, dass er näher kommen durfte.

Er bewegte sich eilig durch den Raum, bis er neben mir stehen blieb und die Schatulle vor mir auf den Tisch stellte. Sofort bemerkte ich das Wappen auf dem Deckel.

»Baron Gregori schickt sie?«

»Jawohl, mein Herr. Der Späher berichtet, dass einer seiner Generale sie ihm überreichte, nachdem er unsere beiden anderen Männer tötete.«

Maxim machte einen Schritt auf mich zu, als wollte er mir dabei helfen, die Schatulle zu öffnen. Hielt er mich für unfähig, oder ahnte er etwas? Ich hatte meinen Gehstock bewusst in meinen Gemächern zurückgelassen. Unter dem Tisch ballte ich die zitternden Finger meiner rechten Hand zur Faust. Der Entzug machte sich schneller bemerkbar, als ich befürchtet hatte.

»Ich mache das selbst. Setzt Euch.«

Er fror in seiner Bewegung ein. »Jawohl, mein Herr.«

Ich wartete, bis er um den Tisch herumgegangen war, seinen Stuhl geräuschvoll über den Marmorboden zog und sich ins Polster sinken ließ. Erst als vollkommene Stille eingekehrt war, hob ich meine linke Hand an den Deckel der grauen Schatulle. Smaragdgrüne Ornamente verwoben sich zu einem Muster, das unverkennbar zum Aschedistrikt gehörte. Als ich den Inhalt der Schließkassette betrachtete, fühlte ich, wie sich mein Blut erhitzte.

»Gregori schickt keine Truppen zur Unterstützung«, knurrte ich. »Er hat sich mit Miron zusammengeschlossen. Sie greifen uns an.«

Ich hörte, wie die Lords und der General nach Luft schnappten, doch meine Aufmerksamkeit galt noch immer dem Inhalt der Schatulle. Zerschnittene Rosenblüten, frisches Blut und ein herausgerissener Kehlkopf. Ich erinnerte mich genau daran, wie ich ihn Ana entrissen hatte.

Sie wussten also Bescheid, Gregori und Miron. Verfluchte Verräter. Wie trauten sie sich, mir zu drohen? Wie konnten sie es wagen?

*Dir bleibt nicht mehr viel Zeit, Alexei*, hallte die Stimme der verfluchten Mittlerin durch meinen Schädel, gleichzeitig dachte ich an Juris Sarg in den Tiefen des Verlieses.

»Schickt Truppen in den Aschedistrikt. Sie sollen Gregoris Männer im Gebirgspass abfangen«, befahl ich Maxim. »Sie sollen keine Gefangenen machen.«

Er zögerte, und ich warf ihm einen scharfen Blick zu. »Was?«

»Mein Herr, Ihr seid der mächtigste Xathyr, der je existierte. Was Ihr im Palast des Schattenbarons getan habt, vermag niemand nachzumachen«, sagte Maxim. »Wenn jemand gegen die beiden Barone vorgehen kann, dann Ihr. Ihr müsst sie im Alleingang erledigen.«

Mein Auge zuckte. Entweder er wusste etwas und wollte mich vorführen, oder er war ein ahnungsloser Narr ohne Beobachtungsgabe, und dann wäre meine Entscheidung, ihn zu Nikas Nachfolger zu machen, eine völlige Fehlentscheidung gewesen. Vielleicht wurde ich allmählich paranoid. War das denn verwunderlich, nachdem mich alle, die mir nahestanden, immer wieder verraten hatten?

Ich presste die Kiefer zusammen, bis es knackte. Mein Blick fuhr hinunter zu meiner rechten Hand. Das Zittern wurde stärker. Ich verlor die verfluchte Kontrolle. Selbst die Mittlerin hatte mich hintergangen. Sie hatte mir die Seelen weggenommen. Nicht einmal die Macht des Relikts konnte meine schwindende Kraft ausgleichen.

»M-mein Herr?«, stammelte der Soldat, der immer noch neben mir stand.

»Wieso bist du noch hier?«, herrschte ich ihn an, während ich nach einer geeigneten Antwort für den General suchte. Lord Ruslan verschluckte sich an seinem Wein.

Der Soldat richtete seinen Helm, bevor er den Kopf ein weiteres Mal neigte. »Verzeiht, mein Herr. Ich soll Euch noch etwas von Eurem Wachmann Vadim ausrichten. Er sagte, es sei wichtig.«

Ungeduldig starrte ich ihn an. »Spuck es aus.«

Sein Kehlkopf bewegte sich hektisch.

»Sprich gefälligst!«

»V-verzeiht, mein Herr. Es ist nur … Ich weiß nicht, was es bedeutet, aber er sagt, er hat *ihn* nicht gefunden.«

# KAPITEL 10

## ZOÉ

Stanislav hatte gesagt, dass ich mit meiner Suche nach Baronin Ana im Spiegelpalast beginnen sollte. Aber ich würde nicht durch den brennenden Distrikt laufen. Ich würde den Palast auf die Art betreten, auf die ich ihn beim letzten Mal verlassen hatte. Durch einen Spiegel.

Ich war in meine Gemächer zurückgekehrt, das erste Mal seit Ewigkeiten, und zog die dunklen Samtvorhänge zu. Hastig stieg ich aus meinem Kleid. Am Kleiderschrank angekommen, zog ich eine dunkelblaue Bluse hervor und griff in eine der Schubladen, in der einige Hosen lagen. Vor wenigen Monaten noch hätte ich es für undenkbar gehalten, dass ich mich je freiwillig in eine davon zwängen würde, aber so kalt das Leder sich auch an meine Beine schmiegte, es gab kaum praktischere Kleidung als eng anliegende Hosen, die sich wie eine zweite Haut anfühlten.

Ich legte die Kleidung aufs Bett, ging ins angrenzende Badezimmer und ließ mir ein Bad in der frei stehenden Wanne ein. Nachdem ich das Gefühl hatte, sauber genug zu sein, schlüpfte ich in Bluse und Hose, in meine Stiefel, die mir hier in Xanthia schon treue Dienste erwiesen hatten, und griff nach meinem Umhang, den ich mir im Gehen um die Schultern legte. Seine Kapuze zog ich mir tief ins Gesicht, dann folgte ich dem dunklen Korridor.

Das kühle Metall des Dolches schmiegte sich an mein Bein. Sein Gewicht in meinem Stiefel fühlte sich auf schmerzhafte Weise vertraut an.

Mein Weg führte mich nicht zum Spiegel in Alexeis Gemächern. Ich war mir zwar sicher, dass er nach seiner Ratssitzung zu einem Termin außerhalb des Schlosses aufgebrochen war, aber ich wollte mich ihm nicht erklären müssen, wenn er doch frühzeitig zurückkam und mich vor dem Spiegel vorfand. Stattdessen bog ich in den Flur, der mich zu Nastyas Gemach führte. Jenes, das Marie mir gezeigt hatte. Wir hatten es nach unserem gemeinsamen Besuch nicht abgeschlossen. Nicht, nachdem wir befürchtet hatten, von Nikolaj und Gregori entdeckt zu werden.

Ich hoffte, dass seitdem niemand mehr dort oben gewesen war. Es gab schließlich keinen Grund dafür, oder? In der Kammer befand sich kein Bett mehr, das neu bezogen, keine Skulpturen, die abgestaubt werden mussten.

Nur ein Spiegel. Ein Spiegel, der mir Nastya gezeigt hatte, wie sie mir quicklebendig entgegengeblickte. Wenn ich doch nur damals bereits geahnt hätte, dass sie auch in Wirklichkeit genauso lebendig war, wie sie im Spiegel wirkte.

Zumindest hätte ich mir damit den Schock erspart. Den Schmerz eines weiteren Verrats.

Ich atmete geräuschvoll aus, als ich vor der Tür zu Nastyas Gemach stehen blieb. Um meine Gedanken zu klären, aber auch, um einen Teil der Anspannung loszuwerden. Ich knetete meine Finger, die nass waren vor Aufregung, dann streckte ich meine rechte Hand nach dem Türknauf aus, drehte ihn, und …

Die Tür schwang knarrend auf.

Sofort hielt ich sie fest, damit sie verstummte. Nach einem letzten prüfenden Blick in den Korridor, um mich zu versichern, dass das Geräusch keine unerwünschte Aufmerksamkeit erregt hatte, trat ich durch den schmalen Spalt ins Gemach und schloss die Tür so leise wie möglich hinter mir.

Der Standspiegel mit dem goldenen verschnörkelten Rahmen stand erhaben an der gegenüberliegenden Wand. Überhaupt sah alles genauso aus wie beim letzten Mal, als ich hier gewesen war. Spinnennetze und Staubmäuse sammelten sich in den Ecken, Kakerlaken huschten über zerkratztes, stumpfes Parkett.

Ohne Umschweife stellte ich mich vor den Spiegel, der von der Verwahrlosung des Gemachs unberührt schien. Meine Atmung ging schnell und flach, als ich hineinblickte.

Die reflektierende Oberfläche zeigte mich, wie ich genauso verloren aussah wie der leere Raum um mich herum. Sie zeigte meine spitzen Ohren, die zwischen den schwarzen Haarsträhnen hervorguckten, und als ich meine Lippen leicht teilte, sah ich meine Reißzähne. Bisher hatte ich meinen Anblick als Xathyr gemieden, wenn ich konnte, aber obwohl mein Herz heftig klopfte, musste ich mir eingestehen, dass es sich nicht so falsch anfühlte, wie ich gedacht hatte.

Auch meine Körperhaltung wirkte anders als zuvor. Gerader. Sicherer. Ich hob mein Kinn etwas an und bemerkte ein Funkeln in meinen Augen. Meine Haut leuchtete, meine Lippen waren rot, obwohl ich keine Schminke trug.

Ich fuhr mir durchs Haar, und die einzelnen Strähnen glitten wie Seide durch meine Finger. Es war unfassbar, wie mich die Verwandlung zur Xathyr verändert hatte.

Oder hatte sich nur meine Wahrnehmung geändert?

Mein Blick rutschte etwas weiter nach unten, über meinen Hals und hin zu meinem Dekolleté und tiefer. Ich sah die Narben unter dem Stoff nicht, aber sie waren da. Doch sie änderten nichts daran, dass die Frau im Spiegel schön war. *Ich*. Dass *ich* schön war.

Ich trat einen Schritt näher und wartete darauf, dass Nastya sich zeigte. Doch sie kam nicht. Ob sie mich trotzdem sehen konnte? Beobachten, wie ich gleich versuchen würde, durch den Spiegel zu gehen, um in Mirons Palast zu gelangen?

Ich streckte eine Hand aus, die glatte Oberfläche reflektierte die Bewegung. Meine Finger berührten die kalte Scheibe, aber es tat sich nichts. Sie wogte nicht wie flüssiges Silber, wie sie es damals im Spiegelpalast im Kabinett der Albträume getan hatte. Ich biss mir auf die Unterlippe. Vielleicht hatte ich mir das zu einfach vorgestellt …

Gerade als ich meine Hand zurückziehen wollte, wurde es warm unter ihr.

Und dann zog der Spiegel mich in sich.

Das Erste, was ich spürte, als ich meine Augen öffnete, war die Kälte. Es war keine gewöhnliche Kälte, die sich in den rissigen Spiegeln um mich herum sammelte. Sie war unnatürlich, endgültig. Eine Kälte, die mit jedem Atemzug tiefer in meinen Körper drang, sich an meine Lungen klebte und in mir festsetzte. Diese Kälte war der Tod, und ihr Geruch trug die letzten Sekunden des Schreckens in sich, den die Toten gefühlt haben mussten, ehe sie ihrem Ende begegneten.

Alexei. Er hatte ihnen das angetan.

Meinetwegen.

Ich rieb über die Gänsehaut an meinen Armen, doch die Eiseskälte wollte nicht von mir ablassen, hatte sich tief in meine Knochen gegraben, um von der letzten Wärme zu zehren, die sich an mich geklammert hatte.

Mein Blick wanderte durch das Spiegelkabinett. Ich sah mich selbst, überall. Zwischen zwei der deckenhohen Spiegel hing ein silberner Vorhang, der sich in einem Wind wiegte, den es nicht gab. Es war jener Durchgang, der mich zurück in das Foyer des Spiegelpalasts führen würde, daran erinnerte ich mich.

Ich trat hindurch, mein Herz klopfte heftig.

Der Spiegelpalast lag wie ein riesiges, stilles Grab vor mir. Überall zersprungene Spiegel. Sie reflektierten nichts als die Leere, die sich um mich herum und in mir drin ausbreitete. Jede spiegelnde Oberfläche war ein verzerrtes Abbild dessen, was einmal war, als der Palast noch voller Leben, voller Xathyr gewesen war.

Dieser Ort war gestorben wie seine Bewohner. Ein Schatten seiner selbst. Die Musik, die Stimmen, das Gelächter, alles war fort. Kein Flüstern, kein Laut – nur die gespenstische Stille, die nachhallte.

Auch hier spürte ich die Kälte, die von den glatten Oberflächen ausging, als hätte der Tod sich in jeden Winkel des Palastes eingenistet. Ich war mir sicher, dass ich hier niemanden finden würde. Keine Ana, keinen Miron.

Meine Finger strichen über einen der Spiegelrahmen, während ich an die angstverzerrten Gesichter der fallenden Xathyr dachte. Ich ging weiter durch das Foyer, begleitet von nichts als den Geistern der Vergangenheit.

Vasen waren zersprungen, hohe Kerzenständer umgeworfen. Sie schwammen in Pfützen von Blut, die sich auf dem glatt polierten Boden gebildet hatten, doch zumindest die Leichname waren verschwunden.

Hatte Miron sie eigenhändig weggebracht? Was geschah mit Xathyr, die endgültig starben? Mussten sie beerdigt werden? Gingen die letzten Reste ihrer Seelen in die Hölle über? Ich schluckte, als sich mir eine weitere Frage aufdrängte: Hatten sie überhaupt noch eine Seele? Hatte *ich* noch eine?

Meine Gedanken brachen ab, als ich etwas bemerkte. Einen Schatten, eine Bewegung in den Spiegeln.

Mein Puls ging noch schneller, bis sich das Blut in meinem Kopf staute. Ich machte einen schnellen Schritt zurück, glitt zwischen die Vorhänge und beobachtete eine Frau, die durch einen Korridor ins Foyer trat. Ihre schwarze Lederkleidung schmiegte sich an den kurvigen Körper, das schulterlange glatte Haar wiegte sich bei jedem Schritt.

Nika.

Ihre Gestalt huschte zwischen den Spiegeln hindurch wie ein weiterer Geist. Sie bewegte sich leise, fast lautlos, als hätte sie den Tod selbst verinnerlicht. Und doch war ich mir sicher, dass sie mich nicht bemerkt hatte.

Was tat sie hier? Hatte auch sie nach Ana gesucht? Nach Miron? Oder Alina? Wusste Alexei, dass sie hier war? Ich bezweifelte es.

Nika war nie leicht zu durchschauen gewesen, doch ich hatte immer schon den Verdacht gehabt, dass sie ihre eigenen Pläne verfolgte. Und ich hatte es lange Zeit vermieden, mich ihr wirklich zu stellen.

Kaum war sie durch das Tor am Ende des Foyers getreten, schlüpfte auch ich aus dem Gang hervor. Ich verschmolz mit der Stille und den Schatten. Die Fragen, die mich hier drin eingeholt hatten, würden draußen vielleicht beantwortet werden.

Bevor ich aus dem Spiegelpalast trat, zählte ich acht, neun, zehn Sekunden, um sicherzugehen, dass Nika sich weit genug entfernt hatte, um meine Anwesenheit nicht doch noch zu bemerken. Als die frische Abendluft mich empfing, sah ich Nikas Silhouette am Himmel kleiner werden, die riesigen Schwingen zu ihren Seiten ausgebreitet. Wenn mich nicht alles täuschte, flog sie in Richtung Westen. In den Aschedistrikt?

Ich überlegte nicht lange und machte auf dem Absatz kehrt. Durch den Spiegel, der mich hier ausgespuckt hatte, trat ich zurück in Alexeis Schloss. Direkt in Nastyas Gemach. Ich musste raus in den Innenhof. Ich brauchte einen Gargoa, denn im Gegensatz zu Nika, die eine Ursprüngliche war, hatte ich keine Flügel.

*Woher weiß er, wohin er fliegen muss?*

*Er wird spüren, wo du hinwillst.*

Es war Nika selbst, die mir verraten hatte, wie man diese Wesen lenkte. Nun würde ich dieses Wissen nutzen, um sie zu verfolgen und endlich ihr Geheimnis zu lüften. War sie eine Verräterin, oder kämpfte auch sie für das Wohl Xanthias?

Ich schwebte beinahe über die Treppenstufen, so sehr beeilte ich mich. Jedes Mal, wenn mir ein Xathyr entgegenkam, grüßte ich ihn freundlich und mäßigte meine Schritte, versuchte meine Atmung unter Kontrolle zu bekommen. Ich musste unbedingt verhindern, dass man Alexei über mein seltsames Verhalten informierte.

Noch während ich den von Baumkronen überdachten Weg in den Innenhof entlangging, biss ich mir in die Handfläche, bis Blut aus der Wunde trat. Nur zwei Gargoa standen noch auf ihrem Platz, und ich eilte zu dem, der mir am nächsten war. Ich presste meine blutige Hand an sein Maul, ließ ihn von mir trinken, bis das Steingrau seines Körpers in Farben erblühte.

»Hallo«, sagte ich leise und strich ihm sanft über die Flanke. »Ich bin Zoé, und wir suchen jetzt gemeinsam nach jemandem. Sie ist vom Spiegelpalast aus westlich geflogen.«

Das Wesen neigte sein gehörntes Haupt, und ich schwang mich auf seinen Rücken. Es reckte den Kopf mit einem lauten Grollen, bevor es Anlauf nahm, immer schneller wurde und sich schließlich mit kräftigen Flügelschlägen in den dunkelnden Himmel erhob.

# KAPITEL 11

## ZOÉ

Je weiter wir flogen, desto nervöser wurde ich. Der Himmel war trüb vom Qualm und den Ascheflocken. So würde ich Nika nur schwer erkennen, aber das Gute war, dass man auch mich nicht so einfach entdecken konnte.

Ich saß auf dem Rücken des Gargoas, und der eisige Wind schnitt mir ins Gesicht. Seine ledernen Flügel schlugen schwer gegen den Himmel, und mit jedem Meter, den wir weiter aufstiegen, fühlte es sich an, als würden wir das Kriegschaos unter uns weiter zurücklassen.

Und doch ließ es sich nicht vollends abschütteln. Die Schreie, das Klirren von Waffen, die Explosionen, die die Erde erschütterten, tränkten die Nacht.

Gerade waren wir über die Grenze zum Aschedistrikt geflogen, da war ich mir sicher, in dem Dunst Nika auszumachen, die mit ihren charakteristischen Flügeln zielstrebig weiter in Gregoris Hoheitsgebiet hineinflog.

Ich befahl dem Gargoa, ihr in sicherer Entfernung zu folgen, als eine Truppe Xathyr meine Aufmerksamkeit erregte, die in mattgraue Wappenröcke gekleidet in Richtung des Blutdistrikts marschierte. Gregoris Leute. Wollten sie Alexei gegen die Rebellen des Schattendistrikts unterstützten?

Aber Gregori hatte gewusst, dass Alexei sein Relikt gestohlen hatte – oder besser gesagt, es hatte stehlen lassen –, und er war wütend gewesen. Waren sie dennoch zu einer Einigung gekommen?

So oder so würde Alexei sich darum kümmern.

Ich musste mich jetzt auf Nika konzentrieren, damit mein

Gargoa sie weiterverfolgte, auch wenn meine Gedanken so schnell jagten wie seine Flügelschläge.

Was hatte Nika vor? Warum war sie nicht an Alexeis Seite, und warum bemerkte sie mich nicht? Ich hatte das Gefühl, dass es viel zu einfach war, ihr zu folgen, bisher hatte ich immer den Eindruck gehabt, dass sie einen Verfolger schon auf Meilen wahrnahm. Oder hatte sie mich mittlerweile bemerkt und lotste mich an einen Ort, an dem sie mich ungestört zur Rede stellen konnte? War das gar eine Falle? Der Gedanke bohrte sich in mein Bewusstsein, aber ich schob ihn beiseite. Es spielte keine Rolle. Ich war bereit, die Konsequenzen zu tragen, wenn es bedeutete, endlich einige Antworten zu bekommen.

Irgendwann wurde die Asche in der Luft dichter, die Dächer unter mir grauer. Auch der beißende Gestank drang wieder an meine Nase, warf mich zurück zum ersten Mal, als ich den Aschedistrikt betreten hatte.

Nika führte uns tiefer in den Distrikt, weg von den Kämpfen, weiter in die zerklüfteten Berge, die sich wie schwarze Zähne gegen den Horizont erhoben.

Wir flogen gerade über einen Berggipfel, als sie langsam tiefer glitt.

»Ich glaube, wir landen gleich.«

Der Gargoa ließ ein tiefes Grollen hören, als er seine Richtung korrigierte. Ich bedeutete ihm, zum Sinkflug anzusetzen, und wir landeten in einem Gebirgspass. Der Steinwächter ging auf seinen Hufen weiter, doch als wir Nika beinahe eingeholt hatten, stieg ich ab und bedeutete ihm, hier auf mich zu warten. Alleine war ich leiser.

Der Wind peitschte eisig durch den schmalen Pass, aber ich ließ mich nicht aufhalten. Meine Finger krallten sich in den Umhang, zogen ihn fester um mich, während ich Nika unablässig verfolgte. Ihre schattenumrissene Gestalt verschwand immer wieder hinter Felsvorsprüngen, doch ich verlor sie nie aus den Augen. Die Kälte war nichts im Vergleich zu den Gefühlen, die in mir brannten. Dem Verlangen nach Antworten. Nika hatte sie, das spürte ich.

Der Pfad wurde schmaler, die Ascheschicht, die sich wie Nebel über der Erde staute, rutschig unter meinen Stiefeln. Ich musste vorsichtig sein, aber Nika bewegte sich mit der Leichtigkeit von jemandem, der diesen Weg schon oft gegangen war.

Nach einer Weile tauchte zwischen den Felsen ein Haus auf, halb verborgen von den Schatten der Berge. Sein Dach war schief, die Fenster verdunkelt, der Schornstein rauchte nicht, doch es konnte kein Zufall sein, dass Nika genau hierherkam.

Ich wartete einen Moment, beobachtete sie aus der Ferne. Sie schlüpfte durch die Tür, als wäre sie nur ein weiterer Schatten in der Dunkelheit.

Mein Herzschlag war inzwischen ein drängendes Trommeln. Langsam ging ich weiter und näherte mich dem Haus. Ich ließ meinen Blick durch das Fenster ins Innere wandern, wo es weiterhin stockfinster war. Keine Stimmen drangen nach draußen, keine Geräusche wie das Rücken eines Stuhls oder Schritte.

Unsicher darüber, was ich tun sollte, blieb ich noch einige Atemzüge lang am Fenster stehen. Dann trat ich an die Tür und lauschte erneut, doch noch immer war es still im Haus. Ich drückte die schwere Holztür auf und trat ein.

Im Inneren war es leer. Aber wo war …

Ich hatte gerade wenige Schritte in das Zimmer gemacht, das sich vor mir offenbarte, da knarzte es unter meinen Füßen. Ich zuckte zusammen, überzeugt davon, gleich ein Messer an der Kehle zu spüren, doch nichts passierte.

Erleichtert stieß ich den Atem aus, den ich unbewusst angehalten hatte. Dann bückte ich mich und tastete den Boden ab, bis sich meine Finger um etwas schlossen. Eine Art … Ring? Er fühlte sich gusseisern an und so groß, dass ich ihn mir über die Hand stülpen und als Reif tragen könnte, wenn er nicht im Boden verankert wäre.

Mit gerunzelter Stirn zog ich daran, und die Diele unter meinen Füßen knarrte ein weiteres Mal. Ich stand offenbar auf einer Tür, die in den Holzdielen eingelassen war. Mit klopfendem Herzen machte ich einen Schritt zur Seite, zog erneut an dem Ring, und diesmal kam mir die Tür entgegen.

Diese Art des Kellereingangs war mir nicht fremd, im *Salon Rouge* hatte es eine ähnliche Falltür gegeben. Und genauso wie in dem Bordell, in dem ich einst gearbeitet hatte, erstreckte sich eine Leiter unter der Öffnung. Zumindest, soweit ich durch das hereinfallende Mondlicht erkennen konnte. Nika musste dort hinabgestiegen sein. Es gab keine andere Möglichkeit.

Ich ließ meinen Blick ein letztes Mal durch den Raum schweifen, bevor ich einen Fuß auf die oberste Sprosse setzte. Dann den nächsten. Die Leiter gab ächzende Geräusche von sich, und ich verfluchte sie innerlich. Aber mit etwas Glück war Nika schon so weit entfernt, dass sie mich nicht hörte, Vorsprung genug hatte sie zumindest. Ich fragte mich wirklich, was sie hier tat.

Mir entwich ein leises Keuchen, als ich unten ankam. Es war noch dunkler als oben im Haus, aber meine Sicht als Xathyr genügte, um vage auszumachen, dass ich in einem langen Korridor stand.

Gänsehaut breitete sich auf meinem Körper aus, als ich meinte, die Silhouette eines kleinen Jungen vor mir auszumachen.

*Es hat mir deinen richtigen Namen verraten. Das Herz.*

*Es weiß alles.*

*Es hat mir erzählt, dass ich meine Mutter getötet habe.*

Ich schloss die Augen und atmete einen Moment lang durch, dann zog ich die Phiole aus meinem Stiefelschaft. Stanislav hatte gesagt, dass das Gift etwa vierundzwanzig Stunden durch meinen Körper zirkulieren würde. Bis dahin sollte ich Ana gefunden haben. Aber selbst wenn nicht …

Ich entkorkte die Phiole und nahm einen Schluck. Die violette Flüssigkeit schmeckte süß, fast schon klebrig. Ich wischte mir über den Mund und setzte meinen Weg fort. Wenn mich jetzt jemand angriff, wäre mein Kuss tödlich.

Die Wände des Korridors waren feucht und rau unter meinen Fingerspitzen, als ich mich vorsichtig vorantastete. Der Gang war eng, beinahe beklemmend, und die Luft roch modrig, nach altem Stein und abgestandener Feuchtigkeit. Der Weg führte steil nach oben, und die Steine unter meinen Füßen wurden glitschig. Meine Schritte wurden vorsichtiger.

Um mich herum war es still, so still, dass mich das rhythmische Pochen meines eigenen Herzschlags an Kriegstrommeln erinnerte. Hallte es hier? Es kam mir vor, als hörte ich ihn doppelt. Von Nika hörte ich hingegen nichts. Auch ihr Geruch hatte sich verloren. Ob ich irgendwo einen Durchgang verpasst hatte? Der Korridor schien endlos, immer wieder brachen die Wände in unregelmäßigen Abständen in scharfen Ecken ab, als hätte jemand absichtlich ein Labyrinth geformt, um Eindringlinge fernzuhalten.

Ich beschloss, noch einige Meter weiterzugehen, ehe ich umkehrte, und tatsächlich erreichte ich eine alte Holztür, die in die Wand eingelassen war, halb verrottet, mit tiefen Kratzspuren darin. Wer oder was hatte versucht, hier herauszukommen?

Meine Brust bebte, als ich die Hand nach dem Türknauf ausstreckte. Sein Metall war kühl an meiner erhitzten Haut.

Mit rasendem Atem drehte ich den Knauf, und als ein Klicken ertönte, mischte sich noch ein Geräusch in die gespenstische Stille. Eine Stimme. Direkt an meinem Ohr.

»Du bist mir gefolgt.«

Bevor ich mich umdrehen konnte, hatte Nika mich an den Schultern gepackt und drückte mich gegen die Wand. Meine Wange wurde gegen die Feuchtigkeit gepresst, die das Mauerwerk durchzog wie der flüssige Tod. Mit einem Mal fühlte ich mich zurückversetzt in die kleine Kabine im *Salon Rouge* und spürte, wie mein Herz panisch gegen meine Rippen hämmerte.

*Willst du nicht für mich winseln, kleine Sünderin?*

»Du tust mir weh«, presste ich irgendwie hervor. Mein Atem ging flach, und ich rief mir ins Gedächtnis, dass es eine Frau war, die hinter mir stand. Eine, die ich kannte. Eine, die nichts tun würde, was ich nicht wollte. Oder?

Ich versuchte, die Erinnerungen an Raoul und meine Machtlosigkeit von damals zu verdrängen. Sie wegzuschieben. Sie waren nur noch in meinem Kopf. Nicht länger meine Realität.

»Nika, bitte«, schluchzte ich. »Ich kann dir alles erklären, nur lass mich los. Bitte. Oder dreh mich wenigstens zu dir um.«

Sie sagte kein Wort, aber sie kam meiner Bitte nach. Ich wurde herumgewirbelt, mit ihren Armen hielt sie mich zwischen sich und der Tür gefangen. Der Blick aus ihren leuchtend roten Augen war nicht so hasserfüllt, wie ich befürchtet hatte.

»Danke«, flüsterte ich.

»Jedes Mal, wenn wir uns irgendwo begegnen, heulst du.«

Ich schnaubte ungläubig, wollte mir die restlichen Tränen aus dem Gesicht wischen, aber sie stieß meinen Arm weg.

»Die Situation gerade hat mich nur an etwas erinnert«, gab ich leise zu.

In Nikas Gesicht zeigte sich keine Emotion. »Nach Pavels Angriff, kurz nach deinem Eintreffen in Xanthia, sagtest du, dass dir schon mal etwas Ähnliches zugestoßen wäre.«

Mehr als ein Nicken brachte ich nicht zustande.

»Ich glaube, du vergisst manchmal, wie stark du bist«, sagte sie, was mich so unvorbereitet traf, dass ich für einen Moment die Luft anhielt. »Du hast den Wichser abgestochen, Zoé.«

Mir entging nicht, dass sie meinen echten Namen benutzte.

»Ich hätte mich gar nicht erst in diese Situation begeben dürfen.« Dieser Satz gehörte zu mir, wie mein Name es tat. Es war das erste Mal, dass ich ihn nicht nur in meinem Kopf sagte. Zu mir selbst.

Nika zog die schmalen Brauen zusammen, als würde sie nicht verstehen, wovon ich sprach. »Wie viel Macht willst du diesem Mann über dich geben? Jetzt, hier, immer noch? Obwohl er nicht einmal mehr da ist?«

Ich schluckte, als ihre Worte in mich einsanken. Sie klangen hart, könnten ein Vorwurf sein, wenn ich nicht wüsste, dass es Nikas Art war, so mit mir zu sprechen.

»Du trägst keine Schuld daran, wenn jemand anders beschließt, dir wehzutun oder deine Grenzen zu überschreiten und deine Sicherheit zu gefährden, egal, in welcher noch so beschissenen Situation du dich befindest.«

»Ich weiß.« Meine Stimme klang hohl und ging beinahe unter in dem lauten Rauschen, das in meinem Schädel dröhnte.

Nika berührte mein Kinn und hob mein Gesicht an ihres, sanfter, als ich für möglich gehalten hätte. Ein Kribbeln lief durch meinen Körper, warf mich zurück zu der Nacht in ihren Gemächern, in der wir uns zuletzt so nahe gekommen waren.

»Der Dolch lag da, und du hast dich selbst gerettet. Du hast überlebt.«

»Ich …« Ich verstummte, als mir bewusst wurde, dass mir etwas an dem, was sie sagte, merkwürdig vorkam. »Woher weißt du von dem Dolch?«

Für einen flüchtigen Moment weiteten sich Nikas Augen. Die Regung war so unauffällig, dass ich sie nicht bemerkt hätte, wäre ich keine Xathyr.

»Ich kenne deine Sünden«, sagte sie, wie sie es schon einmal getan hatte. »Ich weiß von allen Dingen, die in jener Nacht geschehen sind.«

Mein Herz klopfte so heftig, dass meine Brust zu schmerzen begann. Der Dolch hatte aus dem Nichts zwischen Raouls Kleidung auf dem Boden gelegen. Er hatte so edel ausgesehen, dass ich die ganze Zeit über irgendwie geahnt hatte, dass er nicht zu ihm gehörte.

Ich wollte Nika glauben. Aber ich musste auch wissen, ob sie irgendeine wichtige Information vor mir verbarg. Eine, die etwas mit dieser Nacht zu tun hatte.

»Nika«, flüsterte ich. »Sag mir die Wahrheit.«

Sie verschloss ihre Miene vor mir, und jetzt waren ihre Augen wieder scharf wie Splitter.

»Du zuerst«, raunte sie. »Wieso hast du mich verfolgt?«

Ich kam nicht dazu, ihr zu antworten, denn ich spürte einen plötzlichen Druck in meinem Rücken, als jemand die Tür öffnen wollte.

»Nika, mein Sonnenschein, bist du das? Wir warten auf dich«, flötete es durch den kleinen Türspalt.

In dem Moment schossen mir zwei Fragen gleichzeitig durch den Kopf: Wer zur Hölle würde Nika einen *Sonnenschein* nennen, und was machte Roman hier?

# KAPITEL 12

## KAS

Nastya saß auf der Bettkante, die Hände fest in den Stoff ihres Nachtkleids gekrallt. Ihre Augen huschten nervös durch den Raum, als würde sie erwarten, dass die Tür jede Sekunde aufsprang. Ich konnte ihre Angst förmlich spüren, sie breitete sich im Raum aus, machte ihn stickig und eng. Sie sagte kein Wort, aber sie musste es auch nicht – ich wusste, was sie beschäftigte. Wir kannten uns lange genug.

»Ich gehe raus und sehe nach«, sagte ich schließlich, meine Stimme ruhiger, als ich mich fühlte. Ihr Blick schoss zu mir, voller Unsicherheit, aber sie nickte stumm.

Ich griff nach meinem Hemd, das ich nachlässig über einen Stuhl geworfen hatte. Natürlich war Nastya paranoid, nachdem sie sich die letzten acht Jahre hier versteckt hatte, aber das musste nicht bedeuten, dass sie nicht auch recht haben konnte. Ich unterdrückte meinen inneren Alarmzustand, um sie nicht weiter in Panik zu versetzen, denn Panik führte nur zu kopflosen Reaktionen, die wir uns nicht erlauben konnten.

Gerade war ich in den Flur getreten, da griff sie nach meinem Arm. Ich wollte mich ihr entziehen, weil ich sie so sehr hasste, dass ich ihre Berührung nicht aushielt, nun, da die Lust vergangen war und ich mir nicht mehr einbilden konnte, sie wäre Zoé – aber ich sah die Sorge, die ihre glatte Miene zeichnete.

»Sei vorsichtig.«

Nur widerwillig nickte ich. »Pack das Relikt und die Schriftrolle ein. Für den Fall, dass wir verschwinden müssen.«

Nastyas Augen wurden groß, bevor ihre Finger von meinem Ärmel rutschten. Dann eilte sie zurück ins Schlafzimmer. Ich begann derweil damit, die Knöpfe zu schließen. Und schon wanderten sie wieder zu *ihr*, meine Gedanken.

*Du machst das gut.*

*Es sind nur Knöpfe, Kas.*

*Ich meine nicht die Knöpfe.*

*Was meinst du dann?*

Ich richtete meinen Kragen.

*Mir den verfluchten Kopf zu verdrehen.*

Mein Blick schoss durch den Flur ins Wohnzimmer, hin zu dem Schreibtisch, an dem ich Nastya vergangene Nacht gefickt hatte. Wenn ich mich selbst nur genug hasste, könnte ich Zoé vielleicht gehen lassen.

Ich nahm meinen Dolch, steckte ihn mir in den Gürtel und ging zur Tür.

Draußen war es still. Fast zu still. Die Nacht hatte das Grundstück in Dunkelheit gehüllt, der Wind strich leise durch die Bäume, aber sonst war da nichts. Kein Geräusch, kein verräterischer Schatten. Dennoch blieb ich wachsam, jede Muskelfaser angespannt. Es wäre nicht das erste Mal, dass Alexeis Männer leise kamen.

Ich schlich über den schmalen Pfad, der vom Haus wegführte, die Hand fest am Griff meines Dolchs. Die Kälte der Nacht biss in meine Haut, aber ich hieß sie willkommen. Zu lange hatte ich nichts mehr gefühlt.

Aufmerksam analysierte ich die Umgebung – Büsche, Bäume, das alte Tor am Ende des Grundstücks. Nichts Außergewöhnliches.

Ich hörte nur meinen eigenen Atem, gleichmäßig und ruhig. Kein Knacken von Ästen unter fremden Füßen, kein Rascheln im Gebüsch. Ich ging um das Haus herum, prüfte die Fenster, die Rückseite des Gebäudes, den kleinen Schuppen. Alles still. Alles wie immer.

Sie hatten uns nicht gefunden. Noch nicht.

Aber auch ich spürte das nahende Unheil. Nastya hatte recht, sich zu fürchten. Alexei würde nicht aufgeben, nicht so leicht. Doch für heute, zumindest für diesen Moment, waren wir sicher.

Ich kehrte zum Haus zurück und trat leise durch die Tür. Nastya saß wieder auf dem Bett, die Hände unruhig ineinander verschränkt. Sie betrachtete mich prüfend, und auch wenn sie kein Wort sagte, wusste ich, dass sie auf eine Reaktion wartete.

»Da war nichts«, sagte ich. »Es ist niemand da draußen, nicht einmal ein verborgener Schatten.«

Ihre Schultern entspannten sich, wenn auch nur ein wenig. Wir wussten beide, dass die Gefahr noch nicht vorüber war. Vielleicht würde sie das nie sein.

»Wir sollten nach einem neuen Versteck Ausschau halten«, sagte ich. »Nur für den Fall der Fälle.«

Nastya stand auf und stellte sich vor mich. »Ich kann hier nicht weg! Es reicht doch schon, dass Zoé mich gesehen hat! Wenn wir jetzt auch noch das Haus zurücklassen, können wir gleich Flugblätter verteilen: *Tot geglaubte Affäre des Grafen Hand in Hand mit dem* Ripper *gesichtet.*«

»Hand in Hand wird man uns mit Sicherheit nicht sehen.«

»Kas!«, stieß sie protestierend aus, die Arme zu ihren Seiten ausgebreitet. »Das hier ist kein Spaß! Wären wir Alexei nicht zuvorgekommen, hätte er mich eigenhändig umgebracht, das weißt du besser als ich!« Sie trat an eine Kommode und kam mit erhobener Hand zurück, in ihrer Faust eine schlanke lederne Rolle. Ich wusste genau, was sich darin befand. »Deswegen«, sagte sie. »Weil ich es war, die hinter seine größenwahnsinnigen Pläne kam.«

Während ich die Dokumentenrolle in ihrer Hand betrachtete, schoss mir ein Gedanke durch den Kopf. »Vielleicht wird er dir verzeihen.«

Sie stieß ein freudloses Lachen aus, als sie merkte, dass ich es ernst meinte. »Ich habe mich verdammte acht Jahre hier vor ihm versteckt, nachdem ich ihn bestohlen und dann meinen Tod vorgetäuscht habe.«

»Willst du deine Unsterblichkeit damit verbringen, immer wieder davonzurennen?«

»Nein«, erwiderte sie aufgebracht. »Das muss ich auch gar nicht, wenn wir unseren Plan durchziehen und ihn umbringen und in eine Kiste sperren!«

»Und wenn es uns nicht gelingt?« Die Worte klangen rau, als ich sie aus den verborgensten Winkeln meiner Seele hervorholte. Da waren zu viele unbekannte Variablen. Alexei hatte ein Relikt, wir hatten eines, doch wo war das dritte? Was würde wirklich passieren, wenn man sie zusammensetzte? Und Alexei hatte …

»Ich denke, dass er es war, der Zoé verwandelt hat«, sprach ich meine größte Angst laut aus.

Nastyas Mund fiel auf, doch es kam kein Ton über ihre Lippen. Dann schüttelte sie vehement mit dem Kopf. »Nein. Nein, nein, nein. Du wirfst unsere Pläne jetzt nicht über den Haufen, nur weil er vielleicht Zoé verwandelt hat!«

Wenn das stimmte, war ihr Leben an seines gebunden. Ich wusste, Alexei verwandelte niemanden selbst, nicht einmal mich. Damals hatte er diese Drecksarbeit von Nika verrichten lassen. Aber Zoé war … Sie war besonders, und das wusste er. Ich spürte meinen Puls an meiner Schläfe pochen.

»Sie wird dein Untergang sein, Kas. Ich hab es in ihrem wilden Blick gesehen. Die Frau wird dir nicht verzeihen, niemals. Sie wird dich unter die Erde bringen.«

Ich ballte die Hände zu Fäusten. »Dann soll sie doch.«

Nastyas Schatten umhüllten sie, dann stand sie direkt vor

mir, so dicht, dass ich ihren Geruch nach Amber und Honig wahrnahm.

»Du hast fast ein Jahrzehnt als Geist auf der Erde überlebt. Du hast deinen Vater überlebt und *Alexei*. Wo ist dein Überlebenswille jetzt, Kas?«

»Ja«, gab ich heiser zurück. »Ich habe das alles überlebt. Aber ich weiß nicht, ob ich mich selbst überleben kann.«

Ich bemerkte zu spät, dass ich den letzten Satz laut ausgesprochen hatte. Erst als Nastya die felsengrauen Augen zu Schlitzen verengte und ihren Blick durch meine Mauern brechen ließ.

»Du hörst jetzt sofort damit auf, dich selbst zu bemitleiden und siehst zu, dass du dich von dieser Schlampe nicht umbringen lässt, ist das klar? Wenn du stirbst, habe ich *nichts* mehr. Und ich bin definitiv zu schön, um dir in die kalte Erde zu folgen, meinst du nicht?« Sie betrachtete mich von oben bis unten. »Und auch du wirst einen Grund haben, weshalb es für die ewige Ruhe noch zu früh ist. Dein Aussehen ist es nicht.«

Ich wollte nicht lachen. Trotzdem spürte ich, wie es widerwillig an meinen Mundwinkeln zog. »In einer einzigen Sache hatte Alexei immer recht«, sagte ich. »Du bist wirklich ein Biest.«

»Oh ja«, gab sie dunkel grinsend zurück. »Er wird meine Krallen noch zu spüren bekommen.«

»Und ich weiß auch, wie. Du musst mir jetzt nur ganz genau zuhören«, beschwor ich sie.

# KAPITEL 13

## ZOÉ

Als Roman die schwere knarrende Holztür aufstieß, kam uns ein angenehm kühler Luftzug entgegen, der die stickige Enge des alten Kellergangs hinter uns verdrängte. Der Korridor dahinter war anders. Noch immer eng, aber die bedrückende Atmosphäre wurde durch ein sanfteres Licht gemildert, das von kleinen Laternen an den Wänden ausging. Es wirkte weniger bedrohlich, fast als hätte sich die Dunkelheit dazu entschieden, uns nicht länger hinterherzujagen.

Roman ging voran, sein Schritt sicher, als wäre ihm dieser Weg vertraut. Nika und ich folgten ihm. Je höher wir den steilen Gang nach oben stiegen, desto mehr wurde die muffige Luft verdrängt durch eine frische Brise, die den Geruch von Holz und Stein mit sich trug.

»Und du hast Zoé mitgebracht, weil sie dich verfolgt hat?«, wiederholte Roman Nikas Erklärung.

»Ja«, gab sie knurrend zurück.

Über unseren Köpfen wölbte sich ein Steindach, das eher an einen Weinkeller erinnerte als an die gruseligen Tiefen, durch die wir gekommen waren. Noch immer fragte ich mich, wohin dieser Weg uns führte. Und was die beiden so Dringendes zu besprechen hatten – außerhalb von Alexeis Schloss.

»Na dann ist ja alles klar. Wir sind übrigens gleich da«, sagte Roman, ohne sich umzudrehen, seine Stimme fast beiläufig. Er schien nicht im Geringsten von den beengenden unterirdischen Gängen beunruhigt zu sein – als wären sie für ihn so vertraut wie sein eigenes Haus.

Ich musterte Nika verstohlen. Ihre Aufmerksamkeit war auf unseren Weg gerichtet. Sie wirkte wie die Ruhe selbst, was meine innere Anspannung etwas löste.

Der Korridor hob sich weiter steil nach oben, eine schmale Steintreppe baute sich vor uns auf. Wir stiegen hoch, es wurde wärmer, die Wände glatter, und schließlich erreichten wir einen Holzbogen, der in einen größeren Raum führte.

In ein Haus.

In *Romans* Haus.

Hinter dem weitläufigen Raum wartete das Zimmer, in dem er Nika und mich bei unserem letzten Besuch empfangen hatte. Im Gegensatz zu damals wirkte es heute etwas aufgeräumter. Die Kessel, die auf den verschieden hohen Tischen standen, waren sauber, wiesen keine Spur mehr auf von dem Gebräu, das sich dickflüssig über ihre Ränder ergossen hatte.

»Erwartest du Besuch?« Mein Blick wanderte weiter durch den Raum. »Oder hast du–« Die nächsten Worte blieben mir im Hals stecken, als ich die Frau sah, die gerade dabei war, den Fußboden zu wischen. Sie stand unter dem Fenster, das neben der Tür eingelassen war, und hielt ebenfalls inne. Sie sah mich aus gerundeten Augen an, die sich innerhalb einer Sekunde zu schmalen Schlitzen verengten.

»Marie.« Der Name hallte wie ein Herzschlag in meinen Ohren wider.

Marie versteifte sich. Ich beobachtete, wie sie mich skeptisch musterte, bis hin zu meinen Ohren. Ich meinte, einen Hauch von Überraschung in ihren Zügen zu erkennen, bevor sie wieder scharf wurden wie Messer. Dann drehte sie sich wortlos um und fuhr damit fort, den Boden zu wischen.

»Nehmt doch Platz, meine Teuersten«, flötete Roman hinter mir. »Marie, bring meinen Gästen eine kleine Erfrischung. In dem obersten Regal im Vorratskeller ist meine älteste Flasche Jungfrauenblut. Sehr selten, oft haben die einfach nicht genügend Sünden gesammelt, um nach Xanthia zu kommen. Ich bin sicher, heute ist der richtige Anlass dafür, sie zu köpfen.« Er warf mir einen süffisanten Blick zwischen seinen Wimpern zu, bevor er gluckste. »Die Flasche, meine ich natürlich.«

Ich ließ sein doppeldeutiges Wortspiel unkommentiert und bewegte meinen steifen Körper auf den Ledersessel zu, der zwischen zwei der hohen Tische stand. Über ihm hing ein alter Lampenschirm, der eine so dicke Staubschicht trug, dass ich befürchtete, er würde jeden Moment unter der Last von der Decke fallen.

Marie trat an mir vorbei, und als mir ihr vertrauter Geruch entgegenströmte, verkrampfte sich mein Herz.

»Welcher Anlass soll das sein?«, fragte ich an Roman gewandt, als sie aus dem Zimmer gegangen war. »Warum nimmt Nika einen Geheimgang durch irgendwelche Tunnel, um dich zu besuchen?«

Nika ließ sich auf einem Stuhl an einer Art fünfeckigem Esstisch nieder und überkreuzte die Beine.

Hinten im Flur wurde eine Tür geöffnet. Bevor ich erkennen konnte, wer zu uns trat, hörte ich seine Stimme: »Guten Abend.« Sofort sprang ich auf. »Was macht *er* hier?« Und wenn er hier war, würde Ana auch –

Als Baron Miron mich erblickte, blieb er im gerundeten Durchgang stehen.

»Er wohnt hier«, gab Roman ungerührt zurück, als hätte ich ihn nach dem Wetter gefragt.

Mein Blick schoss zu Nika, die etwas zu interessiert ihre spitzen Fingernägel betrachtete.

»Was hat das zu bedeuten?«, fragte ich sie. »Seine Leute greifen Alexei an! Jetzt, in diesem Moment, zerstören sie Häuser und Bauten im Blutdistrikt! Sie töten Soldaten und Unschuldige –«

»*Unschuldige*«, griff Nika auf, ihr Ton so gleichgültig wie der von Roman. »Deine Definition von unschuldig hat sich schnell gewandelt, *Zoya*.«

Ich glitt durch meine Schatten und war innerhalb eines einzelnen Augenblicks bei ihr. Ich schloss meine Faust um ihren Kragen und hob sie von ihrem Stuhl, ihre Lippen nur Zentimeter von meinen entfernt. Eine falsche Bewegung, und ich würde sie austrocknen.

»Ich frage dich noch einmal: Was hat das zu bedeuten?«

»Moie ledie!«, rief Roman aufgebracht, aber ich erkannte aus dem Augenwinkel, dass Miron ihn davon abhielt, zwischen uns gehen. Mein Blick brannte sich noch immer fest in Nikas.

»Zum Teufel«, knurrte sie, und ihr Atem traf auf meinen Mund. »Du wagst es, mich anzufassen?« Sie krallte ihre scharfen Fingernägel in meine Hand und versuchte, meinen Griff zu lösen, aber ich gab nicht nach.

»Ich befehle dir, dass du mich aufklärst. *Sofort*.«

Nikas Feueraugen sprühten Funken, die mich verbrannt hätten, wenn ich noch die alte Zoé gewesen wäre. Aber die Flammen in meiner Brust loderten stärker als je zuvor. Stärker noch als die von Nika. Sie war mir endlich Antworten schuldig. Sie alle waren das.

»Graf Alexei hat Baron Mirons Frau getötet.« Sie spie jedes Wort so, dass ich ihre Wut auf mich in jeder einzelnen Silbe spürte.

»Ja«, zischte ich. »Nachdem sie und ihre Handlanger mich verstümmelt haben. Du hast mich danach gesehen, Nika. Du hast gesehen, was sie mir angetan haben.« Die Buchstaben auf meiner Brust glühten, glühten, glühten. »Anas temporärer Tod ist nicht ansatzweise Strafe genug für das, was sie sich herausgenommen hat, meinst du nicht?«

»Ihr Tod ist nicht temporär.« Mirons Stimme war tief, aber

ruhig. Nur langsam drehte ich meinen Kopf zu ihm herum. Seine silbernen Locken wirkten heute stumpf statt glänzend, außerdem war ihm ein unordentlicher Bart gewachsen, der das breite Kinn betonte.

»Eure Baronin ist eine Ursprüngliche«, gab ich zurück, als wüsste er das nicht selbst. »Sie kann nicht getötet werden.«

Mirons rechter Mundwinkel schraubte sich in die Höhe, doch da lag nichts Belustigtes in seinem Ausdruck. »Dem Grafen ist das Unmögliche gelungen.«

Nika schlug meine Hand weg, als sich meine Finger wie von selbst von ihrem Kragen lösten. Sie hustete, und die nächsten Worte krochen nur krächzend über ihre Lippen. »Der Herr bedient sich einer Macht, die gefährlich ist. Wenn er Ursprüngliche töten kann, was kann er noch?«

Ihre Frage rüttelte etwas in mir auf, das ich nicht ganz greifen konnte. Bilder von Alexei blitzten in mir auf. Bilder, in denen ich ihn wanken und zittern sah.

»Wieso fragst du ihn das nicht selbst?«, herrschte ich sie an. Ich war noch viel zu überrumpelt, um einen klaren Gedanken zu fassen. Ana war … tot? Dann war Stanislavs Auftrag hinfällig?

Nika lachte, doch es klang so freudlos wie das aufgesetzte Lächeln in Mirons Gesicht aussah.

»Damit er mich wieder einsperrt und foltert? Wie war das mit den Peinigern, die wir von ihrem Thron stoßen sollten, hm?«

Waren Mirons Worte Messerstiche gewesen, die langsam in meine Brust eindrangen, so waren die von Nika der finale Todesstoß.

Marie erschien im Durchgang, in ihren Händen ein Tablett, auf dem sie vier hohe Gläser balancierte. Der Blutgeruch, der von ihnen ausging, wehte bis zu mir herüber, und sofort spürte ich den stechenden Schmerz in meiner Brust, der nach Linderung verlangte.

Und ich wusste, wie ich sie beschaffte. Ich wandte mich von Nika ab und drehte mich Marie zu, die wie festgewurzelt auf der Türschwelle stand, der Saum ihres Kleids umspielte ihre Knöchel. Sie taxierte mich aus ihren himmelblauen Augen, als wartete sie nur darauf, dass ich mich auf das Tablett stürzte.

Oder auf sie.

Als suchte sie nach einem weiteren Grund, mich zu verabscheuen. Sie musste das Monster nicht sehen, in das ich mich verwandelt hatte. Für sie war ich das doch schon lange zuvor gewesen.

»Wo soll ich es hinstellen?«, fragte sie. Ihr Blick huschte dabei nervös zu Roman.

»Stell es doch zu Nika und ledi Zoya auf den Esstisch, Liebes. Damen zuerst, nicht?«

Marie nickte und bewegte sich auf uns zu. Mein Herz trommelte, dabei konnte ich nicht sagen, ob es der Hunger war und die Nahrung, die immer näher kam – oder Marie, die ich so sehr vermisst hatte, dass es mich beinahe zerriss.

»Zoya also«, sagte sie leise, als sie das Tablett aus dunklem Holz auf dem Tisch niederließ. »Ein neuer Name für deine Liste.«

Ich presste die Lippen aufeinander, um die Gefühle, die in mir aufstiegen, tief in mir einzusperren. Marie hatte jedes Recht, diese Dinge zu mir zu sagen. Sie hatte jedes Recht, mich zu hassen. Aber …

»Verrätst du mir, woher du es weißt?« Meine Stimme klang dünn und echote besonders laut durch den Raum, weil alle anderen still geworden waren.

Marie sah mich an, lange. Dann schnaubte sie. »Das ist es, was du wissen willst? Wie deine Lügen aufgeflogen sind?« Die Worte schnitten mit unterschwelliger Schärfe durch meine Nervenbahnen.

»Marie«, begann ich und formte die Hände zu Fäusten, um mich daran zu hindern, die Finger nach ihr auszustrecken. »Das ist es nicht, ich –«

»Ich weiß es nicht«, unterbrach sie mich. »Ich habe dich berührt, und dann habe ich die Bilder gesehen, als hätte jemand ein Fotoalbum in meinem Kopf aufgeschlagen. Ich würde sagen, dieser Jemand hat mich vor einem möglichen weiteren Verrat von dir bewahrt.« Sie funkelte mich ein letztes Mal an, dann machte sie kehrt und verschwand durch die Tür in den Flur.

Bevor die anderen drei sich regten, griff ich nach einem der Gläser und kippte seinen Inhalt in einem Zug hinunter. Dann nahm ich mir das nächste Glas und trank auch dieses mit wenigen Schlucken leer. Ich stellte es geräuschvoll zurück aufs Tablett und wischte mir mit der Hand übers Kinn. Ein Rinnsal Blut war aus meinem Mundwinkel gelaufen. Während Nika die Erste war, die langsam aus ihrer Starre erwachte, leckte ich mir die Finger ab.

»Willst du das erklären?«

»Nein«, gab ich schlicht zurück. »Erst seid ihr alle dran.« Mein Blick flog über ihr Gesicht hin zu Roman und blieb auf Miron haften. »Was macht Ihr hier?«

»Ich suche Schutz«, antwortete er, wobei mir die Bitterkeit in seinen Zügen nicht entging. »Unser Graf hat etliche Abkommen gebrochen, indem er in mein Zuhause marschierte und jeden, der ihm über den Weg kam, tötete. Meine Leute hatten keine Gelegenheit, sich zu wehren. Sie wurden exekutiert. Massakriert. Sie konnten nicht einmal um ihr Leben flehen.«

Während er sprach, sah ich die Szenen vor mir. Alexeis weißes Hemd, das sich mit jedem weiteren toten Xathyr röter färbte. Den Palast, der einer Grabstätte glich.

Skeptisch musterte ich Miron. »Woher wisst Ihr das so genau?«

Er öffnete den Knopf seines Jacketts und griff in dessen Innentasche. Eine handgroße Brosche funkelte zwischen seinen Fingern. Als er ihren Deckel öffnete, erkannte ich, dass es sich dabei um einen Taschenspiegel handelte.

»Ich behalte mein Zuhause stets im Blick.«

»Dann saßt Ihr in Eurem sicheren Versteck und saht dabei zu, wie Eure Frau getötet wurde, Baron Miron?«, fragte ich spitz. Es war mehr eine Herausforderung denn ehrliches Interesse an seiner Antwort.

Seine Nasenflügel bebten, als er sprach. »Ich hätte niemals gedacht, dass er sie töten würde. Töten *könnte*. Zumindest nicht auf ewig. Und außerdem, wenn ich ihr zu Hilfe geeilt wäre, gäbe es niemanden mehr, der den Grafen aufhält.«

»Aufhält?« Ich nahm ein weiteres Glas vom Tablett, bevor Roman danach schnappen konnte. Er zog seine ausgestreckten Finger hastig zurück. Langsam ließ ich das Blut meine Kehle hinabrinnen. So, als könnte ich mir dadurch Zeit erkaufen, um Mirons Worte in mir nachklingen zu lassen. Um darüber nachzudenken, wie viel Wahres in ihnen steckte.

»Wir glauben, dass der Graf über diese enorme Macht verfügt, weil er die Kraft der Relikte Xanthias benutzt.«

Nika beugte sich vor und griff nach dem letzten Glas. »Er hat von dir gefordert, dass du sie ihm alle bringst, oder?«

Ich nickte knapp.

»Ich weiß nicht, wieso, aber vermutlich geht er davon aus, dass er damit seine Macht noch weiter steigern kann. Vielleicht will er die Barone entmachten. Vielleicht will er sich ganz Xanthia unter den Nagel reißen. Vielleicht will er jeden, der sich ihm in den Weg stellt, auslöschen.«

»Denk nur an Xanthias Flora«, mischte Roman sich ein. Er hatte sich auf den Stuhl neben Nika gesetzt. Sein Blick wirkte trüb, schien in eine andere Welt zu sehen als jene, die uns umgab. »Das Land trocknet aus. Der Herr ernährt es nicht länger.«

»Er darf das letzte Relikt nicht bekommen. Wo auch immer Ana es vor ihrem Tod versteckt hat –«

»Sie hat es nicht versteckt«, fiel ich Nika ins Wort. »Jemand hat es mir gestohlen, bevor Ana es mir abnehmen konnte.«

Ich spürte, wie sich alle drei Augenpaare mit einer Intensität in mein Gesicht brannten, die mich innehalten ließ. Als ich es nicht weiter ausführte, war es Nika, die sagte: »Kaspar.«

Beim Klang seines Namens hatte ich das Gefühl, meine Gedärme würden sich verknoten. Roman holte geräuschvoll Luft, Mirons Blick verdunkelte sich. Er schien Kaspar ebenfalls nicht wohlgesonnen zu sein.

»Das ist gut«, sagte er dennoch. »Der dunkle Prinz wird einen Teufel tun und das Relikt Alexei übergeben. So hat unser Graf nur zwei der drei Relikte. Wir müssen –«

»Er hat nur eins«, korrigierte ich Miron. »Alexei hat nur Gregoris Relikt. Ich habe Eures im Kabinett der Albträume verloren, schon vergessen?«

Miron betrachtete mich, als versuchte er, meine Worte als Lüge zu enttarnen. »Aber wer hat es dann?«

Wieder blickte ich von einem Gesicht ins nächste, bis ich erneut beim Schattenbaron, dem Herrn der Spiegel – und Täuschungen –, hängen blieb. »Was, wenn Ihr es habt, Miron? Wenn Ihr hier steht und uns etwas vormacht?«

Ein Grinsen breitete sich auf seinem Gesicht aus, diesmal wirkte es echt. »Ich verstehe, dass ich gerade nicht besonders glaubwürdig dastehe.«

»Zeigt mir ihren Leichnam«, verlangte ich. »Anas.«

Wenn ihn meine Worte überraschten, so ließ der Schattenbaron es nicht durchblicken. »Das ist nicht möglich. Sie wurde bereits beigesetzt.«

»Und wieso sollte ich Euch dann glauben?«, erwiderte ich schnippisch.

»Haltet Ihr Graf Alexei für vertrauenswürdiger, ledi Zoya?«

»Auf einmal so förmlich«, höhnte ich. »Bei unserem letzten Aufeinandertreffen habt Ihr mit mir gesprochen, als wäre ich nicht einmal den Dreck unter Euren Fingernägeln wert, *Baron.*«

Sein linkes Auge zuckte. Das Rot darin leuchtete intensiv.

»Erinnert Ihr Euch, worüber wir bei jenem Aufeinandertreffen gesprochen haben?«

Ich ließ das Blut in dem hohen runden Glas umherkreisen, beobachtete, wie es gegen die Wände schwappte und rote Schlieren hinterließ. Und dann, wie eine Welle, die ans Ufer schlug, traf mich die Erkenntnis.

*Drei Männer, und nur einer sagt die Wahrheit.*

Das Glas zerschellte auf dem Boden, bevor ich auch nur bemerkt hatte, dass es mir aus der Hand gefallen war.

Kas hatte gelogen.

Alexei hatte gelogen.

Miron …

Ich machte einen Schritt zurück, um aus dem Scherbenhaufen zu treten, der sich zu meinen Füßen gesammelt hatte.

»Ihr habt es vorausgesagt«, presste ich hervor, und meine Lungen schienen zu verkleben. Es fiel mir schwer, Luft zu holen.

»Zoé, geht es dir nicht gut?« Nika hatte meinen Arm gepackt. Ich glaubte mittlerweile, dass sie meinen echten Namen benutzte, wenn sie sich um mich sorgte. Er entwischte ihr, als hätte sie in jenen Momenten genauso wenig Kontrolle über ihre Worte, wie sie sie über ihre Gefühle hatte.

»Alles in Ordnung«, sagte ich und zog mir einen der Stühle heran. Kaum hatte ich mich gesetzt, spürte ich ein heftiges

Hämmern in meiner Brust. Ich fuhr mit der Hand darüber und … Schon wieder. Es war, als hätte ich einen zweiten Herzschlag, der durch meinen Körper pulsierte. Ich hörte die anderen sprechen, doch die Geräusche traten mehr und mehr in den Hintergrund, und der Raum um mich herum begann zu wanken. Und dann formte sich eine Silhouette vor meinen Augen, auf der anderen Seite des fünfeckigen Tisches.

Xanthos.

Er lächelte.

»Ihr müsst mir etwas versprechen, Zoé.«

Keuchend hielt ich seinem durchdringenden Blick stand.

»Was habt Ihr?«, hörte ich Miron von weit entfernt fragen.

Xanthos beugte sich über den Tisch zu mir vor und legte einen Finger an seine Lippen. »Erzählt Ihnen nicht, dass Ihr mich sehen könnt.«

Ich deutete ein Nicken an.

»Danke. Und nun hört Euch bitte an, was ich zu sagen habe.«

Ich atmete schwer und wagte es nicht, auch nur einen Laut von mir zu geben.

»Einst hatte ich ein gewöhnliches Leben. Ich ging meiner Arbeit als Mittler nach, reiste in den Himmel und in die Hölle. Ich unterstützte die Kommunikation zwischen meinen beiden Brüdern, den anderen Göttern, die sonst viel zu selten zusammenkamen. Ich sorgte für ein Gleichgewicht der Seelen, die zu ihnen strömten. Eines Tages verliebte ich mich sogar.« Wärme mischte sich in das kühle Silber seiner Augen. In meinen Erinnerungen blitzte das Gesicht einer Frau mit blondem Haar auf. Ephemera. »Von mir aus hätte alles so weitergehen können bis in alle Ewigkeit. Doch Kyrios und Baal hatten andere Pläne. Perfide Pläne. Ihr kennt das Gefühl eines Messers im Rücken, nicht wahr?«

Wieder nickte ich vorsichtig, und Xanthos' Blick tauchte in meinen ein, als würde er versuchen, hinter meine Oberfläche zu sehen.

»Wenn mich einer versteht, dann Ihr, Zoé, das wusste ich von Anfang an. Ich bitte Euch, mir zu helfen. Findet die Relikte und setzt sie wieder zusammen.«

# KAPITEL 14

## ZOÉ

Xanthos' Abbild verblasste vor meinen Augen, bis es sich gänzlich auflöste, so, als wäre er nie da gewesen.

Stattdessen stand Nika jetzt vor mir. Sie war um den Tisch herumgegangen und stierte mir direkt ins Gesicht.

»Hast du mir zugehört?«

Ich schüttelte den Kopf, in dem viel zu viele lose Enden umherschwirrten, die ich nicht zu greifen bekam.

Nika und der Dolch.

Alexei hatte Ana ausgelöscht.

Miron in Romans Haus.

Die Relikte, die nicht zusammengesetzt werden durften.

Die Relikte, die zusammengesetzt werden *mussten*.

»Du kannst jetzt nicht mehr zurück zu Alexei gehen.«

Mein Blick klärte sich, und ich bohrte ihn in Nikas. »Ich muss mit ihm sprechen.«

»Darüber, dass wir seinen Feind verstecken?«, zischte sie.

»Darüber, was … Keine Ahnung, Nika. Aber ich muss wissen, wie er das alles erklärt!«

»Er lügt, wenn er nur den Mund aufmacht«, mischte Miron sich ein.

*Drei Männer, und nur einer sagt die Wahrheit. Die anderen erzählen Unwahrheiten, sobald sie den Mund aufmachen. Es ist an dir, die Lügner zu enttarnen. Aber pass auf, dass du dich dabei nicht selbst belügst.*

Mirons Worte hatten sich in meine Erinnerungen gebrannt, ohne dass es mir bewusst gewesen war.

»Was, wenn Ihr mich von Anfang an belogen habt, Schattenbaron? Wenn Ihr mich im Kabinett der Albträume manipuliert und mit Illusionen gefüttert habt? Wenn *alle* lügen?« Ich merkte erst, dass ich zitterte, als die Worte holprig über meine Lippen taumelten.

»Spiegel lügen nicht«, erwiderte er, und mein Herzschlag setzte aus. Es waren dieselben Worte, die Alexei benutzt hatte, nachdem er mir zeigte, wie Kaspar Nastya tötete. Der Spiegel hatte nicht gelogen. Kaspar hatte sie umgebracht. Nur war Nastya als Xathyr zurückgekehrt. »Ihr habt gesehen, wie mein Spiegelbild diese Worte gesprochen hat, nicht?«, fügte er hinzu.

Ich dachte an den Moment zurück. Fühlte, wie Miron hinter mir stand, sein Gesicht über meine Schulter geschoben, unsere Blicke, die sich in der Reflexion des Spiegels trafen, seine Augen in der Farbe von dunklem Wein. Ja. Ich sah vor meinem geistigen Auge, wie sich Lippen bewegten und Worte gesprochen wurden.

*Was ist das für ein Spiel?*

*Nur ein Beweis dafür, dass du* ihm *nicht trauen darfst.*

Er hatte es mir gesagt. Miron. Und der Spiegel. Er hatte mir Alexeis Gesicht gezeigt. Alexei, der mit der Stimme von Kaspar gesprochen hatte. Ich war von Anfang an gewarnt worden, beiden Männern nicht zu vertrauen, und ich hatte mich trotzdem bereitwillig in die Flammen gestürzt.

Es war meine eigene Schuld, dass ich mich verbrannt hatte.

*Du trägst keine Schuld daran, wenn jemand anders beschließt, dir wehzutun*, erinnerte ich mich an Nikas Worte, als ihr Gesicht wieder in meinen Fokus rückte.

»Lass mich wenigstens herausfinden, was er vorhat. Mit welchen Lügen er mich gefüttert hat.« Nastyas Gesicht blitzte in meinem Geist auf, und für den Bruchteil einer Sekunde ließ ich meinen Blick ausweichen. Sofort zog Nika die Brauen zusammen.

»Nein«, befahl Miron.

»Ich bin Eure Gräfin.« Ich erhob mich langsam, bis wir uns beinahe auf Augenhöhe befanden. Der Baron war größer als ich.

Er neigte den Kopf, und seine Locken schimmerten leicht im schummrigen Licht der surrenden Lampe.

»Seid Ihr das wirklich, wenn Ihr mich daran erinnern müsst, ledi Zoya?«

»Sie weiß etwas.« Nikas Stimme schnitt durch die aufgeladene Luft, die sich schwer auf uns alle gelegt hatte. Sie hatte meine Unsicherheit sofort bemerkt, und ich verfluchte mich dafür. »Spuck es aus, und wir lassen dich gehen.«

Ein empörtes Lachen brach aus mir heraus. »Du willst mich hier festhalten?«

»Ich sichere mich lediglich ab.«

»Dir wird nicht gefallen, was ich zu sagen habe.« Ich beobachtete Nikas Gesicht, jede noch so feine Linie, damit mir nicht entging, wie sie auf meine Offenbarung reagierte. »Bist du dir sicher, dass du es hören willst?«

Ihre linke Braue schob sich ein winziges Stück höher, das Auge darunter zuckte kaum merklich. Ihre Lippen zogen sich für den Bruchteil einer fliehenden Sekunde zusammen, bevor sie sich teilten. »Sag es.«

Die Zeit dehnte sich über uns aus, während ich die Worte auf meiner Zunge umherdrehte und schmeckte. Kaspars doppelter Verrat hatte eine besonders bittere Note, die meinen Magen verkrampfen ließ. »Nastya lebt.«

Roman reagierte zuerst. Aus der Ecke, in der er saß, erklang ein geräuschvolles Einatmen. Baron Miron machte keinen Laut, doch ich konnte beobachten, wie er seine Hand in die Rückenlehne des Stuhls vor ihm krallte.

Nika regte sich nicht. Kein Stück. Ihr Gesicht war wie aus Stein gemeißelt, aus dem schönsten, dunkelsten, härtesten

Edelstein. Ihre Augen waren ein finsterer Abgrund, aus denen mir jeden Moment der Tod entgegenspringen konnte.

»Ich habe sie beerdigt.«

Die Worte waren kaum mehr als ein heiseres Flüstern, und trotzdem bargen sie so viele Emotionen, dass sich meine Nackenhaare aufstellten.

»Dann wurde sie von jemandem wieder ausgegraben«, gab ich zurück. Dass es vermutlich Kaspar gewesen war, behielt ich für mich. »Ich habe sie gesehen, mit meinen eigenen Augen.«

»In einem Spiegel?«, fragte sie höhnend. Ich hörte die leise Hoffnung, die darin mitschwang, darauf lauernd, dass ich verneinte.

Ich schüttelte den Kopf. »Sie ist mir begegnet, in Fleisch und Blut. Sie hat mich angegriffen. Gestern Abend.«

»Das ist –«

»Sie ist eine Xathyr«, unterbrach ich sie.

»O Götter«, stöhnte Roman aus seiner Ecke.

Endlich regte Nika sich. Ihre Schultern fielen ein, und ihre Gesichtszüge wurden weich. Sie verlagerte ihr Gewicht von einem Bein aufs andere, als wäre ihr Körper zu müde, um sie länger aufrecht zu halten.

Für einen Moment beschlich mich Mitgefühl, aber ich war zu durcheinander, mein Kopf zu sehr gefüllt mit Fragen, die mich davon abhielten, auf sie zuzugehen.

»Ich gehe jetzt«, sagte ich also. Noch bevor ich mich entschieden hatte, ob ich die Vordertür nutzte oder den ganzen Weg zurück durch den Geheimgang ging, rückte Nika so nahe an mich heran, dass ich automatisch die Luft anhielt.

»Ich brauche mehr Informationen.« Ihre Reißzähne blitzten auf.

»Nein«, gab ich zurück. »Wir hatten eine Abmachung.«

»Zoé«, zischte sie so nah an meinem Mund, dass eine Gänsehaut meinen gesamten Körper überlief.

Ein Muskel an meinem Kiefer zuckte, so sehr versuchte ich, mich zusammenzureißen. »Lass. Mich. Gehen. *Sofort!*«

»Du weißt, was sie mir bedeutet hat.«

Ich berührte ihre Schultern und brachte Abstand zwischen uns, doch Nika schloss ihn wieder, ohne mit der Wimper zu zucken.

»Willst du das wirklich hier und jetzt austragen?«, fragte ich sie. »Dann verrate mir, was es mit dem Dolch auf sich hat. Woher wusstest du davon?«

»Ich habe ihn dort hingelegt«, gab sie ohne Umschweife zu, und mein Magen sackte in meine Kniekehlen.

»Du warst da«, flüsterte ich. »Wieso?«

»So läuft das nicht.« Nika kam noch einen Schritt näher, sodass ich zurückweichen musste, bis ich die Wand in meinem Rücken spürte. »Antwort gegen Antwort. Wer hat Nastya verwandelt?«

Ich verzog das Gesicht. »Kaspar.«

Nika stieß ein Geräusch aus, das mich an ein verwundetes Tier erinnerte. Eins, das nicht wusste, ob es sich zurückziehen und die Wunden lecken sollte oder sich auf seine Angreifer stürzen. »Dieser götterverfluchte –«

»Wieso?«, wiederholte ich meine Frage, schärfer diesmal. »Wieso warst du da, als Raoul mich … als er …«

»Weil ich nie gewollt habe, dass er dich vergewaltigt!«, schrie Nika, und mein Herz sank. Sie atmete schwer, als hätte es sie alle Kraft gekostet, diese Worte auszusprechen, nachdem sie sie Ewigkeiten gehütet hatte. Dabei war ich es, die sich mit einem Mal so ausgelaugt fühlte, dass ich mich vollständig gegen die Wand sinken ließ.

»Was hast du dann gewollt?«, fragte ich leise. Ich suchte ihren Blick. Schatten tobten darin. Dunkel und ungestüm und bereit, alles zu verschlingen.

»Nika …« Roman tauchte hinter ihr auf und sah besorgt

zwischen uns hin und her. »Jetzt ist nicht der richtige Zeitpunkt dafür.«

»Wofür?«, krächzte ich. »Was habt ihr getan?«

Das Rot kehrte in Nikas Blick zurück, als blutete es durch die schwarzen Schatten. Sie schüttelte den Kopf. Ich hatte schon öfter bemerkt, dass ihr Haar im Lichtschein zwischen Blau und Violett changierte, doch in diesem Moment bewegte der Anblick der bläulich schimmernden Reflexe etwas in meinem Innersten. Es kämpfte sich mit Klauen und Nägeln durch meine Erinnerungen, bis es sich schmerzhaft in meine Hirnwindungen krallte.

Der Traum, den ich im Kerker vor meiner Hinrichtung gehabt hatte, blitzte in mir auf. Dieser eine Augenblick, in dem ich aus der Kabine im *Salon Rouge* stürzte, direkt auf Jean-Paul zu, der sich mit jemandem unterhielt. Dieser Jemand war in jener Nacht wirklich dort gewesen, ich hatte ihn für einen Gendarmen gehalten, der mir auf die Schliche gekommen war. Ich hatte gedacht, es wäre ein Mann gewesen, aber als ich in meinem Traum nach ihm gegriffen und ihn zu mir herumgedreht hatte, war ich erschrocken, denn es war eine Frau. Die Frau von der Ausstellung in Aubervilliers, die Künstlerin. Die mit dem mitternachtsblauen Haar.

*Das ist meine Vorstellung von Xanthia.*

Sie war im *Salon Rouge* gewesen, mein Unterbewusstsein musste es in all dem Chaos damals irgendwie wahrgenommen und festgehalten haben.

Mein Blick fuhr über die Kessel auf Romans Tischen, dann zu dem Xathyr selbst. Langsam. Das Gesicht des Tränkemachers wirkte eingefallen, die Falten in seiner Stirn erzählten eine Geschichte, die mich schaudern ließ.

»Warst du die Frau, Nika?« Mein Herzschlag trommelte unter meiner Haut wie mit Fäusten.

Roman senkte die Lider, doch nicht schnell genug. Ich sah

den Schmerz, der in seinen Augen aufgeflackert war. Das war Antwort genug.

»Was hat das zu bedeuten?«, fragte ich weiter. »Wie warst du auf der Erde, wieso hast du –«

»War ich nicht«, entgegnete sie matt. »Es war nur eine Reflexion. Nur mein Spiegelbild.«

Ein bitterer Schluchzer kroch in mir hoch, nur um mir im Hals stecken zu bleiben. Die Bestätigung, dass Nika wirklich dort gewesen war, in dem Zelt, im *Salon Rouge*, in der Kabine … Es fühlte sich an, als würde der Boden unter mir bröckeln, um mich in die Tiefe zu ziehen.

»Ich hatte einen von Romans Tränken genommen, damit du mich nicht wiedererkennst.«

»Aber ich wusste damals doch gar nicht, wer du bist!«, schrie ich.

Ihre Augen wurden trüb, und dann verstand ich es. Ich hatte sie nicht gekannt, aber sie hatte gewusst, ich würde sie treffen, sobald ich in Xanthia erwachte. Weil sie mich erwarten würde.

*Bist du bereit für einen Pakt, Zoé?*

Sie hatte mich beobachtet. Sie hatte gewusst, ich würde sterben.

*Weil ich nie gewollt habe, dass er dich vergewaltigt!*

Die Erkenntnis, die in jener Sekunde in mir einschlug, raubte mir den Atem. Sie hatte es gewusst, weil …

»Du wolltest, dass er mich tötet«, krächzte ich.

»Ich hatte keine andere Wahl«, gab Nika zurück. »Es wäre so viel einfacher gewesen, wenn du dich auf der Ausstellung hättest erwischen lassen.«

Ein dumpfer, pochender Kopfschmerz schob sich in mein Bewusstsein.

»Ich hatte dir gesagt, dass das eine dämliche Idee war«, sagte Roman. Er ließ sich auf einem der Stühle nieder und seufzte tief. »Aber es hätte mir klar sein sollen, dass du nicht auf mich hören würdest.«

Sprachen sie gerade über mein Schicksal, als wäre meine Existenz – oder besser, deren *Ende* – nicht mehr als eine lästige Zweckmäßigkeit?

»Und du hast dafür *drei* meiner Gesichter benutzt. Schäm dich, Nika.«

»Drei?«, echoten Miron und ich wie aus einem Mund. Mein Blick schoss zu dem Baron, der sich lässig an die Wand gelehnt hatte und das Geschehen beobachtete wie ein morbides Theaterstück. Fehlte nur noch, dass ihm jemand ein gutes Getränk und etwas zu essen reichte.

»Ich bin dran.« Nika funkelte mich an, bevor sich ein glasiger Schleier über ihre Augen legte. Sie grub ihre Finger fest in meine Arme. »Hat sie nach mir gefragt?«

Die Luft, die ich atmete, staute sich in meiner Kehle. »Nein.«

Ich konnte genau dabei zusehen, wie Nikas Maske in diesem Moment in sich zusammenfiel. Wie sie ihr vom Gesicht rutschte und all die Emotionen offenbarte, die sie zuvor fein säuberlich dahinter versteckt hatte. Ich konnte nicht leugnen, dass sich eine gewisse Genugtuung in mir ausbreitete.

»Hast du nur zugesehen, oder hast du es eingefädelt? Hast du ihn auf mich angesetzt, Nika?«

*Er sagt, ihr kennt euch*, hallten Jean-Pauls Worte in mir nach, und ich zitterte erbarmungslos, während ich auf ihre Antwort wartete. Ich hatte gewusst, dass ich Raoul noch nie in meinem Leben gesehen hatte. Ich vergaß keine Gesichter. Niemals.

Meine Hand schoss zu dem Tablett mit den Gläsern, doch sie waren alle leer. Einem inneren Impuls folgend griff ich trotzdem nach einem von ihnen und warf es voller Wucht auf den Boden.

»Sag es!« Ich stieß sie von mir, und sie taumelte, bevor sie sich fing. »Sag. Es.«

»Ich traf ihn einige Abende zuvor.« Die Worte waren leise, kaum hörbar, doch sie gruben sich in mich wie scharfe Geschosse. »Ich ließ ihn glauben, du hättest ihn bestohlen.«

Sie hatte also auch *mein* Gesicht benutzt. Ich fühlte mich, als würde ich ersticken. Gleichzeitig pochte Wut in mir wie ein entfesseltes Ungeheuer, heiß und zäh, als ein Schrei aus mir herausbrach.

Die anderen rückten von mir weg, selbst in Nikas Augen blitzte so etwas wie Angst.

»Du hast mich umgebracht!«, brüllte ich. »Du hast alles kaputt gemacht!« Ich spürte nichts mehr, nur den unaufhaltsamen Drang, sie zu verletzen. Nika stand einfach da, sah mich an, ihre Arme hingen locker an ihren Seiten hinab.

Ich schlug zu. Meine Faust traf auf ihr Gesicht, prallte hart auf ihre Wange, und Schmerz durchzuckte meine Hand. Nika rührte sich nicht, zuckte nicht einmal.

Ich verlor die Beherrschung, packte sie an den Schultern, stieß sie hart gegen den Tisch. Meine Schatten strömten aus mir heraus und umhüllten Nika. »Wieso?«

Ihre Miene blieb unverändert, ihre Pupillen fixierten mich unbeirrt. Sie wedelte bloß mit der Hand, als wollte sie meine Schatten vertreiben wie lästigen Qualm. Meine Hände zitterten vor Zorn. »Warum hast du das getan?«

»Zoé«, hörte ich Roman hinter mir, aber es war mir scheißegal, was er zu sagen hatte.

»Ich werde dich töten«, schwor ich Nika.

»Das kannst du nicht«, zischte sie so dicht an meinen Lippen, dass ich nur den Kopf zu heben brauchte, um ihr einen tödlichen Kuss zu geben. Kurz war ich in ernsthafter Versuchung. Meine Finger zuckten zu Stanislavs Dolch in meinem Stiefel. Wenn sie wüsste …

»Zoé, nicht!« Jemand griff nach meinem Arm und hielt mich zurück. Roman.

Nika brachte Abstand zwischen uns, und Miron trat näher. »Einen Ursprünglichen zu töten – selbst wenn er zurückkehrt –, zieht zu viel Chaos nach sich. Es ist verboten.«

Unbeirrt von seinem Einwand wollte ich wieder auf Nika losstürmen, doch Roman hielt mich fest. Auch Mirons Körperhaltung machte deutlich, dass er mich nicht vorbeilassen würde. Nika funkelte mich über seine Schulter hinweg an. Etwas Undefinierbares brannte in ihrem Blick. Sollte es Reue sein, kümmerte es mich nicht. Ich würde ihr nicht verzeihen, niemals.

Plötzlich gab es irgendwo draußen einen lauten Knall. Kurz darauf erzitterte der Boden unter unseren Füßen. Ein Blick zu Miron genügte, um zu realisieren, dass etwas ganz und gar nicht stimmte. Ihm war sämtliche Farbe aus den Wangen gewichen, in seinen Augen stand nackte Angst.

»Was ist das?«

Miron schüttelte den Kopf. »Ich glaube, er hat uns gefunden.«

Nika spähte in den Flur, der in die Geheimgänge führte. Ich war beinahe sicher, dass Alexei nichts von ihrem Verrat ahnte. Ich hatte die Truppen aus dem Aschedistrikt marschieren sehen. Vermutlich hatten Alexeis Späher Wind davon bekommen, und jetzt griffen seine Männer Gregoris Distrikt an. So funktionierte das doch mit Politik und Kriegen, oder?

Ein zweiter Knall folgte, diesmal direkt aus den Geheimgängen, tief und dumpf, wie ein Schlag gegen Stein, der durch das alte Gemäuer hallte.

»Was …?« Romans Stimme zitterte, und in diesem Moment riss ich mich los. Doch nicht, um auf Nika loszugehen. Gegen drei Xathyr würde ich keine Chance haben. Ich rief meine Schatten, glitt zur Haustür und trat hinaus in die Nacht.

Meine Schritte hallten durch die leeren, nur dämmrig beleuchteten Straßen, jeder Aufprall meiner Stiefel auf dem gepflasterten Boden wurde von der Asche verschluckt.

Der Aschedistrikt lag verlassen vor mir, von einem leichten Nebel durchzogen, der sich über den dreckigen Boden legte wie ein dichter Schleier. Es roch nach Ruß und verbranntem Holz, einer Mischung, die in meinem Hals kratzte.

Aber ich musste weiter. Weg von Nika, weg von allem, was gerade geschehen war. Was sie getan hatte. *Mir* angetan. Meine Gedanken bauschten sich zu einem Wirbelsturm auf, und ich versuchte verzweifelt, mich nicht von ihm davonreißen zu lassen. Ich musste herausfinden, was dahintersteckte, und ich musste wissen, was es wirklich mit den Relikten auf sich hatte. Mit Alexei und seinen Lügen. In welcher Art Welt war ich hier gelandet? Sie war erbaut aus Lügen, aus Verrat und Manipulation.

Die Straßen waren leer, zu leer. Etwas stimmte hier nicht. In der Ferne hörte ich Stimmen, die zu Soldaten gehören mussten. Als ich an meine letzte Begegnung mit einem von ihnen dachte, lief ein eiskalter Schauder über meinen Rücken. Er hatte mich direkt in Gregoris Folterkammer gebracht.

Aber Alexeis Männer würden mir nichts antun, das wusste ich. Trotzdem wollte ich nicht, dass er erfuhr, wo sie mich gefunden hatten. Nicht, solange ich nicht wusste, was seine Intentionen waren. Ob er wusste, was Nika getan hatte?

Ich ging langsamer und betrachtete die Abzweigung vor mir. Jede falsche Entscheidung konnte meine letzte sein.

Der Nebel schien dicker zu werden, kroch um meine Beine und nahm mir die Sicht. Er dämpfte die Geräusche meiner Absätze bei jedem Schritt.

Und doch, wenn ich genau hinhörte, war da ein zweites Paar Schuhe, das über die Pflastersteine ging.

Irgendwo hinter mir.

Näher kommend.

Mein Puls beschleunigte sich, wie es meine Schritte taten. Bis der Wind nicht nur Asche aufwirbelte, sondern auch einen Geruch an meine Nase trug.

Wildrosenblüten.

Ich lächelte. Wie gut, dass das Gift noch immer durch meinen Körper zirkulierte.

# KAPITEL 15

## KAS

Sehnst du dich nach dem Tod?«

Ihre Stimme schnitt messerscharf durch die Stille und nagelte mich an Ort und Stelle fest. Ich hatte mich beinahe lautlos bewegt. Wie konnte es sein, dass sie als neugeborene Xathyr bereits über ein so gutes Gehör verfügte?

Zoé drehte sich zu mir um, die Augen zu tödlichen Schlitzen verengt, und innerhalb des Bruchteils einer Sekunde entschied ich mich, zu handeln, bevor sie es tat. Ich durfte sie nicht unterschätzen.

Ich verschmolz mit meinen Schatten, rauschte vorwärts, bis ich direkt vor ihr stand, und riss sie zu Boden. Ich lag auf ihr, meine Hand fest um ihre Kehle geschlossen.

»Nein«, antwortete ich auf ihre Frage und krümmte die Lippen zu einem Grinsen. »Nur nach dir, Zoé. Ich sehne mich immer nur nach dir.«

Sie zog die Brauen zusammen, ehe sie ein Knurren ausstieß. Ich spürte es durch meinen Körper vibrieren, und mein Blut hatte nichts Besseres zu tun, als direkt in meinen Schwanz zu schießen.

Zoé schien es zu bemerken, denn ihr Blick glitt an mir hinab. Dorthin, wo unsere Becken gegeneinanderstießen. Als sie mir wieder ins Gesicht sah, waren ihre Züge weicher.

»Du willst mich«, flüsterte sie ganz nah an meinem Mund. Ihre Stimme war samtig und dunkel und erinnerte mich an die Nacht am Strand, als sie sich auf mir gerekelt hatte, ihr nackter Körper getaucht in silbernes Sternenlicht wie der einer Göttin. Ich konnte nicht verhindern, dass ich noch härter wurde.

»Ja«, gestand ich leise und schloss meine Finger fester um ihren Hals. Ihr spürbares Schlucken verriet mir, dass es ihr nicht anders ging. »Und *du* willst *mich*, ist es nicht so?«

Zoés verschleierter Blick fiel auf meine Lippen. »Finde es doch heraus, *Prinz*.«

Ihr herablassender Tonfall trieb meine Mundwinkel weiter in die Höhe, und ich konnte gar nicht anders, als mich enger an sie zu pressen. Als ich ihren weichen Körper an meinem spürte, schoss ein Stich durch meine Brust und senkte sich direkt in mein Herz. Ich hatte sie vermisst, und mir wurde erst jetzt bewusst, wie sehr.

Zoé leckte sich über die Lippen, und ich folgte der Bewegung ihrer Zunge mit meinem Blick. Alles in mir schrie mich an, mich zu ihr zu beugen, mir zu nehmen, was ich brauchte. Zoé. Ich wollte sie küssen. Ich wollte sie spüren. Ich wollte in ihre Seele tauchen.

Aber es war nicht das, was *sie* wollte. Wirklich wollte. Nicht mehr, nicht, nachdem ich sie auf die dreckigste Art hintergangen hatte.

Zoé bewegte sich unter mir und schob ihre Hüfte gegen meine. Natürlich streifte sie dabei meine Erektion, und ich keuchte.

»Angst vor einer Abfuhr?« In ihren Augen blitzte es. Sie sah mich von oben herab an, obwohl unsere Gesichter direkt voreinander schwebten. Verflucht, diese Frau wusste genau, was sie tat. Wie sie ihren Körper einsetzen musste, um einen Mann auf Touren zu bringen. Die Tatsache, auf welche Art sie das hatte lernen müssen, versetzte mir einen Dämpfer. Vor allem, weil ich wusste, dass sie sich für nichts davon aus freien Stücken entschieden hatte.

»Ich habe keine Angst«, gab ich zurück. Aber dieser Wichser von Zuhälter sollte welche haben, wenn er Xanthia eines Tages betrat. »Vor gar nichts«, ergänzte ich heiser.

Für einen Moment tauchte Zoés Blick zwischen ihren dunklen Wimpern so tief in meinen ein, als wollte sie mir meine dunkelsten Geheimnisse entlocken. Sie ahnte nicht, dass sie mich bloß nach ihnen zu fragen brauchte. Ich würde sie ihr bereitwillig erzählen. Ich würde ihr alles geben, was sie von mir wollte. Das Einzige, was ich im Gegenzug dafür brauchte, war ihr Lachen. Jenes, das ich gehört hatte, als wir in der Taverne tanzten.

»Dann küss mich«, wisperte sie, und die Worte rissen mich zurück ins Hier und Jetzt.

»Zoé …« Ihr Name glitt über meine Lippen wie ein Protest, obwohl es mich jede Beherrschung kostete, ihrer Aufforderung nicht sofort nachzukommen. Mehr als das. Die Vorstellung, ihr die Kleidung vom Körper zu reißen und sie hier in dieser Gasse gegen die schmutzige Wand zu ficken, war überwältigend. Vielleicht würde ich vorher ihre Beine spreizen und sie lecken. Sie in dieser dunklen, verlassenen Ecke dazu bringen, meinen Namen zu schreien. Ich hatte ihn schon viel zu lange nicht mehr aus ihrem Mund gehört. Dabei war ihre Stimme die einzige, die ihn erträglich klingen ließ, nachdem ich ein halbes Jahrhundert gebraucht hatte, um mich überhaupt an ihn zu gewöhnen. *Kaspar. Kas.* Er war nicht weit entfernt von meinem ursprünglichen Namen, und doch hatte es diese Frau gebraucht, bis ich ihn nicht länger verabscheute. Zoé. Vielleicht schaffte sie es sogar, dass ich mich selbst weniger verabscheute.

Ich konnte nicht aufhören, ihre Lippen anzustarren, und wusste, sie würde mich alles mit sich machen lassen. Und das war das Schlimme daran. Sie war so überzeugt davon, mich zu hassen, dass sie sich selbst hassen würde, sobald wir damit fertig waren, übereinander herzufallen. Doch das würde ich niemals zulassen, egal, wie sehr mein Schwanz sich verlangend gegen den Stoff meiner Hose drückte.

»Warum hast du es getan, Kas?«

Ich erstarrte, als ich den Schmerz hörte, der ihre Worte tränkte. Meine Gedanken rissen ab wie ein alter Film, und ich zwang mich dazu, ihrem Blick standzuhalten. »Du weißt genau, dass ich keine andere Wahl hatte. Du hast mir mehrfach gesagt, du würdest zu Alexei gehen und ihm das Relikt aushändigen, obwohl ich dich oft genug vor ihm gewarnt habe.« Die Erinnerung daran zerquetschte meine Eingeweide. Sie hatte sich an jenem Tag gegen mich entschieden. Gegen *uns*.

Zoés Kehlkopf bewegte sich unter meiner Hand. »Du hast mich für deine Rache geopfert.«

»Ich habe dich nicht geopfert«, entgegnete ich. »Sondern *mich*. Ich habe mir meine einzige Chance auf Glück ruiniert.«

»Warum?«, wiederholte sie zittrig.

*Weil ich fürchte, dass Alexei Xanthia zerstören wird*, dachte ich. Aber ich sprach es nicht aus. Es war nur eine Vermutung, geschürt von einer alten Schriftrolle. Eine Vermutung, wegen der Zoé alles verloren hatte. Wenn ich einem Hirngespinst hinterhergejagt war, würde ich mich auf ewig hassen. Und sie mich auch. Aber solange noch eine kleine Chance bestand, dass Zoé mir verzieh …

Ich stützte meinen linken Unterarm auf dem Boden neben ihrem Kopf ab. »Willst du immer noch, dass ich dich küsse?«

Zoé schnaubte, und das Geräusch schlug eine Kerbe in mein Herz. Dann spürte ich, wie sie sich gegen meinen Griff lehnte, um ihr Gesicht näher an meines zu schieben. Ein winziger Funke Hoffnung erwachte in meinem Herzen.

»Versuch es.«

Sie spielte mit mir. Und ich sollte verdammt sein, wenn ich nicht mitmachte.

Ich ließ mich schwer auf sie sinken, meine Lippen berührten ihre Schläfe, strichen langsam über ihre Wange. Zoé schnappte nach Luft, und ich hielt den Atem an. Trotzdem strömte ihr süßer Duft in jede meiner Poren, erinnerte mich daran, was ich kaputt gemacht hatte. Vielleicht für immer.

Mein Mund fand ihren, und mein Herzschlag geriet aus dem Takt.

»Was ich getan habe, tut mir leid, kleine Diebin.« Mit jeder Silbe berührten sich unsere Lippen hauchzart.

Zoés Körper erstarrte. Eine Sekunde später spürte ich einen scharfen Schmerz an meiner Kehle.

# KAPITEL 16

## ZOÉ

Das Rot der Klinge sah aus wie Blut vor Kaspars weißer Kehle. Ich drückte sie so tief in sein Fleisch, dass er keine andere Wahl hatte, als von mir abzulassen, wenn er nicht wollte, dass ich ihn aufschlitzte. Er hatte ja keine Ahnung, wie kurz er vor dem Tod gestanden hatte, als seine Lippen die meinen berührten. Und ich hatte keine Ahnung, weshalb ich ihn davon abhielt, obwohl ich ihn dazu verleitet hatte, wohl wissend, dass es sein letzter Kuss gewesen wäre.

»Ich habe nichts gegen Messerspielchen«, raunte Kaspar an meinem Mund. Seine Augen glühten schattenschwarz, und er grinste schief. Als er sich gegen die Klinge lehnte, löste sich ein Tropfen Blut aus dem Schnitt und fiel warm auf mein Gesicht. Ein Stöhnen entrang sich mir, als eine Welle aus Hunger und Lust in meiner Brust aufstieg und hart gegen meine Rippen brandete.

»Dein Herz schlägt schnell«, sagte Kas. »Wonach verlangt es?«

Ja, mein Herz schlug schnell. Mein Herz schlug verdammt schnell.

»Nach meinem Tod?«, fragte er. »Nach meinem Körper?« Er legte den Kopf schief, was einen weiteren dunkelroten Tropfen über das Messer rinnen ließ. »Nach meinem Blut?«

»Hör auf«, presste ich hervor. Sofort klärte sich Kaspars Blick, und der Druck auf die Klinge ließ nach. Ich wusste, er würde nichts tun, was ich nicht wollte. Er war ein verräterisches Arschloch, aber er würde meine Grenzen nicht überschreiten. Es gab nichts, dessen ich mir sicherer war. Vielleicht war es diese Erkenntnis, die meine andere Hand hervorschnellen ließ.

»Warte.« Meine Finger krallten sich in seinen Hemdkragen, gerade als er von mir heruntersteigen wollte.

»Was, Zoé?« Kaspars Stimme klang belegt und so distanziert, dass es mich schüttelte. »Ich habe verstanden, dass ich dich verletzt habe. Und wenn du spielen willst, dann spielen wir.« Er sah mich an, und ich hätte schwören können, dass etwas in seinen Augen auseinanderbrach. »Aber wenn du mit nur einem Wort sagst, dass ich gehen soll, dann gehe ich.«

Meine Atmung beschleunigte sich, als sich Wut in die gefährliche Mischung in meiner Brust wob. »Und wieder machst du es dir leicht, nicht wahr? Tust so, als würdest du mir die Entscheidung überlassen, weil du der perfekte Gentleman bist, der meine Wünsche respektiert. Aber weißt du, was du wirklich bist?«

Sein Blick wurde finster wie die Nacht.

»Ein verdammter Feigling. Ein hinterhältiger Feigling, der seinen Kopf aus der Schlinge zieht, um sie jemand anderem umzulegen. Weil du schwach bist, Kaspar. Du traust dich nicht, eigene Entscheidungen zu treffen, weil du dann mit den Konsequenzen leben müsstest, die sie nach sich ziehen.«

Für einen Moment war es totenstill in der Gasse. Das kalte Pflaster bohrte sich durch meine dünne Kleidung direkt in meinen Rücken. Auch wenn Kaspars Gewicht nicht länger vollständig auf mir lag, so war es eine andere Last, die mich niederdrückte.

»Mir scheint, als wüsstest du genau, wovon du sprichst«, sagte er ruhig. »Täusche ich mich, oder liegt das möglicherweise daran, dass du genau das selbst getan hast, Zoé?«

Seine Worte gingen auf mich nieder wie Kugeln, die Wunden in mein Fleisch schlugen.

»Was?«, stieß ich aus.

»Du weißt genau, was ich meine«, fügte er rau hinzu. »Rivière, das Schafott, Marie? Hast du nicht dabei zugesehen, wie sie für dich gestorben ist? Hast du ihr nicht *deine* Schlinge um den Hals gelegt?«

Ich keuchte, als Tränen in meine Augen stiegen. Erinnerungen vernebelten meine Gedanken, Schmerz rauschte verheerend heiß durch meine Venen. »Woher weißt du davon?«

»Das Leben als Geist ist unspektakulär«, gab er unbeteiligt zurück. »Da nimmt man jedes spannende Ereignis mit, das sich in der Nachbarschaft so abspielt.«

»Du warst da?« Ich konnte nicht verhindern, dass meine Hand mit dem Dolch zitterte. Erst Nika, und jetzt er. Ich fühlte mich elendig. Und auch wenn ich geglaubt hatte, den Tiefpunkt in unserer *Beziehung* bereits durchgestanden zu haben, fühlte ich mich einmal mehr verraten.

Kaspar nickte, und es versetzte meinem Herzen einen Hieb.

»Was hast du noch gesehen?« Die Frage hatte sich meinen Lippen entrungen, ehe ich sicher war, ob ich die Antwort wirklich hören wollte.

»In jener Nacht war ich nicht da.« Seine Stimme klang so scharf, dass sie Glas zerschneiden könnte. Er musste es gar nicht weiter ausführen. Ich wusste genau, von welcher Nacht er sprach. Seine verhärteten Gesichtszüge erzählten davon, wie sehr er diese Tatsache bedauerte.

Ich befahl der Wärme, die auf sein Geständnis hin in meiner Brust aufsteigen wollte, sofort zu erlöschen.

»Du hast so getan, als wüsstest du nichts von meiner Vergangenheit.« Die Worte klangen erstickt, aber das passte. Ich fühlte mich, als würde ich ertrinken.

»Ich kannte keine Einzelheiten.«

Ich lachte trocken, da packte er meine Hand mit dem Dolch.

»Was tust du da?«

»Du wolltest mich die ganze Zeit schon töten. Jetzt habe ich dir einen weiteren Grund geliefert, oder?« Er drückte die Klinge in meiner Hand fester gegen seine Kehle.

Panik stieg in mir hoch. »Willst du den Märtyrer spielen?«

»Ich helfe dir nur dabei, herauszufinden, was du wirklich willst.«

Kaspar bewegte unsere Hände, um sich das Messer langsam durch das Fleisch zu ziehen, Millimeter für Millimeter. Ich brachte all meine Kraft auf, um ihn daran zu hindern, aber der Schnitt zog sich weiter und weiter.

»Hör auf!« Meine Stimme zitterte und wurde schrill von den Wänden zurückgeworfen. »Hör sofort auf!«

Aber Kas hörte nicht auf. Die rote Linie auf seiner weißen Haut wurde länger, immer länger. Blut quoll aus dem Schnitt, regnete auf mein Gesicht, meinen Hals, meine Bluse nieder. Seine Augen waren leer. Als wäre das letzte Leben bereits aus ihnen entschwunden. Vielleicht war es nie da gewesen.

»Bitte!«, flehte ich. Noch immer versuchte ich mit aller Macht, ihn aufzuhalten, doch er war mir körperlich überlegen. Die Klinge näherte sich seiner Halsschlagader, und mein Herz war drauf und dran, meinen Rippenkäfig zu sprengen.

»KAS!«

Das Messer verharrte an Ort und Stelle. Als ich Tränen in Kaspars Augen sah, schnürte sich meine Kehle zusammen. Dennoch nutzte ich den Moment, um meine Hand aus seiner zu befreien und die Waffe sinken zu lassen.

Er blinzelte, und sein Blick klärte sich.

»Was sollte die Scheiße?«, fuhr ich ihn an. »*Ich* entscheide, ob du lebst oder stirbst! Das nimmst du mir nicht auch noch weg!« Meine Brust hob und senkte sich in hektischen Zügen gegen seine. »Du wählst nicht! Erst recht nicht die billige Ausflucht aus der Misere, in die du mich geritten hast!«

»Ich hätte es ohnehin nicht beenden können«, gab er heiser zurück. »Du bist mein Grund«, fügte er hinzu, leiser, als würde er die Worte zu sich selbst sagen.

»Wovon sprichst du?«

»Wir müssen reden«, sagte er lediglich, bevor er sich erhob und mir eine Hand reichte.

Ich schlug sie beiseite und stand eigenständig auf. Hastig zupfte ich meine Bluse zurecht, was Kaspar unter halb gesenkten Lidern beobachtete.

»Über Nastya?«, fauchte ich. »Wie soll ich dir ein einziges Wort glauben, wenn du mich von Anfang an nur belogen hast?«

»Ich habe dich nicht nur belogen«, erwiderte er.

»Wie großartig, dass zwischen deinen Lügen auch einige Halbwahrheiten dabei waren, danke, Kaspar!«

»Zoé«, begann er wieder, doch der Rest seines Satzes ging in einem lauten Knall unter. Eine Sekunde später schossen Flammen in den Himmel, nur eine Straße weiter.

Kas' Blick flog zu mir. »Ich muss zurück. Wir treffen uns in zwei Stunden in der Hütte im Wald.«

»Warte, was –« Seine Schatten stoben auf. »Kas! Wo gehst du hin?«

Ein letztes Aufleuchten seiner blauen Augen zwischen den schwarzen Schlieren, dann war er fort. Nur sein Blut, das noch immer auf meiner Haut klebte, zeugte davon, dass er hier gewesen war.

Ich berührte es. Es war noch warm. Vorsichtig verrieb ich die Flüssigkeit zwischen meinen Fingern und bemerkte Kas' Geruch, der daran haftete.

*Du bist mein Grund.*

Ich versuchte dem Drang zu widerstehen, das Blut von meinen Fingern zu lecken. Ein weiteres Geräusch ließ mich aufsehen, leiser diesmal, kaum hörbar, dann erkannte ich einen schlanken Schatten, der sich langsam von der Hausmauer löste, nur wenige Meter von mir entfernt. Sofort begann mein Puls zu rasen. Der Xathyr bewegte sich durch seine Schatten, bis er direkt vor mir stehen blieb. In seinen dunklen Augen stand geschrieben, dass er von Hunger getrieben war. Er richtete sie direkt auf mein Dekolleté, wo die Reste von Kas' Blut als Rinnsale in meinen Ausschnitt liefen.

»Ihr duftet köstlich.« Seine Stimme klang rau, wie Kreide, die man über eine Tafel zog. Bevor ich reagieren konnte, packte er meinen Arm und schleuderte mich gegen die Wand. Etwas in mir knackte. »Und ich habe wirklich großen Hunger.«

Er leckte sich über die spröden Lippen, die vermutlich schon lange kein Blut mehr geschmeckt hatten. Seine Haut wirkte fahl, vielleicht lag das aber auch an dem trüben Licht, das die Dunkelheit nur schwach durchdrang. Er war knochig und ausgezehrt, erinnerte mich an die Ghule in der Aschewüste. Ich könnte mich ihm entziehen und durch meine Schatten fliehen. Ich war stark genug.

Aber ich war es leid, dass Männer dachten, sie könnten sich einfach nehmen, was sie wollten. Ich war es leid, dass sie damit durchkamen. Ich war es leid, dass sie sich für unbesiegbar hielten. Dass es ihnen egal war, welches Trümmerfeld sie hinterließen, wenn sie sich umdrehten und davongingen, als wäre nie etwas gewesen.

»Ihr habt Hunger?« Ich blickte zwischen meinen Wimpern zu ihm hoch und biss mir auf die Unterlippe, bis ich Blut schmeckte. Der Xathyr überlegte nicht lange. Er überlegte *gar nicht*, um genau zu sein. Er stürzte sich auf mich, als wäre ich nicht mehr als das, was er in diesem Moment sah: Fleisch.

Er presste seinen Mund auf meinen, stöhnte, als er von meinem Blut kostete. Alles in mir sträubte sich dagegen, doch ich erwiderte den Kuss. Ich senkte die Lider, und es war Kaspars Gesicht, das in meinem Geiste auftauchte. Ich stellte mir vor, dass er es war, der mich küsste. Weil das bedeutete, dass er gleich sterben würde, indem mein Gift auf ihn überging.

Der Mann schob sein Gesicht weiter runter, ließ es in meine Halsbeuge gleiten. Seine kalte Haut an meiner jagte ein unangenehmes Schaudern durch meinen Körper.

Doch bevor er seine Zähne in mich schlagen konnte, begann er zu würgen. Im nächsten Moment spürte ich etwas widerlich Warmes, das zähflüssig an mir hinabrann. Der Mann taumelte einen Schritt zurück, die Hände um seine Kehle geschlossen. Seine Lippen teilten sich, als würde er etwas sagen wollen, aber nichts als grauer Schleim trat zwischen ihnen hervor.

Ich erinnerte mich daran, was Stanislav gesagt hatte. *Mit jeder Sekunde, die Eure Lippen auf denen der Baronin liegen, trocknet sie weiter aus, bis sie zu Stein wird.*

Mir kam die Galle hoch, als ich auf den Mann zutrat, ihn am Kragen packte und meinen Mund erneut auf seinen presste. Er bewegte sich in meinen Armen, wollte sich auflehnen, aber alles, woran ich dachte, war, dass er über eine andere Frau herfallen würde, wenn ich ihn jetzt gehen ließ. Und vielleicht würde diese Frau sich nicht wehren können. Also hielt ich ihn fest, bis er an meinen Lippen zu Stein wurde, bevor ich mich auf schnellstem Weg zurück ins Schloss machte.

Alexei war nicht da.

Sein General hatte mir mitgeteilt, dass er nach einer Ratssitzung in die Sklavenhalle gegangen war, um etwas zu erledigen. Dort war er in letzter Zeit öfter. Das bedeutete für mich, dass ich die Nacht allein verbringen würde.

Zwei Stunden, hatte Kas gesagt. Er hatte wirklich Nerven.

Erst belog er mich nach Strich und Faden, verriet das, was mir am wichtigsten war, und dann besaß er auch noch die Dreistigkeit, mir zu sagen, wann ich wo aufzutauchen hatte. Aber da hatte er sich getäuscht.

Ich stieg aus der Badewanne, in der ich mir die schleimige Kotze von dem Xathyr vom Leib gewaschen hatte, und wickelte mich in ein Leinentuch, ein schwarzes mit rot abgesetzten Stickereien. Die nassen Haarspitzen legte ich mir über die Schulter und kämmte lose mit den Fingern durch die Strähnen. Mit jedem Schritt, den ich auf die Tür zu machte, hinterließ ich Wassertropfen auf dem dunklen Marmor.

Weil ich mich mittlerweile ausschließlich in Alexeis Gemächern aufhielt – erst hatte ich mich in meinen eigenen etwas unsicher gefühlt, und schon bald war es Alexeis Wunsch, dabei zu bleiben –, hatte er mir einen Schrank bringen lassen, bis oben hin bestückt mit den opulentesten, pompösesten Kleidern. Rot. Sie alle waren rot.

Ich ließ mich aufs Bett sinken, das Handtuch noch immer fest um meinen nackten Körper geschlungen. Mir war nicht danach, mich in seine Lieblingsfarbe zu hüllen, als wäre ich ein Gegenstand, der zu seiner Einrichtung passen musste. Viel lieber würde ich in meine eigenen Gemächer zurückkehren, um hier nicht seine ständige Abwesenheit spüren zu müssen wie einen Geist, der mich heimsuchte. Allein zu sein, machte mir mittlerweile nicht mehr so große Angst. Eine Xathyr zu sein, gab mir auf seltsame Art und Weise Sicherheit. Gerade eben in der Gasse hatte ich mir bewiesen, dass ich auf mich selbst aufpassen konnte.

Ich ließ meinen Blick durch Alexeis Gemach wandern. Zum ersten Mal fühlte es sich an, als würde sein Verrat in der Luft schweben, beinahe so spürbar wie das Schlagen meines Herzens. Ich fragte mich, weshalb mir das nicht zuvor schon aufgefallen war.

*Drei Männer, und nur einer sagt die Wahrheit. Die anderen erzählen Unwahrheiten, sobald sie den Mund aufmachen. Es ist an dir, die Lügner zu enttarnen.*

Ich hatte die Wahrheit lange genug nicht gesehen. Vielleicht hatte ich mich absichtlich gegen sie gesperrt, weil alles andere bereits dunkel genug war. Vielleicht hatte ich Alexei so sehr glauben wollen.

*Nastya ist tot. Ich kann sie nie mehr haben, selbst wenn ich wollte, ganz gleich, wie oft sie meine Gedanken streift.*

Ich wusste, dass ich mich nicht länger verstecken konnte. Dass *er* sich nicht mehr verstecken konnte. Wenn er mich nicht nur wegen Nastya belog, sondern auch von Nikas perfidem Plan gewusst hatte, dann ...

Ich sah hinüber zu seinem Schreibtisch, der polierten Tischplatte, auf der Bücher und Pergamente ordentlich gestapelt waren. In meiner Brust klopfte mein Herz in einem schneller werdenden Rhythmus. Ob er dort etwas aufbewahrte, das mir endlich Klarheit verschaffte? Bisher hatte ich mir seine privaten Habseligkeiten nicht übermäßig angesehen. Mir war meine Privatsphäre wichtig, und einfach in seinen Dingen herumzustöbern, war mir immer falsch vorgekommen. Doch nun rechtfertigte der Zweck die Mittel, ich musste endlich herausfinden, was wirklich vor sich ging, in Xanthia und mit den Relikten. Was all das für *mich* bedeutete.

Ich stand auf und trat näher an den Tisch, betrachtete die vertrauten Titel über Xanthia und seine Geschichte. Willkürlich zog ich ein Buch heraus, blätterte darin, als würde es mir seine Wahrheiten unter meinem Blick offenbaren. Als ich es zurückstellte, ließ mich etwas stutzig werden. Eines der Bücher tanzte aus der Reihe. Es war anders gebunden, sein Leder dunkler und abgenutzt, als hätte es jemand häufig in den Händen gehalten.

Ein eisiges Kribbeln lief über meine Wirbelsäule.

Ich streckte meine Hand danach aus und zog es aus dem Stapel. Es wog seltsam schwer, und als ich es auf den Tisch legte, gab es einen dumpfen Klang, der mich zusammenzucken ließ. Sofort schoss mein Blick zur Tür, aber das Schloss blieb still. Nichts deutete auf Alexeis Rückkehr hin.

Meine Finger zitterten, als ich das Buch aufschlug. Die ersten Seiten waren leer, als wollte das Buch mich verspotten. Doch als ich weiterblätterte, füllten sich die Seiten. Handgeschriebene Notizen in Alexeis präziser Handschrift tauchten auf. Und … Zeichnungen. Ein Symbol, das sich alle paar Seiten wiederholte, bestehend aus drei Teilen, die ein Ganzes ergaben.

Die Relikte.

Ich schlug eine Seite auf, die Alexei von oben bis unten vollgeschrieben hatte. Als ich in der oberen rechten Ecke das Datum bemerkte, erkannte ich, dass dies eine Art Tagebuch sein musste. Mein Herz klopfte und klopfte und klopfte immer lauter, während ich Zeile um Zeile um Zeile las.

*Heute habe ich sie das erste Mal getroffen. Ich finde keine Worte für die Präsenz, die diese Frau ausstrahlt. Ihre Erscheinung gleicht einem dunklen Schleier, der durch den Raum gleitet, ihre Stimme ist leise und doch voller Macht. Sie hat gesprochen, als wüsste sie alles über mich. Über meinen Schmerz. Über meine Wut.*

*Ich hatte mir vorgestellt, dass unser Treffen wie eine Verhandlung ablaufen würde – hatte mich darauf vorbereitet, sie zu durchschauen, sie irgendwie auf meine Seite zu ziehen. Doch es dauerte nur wenige Augenblicke, bis ich merkte, dass ich es mit einer weitaus gefährlicheren Macht zu tun hatte, als ich es jemals erwartet hätte. Sie wusste, wer ich wirklich bin. Nicht nur der Graf, den alle in mir sehen, seit ich geboren wurde.*

Sie hat zu dem Teil von mir gesprochen, der im Schatten lebt, der die Masken trägt und sich nach mehr als nur diesem begrenzten Rahmen sehnt, in dem er sich bewegt.
**Alexei, Ihr seid für Größeres bestimmt.**
Das waren ihre Worte, bevor sie aus dem weißen Spiegel trat, inmitten dieses weißen Raumes im Nichts. Der Klang ihres Namens – **Aurora** – gleicht einer Prophezeiung.
Aurora, Mutter der Götter, Mittlerin.
Und was sie mir angeboten hat, sprengt alles, das ich je für möglich gehalten habe.
Ein Handel. Ein simples Abkommen, zumindest auf den ersten Blick. Aber es gibt keine einfachen Abkommen mit Wesen wie ihr, das weiß ich. Und dennoch ... Ich habe versucht, mich dem Sog zu entziehen, den sie in mir ausgelöst hat, aber es ist mir nicht möglich. Ich bin zu sehr gefangen im Strudel der Macht, die sie mir versprach.
**Ihr könntet weit mehr als nur Xanthia regieren.**
Die Worte klingen immer noch in meinen Gedanken nach.
Sie sagte es so beiläufig, als läge die Zukunft bereits klar vor ihr. Es schien fast eine Tatsache, kein Angebot.
Sie wusste um den Zustand Xanthias, um die Zweifel, die erneut unter den Xathyr wachsen, seit Kaspar Unfrieden am Hof stiftet. Sie wusste, dass mein Ende unausweichlich ist, wenn sich nicht bald etwas ändert. So wie damals, als ich es noch rechtzeitig verhindern konnte, obwohl es mich beinahe zerstört hatte, Juri zu begraben.
Aber sie sprach auch von Kräften jenseits unserer Welt, von Mächten, die Xanthia weder kennt noch versteht.
Und sie sagte, sie könnte mir den Schlüssel geben, um diese Kräfte zu kontrollieren. Alles, was sie dafür benötigt, seien die Relikte Xanthias – und meine uneingeschränkte Loyalität.
**Ein Pakt, besiegelt durch Blut und Schicksal.**

*Ich habe ihr keine Antwort gegeben. Noch nicht. Aber mein Herz schlägt schneller, wenn ich nur an die Möglichkeiten denke. Meine Position wäre gestärkt. Niemand könnte meine Rechtmäßigkeit auf den Thron je wieder anzweifeln. Niemand würde mehr an Juri denken, der in seiner Machtgier beinahe ganz Xanthia zerstört hatte, weil ich ihn zu lange verschonte.*
*Da ist ein Teil in mir, der weiß, dass das, was sie bietet, gefährlich ist. Jeder Xathyr weiß, dass die Relikte in ihren Schreinen bleiben müssen, um das Gleichgewicht der Welten aufrechtzuerhalten.*
*Aber ich bin kein Narr. Wenn ich ihr Angebot ablehne, so unterbreitet sie es dem Nächsten. Xanthia ist dem Untergang geweiht, auch wenn die anderen es nicht sehen wollen. Der Rat ist blind, die Rebellen sind schwach, und selbst die Xathyr beginnen, ihren Glauben zu verlieren. Sie brauchen jemanden wie mich – jemanden, der bereit ist, über die Grenzen hinauszusehen und die Macht zu ergreifen, die nötig ist, um dieses Reich zu retten.*
*Aber zu welchem Preis?*

Ich holte tief Luft, als ich den Eintrag zu Ende las. Alexei hatte die Mittlerin getroffen – *Aurora*. Sie hatte ihm einen Pakt angeboten, und inzwischen war ich mir sicher, dass er in ihn eingewilligt hatte, denn er suchte tatsächlich nach jenen Relikten. Doch was wollte die Mittlerin mit ihnen? Und wer war dieser Juri?

Nach einem nervösen Blick zur Tür blätterte ich weiter, bis mir drei aneinandergereihte Buchstaben ins Auge fielen, die mein Herz noch höherschlagen ließen.

*Und dann ist da noch Kas. Er hat mich immer schon an Juri erinnert, aber ich habe lange Zeit gehofft, dass es wenigs-*

tens für ihn Erlösung geben könnte. Doch es stellt sich mit jedem weiteren Tag mehr heraus, dass er ein Hindernis ist. Ein Stein auf meinem Weg.

Und trotzdem: Aurora hat mir klargemacht, dass er mehr ist als das. Dass ich ihn im Auge behalten soll.

**Vertraue ihm nicht**, warnte sie mich. **Aber nutze ihn für deine Zwecke.**

Kas ist zu tief verstrickt in seine eigene Agenda, zu sehr in seinen Prinzipien gefangen. Er verachtet mich und Xanthia und tötet jeden, der ihm über den Weg läuft, nur um mich zu bestrafen.

Er wird die Weisheit hinter meinen Plänen nicht verstehen. Er wird alles dafür tun, um sie zu vereiteln. Ich muss einen Weg finden, ihn loszuwerden, ohne ihn zu töten. Denn das brächte ich nicht über mich.

Es ist riskant. Alles daran ist riskant. Doch in diesen Momenten, wenn ich in die Nacht hinaussehe und den Verfall Xanthias spüre, weiß ich: Ich kann nicht mehr zurück. Dafür habe ich bereits zu viel von dem Blut gestohlen, das unserem Boden gehört. Ein Geschenk der Mittlerin, die mir all die Seelen zuteilt.

Sie erwartet eine Antwort. Sie lässt mir nicht viel Zeit. Und ich weiß, dass jeder Moment, den ich zögere, nur meine Schwächen offenbart. Sie wird das bemerken. Sie wird es gegen mich verwenden. Aber kann ich wirklich auf ihre Macht vertrauen? Auf ihre Worte?

Noch während ich mir diese Fragen stelle, fühlt es sich an, als hätte ich bereits den ersten Schritt in die Dunkelheit gesetzt.

# KAPITEL 17

## ZOÉ

Ich klappte das Tagebuch mit zitternden Händen zu. Der dumpfe Klang hallte wie ein Hammerschlag in meinen Ohren nach. Meine Finger fühlten sich taub an, als ich das Buch zurücklegte, wo es unscheinbar zwischen den anderen Dokumenten verschwand. Doch die Worte, die ich gerade gelesen hatte, brannten sich tief in mein Gedächtnis ein.

*Dafür habe ich bereits zu viel von dem Blut gestohlen, das unserem Boden gehört.*

Sie hatten alle recht gehabt. Die Rebellen, die Alexei angriffen, weil sie wussten, dass ihr Graf einen Teil des Blutes für sich behielt und Xanthia austrocknen ließ. Tief in meinem Inneren hatte ich es geahnt, seit ich herausgefunden hatte, dass er mich wegen Nastya belogen hatte.

Die Zweifel an seiner Aufrichtigkeit kehrten mit voller Wucht zurück. Und Kas …

*Vertraue ihm nicht. Aber nutze ihn für deine Zwecke.*

Wie viel wusste er wirklich? War er die ganze Zeit Teil dieses düsteren Spiels gewesen? Oder war er – genauso wie ich – nur eine Figur auf einem Schachbrett, auf dem Alexei und die Mittlerin die Züge bestimmten? Was war ihr Plan? Wollten sie die Relikte zusammensetzen, wie Alexei es auf den Zeichnungen getan hatte? Wie auch Xanthos es von mir verlangte? War Alexeis Ziel dann nicht auch mein Ziel und das, was er tat, richtig?

Ich fühlte, wie sich mein Herzschlag beschleunigte, wie meine Kehle eng wurde. Ich atmete flach und kurz, es war, als würde der Raum um mich herum schrumpfen.

Ich musste hier raus. Weg von diesen dunklen Geheimnissen, weg von dem Verrat, der mich von allen Seiten umgab. Das alles war so viel größer als ich. So viel größer als alles, was ich mir vorstellen konnte.

Ich drehte mich um und ging zur Tür, aber dann hielt ich inne. Ein Gedanke jagte mir durch den Kopf.

Was, wenn Alexei das Tagebuch absichtlich hatte liegen lassen? Er war nicht dumm, und er war vor allem nicht nachlässig. Ich zwang mich, tief durchzuatmen und meine Emotionen unter Kontrolle zu bekommen. Ich durfte nicht in Panik verfallen. Nicht jetzt. Wenn Alexei herausfand, dass ich in seinen Sachen gewühlt hatte, blühte mir nichts Gutes, so viel war mir klar.

Langsam schritt ich zurück zum Tisch und ging sicher, dass alles so aussah, wie ich es vorgefunden hatte. Erst jetzt bemerkte ich das silberne Amulett, dass in einer halb geöffneten Schublade funkelte. Und in dem Moment hörte ich das leise Klicken eines Schlosses.

Alexei.

Seine Schritte waren ruhig und gelassen, doch die kalte Härte in seinen Augen ließ mich frösteln. Er schloss die Tür hinter sich, ließ seinen Blick kurz durch den Raum gleiten, ehe er stehen blieb und mich fixierte.

»Zoya«, sagte er, ohne eine Spur von Überraschung in der Stimme. »Warst du die ganze Zeit allein hier oben?«

Ich zwang mich zu einem Lächeln, aber es fühlte sich falsch an, fast mechanisch. »Heute Morgen war ich unten im Garten, wie du es vorgeschlagen hast. Und dann habe ich hier auf dich gewartet.« Meine Stimme war bemerkenswert ruhig, obwohl mein Herz hämmerte. Ich war sicher, er hörte es.

Alexei hob eine Augenbraue, aber seine Miene blieb unergründlich. »Fühlst du dich denn besser? Ich sehe, du hast ein Bad genommen.«

»Oh, ja, richtig.« Ich zupfte am Saum des Leinentuchs, das sich noch immer um meinen inzwischen trockenen Körper wand. Dann trat ich einen Schritt zurück, um mehr Distanz zwischen mich und Alexei zu bringen. »Ich wollte … dir gerade eine Notiz hinterlassen«, log ich. »Da habe ich das Amulett in deiner Schublade gesehen.«

»Du solltest es haben. Es gehört ohnehin dir.«

Ich blickte hinab auf das silberne Schmuckstück und konnte nicht verhindern, dass Erinnerungen an meine Zeit als Geist auf der Erde in mir aufblitzten.

»Ich brauche es nicht mehr«, sagte ich ruhig. »Es hat seinen Zweck erfüllt. Nicht nur, damit ich mich selbst beschützen konnte, sondern auch …« Ich sah in Alexeis Augen, in denen das Rot wirbelte wie dunkler Wein. »Weil dein Blut darin eingeschlossen war. Es hat mir Kraft gegeben.«

Alexei betrachtete mich einen Moment. Mir fiel auf, dass sein Hemd nicht richtig geknöpft war, als hätte er sich beim Anziehen beeilen müssen. »Das war nicht mein Blut. Es war ein Andenken an Nastya. Das Letzte, was ich von ihr hatte. Nika hat das Amulett gestohlen und dir gegeben, bevor sie dich ohne mein Wissen auf die Erde geschickt hat.«

Mit jedem weiteren Wort hatte ich das Gefühl, tiefer und tiefer zu stürzen. Nastya … Ich hatte *ihr* Blut aufgebraucht. Und Kas … In dem Moment verstand ich.

*Wenn du schon nicht an dich selbst glaubst, dann glaube an das Blut des mächtigen Xathyr-Grafen.*

Er musste gewusst haben, um wessen Kette es sich handelte, doch er hatte mir Hoffnung schenken wollen, als ich drauf und dran gewesen war, aufzugeben. Wärme blühte in mir auf, und gleichzeitig überlief mich eine Gänsehaut. Alexeis Blick folgte ihrer Spur über meinen nackten Körper.

»Wie kamst du darauf, dass es mein Blut war?«

Ich wollte es ihm nicht sagen. Für einen kurzen Moment

spielte ich sogar mit dem Gedanken, alles, was ich gerade gelesen hatte, offen auf den Tisch zu legen – ihm zu beichten, dass ich sein Tagebuch gefunden hatte, nur um ihn abzulenken.

Aber ich hielt inne. Noch nicht. Ich brauchte mehr Informationen, und ich wollte ihn nicht gegen mich aufbringen. Nicht mit Nikas Worten im Ohr.

*Damit er mich wieder einsperrt und foltert? Wie war das mit den Peinigern, die wir von ihrem Thron stoßen sollten, hm?*

Er hatte sie bestraft, weil sie mich auf die Erde geschickt hatte. Und weil sie zuvor Nastyas *letztes Andenken* stahl … Dabei wusste er doch ganz genau, dass sie noch lebte. Was spielte er für ein Spiel?

Alexei trat an mir vorbei und ließ sich auf seinen Schreibtischstuhl sinken, da bemerkte ich den Umschlag, den er in der Hand hielt. Er legte ihn auf den Tisch und betrachtete ihn eine Weile.

»Von wem ist der?«

Alexei zog die Schultern hoch, bevor sie resigniert herabsanken. »Von einer alten Bekannten.«

Angesichts seiner belegten Stimme verspannte ich mich.

»Aber eigentlich möchte ich mit dir über etwas anderes sprechen.« Er schob den Umschlag in eine Schublade und sah mich über den Tisch hinweg an. »Ich habe Kaspar gefangen genommen.«

Ich spürte, wie mein Herz einen Schlag aussetzte. Für einen Moment glaubte ich, mich verhört zu haben, doch Alexeis Gesicht zeigte kein Anzeichen davon, dass er scherzte. Ich zwang mich, ruhig zu bleiben, obwohl in meinem Inneren ein Sturm losgebrochen war.

Er hatte Kas gefunden.

Alexei. Hatte. Kas. Gefunden.

*Wir treffen uns in zwei Stunden in der Hütte im Wald.*

Scheiße. Ich hätte zu ihm gehen sollen. Die Erinnerungen, die Gefühle, alles, was ich in den letzten Wochen mit Kas geteilt hatte, kochte mit einer plötzlichen Intensität in mir hoch.

»Wie?« Meine Stimme war kaum mehr als ein Flüstern. »Warum?«

Alexei lehnte sich zurück und musterte mich, als wollte er meine Reaktion genauestens analysieren. »Weil er uns verraten hat«, sagte er schlicht. »Ich weiß, du hast dich von ihm ficken lassen, aber ich dachte nicht, dass du vergessen hast, was er dir danach angetan hat. Uns. Er hat das Relikt gestohlen, erinnerst du dich? Du wolltest Rache. Ich hatte dir doch gesagt, ich würde die Sache für dich erledigen. Du musst lernen, auf mein Wort zu hören.«

Meine Gedanken rasten.

»Und was hast du jetzt mit ihm vor?« Ich wagte es, Alexei in die Augen zu sehen, obwohl ich befürchtete, dass er meine Verunsicherung bemerken könnte.

Ein seltsames Lächeln zuckte über seine Lippen, aber es erreichte nicht seine Augen.

»Das hängt davon ab, was er mir verrät. Aber ich denke, es wird nicht lange dauern, bis er einsieht, dass Widerstand zwecklos ist. Kas ist stark, aber er ist kein Narr. Er wird mit uns kooperieren, wenn er merkt, dass ihm keine andere Wahl bleibt.«

Ich fühlte, wie meine Kehle trocken wurde. Kas würde niemals einfach so aufgeben. Erst recht nicht, wenn er vielleicht mehr wusste, als ich jemals geahnt hatte.

»Ich würde ihn gerne sehen«, sagte ich, ohne mir die Zeit zu nehmen, über meine Worte nachzudenken.

Alexeis Augen verengten sich leicht. »Warum?«

»Weil ich ihn eigenhändig umbringen will. Das nimmst du mir nicht auch noch weg«, sagte ich mit einer plötzlichen Schärfe in meiner Stimme.

Alexei beobachtete mich einen Moment lang schweigend, dann stand er langsam auf und trat einen Schritt auf mich zu. »Zoya«, sagte er leise, fast sanft, »ich verstehe deinen Drang, selbst Rache zu nehmen. Du hast allen Grund dazu. Aber Kaspar ist gefährlich. Er hat dich schon einmal verraten, und ich fürchte, er wird es wieder tun, wenn du ihm erneut die Chance dazu gibst.«

Ein Vorwurf. Unterschwellig, aber da. Sagte er das, um mich zu verunsichern? Damit ich kuschte? Mich ja nicht wieder in Gefahr begab? Oder hatte Kas tatsächlich noch mehr Pläne, von denen ich nichts ahnte?

Ich fühlte, wie ich immer mehr den Halt in dieser undurchsichtigen Welt verlor.

Ich straffte die Schultern und schluckte schwer, bevor ich das Kinn reckte, um Sicherheit vorzutäuschen.

»Es ist meine Entscheidung, Alexei. Als deine Gräfin.«

Alexei hielt inne, als würde er meine Worte abwägen, dann nickte er. »In Ordnung«, sagte er schließlich und erhob sich langsam. »Zieh dir etwas an, und dann lass uns gehen.«

Die Stille des Schlosses lastete schwer auf mir, als ich Alexei durch die langen Korridore folgte. Es war anders als zuvor. *Alles* war anders als zuvor.

Unsere Schritte hallten leise auf den steinernen Fliesen, und der Luftzug trug einen Hauch von Feuchtigkeit und Moder mit sich, je weiter wir nach unten stiegen.

Ich schlang die Arme um mich, dabei kam die Kälte nicht allein von den dicken Steinwänden, die uns umschlossen, sondern von dem Knoten, der sich in meinem Inneren zusammenzog.

Das Schloss war düsterer, als ich es bisher wahrgenommen

hatte. Die Bögen, die sich über unseren Köpfen wölbten, wirkten wie knochige Finger, die aus dem Schatten hervorstachen, als wollten sie nach mir greifen. Hohe, schmale Fenster ließen das düsterrote Licht des Mondes nur spärlich in die Gänge fallen.

Alexei ging vor mir her, sein Rücken gerade, seine Schritte bestimmt. Sein Umhang schwang unauffällig hinter ihm, eine Bewegung, die fast hypnotisch wirkte.

Der Weg hinab war endlos. Dunkle Marmortreppen führten immer tiefer in das Schlossinnere, jeder Schritt ein Abstieg in die Dunkelheit. Die Flammen der Kerzen flackerten in einem trägen Rhythmus, als würde der Ort selbst kaum mehr Leben ausstrahlen als ein Friedhof.

Vielleicht waren die Verliese genau das.

Ein Friedhof, auf dem man lebendig begraben wurde.

»Es ist nicht mehr weit«, sagte Alexei über seine Schulter, doch seine Stimme klang hohl in den gewölbten Gängen. Ich wusste, dass er meine innere Unruhe spürte, aber er ging mit derselben unnachgiebigen Entschlossenheit weiter, als wäre es sein Schicksal, das uns gemeinsam hinunter in die Finsternis führte.

Ich schwieg, meine Gedanken fest um das gerankt, was auf mich wartete.

Kaspar.

Der Mann, der mir erst Hoffnung geschenkt und mich dann verraten hatte, und doch derjenige, der mehr über Alexeis Pläne zu wissen schien als ich. Ich hatte geahnt, dass mehr hinter seinem Diebstahl des Relikts steckte, aber niemals hatte ich damit gerechnet, dass die Verstrickungen so tief reichten. Dass die Mittlerin darin verwoben war und so viel mehr auf dem Spiel zu stehen schien als die Herrschaft über Xanthia.

Wir folgten dem Korridor weiter, bis er sich allmählich absenkte, die steinernen Wände von burgunderfarbenem Moos bewachsen. Der Geruch von Erde und altem Gestein wurde intensiver, und das leise Tropfen von Wasser klang wie das Ticken einer unsichtbaren Uhr, die das Ende unserer Reise ankündigte. Oder die letzten Momente des Friedens.

Schließlich erreichten wir ein massives schmiedeeisernes Tor, flankiert von dicken Steinpfeilern, an denen Fackeln glommen.

»Das Verlies«, sagte Alexei leise und legte die Hand auf das kalte Metall des Tors. Es schien ihm zu gehorchen, als er es mit einem leisen Knarren aufstieß. Ein feuchter Windhauch wehte uns entgegen, gefüllt mit dem Geruch von Moder, Angst und etwas Unaussprechlichem.

Ich spürte, wie mein Herzschlag aus dem Takt geriet, und trat hinter Alexei durch das Tor. Unsere Schritte wurden von dem staubigen Steinboden unter uns verschluckt. Ich war in den Tiefen des Schlosses – in den Verliesen, die ich zuvor nie hatte betreten dürfen.

Alexei führte mich den schmalen Gang entlang, an Zellen vorbei, deren eiserne Gitterstäbe mit der Dunkelheit verschmolzen. In einigen flackerten schwache Fackeln, die Schatten an die Wände warfen, in anderen herrschte völlige Finsternis. Gelegentlich hörte ich ein leises Keuchen oder Ächzen oder das Rasseln einer Kette, aber ich wagte es nicht, auch nur einen einzigen genaueren Blick in die Zellen zu werfen.

Dann hielt Alexei an.

»Hier ist er.« Er legte die Hand auf das dicke eisenbeschlagene Schloss einer der letzten Zellen. »Der dunkle Prinz Kaspar. Der Ripper.«

Ich erstarrte, doch mein Herz schlug so heftig, dass es in meinen Ohren pochte. Ich atmete tief durch, bevor ich einen Schritt auf die Zelle zuging. Das Gitter war fest verschlossen, die eisernen Stangen dick und dicht und tief im Boden verankert.

Alexei trat zur Seite und ließ mir die Gelegenheit, die Szene vor mir zu erfassen.

Kaspar saß auf dem Boden, sein Oberkörper lehnte an der Steinwand, seine Hände in schwere Eisenketten gelegt. Sein Gesicht war von Blut und Dreck verschmiert, und sein Atem ging ungleichmäßig.

Ich schwieg, doch tief in meinem Inneren brodelte es. Ich wusste, dass ich einen Weg finden musste, die Wahrheit zu erfahren – nicht nur von Kas, sondern auch von Alexei. Denn ich konnte nicht länger leugnen, dass die beiden Männer, denen ich einst vertraut hatte, etwas vor mir verborgen hatten. Noch immer verbargen. Und was auch immer dieses Spiel war, ich war nun ein Teil davon, ob ich wollte oder nicht.

Kas hustete, und als er aufsah, blitzte ein flüchtiges Lächeln über seine Lippen. Eines, das Schmerz und Ironie zugleich ausdrückte.

»Zoé.« Seine Schultern hingen hinab, als hätte er jede Hoffnung verloren. »Du bist nicht gekommen.«

# EINE STUNDE ZUVOR

# KAPITEL 18

## ALEXEI

Ich stand allein am Fenster im Ratssaal, die Hände in meinen Hosentaschen. Mein Blick wanderte über den Innenhof. Die Sonne warf ihre letzten roten Strahlen auf die alten Mauern, doch mein Kopf war schwer, beladen mit Gedanken, die dunkler waren als der nahende Abend.

Kaspar war endlich dort, wo er hingehörte. Der Mann, den ich einst liebte, der mich jahrelang hintergangen und verraten hatte, saß in Ketten tief unter meinen Füßen. Doch anstatt Zufriedenheit zu verspüren, fühlte ich nur eine beklemmende Unruhe, die mich nicht losließ.

Aurora hatte mir einst aufgetragen, ihn zu benutzen, um meine Macht zu festigen. Und das hatte ich getan. Ich hatte ihn meinen halben Hof abschlachten lassen, damit ich ihn anschließend vor aller Augen bestrafen konnte. Meinem Volk zeigen konnte, dass ich stark genug war, ihr Herrscher zu sein.

Und was hatte ich stattdessen getan? Ich hatte Kaspar nicht getötet. Ich hatte ihn verbannt. War zu sentimental gewesen.

Hinter mir wurde die Tür leise geöffnet. Sie kam früher, als ich gedacht hatte.

Nastya.

Nach all den Jahren.

»Alexei«, sagte sie sanft, fast flüsternd.

Ich ließ mir Zeit, bevor ich mich umdrehte. Ihre Stimme löste Gefühle in mir aus, die ich nur mühsam wieder einsperren konnte.

Da stand sie, wie ein Geist aus vergangenen Zeiten, in einem dunklen Kleid, das fast mit den Schatten des Raumes verschmolz. Ihre Augen, die mich einst voller Liebe angesehen hatten, musterten mich vorsichtig. Ich hielt ihren Blick fest, versuchte, darin einen Hinweis auf ihre wahren Absichten zu erkennen.

»Ich hielt deinen Brief zunächst für einen morbiden Scherz«, sagte ich schließlich und legte ihn auf den Tisch unter dem Fenster. »Von jemandem, der sich einen Spaß aus meinem Schmerz macht. Meinem Schmerz über deinen Verlust.«

Sie lächelte schwach, aber es war nicht das warme, ehrliche Lächeln, das ich in Erinnerung hatte. Nein, dieses Lächeln erreichte ihre Augen nicht.

»Dann habe ich deine Handschrift erkannt. Dein Duft hatte sich in jedem Buchstaben verfangen. Was ist passiert, Nastya?« Meine Stimme wurde mit jedem Wort leiser. Es gab nicht viele Situationen, die mich aus dem Konzept brachten, aber die Frau, die ich einst liebte und für tot hielt, vor mir stehen zu sehen, rang mir jedes bisschen Beherrschung ab, das ich aufbringen konnte.

»Kaspar hat eine Schriftrolle in deinen Unterlagen gefunden. Er hat daraus geschlossen, dass du Xanthias Vernichtung planst. Um dir zu schaden, hat er mich töten wollen, doch ich hatte mich abgesichert. Ich hatte Xathyrblut getrunken.«

Ihr Blick flackerte, und ich wusste, dass sie log.

»Und nach deiner Auferstehung bist du einfach davongelaufen?« Ich trat vom Fenster weg, schritt durch den Raum, bis ich direkt vor ihr stehen blieb. Sie schluckte sichtlich angespannt, und ihre Ähnlichkeit zu Zoya verblüffte mich aufs Neue.

»Ich hatte Angst«, gestand sie leise. »Vor ihm. Vor Kaspar.« Sie hielt meinem Blick stand, doch ich konnte sehen, dass sie innerlich kämpfte. Sie mochte versuchen, ruhig zu wirken, aber ich kannte sie besser. Zudem war ihre Lüge billig. Kaspar war lange Zeit fort gewesen. Wenn es wirklich er war, vor dem sie Angst gehabt hatte, wäre sie nach seiner Verbannung zu mir zurückgekehrt. Hielt sie mich wirklich für so dumm?

»Und nun bist du wieder hier.«

»Es war das einzig Richtige, Kaspar in eine Falle zu locken, um ihn zu dir zu bringen.«

»Nach all den Jahren tauchst du auf und entscheidest, was das Richtige ist?« Ich spürte, wie sich ein bitterer Geschmack auf meine Zunge legte. »Ich glaube nicht, dass du die Wahrheit sagst. Ich denke, dass du gemeinsam mit ihm fliehen wolltest. Dir ein neues Leben mit ihm aufbauen. Bis du gemerkt hast, dass er nicht loyal ist, niemandem gegenüber. Und jetzt stehst du hier. Jetzt bin ich wieder gut genug für dich. Ist es nicht so?«

Ich fühlte den Stachel, den sie mir mit ihrem Betrug in die Brust gebohrt hatte. Er saß dort seit acht Jahren fest, und ich war nicht in der Lage, ihn herauszuziehen. Sie war immer schon meine Schwachstelle gewesen.

»Du hast recht«, gab sie zu, ihre Worte zögernd. Ihre Halsschlagader pochte in einem raschen Tempo, und ich dachte daran, wie es wäre, ihr meine Hände um die Kehle zu legen und fest zuzudrücken. Stattdessen verschränkte ich sie hinter meinem Rücken, weil sie zitterten. Seit Aurora aufgehört hatte, die am stärksten sündenbefleckten Seelen direkt zu mir zu schicken, spürte ich, wie meine Kräfte mich verließen. Wie ich immer mehr die Kontrolle verlor, weil meine Sucht nicht länger gestillt werden konnte.

»Ich habe mich von meinen Trieben leiten lassen. Von der Aufregung, die er mir bot. Von der Gefahr.«

Ich schnaubte leise, und sie trat näher. Ihre Finger berührten flüchtig meinen Arm, bevor sie die Hand entmutigt sinken ließ. Sehnsucht lag in ihrem Blick, die sie mit dem nächsten Blinzeln verbarg. Ein lächerliches Schauspiel. Oder?

»Ich habe mich täuschen lassen, Alexei, und ich habe alles verloren. Doch ich habe meinen Fehler erkannt. Und jetzt versuche ich, ihn irgendwie wiedergutzumachen.«

»Du verschwindest einfach – jahrelang. Lässt mich glauben, du wärst tot.« Meine Stimme wehte nun kühler durch das Zimmer. »Und plötzlich kommst du zurück, nur um ihn mir auszuliefern?«

Sie schluckte, und für einen Moment dachte ich, sie würde ausweichen. Doch dann straffte sie die Schultern, als versuchte sie, sich innerlich zu wappnen.

»Ich habe das Richtige getan«, wiederholte sie, diesmal mit mehr Entschlossenheit in ihrer Stimme. Ihre Augen leuchteten kurz auf, und ich erkannte einen Funken des alten Feuers in ihr. »Es gibt Dinge, die du nicht verstehst, Alexei. Mächte, die größer sind als wir beide.«

Ich lachte trocken auf. Wenn sie glaubte, sie würde mehr wissen als ich, war sie naiv. Vielleicht hatte ich ihren Verstand all die Jahre überschätzt. »Was für Dinge sollen das sein?«

»Kaspar hat eins von Xanthias Relikten«, führte sie aus. »Und ich glaube, dass es eine weitaus größere Macht in sich birgt, als uns bekannt ist. Es muss einen tieferen Sinn dahinter geben, weshalb Xathyr sie nicht aus ihren Schreinen entfernen können. Weißt du etwas darüber?«

Ich trat zurück, betrachtete sie mit verschränkten Armen. Sie war eindeutig nicht dieselbe Nastya, die ich einmal kannte, und trotzdem fühlte ich die vertraute Verbindung zwischen uns. Ich wusste, dass sie mir nicht alles erzählte. Ich konnte in ihren Augen lesen wie in einem offenen Buch.

»Nein.«

Nastyas Gesicht verfinsterte sich, als hätte sie wirklich darauf gehofft, mir irgendwelche Informationen entlocken zu können.

»Gut«, sagte ich schließlich. »Kaspar ist dort, wo er hingehört. Ich werde herausfinden, was er weiß, und dann werde ich entscheiden, was mit ihm passiert. Und was mit *dir* passiert.«

Nastyas Augen weiteten sich, und als es ängstlich in ihnen aufblitzte, zuckte mein Schwanz. »Ich bin nur hier, weil du mir deine Vergebung zugesichert hast.« Das Zittern in ihrer Stimme ging als Beben durch meinen Körper.

»Du bist hier, weil ich dich hier sein lasse, Nastya.«

Sie nickte, aber es war ein unruhiges, angespanntes Nicken.

»Was ist mit dem Relikt?«

Ein Lächeln kroch auf meine Lippen. »Kaspar wird mir sagen, wo er es versteckt hat.«

»Du solltest vorsichtig sein, Alexei«, sagte sie und klang dabei fast flehend. So, als läge ihr noch etwas an mir. »Er wird alles tun, um dich zu vernichten. Er ist noch viel rachsüchtiger als früher.«

»Er kann es versuchen«, gab ich ungerührt zurück. »Ich habe noch nie einen Kampf verloren.« Wieder verschränkte ich die Hände hinter meinem Rücken, damit sie mein Zittern nicht bemerkte. Vor ihr würde ich auf keinen Fall Schwäche zeigen.

Nastya sah mich an, und ich spürte, dass sie mehr sagen wollte. Da war ein unausgesprochener Satz auf ihren Lippen, etwas, das zwischen uns schwebte. Doch sie entschied sich dagegen, die Worte herauszulassen.

»Dann ist alles geklärt«, sagte sie schließlich, ihre Stimme wieder fester. Ihre Haltung veränderte sich, als ob sie die Kontrolle über die Situation wiedergewonnen hatte.

Ich nickte knapp, doch mein Blick folgte ihr weiterhin aufmerksam, während sie sich abwandte und zur Tür ging. Für einen Moment glaubte ich, das wäre es gewesen. Sie war unverhofft wieder in mein Leben geplatzt, nur um erneut zu verschwinden. Doch dann hielt sie inne, die Hand auf der Türklinke.

»Nastya«, rief ich, bevor ich darüber nachdenken konnte. Sie drehte sich nicht um, aber sie ging auch nicht weiter.

»Warum bist du wirklich zurückgekommen?« Die Frage wog schwer zwischen uns.

Sie atmete tief ein, ihre Schultern hoben und senkten sich schwer. Dann drehte sie sich langsam um, und ihre Augen – diese Augen, die mir einst ein Zuhause waren – sahen mich mit einer Intensität an, die mich für nur einen Moment an das Gute glauben ließ.

»Vielleicht weil ich noch nicht *alles* verloren habe«, sagte sie leise.

# JETZT

# KAPITEL 19

## ZOÉ

*Du bist nicht gekommen.*

Kas' Worte sanken in mich ein und ließen mich tief erschaudern. Ich hatte mich so sehr in meinen Hass auf ihn reingesteigert, dass ich seiner Einladung nicht nachgekommen war.

»Wohin hätte sie kommen sollen?« Alexei trat näher an die Zellentür heran.

»Ah«, machte Kas und ließ dabei den Kopf gegen die Mauer in seinem Rücken sinken. »Dein Gatte weiß nichts von deinen nächtlichen Aktivitäten.« Wieder formten seine Lippen ein beißendes Lächeln.

»Er halluziniert«, sagte ich und hoffte, dass ich dabei ungerührt klang. »Was hast du mit ihm angestellt?« Ich richtete die Worte an Alexei, ohne meinen Blick von Kas zu lösen. Wieso hatte er in der Gasse um Vergebung gebeten, wenn er mich jetzt so vorführte? Alexei reagierte nicht, beobachtete uns nur.

»Was willst du hier, Zoé?« Kas' Stimme klang rau, fast gleichgültig, aber ich erkannte den Schmerz darin, und es frustrierte mich. Es frustrierte mich, dass ich das so klar hören konnte, als wüsste ich alles von ihm, als kennte ich sein wahrstes Ich.

»Ich wollte nur sehen, wie es dir geht.« Die Worte kamen heraus, als wäre es das Letzte, was ich wissen wollte – und gleichzeitig das Einzige, was ich brauchte.

Kas sah mich an, und ich spürte, wie sein Blick durch meinen Schleier dringen wollte. In diesem Moment wollte ich nur, dass er standhielt. Dass er seine Risse nicht offenbarte, ihm keinen Weg in mein Innerstes zeigte.

»Das kannst du dir sparen«, antwortete er beim Aufstehen. Er lehnte sich gegen die Wand, als wäre der Gedanke, mir näher zu kommen, zu schmerzhaft. »Du bist nicht hier, um nach mir zu sehen. Du bist hier, um dir selbst zu beweisen, dass du nicht verletzt bist.«

Seine Worte trafen mich wie ein Schlag. Ich hatte das Gefühl, mich verteidigen zu müssen, und doch war da ein Teil von mir, der wusste, dass er recht hatte. Ich ließ nicht zu, dass der Schmerz sich in meine Miene schlich, gleichzeitig war ich mir Alexeis Präsenz bewusster denn je.

»Du hast keine Ahnung, was ich fühle, Kaspar. Du kennst mich nicht.« *Nicht mehr*, ergänzte ich gedanklich.

Er lachte kurz, ein bitterer Klang, der durch das Verlies hallte. »Oh, ich kenne dich *gut.*« Vor allem das letzte Wort betonte er, als wollte er ihm eine besondere Bedeutung verleihen. »Du kämpfst gegen die Erinnerungen, wie auch ich es tue. Du kämpfst gegen das, was wir hatten. Und jetzt siehst du mich hier, gefangen und gebrochen, und du fragst dich, ob es deine Schuld ist.«

Ein erneuter Schmerz durchzuckte mich, doch ich blieb stumm. Stattdessen versuchte ich, die Wut in mir zu bündeln. »Es ist nicht meine Schuld. Du hast dich für diesen Weg entschieden.«

»Und du hast dich für den deinen entschieden.« Die Bitterkeit in seiner Stimme schnitt in meine Haut wie eintausend Messerspitzen.

»Das hat sie.« Alexei klang ruhig und kalt wie der Tod. »Zoya weiß, dass sie auf der richtigen Seite steht.« Demonstrativ griff er nach meiner Hand und führte sie an seinen Mund.

»*Zoya*«, schnaubte Kaspar halb belustigt. »Dir geht einer

ab, wenn du uns neue Namen gibst, als wären wir deine Puppen, hm?«

Mein Inneres war so sehr zum Zerreißen gespannt, dass ich Angst hatte, jeden Moment zu zersplittern wie die stickige, aufgeladene Luft um uns herum.

»Und du bist noch immer der verzogene kleine Junge, der nach der Liebe seines Vaters lechzt, wie sich ein Durstiger in der Wüste nach Wasser sehnt.«

Kaspar war so schnell an der Zellentür, dass ich nur das Klirren von Ketten hörte, bevor sein Gesicht sich vor Alexeis schob. Doch der zuckte nicht einmal mit der Wimper.

»Fühlst du dich mächtig, wenn du andere kleinhältst, Alexei?« Seine Stimme war laut und schneidend wie ein Peitschenhieb, der durch das Gewölbe fuhr. »Du dürstest selbst nach Liebe, so sehr, dass du alle um dich herum manipulierst, bis sie zu dir aufschauen. Aber das ist keine Liebe. Schwer vorstellbar für einen Narzissten wie dich, nicht wahr?«

War die Luft bis gerade eben bereits aufgeladen, so knisterte sie nun so heftig, dass ich sicher war, sie würde sich gleich von selbst entzünden.

»Du hast Zoé manipuliert und benutzt, um deine perfiden Pläne voranzutreiben, ist es nicht so?«

Ich fühlte, wie sich mein Magen zusammenzog, doch ich sagte nichts, konnte nicht. Sie sprachen über mich, als wäre ich nicht hier, als wäre ich ein Bauer auf ihrem Schachbrett.

»Sie war niemals eine Spielfigur!« Alexeis Augen funkelten vor Zorn. »Sie hat nur endlich erkannt, wer hier der Verräter ist. *Du* hast sie angelogen, sie hintergangen – und jetzt wagst du es, dich hier als Opfer hinzustellen?«

Kas lachte, ein bitterer, schmerzhafter Laut, der durch den engen Raum hallte. Sein Blick bohrte sich in meinen, und ich spürte, wie mein Herz raste.

»Zoé, hörst du ihm eigentlich zu? Siehst du nicht, was er tut? Er hat dich von Anfang an nur ausgenutzt.«

»Es reicht!« Alexei trat einen letzten Schritt auf Kas zu, seine Faust ballte sich, als würde er jeden Moment zuschlagen. »*Du* bist der Feind, Kaspar. Du hast mich verraten, du hast Zoya verraten, du hast Xanthia verraten! Und jetzt stehst du hier und versuchst, dich zu rechtfertigen? Ihr Lügen in den Kopf zu pflanzen, um sie gegen mich aufzubringen? Du bist nichts weiter als ein Verräter. Ein verdammt erbärmlicher noch dazu.«

»Und du bist ein Heuchler!« Kas' Stimme bebte vor Wut. »Du tust so, als wärst du der Retter, als würdest du Xanthia beschützen. Aber du bist genauso korrupt wie die Mächte, gegen die du zu kämpfen vorgibst. Du willst Kontrolle und Macht – und du benutzt Zoé, um das zu bekommen!«

Meine Gedanken wirbelten durcheinander. Beide warfen dem anderen Verrat vor, beide waren überzeugt, die Wahrheit zu kennen. Und ich stand dazwischen, gefangen in einem Netz aus Lügen, das immer dichter wurde.

»Was hast *du* denn mit ihr getan?« Die ruhige Gelassenheit war endgültig aus Alexeis Stimme verschwunden, stattdessen donnerte sie gegen die Wände des Gewölbes wie ein Vorschlaghammer. Sein Echo schmerzte in meinen Ohren.

»Ich habe versucht, sie zu beschützen!«

Alexei schnaubte und packte mich fest am Arm. Scharf sog ich die Luft ein.

»Du hast sie beschützt, Kaspar?« Er schob mich vor bis zu Kas' Zellentür und griff an den Kragen meines Kleides. Dann hörte ich den feinen Stoff reißen.

# KAPITEL 20

## KAS

Zoé wimmerte, und ich krallte meine Finger noch fester um die Gitterstäbe.

»Du hast sie beschützt, Kaspar?«, höhnte Alexei. Dann griff er in Zoés Ausschnitt, und mit einem Ruck zerriss er den Stoff ihres Kleides. Sie keuchte, und ich konnte die Tränen, die ihre Augen tränkten, beinahe auf meiner Zunge schmecken. Meine Fingerknöchel glühten weiß auf.

»*So* hast du sie beschützt?« Der elendige Mistkerl deutete auf ihre Brüste, und ich erstarrte, als ich wulstige Linien auf ihrer Haut entdeckte. In ihrem Fleisch. Sie waren tief. Sie waren tief, und sie … formten Buchstaben.

Ein Wort.

Mein Magen sackte ab, mein Herz sank ins Bodenlose. »Wer hat dir das angetan?«, presste ich hervor. »Wann?«

»Sag es ihm«, verlangte Alexei, sein Blick zuckte zu Zoé. Jede Sekunde, die er sie ansah, war eine zu viel.

Ich beobachtete sie, jede einzelne Regung ihres Gesichts, saugte alles in mich auf, als könnte ich die Antwort darin lesen. Aber das musste ich gar nicht, denn Zoé verriet sie mir, und ihr heiseres Flüstern stieß mich einen Abhang hinunter.

»Als du gegangen bist. Es ist passiert, als du gegangen bist.«

Mir wurde schlecht. Bilder unserer letzten gemeinsamen Augenblicke in der Hütte drängten sich in meinen Kopf.

*Ein einzelner Teil von dir reicht mir aber nicht, Zoé.*

*Bleib, bitte. Verlass mich nicht.*

*Sag mir, dass du nicht zu Alexei gehst, und ich bleibe.*

*Versprich mir, dass wir uns irgendwann wiedersehen.*

»Zoé …« Meine Stimme brach, und ich fühlte, wie mir etwas warm und feucht über die Wange lief. Zoés Augen waren ein Spiegelbild der meinen, und der Anblick zerriss meine Seele.

»Ich dachte, du würdest zurückkommen und mich dort rausholen«, sagte sie erstickt.

Das Nächste, was ich spürte, war ein stechender Schmerz in meinen Knien, als ich an den Gitterstäben zu Boden glitt. Schuld überrollte mich wie eine Flutwelle, so überwältigend, dass ich kaum mehr atmen konnte.

»Er konnte dich nicht retten, weil er zu sehr damit beschäftigt war, *meine* ehemalige Geliebte zu vögeln.« Alexeis Stimme schnitt rasiermesserscharf durch die Stille. Mein Blick schoss hoch in Zoés Gesicht, um ihre Reaktion einzufangen. Ihre Tränen versiegten, stattdessen legte sich etwas anderes über ihre Augen. Etwas Härteres.

»Zoé«, begann ich erneut, aber da waren keine anderen Worte in mir. Weil er recht hatte. Weil dieser beschissene Wichser recht hatte. Ich hatte mich mit Nastya in ihrem Haus versteckt, wir hatten Pläne geschmiedet und …

Zoé drehte sich zu Alexei um, der sie beobachtete. Aufmerksam, wachsam. Ich sah, wie ihre Hände zitterten, als sie einen Schritt auf ihn zuging. Wie sie ihm viel zu nahe kam, ihr halb nackter Körper nur einen Atemzug von seinem entfernt. Sie hob ihr Gesicht an seines. Mein Herz zog sich zusammen, als wäre es noch lange nicht fertig damit, zu leiden. Ein langsames, qualvolles Stechen.

Ich wusste, warum sie das tat. Natürlich wusste ich es. Ich hatte sie belogen, sie hintergangen, sie verraten, auf die schlimmste Weise. Und jetzt hatte sie erfahren, dass ich mit Nastya geschlafen hatte, während sie Furchtbares erleiden musste. Während sie auf mich wartete. Auf mich … auf mich, der es noch nicht einmal geschafft hatte, seine eigene Schwester zu beschützen. Ich war ein verdammter Versager, und ich hatte verdient, was sie mir antat.

Sie wollte mir zeigen, dass ich ihr nicht mehr wichtig war. Wie einfach sie mich aus ihrem Leben löschen, wie einfach sie mich verletzen konnte. Mit einem Kuss. Mit einem einzigen Kuss.

Und verdammt, es funktionierte.

Zoé legte ihre Hand auf Alexeis Brust, ihre Finger glitten über den dunklen Stoff seines Hemds, bis hoch zu seinem Kragen. Dann packte sie fest zu und zog ihn zu sich hinab, um ihre Lippen auf seine zu legen.

Die Übelkeit brüllte ein weiteres Mal in mir auf. Ich wollte die Augen schließen, wollte wegsehen, doch ich konnte nicht. Irgendetwas tief in meinem Inneren zwang mich dazu, zuzuschauen. Als müsste ich diese Qual ertragen, weil sie meine Strafe war.

Alexeis dreckige Hände schlossen sich um ihre schmale Taille, und in mir wuchs das Bedürfnis, sie ihm abzureißen. Zoé keuchte, als sie sich fester gegen ihn presste.

Mein Herz raste, meine Finger fühlten sich taub an, doch ich klammerte sie weiter um die Gitterstäbe, um nicht den Halt zu verlieren. Sie liebte ihn nicht, das wusste ich. Und sie wusste es ebenso. Wenn Alexei nicht so sehr von sich selbst eingenommen wäre, wüsste auch er es.

Zoé tat das hier nicht wegen ihm. Es war eine Vorführung, für mich und mich allein. Sie wollte mich brechen, und es gelang ihr.

Alexeis Hände rutschten tiefer, umfassten ihren Hintern und hoben sie hoch. Ich hörte sie in den Kuss stöhnen, als er sie durch das Gewölbe trug und gegen die Wand gegenüber meiner Zelle drückte. Uns trennten keine drei Meter. Ich konnte jede Regung in Zoés Gesicht erkennen. Und ihren Blick, den sie über Alexeis Schulter hinweg zielsicher in meinen bohrte.

Ich schüttelte den Kopf, als könnte ich sie so davon abbringen, weiterzumachen. Aber Zoé schlang ihre Beine nur enger um Alexeis Hüfte, und zu meinem Entsetzen hörte ich, wie er die Schnüre seiner Hose löste.

Nein. Das würde sie nicht tun. So weit würde sie nicht gehen, um mich zu bestrafen.

Zoés Augen flackerten, als wollte sie mir beweisen, dass sie es doch tun würde.

Stoff raschelte, dann glitt Alexeis Hose an seinen Beinen hinab zu Boden. Seine Hand fuhr unter Zoés Rock, um ihn hochzuschieben. Ihre Lippen teilten sich zu einem verlangenden Seufzen, als er seinen nackten Unterleib gegen sie presste. Das Schlimmste war, dass ich wusste, dass ihre Lust, trotz allem, echt war. Ich kannte diesen Ausdruck auf ihrem Gesicht.

Alexeis Mund traf erneut auf ihren, ihr Blick suchte weiter meinen. Zoé bewegte sich, rieb sich an ihm, schien es kaum erwarten zu können, dass er in sie eindrang.

Ich konnte nicht wegsehen. Ich hasste mich selbst inbrünstig genug, um weiter zuzugucken. Das war es, was ich verdiente.

Alexei griff in ihr Haar, bog ihren Kopf nach hinten, um von ihr zu trinken. Ich hörte das Geräusch ihrer reißenden Haut, bevor sie laut aufstöhnte. Der Geruch ihres Blutes füllte das Gewölbe, ließ meines pulsierend durch meine Venen rauschen wie zerstörerisches Feuer.

Als er sie fester packte und zwischen ihre Körper griff, wusste ich, was er gleich tun würde. Mein Atem stockte, und mein Herz sank ins Bodenlose, denn Alexei schob sein Becken vor und stieß sich in sie.

# KAPITEL 21

## ZOÉ

Alexei glitt in mich, und ich zwang meine Fingernägel fest in seine Schultern, als meine Wut auf Kas wie ein Flammenwall in mir aufbrandete und sich mit meiner Lust verband. Mein schamloses Stöhnen hallte durch das Gewölbe und tränkte die dicke Luft. Alexeis Stöße waren so hart, dass der raue Stein meinen Rücken aufrieb. Es war anders als sonst, wenn wir miteinander schliefen, und ich wusste genau, weshalb.

Ich hielt noch immer Kaspars Blick fest, während Alexei sich in mir bewegte. Kas kniete auf dem Boden seiner Zelle, die Hände um die Eisenstäbe gekrallt. Seine Augen sahen aus wie zerbrochene Sterne, und der Anblick befriedigte mich beinahe mehr als Alexeis harter Schwanz. Vielleicht, weil ich fertig mit ihm war. Mit ihnen beiden.

Wieso machte mein dämliches Herz dann einen Satz, als ich beobachtete, wie Kas schwarze Schatten ausstieß? Die Schlieren flossen über seine Lippen und glitten zwischen den Gitterstäben hindurch. Sie krochen über den Steinboden, und dann fühlte ich sie auf meiner Haut wie eine zarte Berührung.

Kas beobachtete, wie ich auf seine Schatten reagierte. Wie ich mich ihnen entgegenwölbte, als sie über mein Dekolleté strichen und zwischen meine Brüste wanderten, wo ich lange nicht mehr berührt worden war.

Alexeis Augen waren geschlossen, während er mich fickte. Wahrscheinlich dachte er an Nastya. Aber zumindest bemerkte er so nicht, wie Kas sich in unser Spiel einmischte.

Wie seine Schatten neckend meine Nippel berührten und mir ein weiteres Stöhnen entrangen. Ich erwischte mich bei dem Wunsch, Alexei würde sich aus mir zurückziehen, damit Kas' Dunkelheit in mich tauchen konnte.

Dieser verfluchte Scheißkerl.

Ich ließ mich vor seinen Augen von seinem Feind vögeln, um ihm zu beweisen, dass er keine Macht mehr über meine Gefühle hatte. Dass ich stärker war, dass *ich* die Kontrolle hatte – und Kas zeigte mir, wie falsch ich damit lag.

Meine Gedanken zerstoben zu Rauch, als sich mein gesamter Körper in Ekstase aufbäumte. Ein Kribbeln breitete sich an der Basis meiner Wirbelsäule aus, ausgehend von dem empfindlichsten Punkt zwischen meinen Beinen. Als ich an mir hinabsah, bemerkte ich Kaspars Schatten, die sich an meine Klitoris schmiegten, sich verdichteten, um mehr Druck auszuüben. Und obwohl ich meinem Körper befahl, nicht zu kommen – nicht *so* –, zuckte und krampfte mein Innerstes, bis ich das Gefühl hatte, zu zerreißen.

Alexei atmete heftiger und vergrub sich tiefer in mir, als wollte er mir einen weiteren Orgasmus entlocken. Dass er für den ersten nicht verantwortlich war, ahnte er nicht.

»Ja«, grollte er. »So ist es gut. Komm noch mal für mich.«

Ich sah, wie sich Kas' Lippen in einer Mischung aus Belustigung und Befriedigung kräuselten, weil er ganz genau wusste, dass *er* es war, der mir gab, was ich brauchte.

Ich war zu tief im weiß glühenden Nebel meiner Lust versunken, um ihn wütend anzufunkeln. Gerade brach ein weiterer Orgasmus über mich herein, während die Schatten wie mit seidigen Fingern die Innenseiten meiner Schenkel entlangstrichen, über meinen Bauch, um dann erneut die Spitzen meiner Brüste zu umspielen. Alexei sah mich an, sein Kiefer war angespannt, in seinen Augen loderte animalische Begierde. »Was mache ich gerade mit dir, meine Gräfin?«

Ich blickte an uns runter, beobachtete, wie sein Schwanz in mich hinein- und dann wieder hinausglitt. Kaspars Schatten hatten sich aufgelöst. Meine Nippel drängten sich steinhart gegen Alexeis gestählte Brust, verlangten verzweifelt nach Reibung.

»Du fickst mich«, stieß ich aus, und seine Augen wurden dunkler.

»Sag es noch mal«, befahl er. »Lauter.«

Mein Herz wummerte gegen meinen Brustkorb. »Du fickst mich.«

»Ich ficke dich«, sagte er und klang dabei fast schon bedrohlich. Dann drehte er sich so, dass er Kas über seine Schulter hinweg ansehen konnte. »Gefällt dir, was du siehst?«

»Alexei«, protestierte ich. »Mach weiter.« Nicht, weil ich es brauchte, sondern weil ich nicht wollte, dass er es Kaspar auf diese Art demonstrierte.

»Alles, was du willst, meine Gräfin.« Er stieß schneller und tiefer zu, als hätte er es sich zur Aufgabe gemacht, meinen Körper als Abdruck in der Wand zu hinterlassen, bis auch er endlich in einem mächtigen Orgasmus explodierte.

Als er sich aus mir zurückzog, fühlte ich mich leer. Es war nicht, weil mir Alexeis Nähe fehlte. Sondern weil ich Kas verletzt hatte. Absichtlich. Alexeis Hand ruhte noch immer an meiner Hüfte, aber ich machte einen Schritt zur Seite, um Abstand zwischen uns zu bringen. Der Moment war vorbei, und mit ihm der kurze Funke des Trotzes, der in mir aufgeflackert war und mich zum Sex mit ihm getrieben hatte.

Ich hielt mein aufgerissenes Kleid zusammen und suchte sofort Kas' Blick, konnte gar nicht anders. Sein Gesicht war starr, wie es mich zwischen den Gitterstäben hindurch ansah. Seine Brust hob und senkte sich schwer. Während er sich in unser Spiel eingemischt hatte, hatte es so ausgesehen, als hätte auch er für einen winzigen Moment so etwas wie Lust verspürt, doch nun war alles überschattet von einem Schmerz, den er nicht länger vor mir verbergen konnte.

Was hatten wir gerade getan? Was hatte *ich* getan? Warum hatte ich geglaubt, diese flüchtige Provokation hätte mich auf irgendeine Art befreien können? Mir irgendwie Erleichterung verschaffen?

Jetzt, wo ich Kas betrachtete, merkte ich, dass ich gar nichts erreicht hatte, außer ihn zu verletzen. Ich hatte ihn verletzt, weil ich verletzt war. Aber sein Schmerz linderte meinen nicht, und diese Erkenntnis verdunkelte meine Gedanken.

»Du solltest jetzt hochgehen, Zoya.« Alexei baute sich neben mir auf und taxierte Kas in seiner Zelle. Er packte meinen Arm und zog mich von ihm weg. »Der Prinz und ich müssen uns unterhalten. Von Mann zu Mann.«

Alles in mir schrie danach, zu widersprechen, aber ich konnte nicht. Ich wusste, dass er es nicht als Bitte formuliert hatte. Außerdem war da etwas in seiner Miene – etwas, das mich dazu brachte, meinen Widerstand zurückzuhalten. Ich nickte, obwohl mein Bauch sich zusammenzog.

Ich warf einen letzten Blick auf Kas. Seine Augen brannten, und ich wusste, dass er genauso gespannt war wie ich, was als Nächstes passieren würde. Aber ich konnte nicht bleiben. Das, was gerade zwischen uns dreien passiert war, hing noch immer wie ein dunkler Schatten über dem Gewölbe, und vielleicht war es besser, jetzt zu gehen, bevor noch mehr zerbrach.

»Ich warte oben«, murmelte ich leise, meine Stimme rauer, als ich es wollte. Ohne ein weiteres Wort löste Alexei seinen Griff, und ich spürte einen leisen Stich der Erleichterung, obwohl sich Angst in meine Knochen grub.

Mit einem Kloß im Hals wandte ich mich ab, die schweren Schritte hallten von den steinernen Wänden des Verlieses wider, als ich durch den schmalen Gang nach oben ging. Jede

Faser meines Körpers wollte, dass ich umdrehte, zurückging, blieb. Aber wenn ich mit dem Sex mit Alexei zumindest ein Stück weit dafür gesorgt hatte, dass dieser sich in Sicherheit wähnte, wollte ich das nicht wieder kaputt machen. Dass ich dort drin nicht meinen Körper, sondern meine Seele verkauft hatte, sollte nicht umsonst gewesen sein.

Der kalte Luftzug des Verlieses kribbelte auf meiner Haut, als ich die Treppen hinaufstieg. Aber es war nicht die Kälte, wegen der ich fröstelte. Es war die ungewisse Stille, die ich hinter mir zurückließ.

Als ich Alexeis Gemächer betrat, traf mich sofort die vertraute Dunkelheit des Raumes. Die schweren Vorhänge ließen kaum Licht hinein, und der Geruch von Leder hing in der Luft. Doch das beklemmende Gefühl in meiner Brust hatte nichts mit der Atmosphäre zu tun – es war die Gewissheit, dass jemand auf mich wartete.

Und da saß sie, lässig auf dem Ledersessel, als gehörte der Raum ihr. Nastya. Sie hob den Kopf, als ich eintrat, ein schiefes, selbstgefälliges Lächeln auf den Lippen.

»Zoé«, begrüßte sie mich mit einer übertriebenen Freundlichkeit.

»Nastya.« Meine Stimme war kühl. Jedes Mal, wenn ich ihren Namen hörte, kochte etwas in mir hoch, eine Mischung aus Misstrauen und Eifersucht. Und während ich in ihr Gesicht sah, hier im Schein der Kerzen, wob sich eine eigenartige Übelkeit in meine Gefühle. Es war beinahe, als blickte ich in einen Spiegel, und es widerte mich an. Meine innere Stimme rief mir unentwegt zu, dass ich für Alexei immer nur ein Ersatz gewesen war. Für ihn und auch für … Mein Magen drehte sich um.

»Oder soll ich dich lieber Gräfin Zoya nennen?« Nastya stand auf, glitt anmutig durch den Raum und blieb viel zu nah vor mir stehen. Ihre Fingerspitzen glitten spielerisch über einen der Tische.

»Was machst du hier?« Meine Nerven waren bereits zu angespannt, und die letzte Person, die ich jetzt ertragen konnte, war sie.

»Ach, warum so direkt?« Ihre Augenbrauen hoben sich verspielt, und sie neigte leicht den Kopf, um mich eindringlich anzusehen. Sie ließ sich wieder in den Sessel fallen, als wäre sie in einem privaten Theater und ich die einzige Vorstellung.

Ich blieb stehen, versuchte, ruhig zu atmen. Warum war sie hier? Und warum *jetzt*?

»Ich wollte nur mal sehen, wie es dir so geht.« Ihre Stimme war süßlich, aber ich konnte das Gift in ihren Worten schmecken. Sie genoss es sichtlich, mich aus der Fassung zu bringen. »Schließlich hast du ja *einiges* durchgemacht in letzter Zeit, nicht wahr?«

Ich verschränkte die Arme vor der Brust, bemühte mich, ruhig zu bleiben. »Wenn du nichts zu sagen hast, dann verschwinde. Weiß Alexei überhaupt, dass du hier bist?«

Ihr leises Lachen ließ vermuten, dass sie genau auf diese Frage gewartet hatte. »Er hat mich höchstpersönlich eingeladen. Oh, und ich habe sehr wohl etwas zu sagen.« Sie lehnte sich zurück und betrachtete mich mit einem Blick, der deutlich machte, dass sie jede Sekunde hiervon genoss. »Sehr viel sogar. Aber ich glaube, ich finde es amüsanter, wenn du selbst dahinterkommst.«

»Verschwinde«, presste ich hervor. »Verschwinde, bevor ich die Kontrolle verliere.«

Nastya lachte nur leise, erhob sich dann geschmeidig und glitt zur Tür. »Wie du willst, *Gräfin*.« Der Spott in ihrer Stimme war nicht zu überhören. »Aber glaub mir, das hier ist noch lange nicht vorbei. Oh, und eine Sache noch: Als Kas dir erzählt hat, dass Alexei von mir wüsste, hat er gelogen. Alexei *hatte* keine Ahnung.« Sie betonte das Wort so, als steckte mehr dahinter. Mit einem letzten wissenden Lächeln verließ sie den Raum.

Noch eine Lüge, noch ein Betrug, noch ein Verrat. Ich war allein. Alle um mich herum hatten ihre eigenen Pläne geschmiedet, ihre eigenen Ziele verfolgt, und ich war nichts weiter als das Bauernopfer in ihrem Spiel gewesen.

Nastyas Offenbarung verletzte mich nicht einmal mehr. Es schien, als hätte ich mich daran gewöhnt, niemandem mehr vertrauen zu können. Es war fast tröstlich, auf eine traurige Art und Weise. Enttäuscht zu werden, bedeutete nur, dass die Täuschung ein Ende hatte.

Alexei, Kas, Nika … Sie alle hatten ihre Rollen in diesem Netz aus Täuschungen nahezu perfekt gespielt. Jeder hatte mich belogen, in die Irre geführt, und dennoch war ich immer noch hier. Nicht, weil ich Glück gehabt hatte, sondern weil ich überlebt hatte, immer wieder.

Ich musste daran festhalten. Das Einzige, *die* Einzige, der ich noch vertrauen konnte, war ich selbst.

Ich ließ mich aufs Bett sinken und atmete tief durch. Ich musste die Fäden entwirren, für mich selbst. Und für das, was ich noch retten konnte.

Nika hatte meinen Tod eingefädelt. Sie hatte mich erst in die Kunstausstellung gelockt, mich mit glänzenden Broschen geködert, und als ich nicht darauf eingestiegen war, hatte sie Raoul auf mich angesetzt.

*Weil ich nie gewollt habe, dass er dich vergewaltigt!*

Eine List, mit der sie dafür gesorgt hatte, dass ich geradewegs nach Xanthia kam. Sie hatte mich nicht einfach nur belogen, sie hatte mich verdammt noch mal *umbringen* lassen.

Mich aus meinem Leben gerissen, weg von Maman, für immer.

Für einen Moment schloss ich die Augen und stützte mein Gesicht in die Hände. Gerade wenn ich an meine Mutter dachte, war mein Schleier am dünnsten. Es war jetzt einige Tage her, dass Alexei sie mir in einem seiner Spiegel gezeigt hatte, und auch wenn sie gut aussah, hatte mich ihr einsamer Anblick geschmerzt. Ich holte tief Luft und versuchte, meine Gefühle zu unterdrücken, bevor sie mich daran hindern konnten, alles klar vor mir zu sehen.

Warum hatte Nika das getan? Was hatte sie davon? War ich von Anfang an Teil eines größeren Plans gewesen? Ihres Plans oder Alexeis?

Ich schnaubte, als Alexeis Gesicht vor mir aufblitzte. Er hatte mir so viel verheimlicht. Mochte sein, dass er nicht bereits all die Jahre von Nastya gewusst hatte, wie Kas behauptete, doch das entschuldigte nicht den Rest. Er hatte einen Pakt mit der Mittlerin geschlossen, und es ging um Xanthias Überleben. Alexei war gefährlich, weil er das Blut der Sünder für sich behielt, weil er Macht hatte und das Relikt nutzte.

Die Relikte … Er wollte sie zusammensetzen. Kas wollte das verhindern.

Aber bevor ich überhaupt darüber nachdenken konnte, welches Vorgehen das richtige war, musste ich wissen, wo sich das dritte Relikt befand. Diese Relikte schienen der Schlüssel zu allem zu sein – zu Xanthia, zu den Xathyr, vielleicht sogar zu meinem eigenen Schicksal.

Eins war bei Alexei, eins bei Kas. Aber wo zur Hölle war das dritte? Wo war das Relikt des Schattenbarons?

Ich musste es selbst herausfinden. Ich konnte mich auf niemanden mehr verlassen, und genau das war jetzt meine Stärke. Sie alle dachten, sie könnten mich kontrollieren. Sie dachten, sie könnten mich weiter manipulieren, wie sie es die ganze Zeit über getan hatten. Aber ich würde ihnen zeigen, dass sie sich irrten.

Ich würde ihre Pläne entwirren, ihre Geheimnisse offenlegen, und ich würde herausfinden, wo sich das dritte Relikt befand. Nur dann würde ich verstehen, was wirklich auf dem Spiel stand. Vielleicht würde ich damit beginnen, ihnen das anzutun, was sie mir angetan hatten. Ich würde sie belügen, bestehlen, manipulieren und hintergehen, um das zu bekommen, was ich wollte. Und ich wusste genau, wo ich damit anfangen würde.

# KAPITEL 22

## ZOÉ

Es war nicht schwer, den verwinkelten Weg zurück ins Verlies zu finden. In den vergangenen Wochen war ich gut darin geworden, mir Wege einzuprägen, und ich hatte genau darauf geachtet, wo Alexei mich entlanggeführt hatte.

Meine Schritte waren ruhig und bedächtig, weil endlich Frieden in meine Gedanken eingekehrt war. Die ständige Angst, belogen zu werden, war fort. Solange sie mir nichts bedeuteten, konnten sie mich nicht verletzen.

Alexei war vor wenigen Stunden hochgekommen und hatte verlauten lassen, dass er Termine wahrnehmen musste. Mir war nicht entgangen, dass der Kragen seines weißen Hemds blutrot gesprenkelt gewesen war, bevor er sich umgezogen hatte.

Ich unterdrückte den schmerzenden Stich in meiner Brust, als ich daran dachte, was das wohl für Kas bedeuten mochte.

*Solange sie mir nichts bedeuten, können sie mich nicht verletzen.*

Langsam näherte ich mich Kas' Zelle, mein Blick fest, meine Schritte beinahe lautlos. Er saß auf dem Boden, die Schultern gesenkt, das Gesicht im Schatten. Als er meine Schritte hörte, hob er den Kopf. Aber ich gab ihm nichts, woran er sich festhalten konnte. Keine Emotion, kein Zeichen von Schwäche. Auch nicht, als ich das Blut in seinem Gesicht sah.

»Du bist zurück.« Seine Stimme klang rau, doch seine Lippen kräuselten sich zu einem Grinsen.

Ich blieb stehen, nur wenige Schritte von den Gitterstäben entfernt. »Und du hast gelogen. Schon wieder.« Ich grinste zurück. »Deine *Geliebte* hat mir gesagt, dass Alexei nichts von ihrem Überleben wusste. Du hast mir das Gegenteil erzählt.«

Kas verzog das Gesicht. »Nastya ist nicht meine Geliebte.«

»Weißt du, Kas«, fuhr ich fort und verschränkte die Arme vor der Brust, »es spielt keine Rolle mehr. Wer oder was sie für dich ist. Ob du gelogen hast oder nicht – es ändert nichts. Ich glaube dir nicht mehr. Das macht es einfacher.«

Er hob eine Augenbraue. »Einfacher?«

»Ja. Es bedeutet, dass du mir nichts mehr anhaben kannst. Was du sagst oder tust, betrifft mich nicht mehr. Es ist scheißegal, was ich für dich empfunden habe.« Ich hielt seinem Blick stand. »Du bist jetzt nur noch eine weitere Variable in diesem Spiel, das ich gewinnen werde.«

Kas schwieg einen Moment, doch ich sah, wie sich seine Kiefermuskeln anspannten. Er stand auf und trat ans Gitter, unsere Nasenspitzen nur Zentimeter voneinander entfernt.

»Was hast du für mich empfunden, Zoé?«

Zwei Minuten. Ich war zwei Minuten hier unten, und meine Entschlossenheit geriet bereits ins Wanken, verflucht.

»Das ist nicht mehr von Bedeutung.«

»Für mich schon.«

Sein Flüstern jagte eine Gänsehaut über meinen Körper.

»Was auch immer es war«, gab ich ruhig zurück, »ich würde mir lieber die Arme aufschneiden und es herausbluten, bis nichts mehr davon in mir übrig ist, als es auch nur eine weitere Sekunde zuzulassen.«

Seine Nasenflügel bebten. »Ich fürchte deine Dornen nicht.« Er kam näher, und seine Wärme sank in meine Haut, wanderte in meinen Bauch. »Und wenn ich sie spüren muss, um dir nah sein zu dürfen, dann will ich bluten. Lass mich für dich bluten, Zoé. Ich verspreche dir, du kannst mir nichts antun, was ich nicht schon überlebt habe.«

»Sei still.« Die Worte waren nur heisere, gebrochene Laute,

die zu viel offenbarten. Wie immer. Wie immer konnte ich Kas gegenüber nicht verbergen, was ich fühlte. Wie immer ging sein Blick so tief, als wollte er alle meine Schutzschichten damit durchbrechen.

»Ich brauche Informationen«, sagte ich, um das Thema zu wechseln. »Und du wirst mir helfen. Was weißt du über das dritte Relikt?«

»Das dritte Relikt?« Kas schüttelte den Kopf, als könnte er nicht fassen, dass es *das* war, worüber ich sprechen wollte. »Ich dachte, du glaubst mir nicht mehr, also warum fragst du mich das?«

»Weil du keine andere Wahl hast, als mit mir zu kooperieren.« Ich ließ meine Worte kurz verhallen. »Du bist eingesperrt. Wenn du hierbleibst, wird Alexei dich früher oder später töten. Nachdem er dir sehr, *sehr* viel Schmerz zugefügt hat.« Ich schluckte schwer und bemühte mich, meine Gesichtszüge bei dem Gedanken nicht entgleisen zu lassen. »Vielleicht hast du noch genug Verstand, um zu erkennen, dass du dir deine Freiheit verdienen kannst.«

»Dann ist es jetzt das, was wir haben?«, fragte er bitter. »Eine Allianz, um die Relikte für deinen gewalttätigen Liebhaber zu finden?«

Ich lächelte matt und holte den Schlüssel hervor, den ich in Alexeis abgelegter Kleidung gefunden hatte. Meine Show schien ihn so sehr davon überzeugt zu haben, dass ich auf seiner Seite stand, dass er nachlässig wurde. Früher wurde ich für Prostitution bezahlt, weil ich keine andere Wahl gehabt hatte, und heute nutzte ich Sex, um zu bekommen, was ich wollte.

Kas' Augen weiteten sich, als das Schloss an seiner Zellentür klappernd zu Boden fiel.

»Stanislav müsste jeden Moment kommen. Er schickt die Wachen weg und eskortiert uns zu einer Kutsche, die draußen auf uns wartet.« Ich trat einige Schritte zurück bis an die Wand, um ihn durchzulassen.

»Du hast meine Frage noch nicht beantwortet.« Sein Blick lüftete meinen Schleier und ließ ihn hinter das Lächeln sehen, das ich auf mein Gesicht geheftet hatte. »Ich werde nicht so tun, als wärst du nichts mehr für mich. Das kann ich nicht.«

Ein ungläubiges Lachen stieg aus meiner trockenen Kehle. »Aber ich *bin* nichts mehr für dich, Kas, nur deine ganz persönliche Hölle.«

»Ach ja?«, höhnte er, die Arme zu seinen Seiten ausgestreckt. »Fällt es dir so leicht, dich selbst zu belügen?«

Das war zu viel. Mein Schutzschild fiel von mir ab, als wäre es nie da gewesen. »ICH HASSE DICH!«

Innerhalb eines flüchtigen Wimpernschlags war er bei mir und schlug die Faust so fest in die Mauer neben meinem Kopf, dass sie hinter mir erzitterte, wie sein Körper es an meinem tat. Jeder seiner harten Muskeln zerrte an meiner hauchdünnen Entschlossenheit.

»Tust du das wirklich?« Das Blau seiner Augen brach auf und entblößte gequälte schwarze Schatten, die sich darin wanden.

»Ja«, keifte ich, mein Herz polterte, als wollte es das Gegenteil schreien.

»Warum?« Kaspars Stimme war ein Flüstern, das über meine Haut fuhr. So leise, dass ich wusste, er hatte Angst vor meiner Antwort. Doch all die Worte hatten sich viel zu lange in mir aufgestaut, um sie jetzt runterzuschlucken. Sollten sie ihm doch wehtun, wie er mir wehgetan hatte.

»Du hast mich verraten, und dafür hasse ich dich«, erwiderte ich, ruhiger diesmal. »Ich hasse dich dafür, dass du mir die Kontrolle überlassen hast. Ich hasse dich dafür, dass du mich berührt hast, als würde ich dir irgendetwas bedeuten.«

Kas' Kehlkopf bewegte sich auf und ab, und sein Blick fiel für eine fliehende Sekunde auf meine Lippen, bevor er ihn wieder in meinen tauchte.

»Ich hasse dich dafür, dass du mich nicht aufgegeben hast.« Meine Stimme brach, und Tränen schnürten mir die Kehle zu. »Ich hasse dich dafür, dass du mir das Licht gezeigt hast. Ich hasse dich für jedes schöne Wort, das du zu mir gesagt hast. Weil nichts davon echt war. Das hast du mir bewiesen, als du gingst.«

»Bist du fertig?«, raunte er. Die Linien seines Gesichts waren nicht länger hart und angespannt, vielmehr ließen sie ihn ausgezehrt erscheinen.

»Ja.«

»Gut, dann bin ich jetzt dran«, gab er zurück und presste seinen Körper fester an meinen. Er löste seine Faust aus der Mauer und schloss sie stattdessen um mein Gesicht. Ich sog die Luft ein, als mir bewusst wurde, wie sehr ich seine Nähe vermisst hatte. »Ich liebe dich.«

Der Atem in meinen Lungen gefror, meine Lippen glitten auseinander, um etwas zu entgegnen, doch Kas schüttelte den Kopf und sprach weiter.

»Ich liebe dich dafür, dass du mich siehst.« Sein Finger strich über meine Wange, fing eine Träne auf. »Ich liebe dich dafür, dass du an das Gute in mir glaubst.« Er ließ den Daumen über meine Unterlippe fahren. »Ich liebe dich dafür, dass du dich selbst aus dem Abgrund gezogen hast.«

Jetzt war ich es, die den Kopf schüttelte, weil es absurd war, was er sagte. Mein Herz pochte heftig gegen meine Rippen, saugte jede seiner Lügen gierig in sich auf, als wollte es sie glauben.

»Ich liebe dich dafür, dass du immer noch hier stehst und uns nicht aufgegeben hast, obwohl du das Gegenteil behauptest. Ich liebe dich, Zoé, und ich werde nie damit aufhören. Wenn du meine Hölle bist, dann will ich für immer brennen.«

Ich lehnte mich vor und küsste ihn. Es war das Einzige, das mich davon abhielt, endgültig zu zerbrechen.

Kas zögerte keinen Moment, grub seine Finger in meine Taille und zog mich so fest an sich, als wäre ich das Einzige, das ihm Halt geben konnte.

Der Kuss war kein sanftes, zögerliches Abtasten. Er war ein Aufeinandertreffen all dessen, was wir waren: Wut, Schmerz, Angst, Verlangen. Und wenn ich ganz genau auf das laute Klopfen meines Herzens hörte, war da noch etwas anderes. Etwas Beständigeres.

Kas' Mund auf meinem war heiß, verzweifelt, fordernd. Jede Berührung seiner weichen Lippen schrieb mit unsichtbaren Lettern in meine Haut. *Vergiss, was war. Das hier ist alles, was zählt.*

Und er war alles. Kas war alles.

»Ich glaube, ich wollte dich wegstoßen, weil ein Teil von mir daran geglaubt hat, dass ich dich verlieren würde.« Er klang atemlos, die Worte abgehackt. Seine Finger strichen sanft über meine Wangen, vorsichtig, fast ehrfürchtig. Als hätte er Angst davor, mir wehzutun. »Ich wollte dich nie verletzen.«

»Ich weiß«, flüsterte ich. »Aber das hast du.«

»Ich weiß«, sagte er leise. »Und ich habe dich im Stich gelassen.« Seine Hand glitt von meinem Gesicht, und mit seinen Fingerspitzen fuhr er die vernarbten Buchstaben auf meinen Brüsten nach. Ich sog scharf die Luft ein. »Es tut mir leid. Es tut mir so leid, Zoé. Ich werde mir das niemals verzeihen.«

Ich legte meine Hand auf seine und hielt sie dort fest, als ungezügelte Hitze hinter meinen Augen brannte. Er berührte das Zeugnis dessen, was ich gewesen war, und da war keine

Ablehnung in seinen Augen. Nur etwas, das ich nicht benennen konnte. Etwas, das tiefer ging, als Worte beschreiben konnten.

Ein Schluchzer brach aus mir heraus, und Kas zuckte zusammen.

»Es tut mir leid«, sagte er wieder.

»Nein«, gab ich erstickt zurück. »Das ist es nicht.«

Er zog die Brauen zusammen, als würde er versuchen, hinter meine Worte zu blicken. »Was ist es dann?«

Kas sah meine Narben, er kannte meine Vergangenheit, er hatte sogar dabei zugesehen, wie ich zu Alexei zurückging, nach allem, was wir hatten. Und nichts von alldem hielt ihn davon ab, mich anzusehen, als wäre ich alles, was er brauchte.

»Zoé …«, drängte er sanft und berührte eine meiner Haarsträhnen.

Ich schüttelte den Kopf. »Es ist nichts.« Ich schob meine Finger unter sein Hemd und strich über seine warme Haut. Kas stöhnte leise auf. »Zieh die Hose aus.«

»Zoé«, begann er wieder, ein Hauch von Protest in seiner Stimme, obwohl ich spürte, dass er hart wurde. »Wir können nicht jedes Mal Sex haben, wenn wir eigentlich über Gefühle reden sollten.«

»Ich habe dir meine Gefühle mitgeteilt«, erwiderte ich stur, während ich meine Hände tiefer gleiten ließ. Als sie gegen den Saum seiner Hose stießen, schob ich sie hinein.

Kas' Blick flackerte. »Du hast gesagt, du hasst mich.«

»Ja«, gab ich zurück, und es klang beinahe wie ein Stöhnen. »Ich hasse dich.« Ich krallte meine Finger in seinen Hintern, und Kas presste sich enger an mich. Seine Lippen strichen meinen Hals entlang und zogen eine Spur aus Gänsehaut hinter sich her. Ich ließ den Kopf gegen die Wand sinken und wartete darauf, dass er tat, was wir beide brauchten.

»Schön«, raunte er an meiner Haut. »Solange du mich hasst, werde ich nicht mit dir schlafen.«

Mit einem Mal brachte er Abstand zwischen uns, und ich fühlte seine Abwesenheit mit jeder Faser meines vor Verlangen pochenden Körpers. Entsetzt starrte ich ihn an.

»Das kann nicht dein Ernst sein!«

»Ich will nur nicht, dass wir etwas tun, was du hinterher bereust.« Ein schiefes Grinsen formte sich auf seinen Lippen.

»Komm sofort zurück!«

Sein dämliches Grinsen wurde breiter. »Ist das ein Befehl, meine Herrin?«

»Ja, verflucht!«

Er legte den Kopf schief und musterte mich von oben bis unten, als überlegte er, wie er mich nehmen sollte.

»Zu schade«, er verschränkte die Arme vor der Brust, »dass ich schon immer ein Problem mit Autoritäten hatte.«

Ich presste die Kiefer aufeinander, bis es knackte. »Was willst du?«

Seine Augen wurden dunkel. »Nur die Wahrheit.«

»Du kennst die Wahrheit.« Sämtliche Wut war aus meiner Stimme gewichen und ließ mich verletzlich zurück.

Kas kam langsam wieder näher und blieb dicht vor mir stehen. »Ich will sie hören«, sagte er sanft. »Ich weiß, ich verdiene sie nicht. Ich verdiene *dich* nicht. Aber ich bin nun mal ein egoistisches Arschloch.«

Seine Worte entlockten mir ein schnaubendes Lachen. Ich streckte die Hand aus und berührte das getrocknete Blut auf seiner Wange. Die Wunden, die Alexei ihm beigebracht hatte, waren schon lange verheilt, doch das bedeutete nicht, dass er den Schmerz nicht gespürt hatte.

»Es hat kaum wehgetan«, sagte er.

»Und das, was ich mit Alexei getan habe?«, fragte ich leise.

Kas lachte bitter. »Das schon.«

»Mir auch«, gab ich zu. »Ich war verletzt. Verwirrt. Ich dachte, wenn ich dich wegstoße, wenn ich dir zeige, dass du mir egal bist, kann ich mich schützen, ich –« Ich brach ab, unfähig, meine Gefühle zu beschreiben, doch Kas verstand. Er verstand immer. »Aber ich glaube, ich habe es in dem Moment erst richtig begriffen.«

Er sah mich forschend an. »Was hast du begriffen?«

Mein Herz begann zu poltern, schlug fest gegen meine Rippen. Ich holte tief Luft, wusste, dass meine nächsten Worte sie mir wieder rauben würden. Doch jetzt gab es keinen Raum mehr für Lügen und Ausflüchte.

»Dass ich –«

Ein krachendes Geräusch ließ mich erstarrt innehalten.

Schatten stoben hinter Kas auf und formten eine Gestalt. Ein schmatzender Laut folgte, ähnlich wie ein Jagdmesser, das durch einen Kadaver schnitt.

Kas' Augen weiteten sich in Entsetzen, flackerten vor Schmerz. Sein Blick war noch immer auf mich geheftet, während sich meine Sicht vor Panik schwarz färbte. Ich sah, wie sich seine Lippen teilten, als wollte er etwas sagen, doch es drang kein Ton heraus.

Nur Blut.

Immer mehr Blut.

Da war so viel Blut.

Die Zeit, die eben noch stillgestanden hatte, beschleunigte sich. Oder es war mein Körper, der nicht folgen konnte. Mein Verstand, der zu langsam war, um zu begreifen, was geschah.

Dann mischte sich etwas anderes in den Schock, der Kas' bleiches Gesicht zeichnete.

Etwas Unumkehrbares.

Etwas Endgültiges.

Etwas Tödliches.

# KAPITEL 23

## ALEXEI

Der Schrei, den Zoya ausstieß, ließ das Gewölbe erzittern. Er war rau und brüchig, als würde er aus ihrer Kehle gerissen, schoss meine Wirbelsäule hoch, klirrte in meinen Knochen nach.

Es schmerzte mich, als wäre es mein Körper, in dem der Dolch steckte.

»Was hast du getan?«, kreischte sie. Ihr Blick war unendlich gequält, und sie bohrte ihn direkt in mein Gesicht.

Anstatt ihr zu antworten, drehte ich die Klinge in Kaspars Rücken. Ich hörte, wie Sehnen und Muskeln rissen. Seine Beine gaben nach, und Zoya stürzte vor, um ihn aufzufangen. Unter seinem Gewicht sackten sie beide zu Boden. Was fiel ihr eigentlich ein, sich über meine Befehle hinwegzusetzen und sich zu allem Überfluss für *ihn* zu entscheiden, wo sie doch mich haben konnte? Und das auch noch in meinem eigenen Heim. Ich hätte ihr alles gegeben, ich hatte sie zu meiner Gräfin gemacht, verflucht! Und wie dankte sie es mir? Indem sie drauf und dran war, meinen Erzfeind zu vögeln, direkt vor meiner Nase.

Zoya drehte Kas so, dass sie ihn ansehen konnte, und presste sich eine Hand auf den Mund, um ihr Wimmern zu unterdrücken. Aber ich hörte sie. Ich hörte sie immer. Und ich hatte doch tatsächlich gedacht, nach Nastya noch einmal die wahre Liebe gefunden zu haben. So sehr konnte man sich täuschen.

Kaspars Augen waren nach hinten gerollt, sein Gesicht bleich, vollkommen reglos. Ich konnte nicht erkennen, ob er noch atmete, aber die samtrote Pfütze, in der Zoya mit ihm kniete, wurde immer größer.

»Dachtest du wirklich, du könntest nachts durch *mein* Schloss schleichen, ohne dass ich davon erfahre?« Ich schüttelte den Kopf. »Dass ich den Schlüssel einfach so liegen lasse, damit du den Mann befreien kannst, der mein Leben zerstört hat? Hältst du den Grafen Xanthias für einen Idioten, Zoya?«

Ich sah, wie ihre Unterlippe bebte und sich ihre Augen unablässig mit Tränen füllten, die wie Sturzbäche über ihre weißen Wangen flossen. Ob sie auch für mich weinen würde? Vermutlich hatte ich das nicht verdient. Nicht mehr. Nicht nach heute.

»Ich heiße Zoé!«, schrie sie mich an. »Und Kas hat dir nichts getan! Dein Hass auf ihn ist völlig unbegründet! Er hat deine geliebte Nastya nicht getötet! Sie *lebt!* Nastya lebt, Alexei! Sie hat sich vor acht Jahren von ihm verwandeln lassen!« Ihre Stimme klang wie eine Rasierklinge, die über Glas gezogen wird.

Ich spürte, wie sie versuchte, mich mit ihrer Wut zu treffen. Meine naive kleine Zoya. Sie senkte ihre Stirn gegen Kaspars, die Augen gequält zugekniffen.

In meiner Brust bewegte sich etwas. Direkt hinter meinem Herzen. »Ich weiß.«

Ihr Blick schoss hoch. Ich konnte beobachten, wie sich ihre Miene veränderte. Die wutverzerrten Linien brachen, machten Platz für einen kurzen Moment des Schocks, der schließlich Verwirrung wich. Ich kostete den Augenblick aus, bevor ich meine nächsten Worte auf sie niedergehen ließ.

»Was meinst du, wie ich Kaspar gefunden habe? Ich habe ganz Xanthia nach ihm absuchen lassen, doch am Ende war es die Frau, die er für seine Verbündete hielt, die ihn an mich ausgeliefert hat.«

Zoyas Augen wurden groß, ihre Finger krallten sich in Kaspars blutgetränktes Hemd.

»Nastya hat ihn verraten?«

»Verrat ist das Einzige, was in dieser Welt überlebt.«

Das triumphierende Lächeln auf meinen Lippen erstarb, als sich die Luft im Verlies plötzlich veränderte. Ein Geräusch, ein Rascheln im Schatten, und dann trat eine Gestalt aus der Dunkelheit. Ihr Blick war wild, voller Entschlossenheit und einer Wut, die ich nicht erwartet hatte.

Nastya.

»Es überrascht mich, dass auch Wahrheiten aus deinem Mund kommen können, Liebster.«

»Was machst du hier unten?«, fragte ich harsch. Sie wusste, dass sie nicht hier runterkommen durfte. Das war mein persönlicher Raum. Nur weil ich schwach geworden war und sie noch einmal gevögelt hatte, sollte sie sich bloß nicht einbilden, dass ich sie wieder an meinem Hof aufnehmen würde. Und schon gar nicht, dass ich sie in meine Privatangelegenheiten schauen ließ.

»Oh, ich wollte mir das Drama nicht entgehen lassen.« Ihre Kurven wiegten sich bei jedem geschmeidigen Schritt, den sie näher kam. Sie bewegte sich mit einer erotischen Eleganz, die ich bei keinem anderen Wesen zuvor je gesehen hatte. Nicht einmal bei Zoya, und die hatte ihren Lebensunterhalt mit der Verführung fremder Männer verdient. »Du solltest übrigens deinen General austauschen. Wie hieß er noch gleich? Maxim? Er ist sehr redselig.«

Ich starrte sie an. »Was hat Maxim getan?«

Ihre roten Lippen teilten sich zu einem raubtierhaften Grinsen. Es passte zu ihrer Erscheinung. »Willst du die Details, oder soll ich es grob umreißen?«

Ich funkelte sie an. Mit jeder weiteren Sekunde, die ich ihr zuhörte, wurde das Zittern meiner Hand intensiver. »Spuck es aus und dann verschwinde nach oben!«

»Also gut, dann die Kurzfassung«, raunte sie. Sie stand inzwischen so dicht vor mir, dass mir ihr heißer Atem entgegenschlug. »Er hat mich gefickt. Nein, warte, eigentlich habe ich ihn gefickt. Ich habe ihn geritten wie –«

Meine linke Hand schoss vor, um sie zum Schweigen zu bringen, doch Nastya schlug sie weg. Mit einer Geschwindigkeit, die mich überraschte. Die nicht natürlich war, auch nicht für Xathyr.

»Zurück zur Kurzfassung«, flüsterte sie an meinem Ohr. »Im Gegenzug für den eher mittelmäßigen Sex hat er mir verraten, dass du geschwächt bist, mein Liebster.«

Ich war nicht bereit für das, was folgte. Meine Reflexe waren langsamer geworden, mein Körper schwerfällig. Der Entzug des sündenbefleckten Blutes machte sich immer mehr bemerkbar.

Nastya stürzte sich auf mich. In dem Moment realisierte ich, dass sie sich der Macht eines Relikts bediente. Kaspar musste es ihr überlassen haben. Sie war stark, zu stark, während ich gegen die Dunkelheit kämpfte, die in meinem Schädel waberte und meinen Verstand trübte. Als sie mich mit einem gezielten Schlag traf, wurde ich zurückgestoßen, der Aufprall gegen die Steinmauer ließ mich kurz die Orientierung verlieren. Was zur Hölle passierte hier gerade?

»Er hat Kas getötet!«, hörte ich Zoyas gebrochene Stimme durch das Gewölbe hallen. »Bring ihn um!«

Ich glaubte, mich verhört zu haben. Zoya konnte doch nicht wirklich wollen, dass diese Furie mich umbrachte. Wusste sie denn nicht, dass … Ich blinzelte und sah, wie ein Dolch über den Steinboden schlitterte. Es war nicht meiner. Es war eine Waffe mit einer tiefroten Klinge. Sie kam an Nastyas Füßen zu liegen, und sie bückte sich, um sie aufzuheben. Ich wusste, was das war. Ein Dolch, geschmiedet, um Ursprüngliche zu töten. Es war jener, den ich mit Juri begraben hatte.

Nastya ließ den Dolch in ihrer Hand kreisen, als sie näher trat. Ich zog mich an der Wand hoch, doch mein Körper wollte mir nicht gehorchen. Ein Knurren stieg in mir empor, als sie die Spitze des Dolchs in meine Brust drückte.

»Ich könnte dich töten und tief unter der Erde vergraben.«

Der Zorn in Nastyas Zügen war so durchdringend, dass er sich durch den Schleier der Dunkelheit brannte, der mich umhüllte. Was hatte ich in ihren Augen getan, um das hier zu verdienen? *Sie* war es, die sich jahrelang fröhlich umhergetrieben hatte, während ich in falscher Trauer leben musste. *Sie* hatte mich zum Narren gehalten. Und ich hatte sie unterschätzt.

»Ich würde graben und graben und graben, mit allem, was ich habe, damit dich niemand je findet und zurückholt.«

Die Klinge glitt tiefer in mein Fleisch und entriss mir ein Ächzen. Wenn sie mein Herz berührte … Ich sah in Nastyas Augen, und ich verstand, dass ich nicht mehr die Kontrolle hatte. Mein Leben lag in ihrer Hand. Aber nicht nur meines …

Mein Blick driftete zu Zoya, die mit Kas in der Ecke saß, am Rande des Geschehens, unsicher, ob sie sich einmischen sollte.

Mein Blut hatte sie verwandelt. Selbst wenn ich eines Tages, wenn irgendwer diese verfluchte Klinge aus meinem Herzen entfernte, dank meines ursprünglichen Blutes zurückkehren würde, wäre sie nicht mehr denn kalte Knochen in einem Sarg, sobald Nastyas Dolch auch nur einen Zentimeter weiter in meine Brust drang. Dieses Ende hatte ich mir für sie nicht gewünscht.

»Tu es!«, hörte ich Zoya rufen. Zumindest glaubte ich, dass es ihre Stimme war, die bebend von den Wänden hallte.

Nastya atmete schwer, ihre Pupillen zuckten, sie war eindeutig versucht. »Ich würde so gerne«, murmelte sie an meinem Ohr. Im nächsten Moment zuckte ihr rechtes Knie nach oben und rammte sich mit einer Brutalität zwischen meine Beine, dass mir die Luft wegblieb.

Ich keuchte, als der Schmerz mich überwältigte, und spürte die Kälte des Steinbodens unter mir. Ein Teil von mir wollte kämpfen, doch die Kraft dafür war nicht mehr da. Ich hatte sie vollständig aufgebraucht.

Nastya beugte sich über mich, der Triumph in ihrem Gesicht unverkennbar. »Wie fühlt es sich an, betrogen zu werden, Alexei?«, flüsterte sie.

Es war in gewisser Weise Ironie des Schicksals, dass die Frau, die ich einst liebte, diese Worte zu mir sagte, nachdem sie mich niedergeschlagen hatte.

Betrogen zu werden, fühlte sich furchtbar an. Aber das wusste ich nicht erst seit heute. Juri hatte es mich vor vielen Jahren gelehrt, und Kas stand ihm in nichts nach. Und Zoya … ihr Bild verschwamm vor meinen Augen.

Ich spürte, wie sich die Dunkelheit in meinem Kopf ausweitete. Mit gierigen Fingern nahm sie sich alles, was von mir übrig war.

# KAPITEL 24

## ZOÉ

Alexeis Augen fielen zu, und mit ihnen sackte mein Herz ab. Es war zu viel. Alles, was in den letzten Stunden passiert war, war zu viel.

Mein Blick flog zu Kas, der regungslos auf meinem Schoß lag. Ich schob ihm die blutgetränkten silberblonden Haarsträhnen aus der Stirn, als sich neue Tränen von meinen Wimpern lösten. Seine Haut war eiskalt und so durchscheinend wie Papier. Da war kein Leben mehr in seinen Zügen. Nichts von dem, das ihn ausmachte.

Mein Magen drehte sich um. Meine Lunge fühlte sich an, als würde sie jeden Moment zerfallen, weil ich nichts weiter als verpestete Luft einatmete. Meine Zunge war so taub, mein Mund so trocken, dass ich nicht einmal einen Schrei ausstoßen konnte. Und sein Blut … Es klebte überall an meinen Händen, als wäre ich es gewesen, die ihn erdolcht hatte. Dabei wusste ich jetzt, dass ich das niemals über mich gebracht hätte.

Ein Schatten legte sich über mich.

»Ist er tot?« Nastyas unbekümmerter Ton ließ mich schaudern, und mein Herz zog sich verkrampft zusammen. »Lass mich mal sehen.«

Ohne auf eine Reaktion von mir zu warten, beugte sie sich über Kas, berührte seinen Hals und seine Brust.

Ich beobachtete sie mit angehaltenem Atem, viel zu gelähmt, um irgendetwas zu tun.

»Er atmet noch«, murmelte sie, bevor sie ihn vorsichtig drehte. »Das Messer steckt noch in der Wunde. Ich denke, es hat verhindert, dass er verblutet. Vermutlich war die Schneide zu kurz, um bis in sein Herz vorzudringen.«

Ich traute mich nicht, den Gedanken zuzulassen, als könnte er mir wieder entzogen werden.

»Er lebt?«, brachte ich hervor. Meine Stimme brach unter der Last meiner Verzweiflung.

»Noch, ja. Wenn Alexei ihn ernsthaft hätte töten wollen, hätte er ihm den Kopf abgeschlagen«, gab sie zurück, die dunklen Brauen zusammengezogen. »Kas war immer sein Schwachpunkt. Er hat ihn schon einmal verbannt, statt ihn umzubringen. Aber wir haben nicht mehr viel Zeit.«

»Zeit wofür?« Mein Herzschlag pochte inzwischen auf meiner Zungenspitze.

»Ihn zu retten«, antwortete sie, als wäre ich langsam von Begriff, während sie die Einstichstelle auf seinem Rücken weiter inspizierte. »Ich ziehe den Dolch heraus, und du gibst ihm dein Blut. Er wird sich regenerieren. Nicht schnell, aber es genügt, wenn sich erst mal die äußere Wunde schließt. Seine Organe werden vermutlich noch länger brauchen. Bis dahin müssen wir hier weg sein.« Nastya sah zu Alexei, der noch immer reglos auf dem Boden lag.

Mein Blick folgte ihrem. »Ich werde ihn töten.«

»Das wirst du nicht«, gab Nastya ohne Umschweife zurück. Da war weder Mitleid noch Gnade in ihren Augen. Nur Entschlossenheit.

Ich wollte sie fragen, warum sie es nicht getan hatte, als sie die Chance dazu gehabt hatte, da zog sie das Messer mit einem Ruck aus Kas' Rücken. Es war, als erschlaffte sein Körper noch weiter. Nastya griff nach meinem Ärmel und riss den Stoff hoch.

»Du zögerst zu lange!«

Hastig hob ich mein Handgelenk an meinen Mund, biss in die Innenseite und keuchte leise, als sich ein stechender

Schmerz in meinem Arm ausbreitete. Nur kurz. Dann presste ich meine blutende Haut an Kas' Mund. Unter halb gesenkten Lidern funkelte ich Nastya an.

»Du hättest mich ruhig vorwarnen können.«

»Ups«, sagte sie ohne jegliche Reue in der Stimme, aber ich konnte in ihren Augen erkennen, dass auch sie sich um Kas sorgte. Sie hatte ihm nicht ihr eigenes Blut gegeben. Ein Teil von mir glaubte, dass sie einfach zu egoistisch war und sich selbst keinen Schmerz zufügen würde, nur um jemand anderen zu retten. Doch etwas anderes sagte mir, dass sie mich nur nicht auf diese Weise reizen wollte, weil sie um meine Gefühle für Kas wusste. Ich konnte nicht anders, als darüber nachzudenken, was er ihr bedeutete. Was *sie ihm* bedeutete. Was sie noch miteinander geteilt hatten außer ihrer Lust aufeinander.

Aber er liebte *mich*. Kas liebte mich, und ich liebte ihn, auch wenn ich es ihm nicht hatte sagen können. Es war eine unumstößliche Erkenntnis, die die ganze Zeit über unbemerkt in meinen Venen gepocht hatte, versteckt hinter meinem Zorn, aufgedeckt durch meinen Versuch, ihn zu brechen. Wir liebten einander, und alles andere war bedeutungslos. Die Dinge, die wir getan hatten, um uns selbst zu schützen. Die Dinge, die wir getan hatten, weil wir es nicht besser wussten. Die Dinge, die wir getan hatten, um zu *überleben*.

»Komm schon, trink«, flehte ich, als Kas noch immer regungslos dalag, sein Kopf schwer auf meinem Schoß. Wieder legten sich Tränen wie ein durchsichtiger Schleier über meinen Blick, ließen sein Gesicht vor meinen Augen verschwimmen. Seine Lippen ruhten kalt an meiner Haut. Wenn er jetzt starb, dann mit der Lüge, dass ich ihn hasste.

»Fester!«

Meine Aufmerksamkeit flog zu Nastya, die mein Handgelenk packte und es grob zusammendrückte. Im ersten Moment schrie ich auf vor Schmerz, dann begriff ich, was sie tat. Blut quoll aus den Einstichstellen meiner Reißzähne wie ein roter Fluss und tropfte direkt in Kas' Mund. Ich hörte, wie das Blut auf seine Zunge fiel, und dann, endlich, begannen seine Lider zu flattern. Nastya ließ mich los und atmete auf.

Mein erleichterter Schluchzer blieb mir in der Kehle stecken, als Kas mein Handgelenk packte, es fester gegen seine Lippen presste und seine Zähne in mein Fleisch grub. Es tat weh, doch ich ließ es zu. Ich würde alles tun, um ihn zu retten.

»Ja«, flüsterte ich leise. »Trink.«

Und er trank. Mit jedem weiteren gierigen Schluck kehrte ein Stück Farbe zurück in sein Gesicht. Nach einer gefühlten Ewigkeit ließ er mein Handgelenk los.

Sein Blick fand meinen. »Zoé«, sagte er fast tonlos. »Danke.«

Ich atmete schwer, fühlte mich erschöpft, und trotzdem war da eine Erleichterung, die warm durch meine Venen floss und eine weitere Träne aus meinen Augen riss.

»Herzallerliebst«, merkte Nastya nüchtern an. Sie hatte sich bereits aufgerichtet und sah zu uns runter. »Aber wir müssen los. Jetzt.«

Ich nickte knapp und sah ihr dabei zu, wie sie ihr Kleid raffte. Um ihren rechten Oberschenkel hatte sie sich ein Beinholster mit mehreren Fächern geschnallt, aus dem sie drei schmale Phiolen hervorzog.

»Wir müssen unsere Gesichter wechseln. Ohne Roman wird die Illusion nicht lange anhalten, aber vielleicht genügt die Zeit, um unerkannt aus den Schlossmauern hinauszugelangen.«

Ich nahm die zwei Phiolen, die sie mir hinhielt, entgegen. »Was ist mit Stanislav?«, fragte ich, und ein Hauch von Panik mischte sich in meine Stimme. »Er wollte den Weg frei machen und uns hier unten abholen!« Was, wenn Alexei ihn erwischt hatte, als er mir hierher gefolgt war? Was, wenn er ihn bereits bestraft und wegen Hochverrats getötet hatte?

»Es wird ihm schon gut gehen«, winkte Nastya ab, bevor sie ihrerseits eine Phiole entstöpselte und sich den Inhalt in den Rachen kippte. »Los jetzt.«

Der Geschmack des Tranks hing mir immer noch schwer im Mund, eine widerliche Mischung aus Metall und fauligem Moos. Ich schluckte hart, versuchte das Brennen in meinem Rachen zu ignorieren, als sich mein Gesicht zu verändern begann. Es war, als würde eine unsichtbare Hand über meine Haut fahren und sie neu formen, die Konturen Stück für Stück verschieben.

Ich tastete mit den Fingern nach dem völlig fremden Gesicht. Tief liegende Augen, eine breite Nase, eingefallene Wangen. Nastya neben mir hatte ebenfalls eine neue Gestalt angenommen: Ihre langen schwarzen Haare waren jetzt kurz und strähnig, ihr Gesicht weicher. Fast schon freundlich.

Kas jedoch veränderte sich nur langsam. Sein Körper schien noch viel zu schwach. Seine Wunde hatte sich zwar äußerlich geschlossen, wie Nastya vorausgesagt hatte, aber seine Bewegungen waren schwerfällig.

»Halte durch«, flüsterte ich, als ich meinen Arm unter seinen schob, um ihn zu stützen. Nastya war auf Kas' anderer Seite, ihre Haltung steif und fokussiert. Ich konnte die Sorge in ihren schnellen scharfen Blicken trotzdem sehen.

Kas' Gewicht lastete schwer auf uns beiden, seine Füße schleiften mehr über den Boden, als dass sie gingen, doch wir mussten weiter.

Der Weg aus dem Verlies war dunkel und drückend. Die

Mauern schienen immer näher zu rücken, als wir uns durch die feuchten, engen Gänge schleppten. Kas schwankte an meiner Seite, und sein Stöhnen hallte von den Wänden wider, als hätte der Schmerz eine eigene Stimme.

Ich versuchte, seine Schritte zu lenken, doch er stolperte immer wieder, seine Beine zitterten unter dem Gewicht seiner Erschöpfung.

Nastya führte uns durch die Schatten, ihr Blick wachsam, ihr Schritt entschlossen, während sie mit einer Fackel in der freien Hand unseren Weg ausleuchtete. »Wir müssen über den Gang im Westflügel nach draußen.«

»In Ordnung«, sagte ich, auch wenn ich nicht sicher war, ob Kas es überhaupt noch schaffte, weiterzugehen. In seinem Körper war keinerlei Spannung, seine Augen waren halb geschlossen. Jeder Schritt war eine Herausforderung, die steinerne Treppe unendlich lang.

Irgendwie schafften wir es bis ans Tor, das aus dem Verlies herausführte und in einen breiteren Korridor mündete.

»Hier lang«, flüsterte Nastya und öffnete die Tür so leise, dass nur das Klicken des Schlosses zu hören war. »Wir müssten gleich den Innenhof erreichen.«

Ich nickte, dann warf ich einen Blick zurück in die Dunkelheit des Verlieses, dorthin, wo wir Alexei zurückgelassen hatten. Kurz verspürte ich das Bedürfnis, umzudrehen und den roten Dolch tief in sein Herz zu rammen. Aber dann dachte ich an all das, was er für mich getan hatte, an all das, was ich ihm schuldete. Und letzten Endes … Er hatte Kas nicht getötet, und vermutlich hatte Nastya recht, dass er ihm den Kopf abgeschlagen hätte, wäre es ihm wirklich ernst gewesen. Noch durfte ich mir nicht erlauben, darüber nachzudenken, was geschehen war. Ich musste jetzt durchhalten.

Der Flur, der sich vor uns erstreckte, war deutlich heller, was bedeutete, dass die Gefahr, entdeckt zu werden, wuchs.

Wir wussten nicht, wie lange unser Aussehen verändert bleiben würde. Kas war der Ripper, Nastya die tot geglaubte Geliebte des Herrschers von Xanthia. Und ich war ihrer aller Gräfin. Wenn Alexei nachher aufwachte, würde man ihm sagen, wohin man mich hatte gehen sehen – und mit wem. Womöglich hatte er sogar einige seiner engsten Vertrauten instruiert, mich festzuhalten. Eine einzige Begegnung konnte alles ruinieren.

Nastyas Haltung war wachsam, während sie uns durch die verlassenen Gänge führte. Ich konnte die frische Nachtluft förmlich riechen, sie versprach die ersehnte Freiheit. Doch als wir den breiten Flur betraten, der uns zum Innenhof führen würde, hörte ich leise Stimmen und Schritte auf uns zukommen.

Nastya blieb abrupt stehen und starrte mich mit weit aufgerissenen Augen an. Kas, der zwischen uns hing, versuchte, seinen Atem zu beruhigen. Ich wirbelte herum und erspähte die Silhouetten von drei Xathyr, elegant in dunkle Gewänder gehüllt. Es waren Mitglieder des Hofes, die mir mit Alexei schon öfter begegnet waren. Mein Magen zog sich zusammen.

Der Trank mochte eine Illusion über unser Aussehen gelegt haben, doch die Gefahr, die ich in jeder Faser meines Körpers spürte, war real. Sehr real. Und in dem Moment fiel mir ein, dass sich zwar unsere Gesichter verändert hatten, aber nicht unsere Kleidung. Die von Kas war blutgetränkt wie meine Hände.

»Spielt mit«, flüsterte Nastya. Sie ging einen Schritt zurück und zog uns in eine Nische neben einer Säule.

Ich quiekte auf, als sie ihren Kopf über Kas' Schulter schob und in seinen Hals biss. Er stöhnte heiser.

»Was ...«, begann ich, da blieben die Xathyr vor uns stehen. Einer der Männer, ein hochgewachsener Xathyr mit goldenem Haar und scharfen Augen, musterte uns. Sein Blick blieb auf Nastya haften. »Sieht aus, als hättet ihr Spaß. Ob der Herr das hier oben so gerne sieht?«

Nastya zog ihre Zähne aus Kas' Fleisch zurück und leckte sich anzüglich über die Lippen. »Es kam einfach über uns. Ich fürchte, wir konnten nicht länger warten.« In ihren Augen funkelte es vielsagend, als sie kurz zu mir herübersah. Ich verstand den Wink, griff nach ihrem Arm und zog sie zu mir. Sie neigte ihren Kopf und schob sich ihr Haar hinter das Ohr.

Ich beugte mich vor und spähte noch mal zu den Männern, die uns aus dunklen Augen beobachteten. Wachsam und lüstern. Meine Lippen fanden Nastyas Halsschlagader. Ihre Haut war warm und roch verlockend. Obwohl wir uns in einer Situation befanden, die durchaus gefährlich werden konnte, spürte ich, wie Verlangen in mir aufwallte. Es mischte sich in den immerwährenden Hunger, verwandelte den Schmerz in gierige Lust. Ich senkte meine Fangzähne in sie und trank.

Der Geschmack von Nastyas Blut explodierte in meinem Mund und erfüllte meine Sinne. Ihre Hände legten sich an meine Hüften und gruben sich schmerzhaft fest in mein Fleisch, als müsste sie sich festhalten. Die Berührung trieb mich weiter an, meine Schlucke wurden drängender, mein Herz schlug schnell.

Ich sah das Gesicht eines jungen Mannes in mir aufblitzen wie eine alte Fotografie. Erst wirkte es fröhlich, dann verwandelte es sich. Der Mann starb vor meinen Augen. Nastya, sie … Was waren ihre Sünden?

Nastya stieß mich bestimmt von sich, und ich hielt die Luft an. Die drei Xathyr waren fort, doch noch konnte ich die Erleichterung darüber nicht fühlen. Mein Blick ruhte auf Nastyas Gesicht, das noch immer verändert aussah. Alles an ihr verwirrte mich, doch zwischen meinen Beinen pochte es. Ich brauchte mehr.

»Ja, ich habe einige Männer getötet«, raunte sie und riss mich damit aus meiner Trance. »Wir alle tun Dinge, die wir tun müssen, um zu überleben, nicht wahr?«

Ich schluckte, schmeckte ihr Blut auf meiner Zunge. Noch immer betrachtete ich sie, aber ich verurteilte sie nicht.

Kas keuchte angestrengt, während er sich bemühte, aufrecht zu stehen. Ich wandte mich ihm zu, um ihn zu stützen.

»Ich hoffe, du hast nicht zu viel von ihm getrunken«, zischte ich Nastya zu.

Sie lächelte schlangengleich. »Keine Sorge, ich weiß, was ich tue.«

Kas stützte sich noch schwerer auf mich, und ich merkte, wie seine Beine zitterten.

Ich warf ihm einen besorgten Blick zu. »Wir sollten uns beeilen, bevor jemand misstrauisch wird.«

# KAPITEL 25

## ZOÉ

Der Innenhof lag still vor uns, nur beleuchtet von den fahlen Mondstrahlen, die zwischen den hohen Türmen hindurchfielen. Er war leer, Stanislav hatte ganze Arbeit geleistet. Trotzdem ließ mich jeder Schatten, jeder Laut zusammenzucken.

»Kopf unten halten«, raunte Nastya und drückte Kas näher an sich.

Wir setzten einen Fuß vor den anderen, die Bewegungen mechanisch, fast wie einstudiert. Jeder Schritt fühlte sich an, als würde er ewig dauern. Das Schlurfen von Kas' Füßen erschien mir so laut, dass ich innerlich betete, die Wachen mochten nicht doch gleich wieder angerannt kommen.

»Da vorne«, flüsterte Nastya, deutete mit einem kaum sichtbaren Nicken in Richtung des geöffneten Fallgatters am anderen Ende des Hofes. Auch darum hatte Stanislav sich gekümmert.

Doch Kas stolperte und wäre beinahe gefallen, hätte ich ihn nicht noch fester gepackt. Eine Frau, die ich zuvor nicht bemerkt hatte, sah in unsere Richtung. Ich hielt den Atem an, das Herz hämmerte mir gegen die Rippen. Sie schien uns zu mustern, ihre Augen verengten sich.

»Weiter«, zischte Nastya kaum hörbar. »Nicht stehen bleiben.«

Ich nickte knapp und zwang meine Beine, sich weiter zu bewegen, zwang mich, ruhig zu atmen. Und schließlich – nach einer gefühlten Ewigkeit – erreichten wir den Ausgang.

Im Schatten der Bäume stand eine Kutsche, wie Stanislav

versprochen hatte. Ein schäbiges, unscheinbares Ding, perfekt, um unentdeckt zu entkommen.

»Los, rein mit ihm«, befahl Nastya, als sie die Tür der Kutsche aufriss und mir half, Kas hineinzuschieben. Ich kletterte sofort hinterher, und noch bevor ich richtig saß, hörte ich, wie Nastya dem Kutscher erklärte, wo wir hinmussten. Dann sprang sie ebenfalls ins Innere und zog die Tür hinter sich zu.

Kaum saßen wir, setzte sich die Kutsche in Bewegung.

Der Innenhof verschwand hinter uns, und ich atmete erleichtert aus. Kas sank schwer in die gepolsterten Sitze, seine Atmung war flach, doch er lebte. Ich spürte, wie sich der Knoten in meiner Brust ein wenig löste.

»Das war knapp«, murmelte ich. Nastya starrte aus dem kleinen Fenster, als würde sie erwarten, dass man uns jeden Moment entdeckte.

»Wir sind noch nicht außer Gefahr«, sagte sie matt. »Aber wir haben es erst mal geschafft.«

Ich lehnte mich zurück, spürte das Hämmern meines Herzens langsam abklingen, doch ich wusste, sie hatte recht.

Die Kutsche ratterte über den holprigen Pfad, bis der Wald uns verschluckte. Die dunklen Äste der Bäume bogen sich wie dürre Rippen über unseren Köpfen und ließen nur vereinzelte Streifen Mondlicht durch. Es fiel gefleckt auf die Erde, sprenkelte sie mit schattigen Rottönen.

Ich spürte jeden Stoß und jedes Schlagloch. Mein Blick war auf Kas gerichtet, der halb bewusstlos in meinen Armen lag. Seine Haut glühte unter meinen Fingern. Jede Erschütterung des Wagens ließ mich zusammenzucken, als könnte jeder Schlag ihm noch mehr Kraft rauben, die er dringend benötigte, um vollständig gesund zu werden.

Der Geruch von feuchtem Moos und Erde drang durch die kleinen Fenster, vermischt mit dem modrigen Atem des Waldes. Der Weg vor uns war in roten Nebel gehüllt, die Kälte kroch in meine Knochen. Nastya hatte den Kutscher angewiesen, uns in den Aschedistrikt zu fahren, und er nutzte einen Umweg durch die Wälder, weil die Straßen nicht länger sicher waren. Wir waren auf dem Weg zu Nastyas Haus in der Nähe der Aschewüste. Meine Erinnerung an diesen Ort war keine schöne, aber ich verstand, weshalb sie ihn gewählt hatte. Dort wagte sich niemand freiwillig hin, um nach der tot geglaubten Geliebten des Grafen zu suchen.

Nastya war die ganze Zeit über still, doch ich spürte die Anspannung in der Luft. Ich hatte nicht vergessen, was Alexei gesagt hatte. Ja, Nastya hatte uns geholfen, aber es war auch sie gewesen, die Kas überhaupt in diese Situation gebracht hatte. Sie hatte ihn an Alexei ausgeliefert.

Sie saß uns gegenüber, und ihre hellgrauen Augen glitten immer wieder von Kas zu mir und zurück, als würde sie etwas abwägen. Nastya sah wieder aus wie sie selbst. Wie eine schönere Version meines eigenen Spiegelbildes.

Schließlich brach sie das Schweigen.

»Du weißt, dass es nicht so war, wie es aussieht, oder?«

»Was?« Meine Stimme war ruhig, aber ich spürte, wie sich etwas in mir anspannte.

Nastya lehnte sich zurück und verschränkte die Arme vor der Brust. »Kas und ich … Ich habe ihn nicht verraten. Wir hatten einen Plan. Ich habe ihn nicht einfach so ausgeliefert.«

Ein Schauer lief mir über den Rücken, doch ich blieb still. Sie fuhr fort, und ihre Worte schnitten durch die Dunkelheit wie ein scharfes Messer.

»Ich würde ihn niemals hintergehen.«

Ich spürte, wie meine Hände sich unwillkürlich um Kas' Arm verkrampften. Es sollte mir egal sein, aber das Wissen, dass die beiden eine gemeinsame Vergangenheit teilten – und das Unwissen über eine mögliche gemeinsame Gegenwart –, kratzte wie mit spitzen Fingernägeln an der Innenseite meines Schädels. »Und wie sah euer Plan aus?«

»Dafür müsste ich ziemlich weit ausholen.« Sie sprach schnell, als wollte sie das alles hinter sich bringen, und doch klang in ihrer Stimme eine alte Verbitterung mit.

Ich strich Kas eine Haarsträhne aus dem Gesicht, und er schmiegte sich an meine Hand. *Ich* war Kas' Gegenwart. »Ich denke, wir haben Zeit.«

Nastya verdrehte die Augen, bevor auch ihr Blick auf Kas haften blieb. »Es war Alexei, den ich einst betrogen habe.«

Bilder aus dem Sündenspiegel blitzten in mir auf. »Du hast mit Kas geschlafen.«

Sie schnaubte, als sich ein schiefes Grinsen auf ihren perfekten Lippen formte. »Unter anderem, ja.«

»Und mit Nika.« Es war ein Schuss ins Blaue. Ich wusste, dass Nika in Nastya verliebt gewesen war, doch sie hatte nie gesagt, dass sie einander nähergekommen waren.

Nastyas Kehlkopf bewegte sich langsam auf und ab. Ich lag also richtig.

»Also hast du Alexei nie geliebt?«, fragte ich.

»Doch«, gestand sie. »Nur hat *er mich* nie geliebt. Er hat mich geblendet. Und als er mich so weit hatte, dass ich ohne ihn nicht mehr sein wollte, zeigte er mir die kalte Schulter. Es hat ihn angemacht, wenn ich um seine Aufmerksamkeit gefleht habe. Wenn ich ihn angebettelt habe, mit mir zu schlafen.«

Meine Finger strichen weiter über Kas' Wange. »Du warst emotional abhängig von ihm«, schloss ich, weil ich genau wusste, wovon sie sprach. »Das ist nicht deine Schuld. Ich glaube nicht, dass jemand wie Alexei dazu fähig ist, wahrhaft zu lieben. Aber ich bin mir sicher, dass du ihm nicht egal warst und es auch heute noch nicht bist.«

Nastya lachte trocken auf und sah aus dem Fenster, an dem nackte Bäume vorbeizogen.

»Er hat oft ... an dich gedacht«, ergänzte ich, als Alexeis Stöhnen im Rosengarten durch meinen Geist rauschte. Einst hatte es mich verletzt. Heute war es mir gleich.

»Mag sein«, murmelte Nastya teilnahmslos.

»Liebst du Kas?«

Ihr Kopf schnellte herum. »Nein. Er war nur mein Ausweg aus der ganzen Sache, bis ...«

»Bis du dich wirklich verliebt hast. In Nika?«

Sie biss sich auf die Unterlippe, und zum ersten Mal hatte ich das Gefühl, die echte Nastya in ihren Augen zu erkennen.

»Also ja.«

»Das spielt keine Rolle mehr. Sie hasst mich.«

»Sie hasst jeden«, erwiderte ich trocken, was Nastya ein leises Lachen entlockte. Es war sicher nicht einfach gewesen, ihre Liebe zu verstecken, verborgen vor all den Intrigen und Machtkämpfen, die Xanthia durchzogen. Ich sah zu ihr hinüber, unsicher, was ich sagen sollte, also schwieg ich.

»Nika war ... Sie war alles für mich.« Zum ersten Mal klang da etwas Zerbrechliches in ihrer Stimme mit, eine wehmütige Erinnerung an eine Zeit, die längst vergangen war. »Wir hatten Pläne, wollten zusammen fliehen, irgendwohin, wo uns niemand kennen würde, wo wir frei wären.«

Ich konnte mir die beiden kaum in einem anderen Leben vorstellen, fernab von den endlosen Machtspielen und Geheimnissen, die uns alle umgaben.

Ein bitteres Lächeln spielte auf ihren Lippen, als sie hinzufügte: »Ich habe sie verlassen. Bin aus ihrem Leben verschwunden. Ohne ein Wort und auf die schlimmste Weise, wie man jemanden zurücklassen kann. Gebrochen von meinem vermeintlichen Tod. So etwas kann man nicht verzeihen. Ich könnte es nicht.«

Ihre Worte hallten in der Stille nach, und für einen Moment schien die Luft in der Kutsche noch schwerer zu werden. Es war seltsam, Nastyas Angst zu sehen, die so anders war als der kalte Zorn und die Unnachgiebigkeit, die sie bisher gezeigt hatte. Aber vielleicht war das die wahre Furcht: nicht der Tod, nicht der Kampf, nicht die Flucht – sondern die Angst, jemanden zu verlieren, den man liebte.

»Wieso hast du es getan?«, fragte ich schließlich und sah, wie sich ihre Hände in ihrem Schoß verkrampften. Es war kein Vorwurf. Ich wollte wirklich wissen, welches grausame Schicksal sie dazu gezwungen hatte, ihre Liebe zu verraten.

Nastya bückte sich und hob ihr Kleid an, um etwas aus ihrem Beinholster zu ziehen. Es war eine schlanke lederne Dokumentenrolle.

»Die hier habe ich in Alexeis Unterlagen gefunden. Danach wusste ich, dass er schreckliche Pläne für Xanthia hat. Er veränderte sich, seit er diese Schriftrolle hatte, und ich bekam Angst vor ihm. Darin geht es um die Relikte.« Sie hielt mir die Rolle hin, und ich nahm sie. »Ich erzählte Nika davon, und wir planten, eines der Relikte zu stehlen, um Alexei zuvorzukommen. Wir wollten ihm einen Handel vorschlagen.«

»Er sollte euch gehen lassen.«

Nastya nickte. »Doch es ging schief. Alles ging schief.«

Gänsehaut überlief meinen Körper, als ich an das Gespräch mit Nika dachte, nachdem ich Gregoris Relikt gestohlen hatte.

*Dann hätte ich heute endgültig sterben können?*

*Ich kannte jemanden, der es nicht überlebte.*

*Wer war es?*

*Wie bereits erwähnt: Sie war jemand, den ich kannte.*

Meine Nackenhaare sträubten sich wie das Fell einer Katze.

»Ich war zu schwach. Die Vision hat mich beinahe getötet.«

»Beinahe?«, hakte ich vorsichtig nach. Ich drehte die Rolle zwischen meinen Fingern und fuhr die Maserung des Leders nach.

»Nika brachte mich zu Kas. Er war der Einzige, der von uns wusste. Er hat immer dichtgehalten. Sie hat ihn angefleht, mir zu helfen, und er hat gesagt, er würde einen Heilkundigen kennen, der verschwiegen ist, aber …« Schatten huschten über Nastyas Gesicht und verdunkelten ihre Augen. »Als Nika mich in seiner Obhut ließ, habe ich Kas um etwas gebeten.« In ihrer Stimme lag ein Schmerz, der vermuten ließ, wie schwer ihr diese Entscheidung gefallen sein musste. »Auch, weil ich Nika nicht weiter in alles mit reinziehen wollte. Sie hat die Macht des Relikts nicht gespürt. Ich schon.«

»Ich auch«, sagte ich leise.

Nastya hielt meinen Blick fest. »Ich wusste, dass wir nirgendwo vor Alexei sicher sein würden, wenn er seine Pläne in die Tat umsetzte. Also habe ich Kas gebeten, mich zu verwandeln. Es niemandem zu sagen. Ich gab ihm das Relikt als Gegenleistung und das Versprechen, ihm eines Tages dabei zu helfen, Alexei aufzuhalten.«

Ich überlegte einen Moment. »Aber Kas wusste doch gar nicht, was es mit dem Relikt auf sich hatte, oder?«

»Wir wissen es bis heute nicht.« Sie zog die Schultern hoch. »Doch es genügte ihm, zu wissen, dass er Alexei damit eins auswischen konnte. Das war alles, was Kas damals antrieb. Es war auch der einzige Grund, weshalb er sich überhaupt auf mich eingelassen hat.« Sie lachte bitter auf. »Nika war die Erste, die sich jemals wirklich für mich interessiert hatte. Und ich habe sie verlassen.«

»Kas wollte mit eurer Affäre also nur Alexei verletzen«, schloss ich. Im selben Atemzug bemerkte ich, wie Nastyas Augen dunkler wurden. Sie hatte beteuert, ihn nicht zu lieben, doch vielleicht hatte es einst eine Zeit gegeben, in der sie es getan hatte. Ich räusperte mich und sah zum Fenster. »Dann hast du Kas als eine Art Friedensangebot an Alexei ausgeliefert?«

»Der Idiot kam selbst auf diesen glorreichen Plan. Er wollte uns so ins Schloss schmuggeln. Nachdem ich Alexeis Vertrauen zurückgewonnen hatte, sollte ich in seinen Gemächern schnüffeln.«

»Während Kas im Verlies verrottet?« Ich konnte nicht anders, als Kas zornig anzufunkeln. Aber er sah so friedlich aus, wie er dalag, die Augen geschlossen, und meine Miene wurde wieder weicher.

»Nun …« Nastya legte den Kopf schief. »Zu seinem Plan gehörte auch, dass du ihn befreist.«

Die Worte brannten in meiner Brust. Kas' Gesicht war blass, seine Wangenknochen scharf unter der kranken Haut. Hatte er wirklich geglaubt, dass ich ihm immer noch helfen würde? Dass ich ihn immer noch retten wollte, statt endlich meine Rache zu nehmen?

»Er hat mich also auf seinem Schachbrett bewegt, ohne dass ich davon wusste. Mal wieder.« Mein Blick wanderte hinaus in den finsteren Wald, wo die Bäume uns wie stille Wächter umgaben.

»Kas ist nicht *gut*, Zoé.« Die Art, wie sie das sagte, ließ mich aufhorchen. »Er ist das beste Beispiel dafür, was passiert, wenn man jemanden zu weit über seine Grenzen hinauszwingt. Er hat hohe Mauern um sich herum aufgebaut, und er tut alles, um weiteren Schmerz von sich fernzuhalten. Er ist nicht gut«, wiederholte sie, »aber mit dir ist er besser.«

Ich konnte nicht verhindern, dass sich ein vorsichtiges Lächeln auf meine Lippen schlich. Er hatte nicht nur geglaubt, dass ich ihn retten würde. Er hatte es gewusst. Weil er mich besser kannte als ich mich selbst.

»Du musst nur aufpassen, dass er dich nicht mit in seinen

Abgrund zieht«, ergänzte sie, und so etwas wie eine leise Warnung blitzte in ihren Augen.

Ich strich durch die seidigen Strähnen seines Haars und wusste in diesem Moment, dass wir immer wieder aus unseren Abgründen herausfinden würden. »Jeder hat seine Dämonen, und ich werde ihn nicht aufgeben, nur weil er sich mit seinen im Krieg befindet.«

Nastya sah mich mit einem durchdringenden Blick an, als versuchte sie zu ergründen, was in meinem Kopf vor sich ging.

»Und ich kann nicht einfach nur dabei zusehen, wie er allein gegen sie kämpft. Er muss überleben. Weil ich ihn brauche.«

Die Kutsche ruckelte weiter zwischen den Bäumen hindurch, das monotone Klappern der Hufe auf dem Erdweg hallte dumpf wider. Es fühlte sich an, als wäre der Wald endlos, als könnten wir niemals aus dieser Dunkelheit entkommen. Aber tief in mir drin wusste ich, dass da ein kleiner Funken Licht war. Und mehr benötigte es nicht, um die Finsternis zu erhellen.

# KAPITEL 26

## ALEXEI

In den Schatten meiner Gemächer lehnte ich mich zurück, die schwere Dunkelheit umschloss mich wie ein alter Freund, fing die Schmerzen auf, die noch immer in meinen Knochen brüllten. Der Geschmack von bitterem Verrat lag mir auf der Zunge.

Zoya.

Sie war die Letzte, von der ich erwartet hätte, dass sie mich hintergehen würde, und doch … Vielleicht hätte ich es wissen müssen. Vielleicht hatte ich es tief im Innern schon immer gewusst. Frauen wie ihr durfte man einfach nicht vertrauen, niemals.

Ich strich mit den Fingern über das Weinglas, das unberührt auf dem Tisch vor mir stand.

Sie sahen einander so ähnlich, Zoya und Nastya. Aber während Zoya tatenlos zugesehen hatte, war es Nastya gewesen, die mich angriff. Sie hatte sich verändert. Früher hätte sie sich das nie getraut.

Jeder meiner Atemzüge war gefüllt mit einer Finsternis, die Nastya in meinen Gemächern zurückgelassen hatte. Jeder Schritt, jeder Blick von ihr hatte mich elektrisiert, mich angetrieben, mich rasend gemacht.

Zoya war anders. Ruhiger. Gebrochen, aber so voller Hoffnung. Sie sehnte sich nach Liebe, obwohl das Leben ihr doch immer wieder nur Schmerz gegeben hatte.

Ich war bereit gewesen, sie zu lieben.

Sie hätte mir gehören sollen.

Sie *gehörte* mir.

Und doch war sie mit Kaspar gegangen. Genau wie Nastya.

Der Gedanke ließ Wut in mir aufsteigen, heiß und unkontrolliert. Kaspar, der Verlorene, der sich hinter seiner bröckelnden Fassade versteckte, als wäre er ein Opfer seines eigenen Lebens.

Ich hatte Zoya so viel mehr geboten. Schutz, Macht, meine Aufmerksamkeit – Dinge, die niemand anderes je in der Fülle von mir bekommen hatte, nicht einmal Nastya. Und sie wagte es, das wegzuwerfen? Für einen Feigling, der immer nur davonlief?

Oder war ich der wahre Feigling, weil ich es nicht über mich gebracht hatte, ihn zu töten? Schon wieder.

Ich ließ einen tiefen Atemzug los, spürte, wie meine Muskeln sich anspannten.

Zoya hätte alles haben können. Aber sie hatte sich stattdessen entschieden, in den Schatten zu treten, in die Dunkelheit zu fallen, an der Seite eines Mannes, der sie niemals so beschützen konnte wie ich. Bald würde ich wieder in meiner alten Form sein, und dann würde es niemanden mehr geben, der sich mir entgegenstellen konnte. Und ich würde dafür sorgen, dass sie alle ihren Verrat bitter bereuten.

Und trotzdem … Ein Teil von mir konnte Zoya nicht loslassen. Ich hatte sie geformt und geprägt. Sie war mein Werk. Mein Besitz.

Ich hatte ihr Macht gegeben, sie an meiner Seite positioniert, wo sie hingehörte. Ich hatte sie zu meiner Gräfin gemacht.

Und trotzdem hatte sie sich für Verrat entschieden.

Als sie aus meinen Gemächern geschlichen war.

Als sie den Schlüssel stahl.

Als sie um Kaspar weinte.

Das Glas zersplitterte zwischen meinen Fingern, als meine Wut meinen Griff zu fest werden ließ.

Zoya war immer noch in meinem Kopf, in meinem Blut. Eine Versuchung, die ich nicht abschütteln konnte. Vielleicht war das ihre wahre Macht. Nicht die körperliche Stärke, die ich ihr geschenkt hatte, nicht die sonderbare Kraft, die sie seit der Soiree im Spiegelpalast ausstrahlte. Sondern die emotionale, die sie über mich hatte. Niemand durfte diese Art von Kontrolle über mich haben, niemand außer *mir*. Diesen Fehler hatte ich bereits begangen. Mit Juri, mit Nastya, sogar mit Kas. Immer wieder hatten sie mir bewiesen, dass man in dieser Welt allein war.

Bald würde ich der mächtigste Xathyr sein, der je existiert hatte. Ein Xathyr mit der Macht der Götter.

»Zoya«, murmelte ich leise und genoss trotz allem den Klang ihres Namens, wie er von meinen Lippen glitt. »Du hast einen Fehler begangen.«

Ich ließ meine blutige Hand sinken und lehnte mich zurück. Ich musste geduldig sein. Klug. Zoya würde zurückkehren. Spätestens, wenn sie begriff, dass ihr Leben an meines gebunden war.

Und wenn ich sie erst einmal wieder bei mir hatte, würde sie nie wieder gehen. Niemand konnte sich von mir abwenden. Nicht auf Dauer.

Nicht, wenn ich es nicht wollte. Selbst Kas und Nastya hatte es wieder zu mir geführt, auch wenn ihre Absichten zunächst die falschen waren.

Die Tür knarrte leise, und ich wusste, wer es war, bevor sie sprach. Alina. Sie bewegte sich immer leise, geschmeidig wie eine Katze. Sie hatte ihre Loyalität bewiesen, indem sie mir Zoya brachte, nachdem ihre größenwahnsinnige Mutter sie foltern ließ. Und doch spürte ich auch bei ihr eine Veränderung. Ein feines Rinnsal von Zweifeln, das sich immer weiter durch ihre eiserne Fassade fraß.

»Graf Alexei.« Ihre Stimme war ruhig, aber ich spürte das Gewicht, das auf ihren Worten lag. Sie brachte Neuigkeiten.

Ich drehte meinen Kopf zur Seite, um sie anzusehen. »Sprecht.«

Alina trat näher, fast geräuschlos. »Die Gräfin wurde mit dem dunklen Prinzen gesichtet. Und es war noch jemand bei ihnen. Eine Frau«, sagte sie schließlich, und ihre Augen funkelten, als sie meinen Blick traf. »Sie fahren mit einer Kutsche durch den Blutenden Wald, in Richtung der Aschewüste.«

Kaspar, natürlich. Wieso hatten alle schlechten Dinge, die mir zustießen, immer wieder mit ihm zu tun? Ich hatte ihn gerettet. Ihm eine zweite Chance geschenkt. Der Gedanke an ihn und Zoya zusammen … Er zerfraß mich. Das widerhallende Echo ihres Stöhnens, das ich durch den Spiegel gehört hatte, hatte sich unwiderruflich in meinen Gehörgang geätzt. Trotzdem hatte ich bis eben doch noch geglaubt, dass Zoya ihre Taten bereuen und umkehren würde. Vielleicht sogar mit meiner verräterischen Verflossenen an ihrer Seite und einem Dolch im Herzen des dunklen Prinzen als Wiedergutmachung.

»Was schlagt Ihr vor, Alina?« fragte ich gelassen, meinen inneren Sturm unterdrückend.

Sie zögerte, aber nur einen Herzschlag lang. »Ich kann sie zurückbringen.« Sie trat einen Schritt näher, als wollte sie mir beweisen, dass sie es ernst meinte. »Wie beim letzten Mal. Die Gräfin gehört an Eure Seite, Herr.«

Ich spürte ein Poltern in meiner Brust, als ich den Gedanken für einen Moment zuließ. Zoya könnte schon bald wieder hier sein. Ob sie wollte oder nicht. Alina war es schon einmal gelungen, sie aus den Fängen der Rebellen zu befreien.

Doch dieses Mal war sie freiwillig gegangen … Nein, das war sie nicht. Man hatte sie mit Lügen über mich gefüttert und von mir fortgetrieben. Sobald sie die Wahrheit erkannte, würde sie vor mir knien und mich um Vergebung anflehen. Mein Schwanz drückte sich bei der Vorstellung gegen meine

Hose. Oh ja, genauso würde es kommen, und nicht anders. Sie war mein, und ich war nicht länger bereit, sie zu teilen.

»Gut.« Mein Blick traf Alinas, und ich konnte sehen, wie sie schluckte. »Bringt sie mir zurück. Keine Fehler.«

Ein Schauer durchlief sie, aber sie verbarg ihn gut. Ihre Augen blitzten auf, als sie sich verbeugte, die silbernen Locken fielen über ihre Schultern. »Natürlich.«

Sie drehte sich um, bereit, den Raum zu verlassen, aber ich war noch nicht fertig.

»Noch etwas.«

Sie blieb stehen, und ich ließ die Stille einen Moment länger zwischen uns hängen, damit sie die Schwere meiner Worte spürte.

»Strengt Euch an«, sagte ich ruhig. »Diesmal könnt Ihr Zoya nicht auf Eure Arme heben und aus einer Folterkammer tragen. Sie hat Kaspar, und sie hat … weitere Verbündete. Ihr werdet überzeugender sein müssen.«

Alina nickte. »Ich verstehe.« Dann verschwand sie in den Schatten. Als die Tür hinter ihr ins Schloss fiel, blieb nichts als Stille zurück.

# KAPITEL 27

## ZOÉ

Ein heftiges Ruckeln schüttelte die Kutsche, bevor sie abrupt zum Halten kam, mitten im Wald. Mein Herz setzte einen Schlag aus, und sofort griff meine Hand nach Kas, der leise stöhnte. Er war immer noch schwach, sein Gesicht blass und schweißüberströmt. Doch gegen die inneren Verletzungen würde noch mehr Blut nicht helfen, hatte Nastya erklärt. Was er jetzt brauchte, war Zeit.

Ich hielt den Atem an und lauschte. Nastya sah mich an, ihre Augen verengt. Die Pferde wieherten nervös, ihre Hufe schlugen unruhig auf den Boden.

Etwas war dort draußen. Etwas, das nicht zu den normalen Geräuschen des Waldes passte. Es raschelte im Unterholz, und dann hörte ich Stimmen. Gedämpft, aber deutlich genug, um zu wissen, dass wir nicht länger allein waren.

»Bleib im Hintergrund«, flüsterte Nastya. Sie zog eine Waffe und schob sich an die Kutschentür, um herauszuspähen. »Und versteck die Schriftrolle.«

Mein Puls hämmerte in meinen Ohren. Jeder Muskel in meinem Körper war angespannt, bereit zu fliehen oder zu kämpfen. Ich rief mir in Erinnerung, dass wir Alexeis Schloss vor Stunden hinter uns gelassen hatten. Dass man uns hier draußen vielleicht nicht erkennen würde, auch wenn unsere Tarnung schon lange von uns abgefallen war. Hastig schob ich die Dokumentenrolle zwischen die abgeranzten Lederpolster der Sitzbank.

Kas regte sich, es war beinahe, als könnte auch er die Bedrohung spüren. Ich legte meine Hand sanft auf seine Stirn. Er war heiß, vielleicht sogar fiebrig. Ein Zittern durchfuhr ihn, und ich musste mich zusammenreißen, um nicht laut aufzuschreien – vor Wut, vor Angst, vor Verzweiflung. Er war schwach, viel zu schwach, um sich zu verteidigen, falls wir gleich angegriffen werden würden.

Mein Blick flog zu Nastya, deren Körper sichtlich bebte. Sie hatte mir gerade erst erzählt, dass sie sich acht Jahre lang versteckt hatte – vor genau so einer Situation. Ich sah, wie die Waffe in ihrer Hand zitterte.

»Komm her«, flüsterte ich. »Lass mich das machen.«

Ihre Augen weiteten sich, doch sie gab keine Widerworte. Das bestätigte nur, dass ich recht gehabt hatte. Sie wollte die Starke spielen, doch sie war gelähmt vor Angst. Die Kutsche wackelte, als wir die Plätze tauschten, Nastyas Hand war noch immer fest um den Griff ihres Messers geschlossen.

Ich legte Kas' Kopf behutsam auf ihren Schoß und bedeckte ihn mit meinem Umhang. So, dass er noch genügend Luft bekam, aber seine blutige Kleidung vor fremden Blicken versteckt war.

Nastya murmelte irgendetwas, und ich hörte Schritte näher kommen. Soldaten. Der metallische Klang ihrer Rüstungen ließ mir das Blut in den Adern gefrieren. Ihre Stimmen drangen jetzt klarer durch die Kabine der Kutsche. Sie mussten direkt vor uns stehen.

»Was habt Ihr da?«, fragte eine raue männliche Stimme, und die Kutsche schaukelte, als würde sie jemand schütteln. Meine Finger flogen zum roten Dolch in meinem Stiefel, krampften sich um ihn herum. Alexeis Leute waren überall, und auch wenn wir uns unauffällig gaben, reichte ein schärferer Blick aus, um uns auffliegen zu lassen.

Ich öffnete die Tür einen Spaltbreit. »Wir sind Reisende auf dem Weg zu einem Heilkundigen. Unser Gefährte ist krank, und wir haben keine Zeit, lange zu verweilen.« Mein Ton war ruhig, fast beiläufig.

»Krank?« Ein anderer Soldat klang skeptisch. Ich hielt den Atem an, während ich in die Dunkelheit spähte. Vier Männer. Schwer bewaffnet. »Lass uns einen Blick auf ihn werfen.«

Mein Magen zog sich zusammen. Verdammt.

»Er ist fiebrig und ansteckend. Wollt ihr das Risiko wirklich eingehen?« Kaum hatte ich die Worte ausgesprochen, fragte ich mich, ob das überhaupt möglich war. Konnten Xathyr krank werden? Sich anstecken?

Die Soldaten murmelten etwas untereinander, einer von ihnen trat vorsichtig einen Schritt zurück. Ich spürte ein leises Flackern von Erleichterung in meiner Brust aufblühen, doch es war nur flüchtig.

»Papiere!«

Mir drehte sich der Magen um. Ich erinnerte mich, dass Alexei gesagt hatte, er hätte meine neuen Ausweispapiere nach meiner Auferstehung in Auftrag gegeben. Als verdammte Seele hatte ich keine gehabt – keine mehr benötigt.

Ich hörte es hinter mir rascheln und drehte mich um. Nastya reichte mir einige zerknitterte Zettel. Als ich nach den Dokumenten griff, zitterte meine Hand. Ich hatte keine Chance, selbst einen Blick darauf zu werfen, weil der Soldat sie mir gleich aus den Fingern riss.

Er begutachtete die Papiere, ein anderer beugte sich über seine Schulter und hielt inne, als ob ihm etwas merkwürdig vorkäme.

»Wie viele Personen seid ihr da drin?«, fragte der Soldat, der suchend in den Papieren blätterte.

Ich spürte Nastya neben mir in Bewegung, und im nächsten Moment stieß sie mich aus der Kutsche. »Los!«

Ich brauchte nur den Bruchteil einer Sekunde, um zu begreifen. Mit zusammengebissenen Zähnen warf ich mich auf den Soldaten, der gerade aufblickte. Die Klinge blitzte rot auf, als ich ihm meinen Dolch in die Seite stieß. Seine Augen weiteten sich vor Schock, und ein erstickter Schrei entfloh seinen Lippen.

Nastya sprang neben mich, mit einer geschickten Bewegung drehte sie dem anderen Mann den Arm auf den Rücken und drückte ihn nach unten. Sie hob ihr Messer an seine Kehle und zog es, ohne zu zögern, quer über sein Fleisch. Wenn es darauf ankam, zögerte sie also doch nicht.

Die beiden verbleibenden Soldaten zückten ihre Schwerter, aber meine Schatten waren schneller. Ich glitt durch sie hindurch, packte einen von ihnen am Hals und schlug meine Zähne in ihn. Sein Schrei erfüllte die Nacht. Mein Rücken war ungeschützt, aber ich vertraute Nastya, so unwahrscheinlich das auch war. Den Bruchteil einer Sekunde später hörte ich den letzten Soldaten gurgeln. Ich ließ von dem Mann ab, den ich leer getrunken hatte, und wischte mir mit dem Handrücken über den Mund.

»Gut gegen den Hunger zwischendurch«, sagte Nastya, die sich ihrerseits über die Lippen leckte. »Aber jetzt sollten wir hier verschwinden.«

Das Adrenalin flaute ab, als wir zurück in die Kutsche stiegen.

Ich tastete instinktiv nach Kas' Hand, die sich immer steifer anfühlte. Sein Leben hing am seidenen Faden, und die Realität traf mich mit voller Wucht: Wir waren noch lange nicht in Sicherheit.

»Du hättest mich ruhig vorwarnen können.« Das war das zweite Mal, dass ich das heute zu Nastya sagte.

»Wäre weniger aufregend gewesen, meinst du nicht?« Ihre Augen funkelten, doch ich sah noch immer die Angst darin, die sich nur langsam verflüchtigte.

Ich atmete tief durch und ließ mich in die Bank sinken, als der Kutscher die Fahrt wieder aufnahm. Ich hoffte, dass wir bald ankamen, denn die letzten Stunden hatten oft genug gezeigt, dass die Bedrohungen uns von allen Seiten umschlossen und immer näher rückten.

Nachdem weitere Zeit vergangen war – ich konnte unmöglich abschätzen, wie lange wir schon unterwegs waren –, hielt die Kutsche mit einem letzten harten Ruck an, und ich schmeckte den Staub der Aschewüste auf meiner Zunge, als ich tief durchatmete. Die Luft war trocken, das fahle Licht der aufgehenden Sonne warf lange Schatten über den leblosen Boden.

Nastya bezahlte den Kutscher, der sich während des Angriffs feige hinter seinen Pferden versteckt hatte, während ich Kas beim Aussteigen half. Er schwankte, doch sein Gesicht wirkte weniger ausgezehrt. Vielleicht war das aber auch nur Wunschdenken.

Jeder Schritt über den aschebedeckten Boden fühlte sich mühsam an, als wäre uns die Müdigkeit in die Knochen übergegangen.

Nastyas Haus war nicht weit entfernt. Ein kleines und schlichtes Haus aus dunklem Holz, das in dem schwach glühenden Licht fast schwarz aussah. Es wirkte verlassen, so wie alles hier.

Doch als Nastya die Tür aufschloss – mit vier verschiedenen Schlüsseln –, begrüßte uns ein unerwartet warmer Duft. Das Haus war sauber, beinahe gemütlich. Ein Stück Sicherheit in der rauen Kälte der Aschewüste.

Ich half Kas vorsichtig ins angrenzende Schlafzimmer, wo er ächzend auf dem Bett zusammenbrach.

»Ich koche uns einen Tee«, rief Nastya aus dem Flur.

Ich setzte mich zu Kas aufs Bett. Sein Atem ging unregelmäßig, aber er lebte. Das war alles, was zählte. Als mein Körper realisierte, dass wir für den Augenblick sicher waren, fühlte ich eine tiefe Leere in meiner Brust. Ich ließ meinen Kopf in meine Hände sinken.

Alles, was in den letzten Stunden passiert war, lastete schwer auf mir. Alexei, der Kampf, die Flucht, die Soldaten, die uns viel zu nahe gekommen waren … Und nun saßen wir hier, in der Mitte des Nichts, nahe der Aschewüste, mit einem fast toten Kas und einer Schriftrolle, von der ich Angst hatte, was sie offenbarte.

Kas stöhnte, und ich betrachtete ihn. Er zitterte. Kein Wunder, sein Hemd war blutgetränkt. Ich musste ihm etwas Trockenes anziehen.

Ich begrub meine eigenen Gedanken und trat an eine Kommode, in der ich Kleidung fand, die ihm passen sollte. Ein Stich fuhr durch meine Brust, als mir klar wurde, dass sie ihm nicht nur passen sollte, sondern dass es seine Hemden und Tuniken *waren*, die er in Nastyas Haus lagerte. In ihrem *Schlafzimmer*.

Mein Blick huschte kurz zum Bett, in dem Kas noch immer schwer atmete. Wie oft sie wohl gemeinsam darin gelegen hatten?

Ich hatte nicht das Recht, mich deswegen schlecht zu fühlen. Nichts anderes hatte ich mit Alexei getan. Und trotzdem …

Bevor Alexeis Gesicht in meinen Gedanken auftauchte, griff ich nach einer schwarzen Tunika und stieg aufs Bett. Ich grub meine Knie links und rechts neben Kas' Hüfte und beugte mich über ihn.

Er regte sich leise seufzend, doch er war zu schwach, um mich anzusehen.

»Kas«, flüsterte ich, »ich werde dich jetzt umziehen, ja?«

Mit zitternden Fingern öffnete ich das Hemd, das nass an seinem Körper klebte. Seine Brust war von einem dünnen Schweißfilm überzogen und bewegte sich nur schwerfällig. Seine Haut wirkte blass, vielleicht lag das aber auch an dem scharfen Kontrast der Tätowierungen, die sich schwarz hervorhoben.

Ich streckte die Hand nach ihnen aus und fuhr eine der Linien mit meiner Fingerspitze nach. Eine Gänsehaut fuhr über seinen Oberkörper.

»Das waren mal Narben.«

Mein Blick schoss hoch, als Kas' heisere Stimme die Stille des Zimmers zerbrach.

»Du bist wach.«

Sein Kehlkopf zog sich träge hoch, bevor er sich wieder absenkte. Er hob die Hand und legte sie auf meine. Die Berührung ließ mein Herz höherschlagen.

»Sie sind glatt«, sagte ich leise und strich ein weiteres Mal über die schwarze Linie unter meinen Fingern. Sie fügte sich perfekt in seine Haut ein, ohne eine wulstige Erhebung.

»Meine Schatten …«, er hustete, was seinen Körper unter mir vibrieren ließ, »meine Schatten haben sie ersetzt.«

Ich spürte, wie sich meine Stirn kräuselte. Erneut ließ ich meinen Blick über die Tätowierungen wandern.

»Du wolltest die Spuren anderer auslöschen.« Ein letzter Versuch, sich die Kontrolle über den eigenen Körper zurückzuholen.

Kas lachte heiser. »Du bist eine kluge kleine Diebin.«

Ich wischte mir über die Wange, als eine Träne kitzelnd über meine Haut fuhr. Dann ließ ich mich vorsichtig auf Kas sinken und legte meine Lippen auf seine.

»Es hat mir gefehlt, dass du mich so nennst. Ich habe mir solche Sorgen um dich gemacht.«

Seine Mundwinkel zuckten. Dann spürte ich seine Arme auf meinem Rücken, die mich fester an ihn zogen. »Ich kann dir später zeigen, wie es geht. Das mit den Narben. Wenn du das möchtest.«

Ich nickte und fühlte, wie die dunklen Gedanken von mir abließen, mit jedem Atemzug, den Kas und ich teilten. Seine Hand fuhr hoch in meinen Nacken, und er hielt mich fest, als er mich küsste. Langsam und tief. Er beanspruchte meinen Mund, wie er bereits mein Herz in Anspruch genommen hatte, und ich ließ mich in ihn fallen. Mit allem, was ich hatte.

»Willst du noch mal von mir trinken?«, flüsterte ich an seinen Lippen.

Kas drückte sich gegen meine Mitte, und ich spürte ihn durch den Stoff seiner Hose.

»Ich glaube, ich will gerade etwas anderes.«

»Du musst dich schonen«, gab ich atemlos zurück. Ich wusste nicht, warum, aber dass er meinetwegen erregt war, obwohl sein Körper so dringend Ruhe brauchte, sorgte dafür, dass ich mich gut fühlte. Begehrt.

Statt auf meinen halbherzigen Protest einzugehen, küsste er mich wieder. Diesmal war da kein langsames Streicheln seiner Zunge. Diesmal nahm sie mich vollständig gefangen, wild und dominant. Seine Finger gruben sich in meine Hüften und pressten mich fest auf seinen Schwanz.

Ich stöhnte.

»Ich würde so gerne«, raunte Kas, »aber ich fürchte, ich habe gerade nicht die nötige Kraft, um es dir so zu besorgen, wie ich es nach der langen Zeit tun will.«

Ich ließ mich tiefer in seinen Schoß sinken, weil das Pochen zwischen meinen Beinen nach Reibung verlangte. »Es waren ganze zwanzig Tage ohne dich.«

In seinen Augen blitzte es dunkel. »Du hast die Tage gezählt?«

»Lästige Angewohnheit.«

Ich unterdrückte einen heiseren Aufschrei, als sich Kas mit mir auf die Seite drehte. Sein steinharter Schwanz drückte gegen meinen Hintern, und seine Finger schoben sich über meinen Bauch in meinen Hosenbund, um warm zwischen meine feuchten Schenkel zu gleiten.

»Du könntest meine Hand ficken, wenn du es so dringend

brauchst.« Sein Atem kitzelte in meinem Nacken, während seine spitzen Zähne über meine Schulter kratzten.

»Kas«, sagte ich, doch es klang mehr wie ein Stöhnen. »Ich weiß nicht, ob hier der richtige –« Mein Satz endete in einem weiteren Stöhnen, als er seine Finger mühelos in mich schob.

»Beweg dich«, verlangte er rau. Die Spitzen seiner Zähne gruben sich leicht in meine Haut.

»Kas …«, begann ich wieder, doch mein Widerstand bröckelte innerhalb von Sekunden. Gott, ich hatte ihn vermisst. Ich spürte schon jetzt, wie sich mein Inneres um seine Finger krampfte, und konnte ein flehendes Wimmern nicht unterdrücken, als ich mein Becken langsam wiegte.

»Scheiße, ich würde ja sagen, nehmt euch ein Zimmer, aber bitte keins in meinem Haus!«, drang Nastyas gereizte Stimme durch die Tür, bevor sie dreimal fest gegen das Holz klopfte.

Kas knurrte hinter mir, und ich konnte nicht leugnen, dass mich das Vibrieren seines Körpers anmachte.

Leise lachend drehte ich mich zu ihm um. Sein Gesicht spiegelte seinen Frust wider.

»Merk dir, wo wir stehen geblieben sind.«

»Diese Frau ist eine einzige Plage«, erwiderte er. Seine Lippen strichen ein letztes Mal über meine, bevor er sich resigniert auf den Rücken drehte. Mir entging nicht, wie er dabei schmerzerfüllt das Gesicht verzog.

Ich rückte meine Hose zurecht und setzte mich auf. »Ohne sie wärst du jetzt vermutlich tot.«

»Ohne sie wäre ich jetzt vermutlich noch in dir.«

Ich konnte ein kleines Grinsen nicht unterdrücken, dann ging ich dazu über, ihn umzuziehen, und schob ihm vorsichtig das Hemd über die Schultern. Dann zog ich seine Arme aus dem verschmutzten Stoff, darauf bedacht, ihm nicht wehzutun, ehe ich nach der sauberen Tunika griff.

Schatten tanzten über sein Gesicht, als ich ihm erzählte, was passiert war, nachdem Alexei ihm hinterhältig einen Dolch in den Rücken gestoßen hatte.

»Du hast also darauf spekuliert, dass ich dich aus dem Verlies hole«, beendete ich meine Nacherzählung und sah ihn mit hochgezogener Augenbraue an. Mein Mundwinkel zuckte verdächtig.

Auch Kas' Lippen formten ein Grinsen. »Hat gut geklappt, meinst du nicht?«

Ich holte aus, wollte ihm spielerisch gegen die Schulter boxen, überlegte es mir dann aber doch anders und ließ die Faust wieder sinken. Mit dem frischen Hemd und dem Lächeln im Gesicht wirkte er stabiler, aber ich wollte lieber keine Risiken eingehen.

»Ich glaube, du bist mir was schuldig!«

»Sobald es mir besser geht, werde ich mich angemessen für deine Hilfe bedanken.« Seine Augen wurden dunkel, und das verräterische Pochen zwischen meinen Beinen kehrte schlagartig zurück. »Und dann wird es nichts geben, das mich davon abhält, dich zum Schreien zu bringen, kleine Diebin.«

»Gut«, gab ich zurück und versuchte dabei ungerührt zu klingen, obwohl sich mein ganzer Körper nach ihm verzehrte. »Du gibst dir besser Mühe, Prinz.«

# KAPITEL 28

## ZOÉ

*An Baal, meinen geliebten Bruder, in der Stunde des Umbruchs, da das Gleichgewicht des Kosmos zu wanken beginnt*

*Du hast es auch gespürt, Baal. Die Welten beben unter dem Ungleichgewicht, das wir nicht länger ignorieren können. Mein Himmelsreich leert sich. Zu viele Seelen stürzen unaufhaltsam in das Reich der Verdammnis, zu wenige steigen auf in das ewige Licht. Unsere Schöpfung, unser großes Werk – es zerfällt in Unordnung, wenn wir nichts unternehmen.*
*Unsere Eltern haben die Welten geformt, die Pfade von Leben und Tod gesponnen, und doch hängt die Waage nun schief. Die Sünden der Sterblichen sind zahlreich, und selbst jene, die einst für den Himmel bestimmt waren, werden von der Sünde verleitet, hinabgezogen, verurteilt zu einem Schicksal, das sie womöglich nicht verdient haben. Und so entleert sich das Reich des Lichts, während die Hölle überquillt.*
*Aber was, wenn wir eine andere Möglichkeit schaffen könnten? Eine Zwischenwelt, eine Prüfung jenseits des Todes, wo die Seelen gereinigt und geläutert werden? Ein Ort, an dem sie ihre Sünden sühnen, um sich doch noch die Gnade des Himmels zu verdienen? Ein Reich zwischen Himmel und Hölle, weder verurteilt noch gerettet – eine Vorhölle, die entscheidet, wem der Aufstieg in zweiter Instanz gewährt wird.*
*Doch um diese neue Sphäre zu errichten, benötigen wir mehr*

*als bloßen Willen. Wir brauchen Macht. Mächte, die über den Tod hinaus wirken, die Schöpfung und Zerstörung in sich vereinen, die Zeit selbst biegen können. Mächte, eingeschlossen in Artefakten – Relikte von uns, den Ersten, und jenen, die die Grenzen von Leben und Tod beherrschen.*
*Diese Artefakte, mein Bruder, werden die neue Welt aus dem Stoff des Nichts formen. Sie werden die Tore zwischen Himmel, Hölle und der Vorhölle öffnen und schließen. Diese drei Relikte werden das Schicksal der Seelen binden und die neue Welt zur Brücke machen – zur Waage, die das Gleichgewicht wiederherstellt. Nur so können wir das Reich des Himmels retten und verhindern, dass die Welten ins Chaos stürzen.*
*Ich werde die Hallen der geheiligten Bibliothek aufsuchen und einen Weg finden, die Artefakte der neuen Welt zu erschaffen. Sobald mir dies gelungen ist, erstelle ich einen Leitfaden. Er erreicht dich alsbald mit meinem nächsten Brief.*

*In ewiger Liebe*
*Dein Bruder Kyrios, Gott des Lichts*

Meine Finger, die das vergilbte Pergament hielten, begannen zu zittern, und ich konnte die dumpfen Schläge meines eigenen Herzens in meiner Brust spüren, als würde es gegen meine Rippen ankämpfen.

Xanthia … Kyrios sprach von *Xanthia*, erschaffen, um Seelen zu prüfen, eine Brücke zwischen Licht und Dunkelheit. Alexei hatte mir davon erzählt, doch ich hatte nicht gewusst, dass es existierte, um ein Ungleichgewicht auszubalancieren. Dass Götter *tatsächlich* existierten. Miteinander kommunizierten. Und … Welten erschufen.

Xanthos gab es wirklich. Genau wie seine Brüder, Kyrios und Baal. Ich hatte mir nichts davon eingebildet.

Alles hatte plötzlich einen größeren Sinn, als würden sich die unsichtbaren Fäden eines Netzes vor meinen Augen zu einem Muster zusammenfügen, das ich zuvor nicht hatte sehen können.

Die Relikte … Drei Artefakte, geschmiedet aus Mächten, die Leben und Tod beeinflussen konnten.

»Götter«, sagte Nastya, die mich aus ruhigen Augen beobachtete.

Ich ließ mich ihr gegenüber auf den Stuhl sinken, während meine Gedanken mich zu verschlingen drohten. Was hatte Nastya hier wirklich gefunden?

»Ich habe lange darüber nachgedacht, und ich bin sicher, dass die Macht in den Artefakten die Macht eines Gottes ist. Nur ein Gott kann über Leben und Tod herrschen.« Ihre Stimme klang nüchtern, als hätte sie schon längst ihre eigenen Schlüsse gezogen.

»Die Relikte, die Alexei sucht … Die Relikte Xanthias … Denkst du, es sind jene Artefakte, mit denen Kyrios und Baal Xanthia erschufen?«

»Ja.«

»Aber was will Alexei mit den Relikten der Götter –« Ich unterbrach mich selbst, als mein Herz mir in die Kehle sprang. »Nastya«, stieß ich aus und sah sie an. »Die Mittlerin.«

»Was ist mit ihr?«

»Alexeis Tagebuch …«

Ich stand auf und begann damit, um den Tisch herumzulaufen. Mein Blut kribbelte in Aufruhr.

»Ich glaube, da stand … Die Mittlerin … Ein Pakt …« Ich ging in mich, sammelte mich, um die Worte in meinem Kopf zu zusammenhängenden Sätzen zu formen.

Nastya packte mich am Arm und drehte mich zu sich herum. »Du hast Alexeis Tagebuch gefunden?«

Ich nickte. »Er ist der Mittlerin begegnet, und sie bot ihm einen Pakt an. Die Relikte gegen unendliche Macht. Alexei will ihr die Relikte aushändigen – zumindest, wenn er in ihren Handel eingewilligt hat. Das stand dort nicht. Nicht in dem Abschnitt, den ich gelesen habe. Für mehr blieb keine Zeit.« Ich starrte wieder auf die Schriftrolle in meiner Hand. »Wofür braucht er so viel Macht?«

Nastya schüttelte den Kopf, aber da war etwas in ihren Augen, ein Funke Ungewissheit, den ich nicht deuten konnte. »Die Frage ist wohl eher, was die Mittlerin – die Mutter der Götter – mit den Relikten vorhat.«

Ein Knoten bildete sich in meinem Magen. »Kyrios schreibt von einem Leitfaden. Möglicherweise erfahren wir darin mehr darüber, was die Relikte genau sind und wofür die Mittlerin sie braucht.«

»Ich wüsste nicht, wo wir nach ihm suchen sollten«, sagte Nastya. »Bevor ich zu euch ins Verlies gekommen bin, habe ich Alexeis Gemächer auf den Kopf gestellt und nichts gefunden. Auch kein Tagebuch.«

Ich dachte fieberhaft nach. »Diese Schriftrolle stammt von Kyrios und Baal, wie auch die Relikte«, begann ich langsam, »die hier in Xanthia von den Baronen gehütet werden.«

In Nastyas grauen Augen blitzte es. »Du meinst, dass es auch ihre Aufgabe sein könnte, diesen Leitfaden zu bewachen?«

»Es könnte durchaus sein.«

»Wer von ihnen?«

Ich zog die Schultern hoch. »Da uns die Zeit davonläuft, wäre es das Klügste, sie alle zu befragen.«

»Dann haben wir ein Problem.« Nastya neigte den Kopf. »Kas hat gesagt, Miron wäre verschwunden, nachdem Alexei seine Frau getötet hat.«

Ich biss mir auf die Unterlippe und wich ihrem Blick aus. »Ich weiß, bei wem er ist. Aber ich glaube, es wird dir nicht gefallen.«

Kas lehnte mit verschränkten Armen in seinem Stuhl, nur sein Blick verriet noch, wie erschöpft er war. Nastya saß ihm gegenüber, ihre Finger trommelten rhythmisch auf der Tischplatte.

Der Tee, den sie gekocht hatte, war längst kalt, die Luft im Raum stickig von der langen Diskussion.

»Sie wird mir an die Kehle springen.« Nastya seufzte tief und beugte sich über den Tisch zu mir vor. »Ich habe mich nicht acht Jahre lang versteckt, damit Nika mir die Knochen bricht, nachdem ich ihr Herz gebrochen habe.«

»Sie hat mich töten lassen!« Ich sah Nastya entrüstet an. »Und selbst ich bin bereit, mit ihr zu sprechen! Es geht nicht nur um dich oder mich. Es geht um Xanthia. Um die Xathyr. Vielleicht um uns alle.«

»Sie wusste, dass du die Spur des Relikts auf dir trägst.«

Unsere Köpfe schnellten zu Kas herum. Er sah mich mit einem Ausdruck an, den ich nicht ganz deuten konnte. Etwas Dunkles lag darin, als würde er gegen sich selbst ankämpfen, und meine Verwirrung wuchs mit jeder Sekunde, die verstrich, ohne dass er ein Wort sagte.

Endlich seufzte er schwer, als hätte er sich entschieden, mir etwas zu offenbaren, das er lieber verborgen gehalten hätte. »Sie war es, die du in der Nacht mit Claire gesehen hast. Neben mir.«

Mein Herz setzte einen Schlag aus.

»*Nika*?«

Er senkte den Kopf, seine Finger umklammerten die Tischkante fest, als müsste er sich selbst daran hindern, aufzustehen und wegzulaufen.

»Ich hätte es dir schon früher sagen sollen, aber ich wollte nicht, dass du weitere Fragen stellst, die Nastyas Geheimnis gefährdet hätten. Ich hatte es ihr versprochen, und ich halte meine Versprechen.«

Meine Gedanken rasten zurück zu dieser Nacht aus Angst und Schmerz. Zu der Erinnerung an die unsichtbare Präsenz der beiden Geister. Kas, der seine Finger nach dem Relikt in Claires Hand ausgestreckt und es damit zum Leuchten gebracht hatte.

Der Schuss.

»Nika wollte, dass wir die Kugel stehlen. Das Relikt. Sie hat uns eine Falle gestellt.« Die einzelnen Teile des Rätsels rückten in meinem Kopf zusammen. Formten ein Bild, das ich lieber nicht gesehen hätte. »Deswegen war das Museum unbewacht. Und Claire hatte den Schlüssel für die Türen …«

*Wo hast du den her?*

*Da war diese alte Frau, die mich in der Gasse zwischen dem* Salon Rouge *und dem* Café Komine *angesprochen hat.*

Ich spürte, wie mein Herzschlag in meinen Ohren hämmerte. Meine Gedanken wirbelten wild durcheinander. »Sie hat das alles von Anfang an geplant … über … Jahre …«

»Es geht um Xanthia, das hast du gerade selbst gesagt.« Nastyas Stimme erschien so weit entfernt. »Alexei darf die Relikte nicht bekommen. Nika hat gehandelt, um –«

»Um ihren Verrat zu vertuschen«, presste ich zwischen zusammengebissenen Zähnen hervor. »Sie hatte Angst, Alexei würde dahinterkommen, was sie getan hatte. *Mit dir.* Dass ihr beide ihn erst mit eurer Affäre hintergangen und dann zur Krönung auch noch diese dämliche Kugel, das Relikt des Knochenbarons, gestohlen habt.« Immer mehr Teile setzten sich Stück für Stück zusammen, drohten, mir den Boden unter den Füßen zu entreißen. »Sie hat nach jemandem gesucht, der das Relikt zurück nach Xanthia bringt. Jemandem, der verzweifelt genug ist, einen Auftrag von einer fremden Frau anzunehmen, ohne irgendetwas zu hinterfragen.« Die Endgültigkeit des Satzes raubte mir die Luft zum Atmen. »Claires Ruf eilte ihr voraus. *Le fantôme d'Aubervilliers*«, glitt es tonlos über meine Lippen.

»Und dann bemerkte sie dich.« Nastyas Stimme klang ungerührt, doch in ihrem Gesicht tobte ein Sturm. Sie hatte ihre Finger fest ineinander verkeilt und fixierte mich mit einem durchdringenden Blick. »Du siehst aus wie ich.«

Die Wahrheit hinter ihren Worten schlug heftig in mir ein, weil sie zu viel Sinn ergab. Meine gesamte Beziehung zu Nika, das seltsame Gefühl, das ich oft gespürt hatte, wenn sie mich ansah, wann immer sie dachte, ich bemerkte es nicht …

»Es tut mir leid«, flüsterte Nastya.

Ich schnaubte ungläubig, wagte nicht einmal mehr, sie anzusehen. Das sollte es gewesen sein? Der Grund für das alles? Claire war gestorben, ich war in die Prostitution gerutscht. Man hatte mich fast vergewaltigt und letzten Endes in einen Kerker gesperrt, nur um mich hinzurichten, nachdem ich auch noch meine einzige Freundin verraten hatte. Weil ich mich gewehrt hatte. Und Maman … ich hatte sie alleingelassen.

Ich schob meinen Stuhl zurück, der geräuschvoll über die Holzdielen schrammte. Als ich ruckartig aufstand, wurde mir schwarz vor Augen. Gerade wollte ich mich am Tisch abstützen, da legten sich zwei Arme um mich. Der Geruch von Wildrosenblüten hüllte mich ein und ließ mich für einen Moment zur Ruhe kommen. Ich hob den Blick in Kas' Gesicht. Es sah verschwommen aus.

»Wir können das alles auch ohne Nika schaffen.«

Es fiel mir schwer, gegen den Kloß in meinem Hals zu schlucken. »Wir brauchen sie«, erwiderte ich matt.

»Niemand ist unersetzbar«, gab er ungerührt zurück, seine Augen funkelten wie gezückte Dolche, die an meinem Herzen kratzten.

Er hatte recht. Für ihn war es auch ein Leichtes gewesen, mich direkt nach seinem Fortgang durch Nastya auszutauschen.

»Zoé.« Nastya war aufgestanden und sah an Kas vorbei zu mir. Die Sorge in ihrem Gesicht war kaum zu übersehen. Sie suchte nach entschuldigenden Worten.

Ich schüttelte den Kopf und damit den Gedanken ab. Kas hatte sich mit ihr abgelenkt, wie ich es mit Alexei getan hatte.

»Es ist nicht deine Schuld, Nastya. Es war Nika, die beschlossen hat, mich in diese Falle zu locken. Und dennoch«, fügte ich mit festerer Stimme hinzu, »wäre sie eine starke Verbündete. Nika ist genauso tief in all dem drin wie wir. Sie hat ihre eigenen Gründe, Alexei zu stürzen. Und sie hat Miron auf ihrer Seite. Zwei Ursprüngliche, die Alexei aufhalten wollen. Wenn mich nicht alles täuscht, hat sich ihnen auch Gregori angeschlossen. Der Aschebaron. Ich habe seine Truppen in Richtung des Regierungsviertels marschieren sehen.«

Die Schwere meiner Worte sickerte in den Raum.

»Wenn du bereit bist, dich ihr zu stellen, dann bin ich es auch«, schloss Nastya und nickte mir zu. Die Reste der Unsicherheit rutschten von ihrer Miene. »Lasst uns der ehemaligen Generalin und ihren Leuten einen Besuch abstatten.«

# KAPITEL 29

## KAS

Als wir vor Romans Haus anhielten, konnte ich die Anspannung in der Luft beinahe greifen. Zoé stieg als Erste aus der Kutsche, und Nastya ging dicht hinter ihr. Ich zögerte einen Moment, ließ den Blick über die schattige Fassade gleiten, bevor ich tief durchatmete und den beiden folgte. Meine Beine fühlten sich immer noch schwach an. Ich glitt durch die Dunkelheit und tauchte neben Zoé auf, als sie den Metallring fest gegen die Tür krachen ließ.

Das Holz der Tür knarrte, als Roman sie öffnete. Auf seinen Lippen lag bereits eine Entschuldigung, um den unangekündigten Besuch wieder fortzuschicken, aber als er erst Zoé sah und dann zu mir hochblickte, weiteten sich seine Augen.

Nastya trat hinter uns hervor. »Wir müssen reden.«

Roman griff sich an die Brust, als dunkle Schatten wie Geister über seine Miene huschten. »Es stimmt also.« Er machte einen Schritt zur Seite und ließ uns eintreten. Ich sah ihn noch nervös in die Dunkelheit spähen, bevor er die Tür hinter uns wortlos zuzog.

Drinnen war es kühl, und der Raum schien vom Gewicht der unausgesprochenen Worte erdrückt zu werden.

Wir waren nicht allein.

Nika materialisierte sich aus den Schatten am anderen Ende des Raumes, direkt neben Miron. Ihr Blick fiel sofort auf Nastya, und jeder Muskel ihres Körpers versteifte sich. Miron hingegen fixierte mich mit einem undefinierbaren Ausdruck im Gesicht. *Arschloch.*

»Will jemand Tee?« Romans Stimme klang dünn, als würde sie jeden Moment zerreißen. Nur ein falscher Schritt, ein falsches Wort, und das Haus würde in Flammen aufgehen.

»Wie konntest du nur?« Nikas Körperhaltung war geschliffen scharf wie ihre Stimme.

»Also kein Tee«, murmelte Roman.

Nastya sagte nichts, wich nur Nikas Blick aus, aber ich konnte die Last sehen, die ihre Schultern niederdrückte.

Nika war verletzt. *Wütend.* Und ich wusste, dass sie nicht einfach so vergeben würde. Ihre nächsten Worte galten mir: »Ich habe dir vertraut.«

»Ein Fehler«, gab ich kalt zurück.

»Du hast alles zerstört!« Nika schrie beinahe, als sie einen Schritt auf mich zu machte, aber Miron hielt sie zurück, indem er eine Hand auf ihre Schulter legte. »Ihr habt mich betrogen! Ihr beide!«

»Ich hatte keine Wahl«, flüsterte Nastya schließlich, ihre Stimme kaum mehr als ein Hauch. »Es war das Einzige, was ich tun konnte, um uns beide zu beschützen.«

Nika lachte bitter auf, bevor sie Mirons Hand abschüttelte und aus dem Zimmer rauschte. Nastya zuckte zusammen.

»Geh zu ihr«, sagte Zoé. »Ihr müsst darüber sprechen.«

Obwohl sie herausgefunden hatte, was Nika ihr angetan hatte, wollte sie ihr und Nastya immer noch helfen. Der Gedanke blutete wie eine Wunde in meiner Brust. Sie gehörte nicht nach Xanthia, nicht in diese Welt voll Verrat und Lügen. Zoé hatte etwas Besseres verdient.

Ich ließ meinen Blick von den beiden Frauen zu Miron schweifen. Es war das erste Mal, dass wir uns seit meiner Verbannung gegenüberstanden, und ich spürte das Knistern der alten Spannungen, die wie Funken zwischen uns hin- und hersprangen. Miron und ich hatten unsere eigenen ungelösten Geschichten, unsere eigenen ungeschriebenen Kapitel.

»Kaspar.« Der Schattenbaron sprach meinen Namen mit

einer Härte aus, die mir nur allzu vertraut war. »Wieder im Spiel?«

Ich sah ihm direkt in die blutroten Augen, meine Hände zu Fäusten geballt. »Sieht wohl ganz danach aus.«

»Nach allem, was geschehen ist?« Er zog eine Augenbraue hoch, und ich konnte die Andeutung eines herausfordernden Lächelns in seinem Mundwinkel erkennen.

»Du meinst, nachdem du mich hintergangen hast?«

»Du hast immer gewusst, auf wessen Seite ich stehe.«

Ich lachte trocken auf, obwohl eine wütende Bestie in mir grollte und danach verlangte, dass ich den Schattenbaron zerfetzte. Miron hatte mir gegenüber den Freund gespielt, nur um dann zuzusehen, wie Alexei mich verbannte. Er hatte nichts unternommen. Es nicht einmal versucht.

»Ja, nur auf deiner eigenen.«

»Und der bin ich stets treu geblieben.« Dieser Wichser besaß doch tatsächlich die Dreistigkeit, mich frech anzugrinsen. »Ich habe nie versprochen, dich zu beschützen, wenn deine kopflose Rache dich in prekäre Situationen bringt.«

Meine Nasenflügel bebten, als ich die ersten Schwaden meiner Schatten ausstieß.

Zoé stand plötzlich neben mir, ihre Hand sanft auf meinem Arm. »Das ist nicht der Moment, um alte Rechnungen zu begleichen«, sagte sie bestimmt. »Wir haben alle dasselbe Ziel. Wenn wir uns jetzt zerstreiten, spielen wir Alexei in die Hände.«

Mirons Grinsen wurde breiter, die Bestie in mir raste. »Haben wir das, ledi Zoya?«

»Wir alle wollen Alexei aufhalten. Oder nicht?«

»Wollen wir das wirklich? Wir *alle?*« Mirons Ton klang schnurrend, doch schnitt mit unterschwelliger Schärfe. »Wie soll ich Euch jetzt noch vertrauen? Ihr kanntet die Wahrheit über unseren Grafen und konntet es trotzdem kaum erwarten, in seinen Schoß zurückzukehren.«

»Ich habe mehr Informationen benötigt«, erwiderte Zoé ruhig. Ich bewunderte sie dafür, dass sie nicht die Fassung verlor. Ich war bei Weitem nicht so beherrscht, die Bestie in mir verlangte noch immer, endlich freigelassen zu werden.

Miron musterte Zoé eingehend, dann ließ er seinen Blick wieder zu mir schweifen. »Sie mag recht haben«, murmelte er, dann fügte er leise hinzu: »Aber ich habe nicht vergessen, was du getan hast.«

»Und ich habe nicht vergessen, *warum* ich es getan habe«, knurrte ich zurück, der Zorn in meiner Stimme jetzt kaum mehr zu überhören. Der Typ, den ich einst getötet hatte, hatte es nicht anders verdient. Mir war egal, was er Miron bedeutete. »Aber du hast Zoé gehört. Das hier ist größer als wir.«

Mirons Züge wurden weicher, das alte Misstrauen flackerte in seinen Augen, aber auch die Erkenntnis, dass es keine Alternative gab. Bevor er antworten konnte, brach Nikas Stimme durch die Tür im Flur.

»Du wusstest, dass ich alles für dich aufgegeben hätte! Wieso hast du mich nicht eingeweiht?«

»Weil ich wusste, dass du mich nicht hättest gehen lassen«, brüllte Nastya zurück. »Und ich musste gehen. Ich *musste* gehen, Nika! Alexei hätte mich eher umgebracht, als mich aufzugeben. Du weißt genau, dass ich recht habe. Wenn wir gemeinsam verschwunden wären, hätte er auf seiner Suche nach mir eine Schneise der Zerstörung hinter sich hergezogen! Er hätte *dich* getötet. Und das hätte ich mir niemals verzeihen können! Lieber lebe ich ohne dich und weiß dich in Sicherheit, als dabei zuzusehen, wie du stirbst. Ich wollte dich beschützen. Ich *musste*!«

»Du hast mich nicht beschützt, Nastya. Du hast mich zerstört.«

Alles wurde still, selbst Roman und Miron sahen aus, als hielten sie den Atem an. Es fühlte sich an, als stünden wir am

Rand einer Klippe und der kleinste Fehltritt könnte uns alle in den Abgrund reißen.

Ich sah zu Zoé, die stumm zu mir hochblickte, als wüsste sie genau, was in mir vorging. Wir hatten keine Zeit für diese Konfrontationen. Aber das bedeutete nicht, dass sie nicht unvermeidlich waren. Es lag zu viel Vergangenheit in diesem Haus. Zu viele gebrochene Versprechen.

Die Tür ging auf, und Nastya trat herein, ihre Augen rot und geschwollen. Ohne uns zu beachten, stürmte sie durchs Zimmer nach draußen. Zoé machte Anstalten, ihr zu folgen, doch ich hielt sie fest. »Darf ich?«

Sie zog die Brauen zusammen und musterte mich aufmerksam. Als sie zu verstehen schien, nickte sie knapp.

»Kaspar«, hielt Mirons Stimme mich im letzten Moment zurück. »Wir arbeiten zusammen, um Graf Alexei aufzuhalten. Aber das bedeutet nicht, dass ich dir vertraue.«

Ich nickte, meine Kiefermuskeln angespannt. »Vertrauen war ohnehin nie Teil unseres Abkommens.«

Dann trat ich auf den schmalen Pfad hinaus, der vom Hof hinter Romans Haus zum Waldrand führte. Die Nacht hatte die Bäume in schwarze Schatten verwandelt, die hoch über Nastyas zierlicher Gestalt aufragten und sie beinahe verschluckten.

Sie blieb abrupt stehen und drehte sich zu mir um. »Was?«, fauchte sie. »Willst du dich über mich lustig machen? Mir sagen, wie sehr ich es verdiene, die Liebe meines Lebens verloren zu haben?« Ihre Worte endeten in einem erstickten Schluchzen, und sie wandte sich von mir ab.

»Niemand hat so etwas verdient.« Ich trat näher und konnte erkennen, wie ihr Körper steif wurde.

»Wenn du wirklich hier bist, um mich aufzuheitern, hättest du besser sagen sollen, dass es noch nicht zu spät ist. Dass ich sie noch nicht verloren habe.«

Als uns nur noch eine Armlänge voneinander trennte, blieb ich stehen. »Ich werde dich nicht anlügen.«

Nastya schnaubte bitter. »Ich frage mich, wann du zu einem Mann von Ehre geworden bist, Kas. So kenne ich dich gar nicht.«

»Du kennst eben nur den Kas, dessen einziger Lebensinhalt es war, Alexei zu hassen.«

Sie hob eine Augenbraue. Die arrogante Geste konnte jedoch nicht den Glanz verbergen, der noch immer in ihren Augen lag. »Stimmt«, sagte sie ruhig. »Der verliebte Kas ist neu.«

Ich spürte, wie es an meinen Mundwinkeln zog und doch …

»Ich bin nicht hier, um über mich zu sprechen.«

Nastya verschränkte die Arme vor der Brust und ließ ihren Blick in die Ferne schweifen. »Ich kann Nika verstehen. Ich würde mir auch nicht verzeihen.«

»Gib ihr Zeit, Nastya. Sie hat acht Jahre lang um dich getrauert. Sie wird dir vergeben. Eines Tages. Als Unsterbliche hast du genug Zeit, um –«

»Ich will ihre Vergebung nicht«, unterbrach sie mich, ihr Blick wieder fest auf mein Gesicht geheftet. »Also, doch, will ich, aber nicht nur. Ich …« Sie rieb sich über die Arme und schüttelte leicht den Kopf.

»Nika hat jemanden kennengelernt«, sagte ich und hielt inne, jedes Wort eine Zerreißprobe. Ich konnte regelrecht beobachten, wie ihre Miene versteinerte. Die ungeweinten Tränen in ihren Augen trockneten, als hätte sie beschlossen, dass es zu anstrengend war, zu fühlen. Ich kannte das gut. Nastya nickte langsam, dann folgte sie dem Pfad tiefer in den Wald. Ich begleitete sie und schob einen tief hängenden Ast beiseite.

»Wen?«, fragte sie nur.

Ich dachte an die Gespräche, die ich im Verlies mitgehört

hatte. »Eine junge Ursprüngliche. Mehr weiß ich nicht«, log ich. Nastya musste nicht wissen, dass Nika sich ausgerechnet in die Baroness verliebt hatte.

»Der Adel vermischt sich eben nicht mit dem Pöbel«, schnaubte sie.

»Wir wissen beide, dass du kein Pöbel bist, Nastya.« Ich warf ihr einen Seitenblick zu und grinste. Zu meiner Überraschung erwiderte sie es. Ich wurde langsamer und hielt sie am Arm fest. »Eigentlich bin ich dir nicht nur gefolgt, um über Nika zu sprechen.«

Nastya verengte die Augen und spitzte die Lippen. Sie blickte prüfend in den dunklen Wald, der uns umschloss. Die Rinde der Bäume war aufgeraut, Knoten zeichneten die Stämme, und knochiges Geäst erhob sich über unseren Köpfen wie Klauen.

»Was sagt Zoé dazu, wenn wir es hier treiben?«

Ich legte den Kopf schief und betrachtete sie eingehend. »Du denkst nicht wirklich, dass wir –«

»Nein.« Sie verdrehte die Augen, und ein schiefes Grinsen entstand auf ihren Lippen. »Jetzt, wo ihr zueinandergefunden habt, brauchst du mich schließlich nicht mehr.«

»Nastya …«, begann ich. Es fühlte sich an, als würde die Stille des Waldes meine Stimme verschlucken. »Worüber ich mit dir sprechen wollte, war … Es war falsch von mir, dich zu benutzen, und das tut mir leid.«

Sie hob ihr Gesicht an meines und musterte mich forschend. »Du hast mich benutzt, und ich habe dich benutzt. Das war von Anfang an unsere Art der Beziehung, Kas. Ich habe mit dir gevögelt, weil ich Ablenkung brauchte. Und du wolltest Alexei verletzen. Damit fing doch erst alles an.«

»Du hast recht«, sagte ich langsam. Trotzdem wurde ich das Bild von ihr auf dem Tisch nicht los. Das Geräusch ihrer

Hüfte, die gegen die harte Kante knallte. »Aber vor ein paar Tagen in deinem Haus, da –«

»Da habe ich dich provoziert, bis du mit mir geschlafen hast. Weil es das war, was ich wollte.« Sie sah mich mit hochgezogenen Augenbrauen an. »Stell dir vor, Kas, auch Frauen haben Bedürfnisse. Und ich zähle zu jenen, die sich nehmen, was sie brauchen.«

»Gut«, gab ich zurück, und der Stein auf meiner Brust wog weniger schwer.

»Du denkst jetzt nicht, dass du meine Gefühle verletzt hast, oder?«

Ich lachte. »Du hast Gefühle?«

Nastya grinste und schlug mir gegen die Brust. »Verdammt, tut mir leid«, schob sie hastig hinterher, als ich aufkeuchte. Vermutlich konnte sie ihre Kraft mit der Macht des Relikts noch nicht richtig einschätzen. Dann stimmte sie in mein Lachen ein.

Als ich Stunden später die Tür zum Gästezimmer leise hinter mir schloss, sah ich Zoé schon unter der schweren Decke liegen. Ihr Gesicht war halb im Kissen vergraben, die schwarzen Haarsträhnen über die Laken verteilt. Aber als sie mich hörte, öffnete sie die Augen und schenkte mir ein müdes Lächeln. Das warme Licht einer einzigen Kerze flackerte über ihre Gesichtszüge und tauchte sie in ein sanftes goldenes Glühen.

Ich zog meine Stiefel aus und glitt neben sie ins Bett. Kaum hatte ich mich hingelegt, rückte sie näher, drückte sich an mich, als hätte sie mich schon den ganzen Abend vermisst. Meine Arme schlangen sich wie von selbst um ihren Körper, ihre Wärme drang durch den Stoff unserer Kleidung und ließ mich augenblicklich zur Ruhe kommen.

»Wie geht es Nastya?« Ihre Stimme war leise, leicht kratzig. »Habt ihr über Nika gesprochen?«

»Ja. Es geht ihr etwas besser, denke ich.« Ich atmete tief durch, bevor ich weitersprach. »Danach habe ich mich bei ihr entschuldigt. Dafür, wie ich sie behandelt habe.«

Zoé hob den Kopf und musterte mich, ihre Augen schienen in meinem Gesicht nach Hinweisen darauf zu suchen, was ich meinte. Ich fuhr mit den Fingern durch ihr seidiges Haar und wusste im selben Moment, dass das etwas war, was ich jede Nacht tun wollte. Neben ihr liegen und solche Kleinigkeiten zu unseren Gewohnheiten machen.

»Ich habe sie benutzt. Erst, um Alexei zu verletzen, und später ...«

»Um mich zu vergessen«, sagte sie leise und senkte ihren Kopf wieder auf meine Brust.

»Ich glaube, es ging mehr darum, mich selbst zu bestrafen für das, was ich dir angetan hatte. Ich habe dich zurückgelassen und dich bestohlen, obwohl ich wusste, wie dringend du dieses Relikt brauchtest«, gestand ich nach einer kleinen Pause. »Ich konnte sie nie wirklich ausstehen, und ich habe trotzdem noch mehrfach mit ihr geschlafen, während ich dabei nur an dich gedacht habe. In dem Wissen, dass sie dich nie ersetzen könnte. Weil ich dich verloren hatte und du mir niemals vergeben würdest.«

»Und jetzt liegen wir hier.«

Zoé sah zu mir hoch, und da lag tiefes Verständnis in ihrem Blick.

Ich lächelte sie an, spürte, wie ihr Atem ruhiger wurde, ihre Finger spielten gedankenverloren mit einem meiner Hemdknöpfe.

Stille nistete sich zwischen uns ein. Es war diese Art von Stille, die nur zwischen zwei Wesen entstand, die sich auf eine Weise kannten, die tiefer ging, als Worte es je könnten. Ich hauchte Zoé einen Kuss auf die Stirn und ließ meinen Blick durch das Zimmer schweifen. Es war einfach eingerichtet, nicht viel mehr als das Bett und ein kleiner Tisch.

»Es ist gut, dass du mit ihr gesprochen hast«, sagte Zoé schließlich. »Nastya braucht das jetzt. Und du auch.«

Ich wusste, dass sie recht hatte. »Und was ist mit dir?«, fragte ich leise.

»Was meinst du?« Ihre Stimme erklang gedämpft durch meine Brust.

»Wie fühlst du dich als … Xathyr?«

»Gut«, sagte sie. »Denke ich.«

Meine Finger strichen weiter durch ihr Haar. »Wie geht es dir mit dem Hunger?«

Sie schwieg einige Sekunden, als müsste sie über die Antwort nachdenken. »Am Tag meiner Verwandlung habe ich eine Sklavin beinahe leer getrunken. Später einen fremden Mann, der sich verirrt hatte.« Ihre Stimme klang bitter, und ich spürte, wie mein Herz bei dem Klang stolperte. »Alexei konnte mir nicht helfen, weil er selbst ein Problem mit Kontrolle hat, wie ich mittlerweile verstanden habe. Vermutlich hätte ich mich ohnehin nicht an ihn gewandt. Ich denke, er fand es eigentlich ganz gut, dass wir diese … überbordende Leidenschaft gemeinsam hatten. Aber Stanislav war für mich da.«

Ich nickte langsam. Um das Austrocknen zu verhindern, mussten wir uns innerhalb eines Mondzyklus mindestens einmal an den Sünden der Menschen laben. Zoés nächster Hungerschub würde vermutlich bald kommen.

»Beim nächsten Mal bin ich da.«

Zoé hob den Kopf, ihre Augen funkelten im schummrigen Kerzenlicht, und sie lächelte schwach.

»Ich weiß. Danke. Aber es wird noch etwas dauern, bis es wieder so weit ist. Du hast es vielleicht nicht mitbekommen, aber auf unserer Flucht haben Nastya und ich … Wir mussten gegen Soldaten kämpfen, und einer von ihnen hat mein Hunger-Problem vorerst gestillt.« Sie legte die Stirn in Falten. Vermutlich spürte sie, dass ich mit mir rang. »Was ist?«

»Das mit dem Hunger bekommen wir schon hin, das verspreche ich dir. Darüber mache ich mir keine Sorgen. Aber … Deine Mutter. Du kannst nicht mehr für sie da sein.«

»Ich komme zurecht«, sagte sie knapp. »Alexei hat sie mir einige Male gezeigt. Immer, wenn ich brav im Unterricht war.« Ein Schnauben stieg aus ihrer Kehle. »Ich bin froh, dass sie nicht mehr nach Hause zurückgekehrt ist. Sie ist noch immer in Maries altem Zuhause.«

Ich erinnerte mich daran, dass die *Église des Saints* die Haustür von Zoés Mutter markiert hatte, um sie zu holen. Ich hasste es, dass sie ihre Machenschaften weiter treiben konnten, ohne dass jemand etwas dagegen unternahm. Aber so war das Leben und auch der Tod. Ungerecht.

Zoé räusperte sich, als müsste sie ihre Gefühle klären, bevor sie weitersprach. »Ich glaube, sie vermisst mich.«

»Ich wünschte, du hättest eine Wahl gehabt«, wisperte ich, wohl wissend, dass sie durchaus eine Entscheidung getroffen hatte. Für ihre Mutter, gegen mich und Xanthia. Und doch war alles anders gekommen. Ich schluckte schwer, als sich die Schuldgefühle wie eine Faust um meinen Magen krampften. Dass sie trotz allem neben mir lag, zeigte nur, wie stark sie war. Was ich ihr vielleicht noch immer bedeutete. Aber es hieß nicht, dass sie mir verziehen hatte.

»Glaubst du, wir schaffen das alles?«, fragte sie irgendwann in die Stille.

Ich sah sie an, und ich wusste, dass es nur eine Antwort auf ihre Frage gab. »Solange wir zusammen sind, ja.«

Zoé lächelte, und alles, was draußen auf uns wartete, verblasste in diesem Augenblick. Ich wünschte, ich könnte die Zeit wie einen Atemzug in meiner Brust festhalten.

»Was jetzt?«, flüsterte ich, und sie erschauerte.

»Wir schlafen. Oder wie auch immer man es nennen will. Du hast mir gezeigt, wie das als Xathyr geht, erinnerst du dich?«

Ich lachte leise, als ich an jene Nacht zurückdachte. Zoé und ich im *Théâtre Bellevue.* »Du warst eine ziemlich zickige kleine Diebin.«

Zoés Körper summte an meinem, als sie auflachte. Meine Lieblingsmelodie. Sobald ich wieder an meinem Klavier saß, würde ich versuchen, sie einzufangen.

»Gib zu, dass du trotzdem schmutzige Gedanken hattest, als du neben mir lagst!«

Ich zog sie näher zu mir, sodass ich ihren Atem an meinem Hals spüren konnte. »Nur wenn du zugibst, dass du mich entgegen deinen Behauptungen von Anfang an für unwiderstehlich gehalten hast.«

»Du warst ein arrogantes, selbstgefälliges Arschloch!«

»Und was bin ich jetzt?«, fragte ich mit hochgezogenen Augenbrauen.

Ihre Mundwinkel zuckten. »Weicher.«

Ich ließ meinen Blick über sie gleiten, über den herausfordernden Ausdruck in ihren Augen, die Art, wie sie ihre Lippen nach oben gezogen hatte und wie sie sich ganz unbewusst an mein Hemd klammerte.

»Weicher?«, wiederholte ich ungläubig.

Sie zuckte unschuldig mit den Schultern, und als ich sie packte und mit einer geschmeidigen Bewegung blitzschnell unter mich schob, lachte sie laut auf.

»Ich bin alles für dich, Zoé, aber ganz bestimmt nicht weich.«

»Dann beweis es.« Sie grinste, aber ich konnte hören, dass sich ihr Herzschlag beschleunigte.

»Oh, ich werde es dir beweisen.« Ich beugte mich vor, sodass unsere Gesichter nur noch einen Atemzug voneinander entfernt waren. »Immer«, ich küsste sie, »und immer«, ich küsste sie, »und immer wieder.« Zoé stöhnte leise, als ich in ihre Unterlippe biss. »Bis du mich anflehst, damit aufzuhören.«

»Das klingt nach einer leeren Drohung, Prinz.« Ihre Stimme hatte sich zu einem tonlosen Flüstern gesenkt.

»Ich mache keine leeren Drohungen, kleine Diebin«, entgegnete ich tadelnd. »Du etwa?«

Ihre Lippen teilten sich, doch sie sagte nichts. Der kurze Moment der Stille zwischen uns war mit Spannung durchsetzt, jeder Herzschlag fühlte sich beinahe zu intensiv an.

Und dann ging alles viel zu schnell.

Ich spürte Zoés Hände an meiner Brust, sie stieß so fest zu, dass ich mit dem Rücken gegen die Wand hinter dem Bett krachte. Bevor ich verstand, was passierte, glitt Zoé durch ihre Schatten und drückte ihren Körper an meinen. Sie leckte über ihre Finger, jeden einzelnen. Dann schnellte ihre Hand in meinen Hosenbund und umfasste mich. Fest.

»Verdammt, Zoé«, keuchte ich, als sie ihre Hand bewegte, auf und ab.

Sie hielt meinen Blick gefangen und grinste. Langsam, teuflisch, sündig. Ein Ausdruck, von dem ich wusste, dass ich ihn für den Rest meines Lebens jedes Mal sehen würde, wenn ich meine Augen schloss.

»Ich kann meine Drohung, dich zu töten, auf viele verschiedene Arten wahr machen, meinst du nicht?«

Der Klang ihrer Stimme, das dunkle Versprechen darin, schoss direkt in meinen Schwanz, und meine Hoden zogen sich verlangend zusammen. Ich schob meine Hüfte vor, und Zoé strich über meine Spitze. Ein Stöhnen grollte in meiner Brust, bevor es sich meiner Kehle entrang.

Verflucht, sie würde mich wirklich umbringen, wenn sie so weitermachte.

»Doch nicht *weich.*« Ihr heißer Atem traf auf meine Lippen, und alles, woran ich denken konnte, war, in ihr zu versinken. Sie rieb mich schneller, beinahe fieberhaft, verzweifelt. Als ob sie sich schon viel zu lange hiernach verzehrte.

»Zoé, ich …« Ich packte ihr Handgelenk und hinderte sie daran, weiterzumachen. »Ich will in dir sein, wenn ich komme.«

Sie sah mich an, und ich sah *sie*. Die Zuneigung in den Tiefen ihrer lustverhangenen Augen. Ich konnte keine einzige Sekunde länger warten.

»Zieh dich aus.« Nachdem ich den Ausdruck in ihrem Gesicht gesehen hatte, als Alexei ihr im Verlies das Kleid vom Körper riss, wollte ich, dass sie es diesmal in ihrem Tempo machte.

Zoé klemmte ihre Finger unter die Träger des Nachtkleids, ohne ihren Blick von meinem zu lösen, dann schob sie es, ohne zu zögern, von ihren Schultern. Der seidige Stoff glitt geschmeidig von ihrem Körper und sammelte sich zu ihren Füßen.

Ich bemerkte, wie sie die Luft anhielt, als würde sie erst in diesem Moment realisieren, dass da nichts mehr war, keine einzige Barriere zwischen uns, die sie vor meinen Augen verbarg. Ihre weiche Haut, ihre verführerischen Kurven und jedes einzelne Mal, das sie ausmachte. *Besonders* machte.

Ich war unfassbar hart. Trotzdem entging mir nicht, wie Zoé ihren Blick unter flatternden Lidern senkte, als würde sie sich für ihren Körper schämen.

Für die Narben, den Schriftzug auf ihrer Brust.

»Ich glaube, ich bin dir noch was schuldig.« Ich neigte ihr Kinn, damit sie mich wieder ansah. Dann presste ich meinen Mund auf ihren und meine Hand zwischen ihre Beine. Zoé schnappte nach Luft, als meine Finger in sie drangen. Sie warf den Kopf in den Nacken, und ich leckte über ihren Hals, zog eine Linie bis runter in ihr Dekolleté, während ich langsam in sie stieß.

»Du bist mehr als diese vier Buchstaben«, raunte ich an ihrer erhitzten Haut und küsste jeden einzelnen von ihnen.

»Kas, warte.« Zoé legte ihre Hände an mein Gesicht und zog mich zu sich hoch. In ihren Augen glänzte es verdächtig, und ich spürte, wie sich mein Herz zusammenzog.

Sie schluckte schwer, als ihre Finger über meine Wangen strichen. »Ich weiß nicht, ob du dich daran erinnerst, aber bevor Alexei dich … bevor er dich angegriffen hat, war ich gerade dabei, dir etwas zu sagen.«

In meinem Kopf ratterte es, und ich sah sie an, als könnte ich in ihrer Miene lesen, was sie mir mitzuteilen versuchte. Es gelang mir nicht.

»Zoé, ich … Was es auch ist, wir –«

»Ich liebe dich auch«, flüsterte sie leise. »Und ich dachte, dass du stirbst. Ich dachte, dass ich dich verliere. Schon wieder … und unwiederbringlich.«

Mein ganzes Leben lang hatte ich alle von mir ferngehalten. Ich hatte Angst gehabt, dass sie mir entweder schadeten oder dass sie den Schaden sahen, den ich bereits mit mir herumtrug. Aber nun, da ich hier stand und in Zoés dunkle Augen blickte, wusste ich, dass sie alles von mir kannte und mich trotzdem wollte. Und wenn sie mir schadete, war ich bereit, an ihr zugrunde zu gehen. »Du wirst mich nie verlieren. Nie wieder. Ich verspreche es dir.«

Sie lächelte, und es war wie ein Lichtstrahl, der die Schatten in ihrem Gesicht erhellte. Dann drückte sie ihre Lippen auf meine.

Wir küssten uns, während wir uns auf das Bett zubewegten, und Zoé zerrte mir die Hose von den Beinen. Als ich die

Matratze in meinen Kniekehlen spürte, ließ ich mich sinken, die Hände an Zoés Hintern, um sie auf meinen Schoß zu ziehen.

Sie stöhnte leise und rieb sich an mir. Ihre wiegenden Hüften benetzten mich mit ihrer feuchten Lust, und das Gefühl ihrer nackten Hitze an meinem Schwanz ließ mich beinahe zerspringen.

Ich suchte Zoés Blick, und als sie nickte, versenkte ich mich mit einem heftigen Stoß meines Beckens bis zum Anschlag in ihr. Endlich.

# KAPITEL 30

## ZOÉ

Kas schob zwei Finger zwischen meine Lippen, um den lauten Klang meines Aufstöhnens zu dämpfen, als er mich mit nur einem Stoß vollständig ausfüllte. Meine Gedanken waren verschleiert vor Lust, und ich hatte ausgeblendet, dass wir uns in einem Haus voller Xathyr befanden, die vermutlich jedes Geräusch mithörten.

»Saug«, verlangte er rau, und ich tat es. Ich saugte seine Finger in meinen Mund, fuhr sie mit meiner Zunge nach und keuchte, während ich mich auf seinem Schwanz wand.

Kas zog seine Finger wieder heraus, und schob sie zwischen uns, um meine pochende Klitoris zu streicheln.

»Sag mir, was du brauchst.«

Ich unterdrückte ein weiteres Stöhnen. »Nur das hier«, brachte ich abgehackt hervor. »Nur dich.«

Seine andere Hand grub sich in meine Hüfte, hob mich hoch, um mich dann mit einem Ruck wieder runterzuziehen.

»Das?«, fragte er.

»Härter.«

Kas packte meinen Hintern jetzt mit beiden Händen und rammte mich fest auf seinen Schwanz, bis ich vor Sehnsucht schrie. Er tat es wieder und wieder, als wöge ich nichts.

Ich hörte das Bett knacken. Meine Brüste wippten unter der Heftigkeit seiner groben Stöße, und es war mir egal. Es war mir egal, dass er sie sah, das, was auf immer auf ihnen verewigt worden war, weil ich für ihn schön war, immer sein würde. Und wenn ich mich aus seinen Augen betrachtete, dann erkannte ich es auch. Ich war schön, und ich war stark.

Kas' Lippen teilten sich, und er stieß schnelle, schwere Atemzüge aus, während er noch härter wurde. Noch tiefer in mich drang.

Und ich genoss es. Genoss jeden Zentimeter von ihm in mir. Ich fühlte mich voll, so verdammt ausgefüllt von Kas, dass ich befürchtete, mein Herz würde jeden Moment überlaufen vor Glück.

»Ich will, dass du dich um mich herum zusammenziehst, Zoé. Ich will spüren, wie sehr du es genießt, dass ich dich erbarmungslos ficke.«

Gott, ich war so nass. Ich konnte hören, wie unsere Haut aufeinanderklatschte, konnte fühlen, wie mühelos sein Schwanz in mich hinein- und wieder hinausglitt. Mein Innerstes spannte sich an, klammerte sich um Kas' harte Länge, und der Orgasmus zerriss mich.

»Braves Mädchen«, knurrte er, was das Nachbeben nur noch intensiver machte. Doch er hörte nicht damit auf, mich zu vögeln. In seinem Blick lag eine dunkle Begierde, die meinen ganzen Körper noch mal zum Zittern brachte. Ich war nicht sicher, ob ich schon bereit war für einen weiteren –

Die Gedanken lösten sich im Nichts auf, als mich die zweite Welle überrollte. Das Verlangen in mir wogte und wirbelte, und ich war sicher, ich würde jeden Moment in meiner Lust ertrinken.

Kas setzte sich auf, und ich schlang meine Beine um ihn. Er zog mich enger an sich, Haut an Haut, unsere Körper noch immer miteinander verschmolzen. Seine Lippen fuhren meine Kehle entlang, seine Zähne kratzten über meine Halsbeuge. Er knetete meinen Hintern, bewegte mich weiter auf seinem Schwanz, vor und zurück, um die Reibung auf meine Klit zu erhöhen. Dabei leckte seine Zunge heiß über meine Haut, als wäre ich sein Lieblingsgeschmack.

Ich sog zischend die Luft ein, als er endlich zubiss.

Es war anders als damals im Schnee. Erst jetzt bemerkte ich, wie sehr er sich an diesem Tag zurückgehalten haben musste. Denn jetzt, hier, spürte ich sein rohes Verlangen. Seine Gier. Nach meinem Blut – nach *mir*. Und es gab nichts, das erregender war.

Ich wölbte mich ihm entgegen, presste meine Brüste gegen seinen Oberkörper, als würde alles von mir noch immer nach mehr von ihm dürsten.

Kas von mir trinken zu fühlen, zu hören, wie er an mir saugte und dabei stöhnte, entlockte mir flehende Laute. Ich spürte, wie er mich mit jedem weiteren Schluck in den nächsten Höhepunkt trieb.

»Bitte«, keuchte ich an seinem Ohr. »Bitte, Kas, ich kann nicht noch mal, ich …« Aber mein Körper war so überreizt, so übermäßig empfindsam, dass mich der Orgasmus fortspülte, noch während ich die Worte aussprach.

Kas zog seine Zähne aus mir zurück und griff in meinen Nacken, um meinen Mund zu seinem hinabzuziehen. Unsere Lippen prallten aufeinander, ich schmeckte mich an ihm, und dann kam ich wieder.

Und wieder.

Und wieder.

Bis mein Herz in Flammen aufging, bis mein Körper sich auflöste, bis meine Stimme heiser klang, weil ich nicht aufhören konnte, seinen Namen zu schreien. Ich kam

und kam

und kam,

bis er sich in heißen Wellen in mir ergoss

und ergoss

und ergoss.

Der nächste Morgen brachte die Ungewissheit zurück. Ich stieg aus dem Nachtkleid, das Nastya für mich aus ihren Sachen mitgenommen hatte – wobei ich länger nackt gewesen war als angezogen –, und streifte mir eine frische Bluse über. Sie war aus feinem Stoff, viel weicher, als ich erwartet hatte, und duftete noch leicht nach ihrem Parfüm, einer Mischung aus Jasmin und irgendetwas Dunklerem, Unbekanntem.

Als ich die Bluse über meinen Kopf zog, glitt der Stoff sanft über meine Haut, doch er fühlte sich fremd an. Die Ärmel reichten mir fast bis zu den Fingern, und der Kragen war etwas zu weit. Knapp darüber ertastete ich zwei punktartige Einstiche. Kas' Bissmal.

In dem Moment schlossen sich seine Arme von hinten um meine Taille, und dann spürte ich seine Lippen an meinem Ohr. »Ich habe vergessen, es zu versiegeln.«

»Vergessen?«, fragte ich grinsend. »Oder wolltest du Besitzansprüche stellen?«

»Der Gedanke gefällt mir«, begann er langsam. »Aber du gehörst nur dir.«

Mein Grinsen wurde breiter, als ich mich in seinen Armen zu ihm umdrehte. »Ich würde mit dir teilen.«

Kas lachte leise. »Dann hätte ich gerne deinen Körper. Jede Nacht.«

Ein angenehmer Schauer rieselte über meine Wirbelsäule. »Ich denke, das lässt sich einrichten.«

Er küsste mich sanft und leckte dann über die Einstichstellen an meinem Hals. Sofort spürte ich, wie sie sich schlossen. »Fühlst du dich bereit?«

Die Erinnerung daran, wo wir waren und worüber wir gleich mit den anderen sprechen mussten, riss mich aus dem warmen Kokon, der uns so wunderbar sanft umhüllt hatte.

»Nein. Aber ich schätze, wir haben keine andere Wahl.«

»Ich bin an deiner Seite, bei jedem Schritt.«

Wir traten aus unserem Domizil für die Nacht und gingen durch den kurzen Flur ins Wohnzimmer.

Dort saßen Miron, Roman und Nika bereits am Tisch. Nur Nastya fehlte. Die Atmosphäre veränderte sich, als sie uns sahen. Mirons Blick huschte zwischen Kas und mir hin und her, Nika begutachtete ihre spitzen Fingernägel, als könnte ihr nichts gleichgültiger sein, und Roman hob eine Augenbraue, während er an seinem Tee nippte.

»Guten Morgen.« Er setzte die Tasse auf dem Tisch ab. »Ich hoffe, ihr habt euch gut erholen können. War das Bett … bequem?«

Kas zog sich einen Stuhl ran, unbeeindruckt, doch ich spürte die flüchtige Hitze, die mir in die Wangen stieg. Ich wusste, dass wir laut gewesen waren, doch gestern Nacht war mir das schlicht egal gewesen.

»Guten Morgen.« Ich raffte meinen Rock und setzte mich zwischen Kas und Miron, Romans Nachfrage ignorierend.

»Unsere Gräfin hat nicht nur die Lager gewechselt, sondern auch die Betten.« Das spöttische Grinsen auf den Lippen des Barons versetzte mir einen Stich.

Kas beugte sich vor, doch ich hielt ihn zurück.

»Ich kann vögeln, mit wem ich will«, gab ich zurück und schenkte ihm ein Lächeln, das seines sogleich verblassen ließ. »*Mein* Körper, *meine* Entscheidung.«

Roman verschluckte sich an seinem Tee, und Nika lachte überrascht auf. Ich warf ihr einen harschen Blick zu, weil ich immer noch verflucht wütend auf sie war. Doch sie verstummte, als Nastya im Durchgang zum Zimmer erschien, die Augen noch immer verquollen.

»Jemand sollte *sie* dringend vögeln«, murmelte Roman hinter vorgehaltener Hand.

Nastya zog sich einen Pantoffel vom Fuß und donnerte ihn in seine Richtung. Ich konnte gar nicht so schnell gucken, da stoben Schatten auf und fingen den Schuh noch in der Luft ab. Er landete mit einem dumpfen Geräusch direkt in Romans übergroßer Teetasse. Miron, der den Pantoffel abgefangen hatte, grunzte belustigt.

»Euch auch einen angenehmen guten Morgen, ehemalige Beinahe-Hoheit«, grummelte Roman.

»Ich bin sicher, den hat sie.« Nikas Stimme triefte vor Ironie.

Miron räusperte sich leise, als wollte er das Gespräch auf etwas anderes lenken, aber das Lächeln, das noch immer um seine Lippen spielte, sprach Bände.

»Also gut«, begann Roman schließlich, wobei er nun einen geschäftigen Ton annahm. »Offenbar hatten wir alle … eine belebte Nacht.« Er zog den Pantoffel aus seiner Tasse und wahrte dabei einen völlig neutralen Gesichtsausdruck. »Aber jetzt sollten wir uns wieder auf das Wesentliche konzentrieren.« Er beugte sich vor, verschränkte die Arme auf dem Tisch und sah uns alle der Reihe nach an. »Wie wollen wir jetzt weiter vorgehen? Alexei wird nicht lange brauchen, um zu merken, dass ihm die Kontrolle über die Situation gänzlich entgleitet.«

Ich spürte, wie sich die Unruhe in mir zurückmeldete. Der Gedanke an Alexei, seine Kälte, seine manipulative Art … Ich erschauderte. Wie hatte ich von alldem in der ganzen Zeit, bevor ich zur Xathyr geworden war, nichts bemerken können? Oder hatte er sich seitdem so sehr verändert? Es hatte eine Zeit gegeben, in der ich davon überzeugt gewesen war, dass er nur das Beste wollte. Für mich und für Xanthia.

Und doch … Ich konnte nicht anders, als mich an den Moment unseres ersten gemeinsamen Abendessens zu erinnern, als er mir gestand, dass er meine Gefühle manipuliert hatte. Wie kalt er danach zu mir gewesen war. Wie kalt er jedes Mal gewesen war, wenn ich etwas getan hatte, das ihm nicht gefiel.

Er hatte mich in sein Netz gezogen, mich eingesponnen mit süßen Worten und leidenschaftlichen Küssen.

*Sie hat zu dem Teil von mir gesprochen, der im Schatten lebt, der die Masken trägt und sich nach mehr als nur diesem begrenzten Rahmen sehnt, in dem er sich bewegt,* erinnerte ich mich an die Worte aus seinem Tagebuch.

Wen hatte die Mittlerin hinter seiner Fassade gesehen? Den wahren Alexei? Wer war er? Hatte er sich mir je gezeigt?

Miron nickte langsam und legte seine Hände flach auf den Tisch. »Wenn Nastyas Informationen stimmen, ist Alexei stark geschwächt, aber noch lange nicht besiegt. Er wird seine nächsten Schritte gut planen, und wenn wir nicht vorsichtig sind, wird er uns einen nach dem anderen schlagen, um das Spiel am Ende für sich zu entscheiden.«

»Das könnte Xanthias Untergang bedeuten. Je nachdem, was er und die Mittlerin mit den Relikten vorhaben.« Nastya setzte sich auf einen Sessel abseits des Tisches, ihre Stimme rau und kratzig.

Nika lehnte sich zurück, die Arme vor der Brust verschränkt. Ihr düster funkelnder Blick galt ihrer ehemaligen Geliebten. »Wo haben wir die Informationen über Alexeis angeblichen Zustand denn her?«

Nastya verdrehte lediglich die Augen. Dass sie dafür mit Alexeis neuem General geschlafen hatte, wollte sie Nika vermutlich nicht auf die Nase binden.

Roman ging dazwischen. »Was, wenn Alexei gar nicht derjenige ist, der die Züge bestimmt? Wenn er selbst nur eine weitere Schachfigur auf dem Spielbrett ist?«

»Die Mittlerin«, schloss ich. Ich hatte ihnen gestern von dem Tagebuch und der Schriftrolle erzählt, während Kas draußen bei Nastya gewesen war.

»Wir müssen ihn trotzdem ausschalten, wenn er das Ass in ihrem Ärmel ist«, gab er abwägend zurück. »Wir müssen ihn isolieren. Weg von den Relikten, weg von seinen Unterstützern.«

»Welche Unterstützer?« Nastya war aufgestanden und blieb zwischen Kas und mir stehen. »Seine abtrünnige Generalin sitzt hier.« Ihr Blick streifte Nika nur flüchtig. »Der Herr der Spiegel auch.« Sie nickte in Mirons Richtung. »Die Frau, die er zu lieben glaubt, und der Mann, den er inzwischen am meisten hasst.« Sie stützte eine Hand auf meine Stuhllehne, die andere auf die von Kas. »Und der Aschebaron hat sich unserem Schattenbaron im Krieg gegen den Blutdistrikt angeschlossen, wenn man die Bewegungen seiner Armee verfolgt.«

»Sie hat recht.« Nikas Stimme klang ruhig, doch der dunkle Sturm in ihren Augen wütete weiter. Sie richtete sie auf Miron. »Was ist mit Eurer Tochter?«

Die Stille, die auf ihre Worte folgte, wog schwer.

»Alina ist …« Miron schüttelte den Kopf. »Wir haben unsere Differenzen.«

»Sie hat mir geholfen«, sagte ich. Die Erinnerung daran, wie mich die Baroness aus der Folterkammer des Aschebarons befreit hatte, jagte schaurig kalte Wellen über meinen Rücken. Meine Finger flogen zu meinem Dekolleté, fuhren die eingeritzten Buchstaben darauf nach. Mein Blick fiel auf Kas, der mich still beobachtete.

»Ja, weil sie Alexei ihre Loyalität geschworen hat«, entgegnete Nika schnaubend. »Damit er ihr dabei hilft, ihren Vater zu stürzen.«

Ich konnte sehen, wie Miron schwer schluckte. Wenn die Information neu für ihn war, dann hielt er seine Überraschung darüber gut im Zaum.

»Bleibt noch der Knochenbaron«, warf Roman ein. »Wie schätzt Ihr seine Loyalität ein?«

Mirons Lippen kräuselten sich, und er neigte den Kopf zur

Seite, als überlegte er einen Moment. »Nikolaj ist ein Mitläufer, der sich auf die Seite der Mächtigeren stellt. Er hat keine eigene Meinung.«

Kas neben mir nickte, doch seine Stirn war in Falten gelegt. Ich konnte sehen, dass er noch immer Schmerzen hatte, auch wenn er sie nicht zeigen wollte. Vielleicht hätten wir die Nacht lieber ruhen sollen, statt übereinander herzufallen wie Verhungernde. Für seine Genesung war das sicherlich nicht hilfreich gewesen. Ich hoffte, dass meine Wangen bei der Erinnerung nicht rot aufglühten.

»Wir müssen ihn auf unsere Seite ziehen. Vor allem, wenn wir davon ausgehen, dass er den Leitfaden haben könnte«, sagte er schließlich.

»Und Ihr habt diesen Leitfaden wirklich noch nie gesehen? Wisst auch nicht sicher, wer mit seiner Verwahrung beauftragt ist?«, hakte ich nach, meinen Blick nun fest auf Miron gerichtet.

Er schüttelte den Kopf und nahm einen Schluck von seinem Tee. Ich bemerkte, dass Kas ihn dabei nicht aus den Augen ließ.

Nika erhob sich langsam und ging zum Fenster. Nachdenklich schaute sie hinaus.

»Alexei könnte uns bereits zuvorgekommen sein.«

»Mit Nikolaj?«, fragte Miron belustigt. »Das kann ich mir nicht vorstellen. Gregori hat ihn damals davon überzeugt, unser Graf hätte sein Relikt gestohlen. Und Nikolaj war wirklich verliebt in das Ding.«

»Wie war das? Er ist ein Mitläufer und hört auf das, was man ihm sagt, solange er nur auf der Gewinnerseite steht – waren das gerade nicht Eure Worte, Miron?«

Der Schattenbaron presste die Kiefer aufeinander, und ich hörte das Knirschen seiner Zähne. »Wie wichtig kann dieser Leitfaden schon sein? Wir wissen dank des Tagebucheintrags, dass Alexei die Relikte braucht, um sie der Mittlerin auszuhändigen. Wenn wir die Relikte zuerst beschaffen, droht keine Gefahr mehr. Wir müssen sie nur alle holen.«

Roman stand auf, und ich sah dabei zu, wie er sich im Raum umherbewegte, methodisch und nachdenklich. »Das ändert nichts daran, dass sich die Relikte dann am selben Ort befänden. Das ist zu vermeiden. Ein Gesetz Xanthias, womöglich das einzige, das je existierte.«

»Die Relikte dürfen nicht zusammengesetzt werden«, stimmte Nastya zu. »Sie üben eine Anziehungskraft aufeinander aus. Deswegen befinden sie sich in Schreinen weit entfernt voneinander, unberührbar von der Hand der Xathyr.«

»*Befanden* sich«, korrigierte Nika, die noch immer aus dem Fenster sah, die Hände hinter dem Rücken verschränkt.

Den Rest der Diskussion bekam ich kaum mehr mit.

*Die Relikte dürfen nicht zusammengesetzt werden*, hallten Nastyas Worte in mir nach. Ich hatte sie oft gehört, doch in diesem Moment drifteten meine Gedanken ab. Ich betrachtete den fünfeckigen Esstisch, an dem ich nunmehr mit Kas und Miron alleine saß. Dann schweifte mein Blick zu jener Ecke, an der mir vor wenigen Tagen erst Xanthos erschienen war.

*Ich bitte Euch, mir zu helfen. Findet die Relikte und setzt sie wieder zusammen.*

Wieso wollte Xanthos, dass die Relikte wieder zusammengesetzt wurden, wenn doch alle Xathyr davon sprachen, dass das eine Katastrophe nach sich ziehen würde? Vielleicht sogar den Untergang Xanthias …

*Erzählt Ihnen nicht, dass Ihr mich sehen könnt.*

»Geht es dir gut?« Kas' Finger strichen über meinen Rücken und fuhren in meinen Nacken, wo sie beruhigende kreisende Bewegungen über meine Haut zogen.

*Sie haben mich verraten.*

*Und dann haben sie mich bestohlen.*

*Danach haben sie mich zerrissen.*

Wie sollte ich Xanthos hintergehen, wenn er doch immer wieder belogen und betrogen worden war wie ich?

*Ihr kennt das Gefühl eines Messers im Rücken, nicht wahr? Wenn mich einer versteht, dann Ihr, Zoé, das wusste ich von Anfang an.*

»Alles gut«, gab ich gepresst zurück und mied seinen Blick.

Kas sah mich noch eine Weile stumm an.

»Wir müssen herausfinden, was in diesem Leitfaden geschrieben steht«, sagte ich schließlich. »Vielleicht erfahren wir darin mehr über die Beschaffenheit der Relikte. Vielleicht erfahren wir, was wir wirklich mit ihnen tun sollen. Das heißt, wir müssen zu Gregori und Nikolaj. Wenn unsere Schlussfolgerung stimmt und ein Baron den Leitfaden aufbewahrt, muss ihn einer von ihnen haben. Gregori ist möglicherweise leicht zu überzeugen, da er sich ohnehin gegen Alexei gestellt hat. Und Nikolaj … Wir werden schon einen Weg finden.«

»Wie wäre es damit, ihm sein Relikt zurückgeben?«, fragte Miron, und sein Blick schoss zwischen Kas und Nastya hin und her. »Wo ist es?«

Sie lehnte sich an den Türrahmen und verschränkte die Arme vor der Brust. »An einem sicheren Ort.«

Miron verengte die Augen und setzte an, etwas zu erwidern, da hob ich eine Hand. »Ihm das Relikt auszuhändigen, ist keine Option, Miron. Wir wissen noch nicht, auf wessen Seite er wirklich steht.«

»Er ist ein Baron, und es ist seine höchste Aufgabe, das Relikt zu beschützen –«

»Und das ist ihm bisher so gut gelungen?«, mischte Kas sich ein. »Zoé hat recht. Das Relikt bleibt bei uns.«

»Warum überrascht mich das nicht?«, tönte Nika vom Fenster.

»Tu nicht so, als wären wir die einzigen Sünder hier«, giftete ich zurück. Ich erhob mich und ging auf sie zu, nicht länger in der Lage, meine Wut zu unterdrücken. »*Die Verräter wurden nie enttarnt*? Das waren deine Worte, oder nicht? Die Verräter, die das Relikt holten und Kas zuspielten. Das wart ihr, die Verräter, du und Nastya!«

Nika drehte sich zu mir um. Langsam. »Woher …« Ihr Blick glitt an mir vorbei, und ich wusste, dass es Nastya war, die sie damit durchbohrte.

»Es ist egal, woher ich es weiß. Es ändert nichts daran, dass du mich von Anfang an belogen hast.« Ich deutete hinter mich. »Dass Roman dir dabei geholfen hat. Dass Kas und Nastya dich hintergangen haben. Dass Miron Kas fallen gelassen hat. Dass Kas mich verraten hat. Dass ich Marie betrogen habe – um ihr *Leben*.« Ich holte tief Luft, weil sich meine Kehle immer enger anfühlte. Meine Stimme zitterte, als ich die nächsten Worte sprach: »Wer in diesem Raum ohne Sünde ist, der werfe den ersten Stein.«

# KAPITEL 31

## ZOÉ

Wir hatten uns entschieden, dass Kas, Miron und ich zu Nikolaj fuhren. Wir nahmen Roman mit, damit unsere Maskierung die ganze Fahrt bis in den Knochendistrikt anhielt. Fliegen wäre zu riskant gewesen. Es gab nicht viele Ursprüngliche in Xanthia, und die verfremdeten Gesichter der fliegenden Xathyr hätten die Soldaten an den Grenzen möglicherweise Verdacht schöpfen lassen.

*Es ist das Logischste, wenn Zoya und ich gehen*, hatte Miron gesagt, als Nika protestierte. *Mal davon abgesehen, dass ich ein Baron bin und eine ganz andere Stellung habe als ihr alle, ist Alexeis Gräfin ein gutes Argument. Wenn sogar sie sich gegen den Grafen gewandt hat, wird Nikolaj den Ernst der Lage verstehen.*

Kas hatte darauf bestanden, uns zu begleiten, weil er Miron nicht traute. Und Nastya und Nika waren stattdessen zu Baron Gregori aufgebrochen, dessen Haus nicht allzu weit entfernt von Romans lag. Nika wusste, wie sie mit dem Aschebaron umzugehen hatte, außerdem war uns seine Loyalität fast schon sicher.

Sobald wir einen halben Tag später mit Romans persönlicher Kutsche in den Knochendistrikt einfuhren, spürte ich die drückende Schwere des Ortes. Der Himmel über uns war in ein verhangenes, rauchiges Rot getaucht, als hätte er sich für immer mit den düsteren Wolken vermischt. Nebel schien aus allen Ritzen zu kriechen und die Welt um uns herum zu verschlingen. Der Distrikt fühlte sich beinahe an wie eine andere Sphäre – eine, in der die Luft dichter und die Schatten länger waren. Eine, die gezeichnet war von Tod und Vergänglichkeit.

Überall ragten Knochengerüste aus dem Boden, in verschiedensten Formen und Größen. Einige erinnerten an die Rippen eines wuchtigen Ungeheuers, das unter der Erde begraben liegen musste, während andere wie gewundene Hörner eines grotesken Untiers aus dem roten Nebel emporstiegen.

Die Schritte der Pferde ließen den Boden unter uns aufplatzen wie verbrannte Haut.

Kas saß neben mir, still und angespannt. Nicht nur er sah fremd aus mit seinem dunkelbraunen Haar und der längeren Nase. Auch meine Gesichtszüge fühlten sich an, als gehörten sie mir nicht mehr. Ich wusste, dass wir die Fahrt über unerkannt bleiben mussten, damit niemand misstrauisch wurde und eine Meldung an Alexei herausgab. Doch trotz der Verwandlung schwirrte Unruhe in meinem Bauch, und ich hoffte, dass der Weg in Nikolajs Residenz nicht mehr allzu weit war.

Kas wirkte konzentriert, aber ich spürte die Anspannung, die in seinen Bewegungen lag, selbst wenn er nur seinen Kopf drehte, um die Umgebung nach möglichen Gefahren abzusuchen. Roman, der vorne bei den Zügeln saß, war ebenfalls ungewohnt ruhig. Dass er dank seines Tranks eine volle blonde Lockenpracht hatte, machte den Anblick nicht vertrauter.

Miron hingegen sah aus wie er selbst. Er hatte erklärt, dass Nikolaj und er alte Freunde waren und er demnach sicher im Reich des Knochenbarons. Kas hatte das nur als Anlass genommen, ihm weiter zu misstrauen, weshalb sie seit Stunden kein Wort mehr miteinander gesprochen hatten.

Irgendwann wurde die Kutsche langsamer. Ein neugieriger Blick in die Ferne offenbarte ein gewaltiges Gebilde aus ineinander verflochtenen Knochen, die so kunstvoll angeordnet waren, dass sie wie das Skelett einer längst vergessenen Bestie anmuteten. Ihre Spitzen ragten hoch in den blutenden Himmel und warfen scharfe Schatten, die im Nebel ertranken.

Die Knochenfestung. Sie sah aus wie ein ewiges Massengrab, verlassen und tot.

Doch ich wusste, dass sie Besuch erwarteten – Miron hatte sich vorab angekündigt, auch wenn er Kas' und meinen Namen nicht genannt hatte. Man konnte nie wissen, welche Briefe an den Grenzen abgefangen wurden.

Als wir schließlich durch den massiven Eingang in den Vorhof der Festung einfuhren, kamen drei Gestalten aus dem dichten Nebel auf uns zu. Sie waren in lange, dunkle Roben gewandet, ihre Gesichter im Schatten verborgen. Kein Wort wurde gewechselt, als sie die Kutsche anhielten und durchs Fenster spähten. Kaum hatten sie Miron erkannt, bedeuteten sie uns wortlos, auszusteigen.

Ich spürte Kas' Nähe, sein leises Atmen neben mir, als wir den Gestalten folgten. Sie führten uns durch das gewaltige Tor der Knochenfestung, das sich zwischen zwei wuchtigen Säulen auftat, errichtet aus unzähligen bleichen, knorrigen Gebeinen, die ineinander verwachsen schienen. Einige der Knochen waren fein und filigran, wie die von Kindern oder kleinen Tieren, während andere dick und massiv wirkten, eindeutig von gewaltigen Kreaturen, die schon lange ausgestorben waren. Oben auf den Säulen thronten Statuen aus dunklem Stein. Sie erinnerten an riesige Fledermäuse, aber mit seltsam menschlichen Zügen, die mich schaudern ließen.

Das dumpfe Aufschlagen meiner Stiefel auf dem Stein hallte durch die Gänge, vermischte sich mit dem hohlen Dröhnen in meiner Brust. Jeder Schritt führte uns weiter durch die Korridore, deren Wände von eingearbeiteten Knochengebilden durchzogen waren, als wäre das ganze Schloss ein lebendiges, atmendes Skelett.

Während wir tiefer in die Festung vordrangen, hörte ich das Flüstern des Windes, der durch die schmalen Gänge und versteckten Räume kroch, als bärge er die Stimmen der Toten in sich. Mein Herz schlug schneller, meine Hände waren schweißnass, trotzdem zog ich mir den Umhang fester um meinen Körper.

Roman war in der Eingangshalle zurückgeblieben. Wir hatten unsere falschen Gesichter schon in der Kutsche abgelegt, kurz bevor wir zum Stehen gekommen waren. Wir wollten Baron Nikolaj nicht täuschen. Wir waren hier als ledi Zoya und Prinz Kaspar in Begleitung des Schattenbarons Miron. Wenn wir Nikolaj überzeugen wollten, dann mussten wir das mit unseren wahren Gesichtern tun – und vielleicht auch mit den Schatten unserer Vergangenheit, die uns unausweichlich begleiteten. Wenn er glaubte, dass wir mächtig genug waren, den Grafen zu stürzen, dann würde er uns vielleicht eine Chance geben.

Die Anspannung in meinem Körper zog sich durch meine Muskeln und schärfte meine Sinne. Ich spürte die eisige Luft, als wäre sie eine lebendige Präsenz, und ich konnte den metallischen Geruch von altem Blut beinahe auf meiner Zunge schmecken.

Auch Kas' Schultern waren hochgezogen, sein Blick fest nach vorne gerichtet. Er wirkte wachsam, als würde er jeden Moment erwarten, dass wir angegriffen wurden.

Meine Gedanken wirbelten durcheinander, ließen eine endlose Flut von Fragen und Ängsten in mir aufsteigen, bis ich das Gefühl hatte, in ihnen zu ertrinken. Was sollten wir tun, wenn Nikolaj uns nicht zuhörte? Oder schlimmer noch: Was, wenn er sich schon lange auf Alexeis Seite geschlagen hatte und uns als Verräter festnehmen ließ? Wenn er den Leitfaden hatte, würden wir ihn nie bekommen und somit keine weiteren Antworten. Was waren diese Relikte? Mussten sie wirklich getrennt bleiben? Oder gehörten sie zusammen?

*Findet die Relikte und setzt sie wieder zusammen.*

Wer war Xanthos? Wieso hatte ich Visionen von ihm, in denen er *Mittler* genannt wurde, obwohl doch Aurora die Mittlerin zu sein schien? Wieso erschien er mir? Was würde der Leitfaden wirklich offenbaren?

Ich war so abgelenkt, dass ich beinahe über etwas stolperte, das aus dem Boden ragte. War das … ein Xathyr-Kiefer? Der Weg war uneben, zerfurcht und gesprenkelt mit weißen Knochensplittern.

Kas griff nach meiner Hand, seine Finger schoben sich fest zwischen meine. Eine kleine stumme Geste, die alles sagte. Ich war nicht allein in dieser Dunkelheit. Diesmal nicht. Nie wieder.

Miron lief hinter uns, und obwohl ich ihn nicht sehen konnte, fühlte ich ihn wie einen kalten Hauch in meinem Nacken. Vielleicht war es aber auch die Luft, die immer dünner wurde, während wir einem weiteren niedrigen Gang ins Herz der Festung folgten.

Der säuerliche Geruch des Todes verätzte meine Lungen, als wir schließlich vor einer massiven Doppelflügeltür anhielten. Darüber thronten zwei Skelettstatuen, in grotesken Posen verharrend. Ich konnte nicht anders, als über die Detailgenauigkeit dieser makabren Kunstwerke zu staunen. Selbst die feinsten Risse in den Knochen, die splittrigen Ränder der zerbrochenen Schädel – alles schien absichtlich so platziert, als sei es Teil eines uralten, vergessenen Rituals.

Die Türen wurden geöffnet, und die drei vermummten Gestalten bedeuteten uns wortlos, einzutreten.

Der Boden knirschte unter unseren Füßen, als wir über einen Teppich aus kleinen Knochenstücken und Staub gingen. Die Wände waren dicht mit Spinnennetzen überzogen, die in dicken Fäden von der hohen Decke hingen.

Mein Blick glitt über die zahllosen Totenschädel, die darunter aneinandergereiht waren, als bildeten sie ein unheiliges Mosaik. Manche Schädel waren klein, andere riesig und deformiert, ihre Zähne scharf und gefährlich. Einige schienen mich anzustarren, ihre leeren Augenhöhlen wie Fenster in eine andere Welt.

Ich drückte Kas' Hand ein wenig fester.

In den tiefen Schatten der Halle konnte ich die Umrisse von Skeletten erkennen, die in Nischen standen, ihre knochigen Finger um unsichtbare Waffen geschlossen, als warteten sie nur darauf, zum Leben zu erwachen. Und in der Mitte der Halle saß der Knochenbaron auf einem hohen Thron, der aussah wie das Skelett einer gewaltigen Hand. Seine hagere Gestalt war in einen schwarzen Umhang gehüllt, das schüttere Haar hing ihm strähnig über die schmalen Schultern, und seine Augen – tiefe, dunkle Höhlen, in denen ein rotes Licht flackerte – musterten uns gleichzeitig träge und aufmerksam.

Er wirkte wie ein Geist, der in dieser unheimlichen Festung residierte wie ein König in einem Reich der Toten. Als ich ihn und Gregori während ihrer Audienz bei Alexei über den Spiegelsplitter beobachtet hatte, schien er lebendiger. Und weniger bedrohlich. Irgendetwas hatte sich seitdem verändert.

»Willkommen in meiner bescheidenen Festung. Welch spannende Gäste ihr doch seid.« Nikolajs Stimme war ein heiseres Flüstern, es klang, als hätte er sie in letzter Zeit nicht viel benutzt. »Und so eine interessante Konstellation. Ich hätte nicht erwartet, Euch drei zusammen hier stehen zu sehen. Wobei …« Er legte den Kopf schief und musterte Kas wie eine hungrige Katze, die soeben eine Maus erspäht hatte. »Euch überhaupt je wieder zu sehen, hätte ich am allerwenigsten erwartet, dunkler Prinz.«

Kas machte einen Schritt nach vorne, seine Haltung war

angespannt, aber entschlossen. »Ich bin kein Prinz, und ich war nie einer.«

»Ja, richtig«, krächzte Nikolaj und leckte sich über die faltigen Lippen. »Ihr habt alles abgelehnt, was der Herr Euch bot.«

»Das haben wir beide«, sagte ich mit fester Stimme.

Nikolaj hob eine Augenbraue, sein Blick wanderte zwischen uns hin und her, als wollte er unsere Gesichter genauestens studieren, um zu erkennen, ob wir die Wahrheit sprachen. »Den Titel habt Ihr doch aber angenommen, nicht, ledi Zoya, Gräfin von Xanthia?«, fragte er leise, die Andeutung eines Lächelns um seine Mundwinkel. »Hat Alexei Euch bereits verlassen, um nach einem neuen Spielzeug Ausschau zu halten? Oder habt Ihr ihn verraten, nachdem Ihr bekommen habt, was Ihr wolltet?«

Ich trat weiter vor, ehe Kas für mich antworten konnte. In den Schatten des Raumes hörte ich die Dunkelheit sich kräuseln, was mein ungutes Bauchgefühl nur vertiefte.

»Alexei ist nicht der, der er vorgibt zu sein. Er hat keine guten Absichten für Xanthia.«

Nikolajs Augen blitzten im schwachen Kerzenlicht auf. Er richtete sie auf Miron, dann zurück auf mich. »Wer hat das schon?« Seine Stimme war bedächtig, doch eine Spur Neugier schwang darin mit. »Ist sich nicht jeder selbst am nächsten?«

Die Schatten. Sie bewegten sich. Ich versuchte, mich auf Nikolaj zu konzentrieren, doch mein Körper bebte vor unterdrückter Unruhe.

»Wir sind nicht allein«, raunte Kas mir zu.

»Ich weiß«, flüsterte ich zurück. Mein Blick glitt zu Miron. Er stand ruhig neben uns, seine Miene verschlossen, doch seine Augen wirkten verändert. Dunkler, als hätte sich eine Mauer hinter ihnen aufgebaut, die ich vorher nicht bemerkt hatte. Ein seltsames Gefühl kroch in mir hoch.

»Alexei wird Xanthia ins Verderben stürzen, wenn niemand etwas unternimmt. Und das wäre für keinen von uns von Vorteil.« Kas' Stimme war ruhig, doch ich konnte den Ärger dahinter spüren. Er traute Nikolaj nicht, genau wie ich.

Der Knochenbaron lachte leise, ein scharfes, unangenehmes Geräusch, das gegen die hohen Säulen aus Gebeinen krachte, um durch den gesamten Raum zu hallen. »Und ausgerechnet Ihr kommt als Retter? Wie edel von Euch. Oder gedenkt Ihr, von der Situation zu profitieren?« Seine leeren Augen richteten sich auf mich. »Wollt Ihr den Thron für Euch allein?«

»Wir sind nicht hier, um zu herrschen«, antwortete ich und zwang meine Stimme, fest zu bleiben, obwohl mich seine Anschuldigungen wütend machten. »Wir sind hier, um Eure Hilfe zu erbitten. Um herauszufinden, was der Graf plant, bevor es zu spät ist. Ihr wisst, dass er nach den Relikten sucht. Dass eines davon bereits in seinem Besitz ist.«

»Dank Euch, moia ledi.« Miron sprach so plötzlich, dass ich unwillkürlich zusammenzuckte. Ein eiskalter Schauder lief mir über den Rücken, als sich der Raum mit einem Mal enger anfühlte. Die Luft dichter und drückend.

»Das ist richtig«, gab ich zu und sah von ihm zu Nikolaj. »Alexei hat mich benutzt, und ich bin bereitwillig darauf eingegangen, weil …«

Sosehr ich auch stark sein wollte, fiel mein Blick in dem Moment zu Boden. Weil er mir versprochen hatte, mich zurück ins Leben zu schicken. Zu Maman. Die Erinnerung an die Hoffnung, die mit Alexeis Pakt in mir erblüht war, schnürte mir die Kehle zu. Es war alles anders gekommen. So anders …

»Zoé.«

Ich spürte Kas' Hand an meinem unteren Rücken und

schaute wieder auf. Nikolaj schwieg, und seine Augen ruhten auf Miron. Die Barone sprachen wortlos miteinander. Eine stumme Übereinkunft, die mich nervös machte.

»Ihr müsst mich nicht mögen.« Ich fixierte Nikolaj, der sich ein Stück vorlehnte. Der schwache Kerzenschein malte tiefe Schatten auf sein hageres Gesicht. »Ihr müsst Euch uns nicht anschließen. Wir möchten nur wissen, ob Ihr eine alte Schriftrolle aufbewahrt, die zu den Relikten Xanthias gehört. Es genügt, wenn wir einen Blick hineinwerfen. Danach verschwinden wir.«

Die knochigen Finger des Barons trommelten auf den Armlehnen seines Stuhls, seine Augen funkelten im matten Licht, als er meine Worte mit einem kühlen, distanzierten Lächeln entgegennahm.

»Ich denke, ich weiß, über welche Schriftrolle Ihr sprecht. Und ja, sie befindet sich tatsächlich in meinem Besitz.«

Ein Hauch von Erleichterung durchfuhr mich, aber er war so flüchtig, dass ich kaum Zeit hatte, mich in ihn fallen zu lassen.

»Dann könnt Ihr sie mir zeigen? Es dauert nicht lange. Danach lassen wir Euch in Ruhe, Ihr habt mein Wort.« Ich versuchte, ruhig zu klingen, doch ich merkte, dass ich innerlich zitterte. So viel hing davon ab, dass wir beim Knochenbaron Erfolg hatten …

Nikolajs schmale Lippen formten ein Lächeln, das nicht bis zu seinen Augen reichte. »*Zeigen* …« Er betonte das Wort langsam, als würde er über die Möglichkeit nachdenken. »Ihr wisst, dass das seinen Preis hat, nicht wahr?«

Mein Magen verkrampfte sich, und auch Kas neben mir spannte sich kaum merklich an. Natürlich hatte der Baron seine eigenen Pläne, jeder hier verbarg oder begehrte etwas.

»Alles hat seinen Preis«, sprach ich die Worte aus, die mich seit meiner Kindheit begleiteten. Das hatte ich auf die härteste Tour gelernt. Ich hatte bezahlt und bezahlt und bezahlt, um einen weiteren und weiteren und weiteren Tag Leben zu erkaufen. Mir und meiner Mutter. Am Ende hatte es nicht gereicht. »Nennt mir den Euren, Knochenbaron.«

Sein Lächeln vertiefte sich, und kalte Berechnung mischte sich in seinen Blick. »Werdet meine Frau, ledi Zoya, Gräfin von Xanthia.«

# KAPITEL 32

## ALEXEI

Ich saß in der Dunkelheit meiner Gemächer, nur das Flackern der letzten verbliebenen Kerze auf dem Tisch vor mir erhellte den Raum. Das Knistern des Dochts, das Wachs, das sich langsam an den Seiten herunterzog, war das einzige Geräusch um mich herum.

Es wunderte mich, dass ich es überhaupt noch hören konnte, jetzt, da meine Macht immer weiter schwand. Die Strafe der Mittlerin, weil ich ihr zu lange nicht geliefert hatte, was sie verlangte. Es fühlte sich an, als würden meine Kräfte Stück für Stück gewaltsam aus mir gesogen. Ich spürte, dass mir die Zeit davonlief. Ich musste einen Weg finden, das zu umgehen.

Ein leises Knarzen an der Tür ließ mich aufsehen. Meine Hand schoss zu meinem Dolch, an dem noch immer Kaspars getrocknetes Blut klebte.

»Wer ist da?«

Im schwachen Licht der Kerze konnte ich nur die Umrisse einer hochgewachsenen Gestalt erkennen. Es war schon so schlimm, dass ich nicht einmal mehr meine angeborenen Fähigkeiten voll nutzen konnte. Mein Herzschlag beschleunigte sich für einen kurzen Moment, als mir die Silhouette bekannt vorkam, obwohl es unmöglich war. Unmöglich hätte sein sollen. Doch ich hatte den roten Dolch gesehen, den Nastya benutzt hatte, um mich im Verlies hinterrücks zu überfallen.

»So empfängst du also deinen Bruder, nach all der Zeit?« Die Stimme war rau, nur ein wenig tiefer als meine eigene und doch so vertraut, dass sich mein Magen zusammenzog.

Der Mann trat weiter ins Licht, und nun sah ich ihn klar

und deutlich. Er hatte mein Gesicht. Mein Spiegelbild, aber mit Augen, die aus einem anderen Albtraum stammten.

»Juri. Du solltest tot sein.«

Er lächelte ein Lächeln, das die Haut über seine Wangen spannte und mir eine tiefe, uralte Angst einflößte. »War ich. Aber wir beide wissen doch, dass der Tod für uns Ursprüngliche nicht dasselbe bedeutet wie für alle anderen, nicht wahr?«

»Wer hat dich zurückgeholt?« Ich durfte jetzt bloß keine Schwäche zeigen. Juri war der Inbegriff eines Raubtiers, und er würde von mir nichts mehr übrig lassen, wenn er auch nur ahnte, in welcher Verfassung ich mich befand. Unsere letzte Begegnung hatte ich nur überlebt, weil ich das Überraschungsmoment auf meiner Seite gehabt hatte.

Juris Grinsen wurde breiter. »Aurora.«

»Was will sie? Was willst *du*?«, fragte ich leise. Es war klar, dass er nicht gekommen war, um in vergangenen Erinnerungen zu schwelgen.

»Das ist eine gute Frage.« Juri trat einen Schritt auf mich zu. »Vielleicht bin ich nur hier, um nach meinem lieben Bruder zu sehen. Zu schauen, wie du dich schlägst. Du scheinst nicht in Bestform zu sein, Alexei.«

Er wusste es also bereits. Ein bitteres Lachen entkam mir. »Sorge dich nicht um mich, Bruder. Du hast keine Ahnung, wozu ich noch imstande bin.«

Juri bewegte sich schneller, als ich reagieren konnte. Bevor ich meinen Dolch ziehen konnte, war er an meiner Seite, packte mein Handgelenk und drückte es mit schmerzender Gewalt auf die Tischplatte. Ich keuchte auf. Die Stärke, die er hatte, war unnatürlich, selbst für einen von uns. Die verfluchte Mittlerin … Sie entzog mir die Seelen und gab sie ausgerechnet *ihm*. Sie wollte mich demütigen. Oder auf für sie bequeme Art loswerden. Sie selbst konnte mich schließlich nicht berühren.

»Ich soll dir eine Botschaft überbringen.« Juris Stimme war ein kratzendes Flüstern in meinem Ohr. »Aurora möchte das Relikt haben, das du bereits bei dir trägst, als kleines Zeichen deiner Treue. Heute noch. Sonst darf ich als ihre rechte Hand Tod und Verfall über dein Reich bringen. Da werden süße Erinnerungen wach, nicht wahr?«

»Was will sie wirklich mit den Relikten?«, presste ich hervor. Ich hasste es, dass er diese Macht über mich hatte. Immer noch, nach all den Jahren.

»Das ist mir egal. Ich will dich einfach nur leiden sehen.«

Irritiert sah ich ihn an. »Und wenn sie die Vernichtung Xanthias plant?«

»Ich lag beinahe ein Jahrhundert mit einem Dolch in meiner Brust in einem Sarg, nachdem du mich hintergangen hast, und niemand in diesem götterverdammten Reich hat auch nur nach mir gesucht«, knurrte er. »Meinst du, es interessiert mich, was mit diesem Ort geschieht? Oder mit *dir*?«

Die letzten Worte gingen wie Hiebe auf mich nieder. Nach all der Zeit hatte er noch immer nicht erkannt, dass ich damals keine andere Wahl gehabt hatte. Ich hatte ihn aufhalten müssen. Für Xanthia.

»Du hast nicht das Recht, wütend auf mich zu sein. Nicht, nachdem du mein Reich zerstören wolltest.«

»*Dein* Reich?«, höhnte Juri, und ich konnte den Hass, der aus seinen Augen sprühte, beinahe fühlen. »Ich bin älter als du. Xanthias Thron stand *mir* zu, und das weißt du ganz genau.«

Ein trockenes Lachen stieg aus meiner Brust. »Die wenigen Minuten machen doch wohl kaum einen Unterschied, Juri! Und ich wäre gar nicht in diese Situation gekommen, wenn du unsere Eltern nicht getötet hättest!« Ich hatte ihn angefleht, mir zu sagen, wo er ihre Körper versteckt hatte. Über Dekaden hinweg hatte ich nach ihnen gesucht, um ihnen die

Dolche herauszuziehen, mit denen Juri sie umgebracht hatte, um endlich wieder dauerhaften Frieden in Xanthia zu erreichen. Doch ich war gescheitert und hatte einen anderen Weg gesucht, mein Reich zu retten. Und wie es aussah, schlug nun auch dieser fehl.

Juri sah mich abschätzig an. »Was auch immer es war, das ich tun musste, *ich* habe überlebt, und ich werde weiter überleben. *Ich* stehe auf der Seite der Götter. Und wo stehst du, Bruder?«

Der weiße Raum erstreckte sich endlos in alle Richtungen, leer und trotzdem beklemmend. Es gab keine Ecken, keine Wände, keinen Horizont. Nur diese blendende, alles verschluckende Unendlichkeit, die aus Millionen von Seelen bestand. Seelen, die auf ihre Vermittlung warteten und diesen Ort vergessen würden, sobald sie in ihrem neuen Leben erwachten. Sie surrten leise und verschwammen ineinander, sodass man ihr Flirren kaum bemerkte, wenn man nicht wusste, was sie waren.

Dieser Ort erinnerte mich an nichts, was ich jemals in der realen Welt gesehen hatte. Hier war keine Zeit, keine Materie, keine Atmosphäre.

Nur Stille und diese Frau.

Die Mittlerin stand reglos in der Mitte des weißen Raumes, so unwirklich wie der Ort selbst. Schwarze Eisenketten wanden sich um ihre rauchige Gestalt wie ruhelose Schlangen, und dort, wo ich ihre Augen vermutete, blitzte es in den Farben der Aurora. Sie sah aus wie eine Illusion, gegriffen aus einem Albtraum.

»Du hast Juri befreien lassen.« Meine Stimme klang schärfer, als ich es beabsichtigt hatte.

Die Mittlerin blinzelte nicht. Das Lächeln hinter den Ketten war so hart wie ihr Blick. »Du hast versagt, Alexei. Ich musste handeln, ich habe dich gewarnt.«

»Ich brauche mehr Zeit.« Langsam trat ich einen Schritt vor, die Wut, die ich gegen diese Frau hegte, kaum unter Kontrolle. »Eines der Relikte habe ich bereits.«

»Wieso übergibst du es mir dann nicht?« Ihre Stimme war ruhig, viel zu ruhig. »Du zögerst, Alexei. Zögern ist Schwäche. Wie soll ich dir unendliche Macht schenken, wenn du gar nicht bereit dafür bist, sie anzunehmen?«

Ich spürte, wie sich meine Hände zu Fäusten ballten, hörte, wie das Blut in meinen Ohren rauschte. »Ich *bin* bereit.«

»Du irrst dich.« Sie hob die Hand, als könnte sie allein durch diese Geste das Gleichgewicht in dieser leeren Welt verändern. »Du schaffst es nicht einmal, dich von dem Relikt zu trennen. Du bist besessen von der Macht, die es dir verliehen hat, als du noch genug Kraft hattest, um es dir zunutze zu machen. Doch es gehört dir nicht. Hat es nie.«

Ich kniff die Augen zusammen, versuchte, ihre Bewegungen zu deuten. »Was hast du vor, Aurora? Ich werde nicht zulassen, dass du die Relikte dafür einsetzt, Xanthia zu schaden. Das war nie Teil unserer Abmachung.«

»Es spielt keine Rolle, was du zulässt.« Sie schwebte langsam auf mich zu, ihre Eisenketten bewegten sich über den Boden wie schwarze Schlangen. »Die Relikte sind der einzige Weg, um die Ordnung wiederherzustellen.«

Ich lachte, und das Geräusch hallte in der endlosen Weite wider. »Ordnung? *Du* sprichst von Ordnung? Du hast Xanthia ins Chaos gestürzt, indem du seinem Grund und Boden das Blut der Seelen entzogen hast.«

»Um es *dir* zu geben, du undankbarer Narr!« Zum ersten Mal regte sich etwas in ihrer Miene. So etwas wie Unglaube huschte über ihre vagen Züge. »Weil du nie genug warst. Du hast dich erst von deinem Bruder untergraben lassen, dann von Kaspar. Du brauchtest mehr Macht, um deinen schwachen Charakter auszugleichen, und ich habe sie dir gegeben – wir hatten einen Pakt.«

Meine Wut verwandelte sich in Zorn, heiß und brennend. »Nicht genug? Ich habe alles geopfert, um hier zu stehen! Um Xanthia vor Juri und vor Kaspar zu beschützen! Und wenn es sein muss, auch vor dir.«

»Vor mir?« Sie trat noch näher, so nahe, dass ich ihren kalten Atem auf meiner Haut spüren konnte. Mit schief gelegtem Kopf betrachtete sie mich, als wäre ich nichts weiter denn ein Insekt, das sie mühelos zerquetschen konnte.

»Wer ist Xanthos?«, fragte ich sie geradeheraus. Seit Zoya mir von Visionen erzählt hatte, in denen er ihr erschienen war, rotierten meine Gedanken um verschiedene Möglichkeiten. Es konnte kein Zufall sein, dass sein Name an jenen unserer Welt erinnerte. Ihre Worte hatten die ersten Zweifel in mir gesät.

»Ohne mich wärst du nichts«, raunte Aurora dunkel. »Und doch wagst du es, mir Fragen zu stellen, deren Antworten dich nichts angehen, und verweigerst mir, was mir zusteht. An deiner Stelle wäre ich vorsichtig.«

Ich wich einen Schritt zurück, zu wütend, um mich von ihrer Nähe beeinflussen zu lassen. »Alles, was ich bin, habe *ich* mir genommen. Ich habe keine Angst vor dir, Aurora. Du magst ein göttliches Wesen sein, doch du kannst Xanthia nicht betreten. Du kannst mich nicht berühren.«

»Kann ich nicht. Jedenfalls *noch* nicht.« Ihr Lächeln wurde breiter, doch es erreichte ihre Augen nicht. »Aber du solltest inzwischen wissen, wie weit mein Einfluss reicht. An deiner Stelle würde ich genau aufpassen, wem ich den Rücken zukehre.«

Sie sprach von Juri. Irgendjemand musste ihr geholfen haben. Jemand musste in ihrem Auftrag den roten Dolch aus seinem Körper gezogen haben. Es könnte jeder gewesen sein. Ich war umgeben von Verrätern, und Aurora wusste genau, wie sie jemanden in einen Handel verwickelte.

Ich starrte sie an, versuchte, das Zittern in meiner Brust zu unterdrücken. »Ich fürchte nichts.«

»Vielleicht mag das sein«, entgegnete sie, ihre Stimme nun ein sanftes Wispern. »Aber du solltest es. Juri wird sich nehmen, was ihm zusteht, bis er endlich alles hat, nach dem er schon immer strebte. Das Einzige, was zwischen dir und ihm steht und dich vor seiner Rache bewahrt, bin ich. Und wenn du das Relikt nicht sofort herausgibst, wirst du alles verlieren, nicht zuletzt deine Herrschaft.«

»Du überschätzt dich.« Ich zwang mich zur Ruhe. »Und du unterschätzt mich.«

»Das Relikt, Alexei«, flüsterte sie nun eindringlich, fast verführerisch. »Gib es mir, und du wirst alles haben, was du dir wünschst. Widerstehe, und Juri wird dir *alles* nehmen.«

Ich verharrte, starrte sie an, versuchte, die Worte zu verarbeiten. Jeder Satz von ihr war eine Falle, eine feine Masche, die sich um meinen Verstand legte. Doch ich würde nicht nachgeben. Was brachte mir Macht, wenn Xanthia nicht länger existierte? »Wer ist Xanthos, Aurora?«, versuchte ich es erneut.

Auroras Ketten begannen sich schneller und enger um ihren Körper zu winden. »Er war mein Sohn.«

Ich zog das Relikt aus meiner Hosentasche und bewegte es zwischen meinen Fingern. Ich trug es immer bei mir, wo es sicher war. Wo es niemand stehlen konnte. »Was ist mit ihm geschehen?«

Als sie das Relikt sah, erzitterte ihr Körper. »Er wurde getötet.«

»Wieso?«, hakte ich nach und ließ das Relikt in meine andere Hand wandern. »Von wem?«

»Du stellst zu viele Fragen, Xathyr. Gib mir das Relikt, dann können wir reden.«

»Nein, wir machen das zu meinen Bedingungen«, sagte ich nicht weniger schneidend. »Ich habe lange genug damit gewartet, Fragen zu stellen. Das Relikt bleibt bei mir, bis du mir die Wahrheit sagst. Bis ich sicher sein kann, dass du Xanthia nicht zerstören wirst.«

»Alles, was ich will, ist, meinen Sohn zu retten. Hast du denn nie geliebt?«

Ihre Worte trafen mich hart in die Brust. Die, die ich liebte, hatten mich alle verraten. Juri, Nastya, Kaspar, Zoya ... Selbst Nikas Treue war nicht mehr denn ein dünner Schleier gewesen, der bei der ersten Gelegenheit zerriss wie Papier.

»Nein«, antwortete ich leise. »Ich habe nie geliebt, und ich wurde nie geliebt. Das einzig Beständige im Leben ist Macht«, sprach ich die Worte aus, die man mir von klein auf eingetrichtert hatte. Ich blickte hinab zu dem Relikt in meinen Händen und realisierte in jenem Moment, dass selbst sie unbeständig war. Dass sie mir entglitt. Meine Macht. »Ich werde herausfinden, welche Kräfte den Relikten innewohnen und wie ich sie auch ohne deine Hilfe nutzen kann.«

Ein letztes Mal blitzte es in Auroras Augen auf. »So sei es.« Dann drehte sie sich um, als hätte sie bereits entschieden, dass ich verloren war. »Aber bis du es herausgefunden hast, wird es zu spät für dich sein.«

# KAPITEL 33

## ZOÉ

*Werdet meine Frau.*

Nikolajs Worte hingen zwischen uns wie Gift, das sich langsam in die Luft und dann in meine Lungen fraß. Seine Stimme war ruhig, fast beiläufig, als würde er uns ein gewöhnliches Geschäft anbieten und nicht meine Zukunft verhandeln.

Mein Blick zuckte zu Kas, der laut den Atem ausstieß. Jeder seiner Muskeln straffte sich, bereit, auf Nikolaj loszugehen, sollte dieser auch nur die leisesten Anstalten machen, sich mir zu nähern. »Passt ab jetzt gut auf, was Ihr sagt, Baron.«

Selbst ich zuckte angesichts der schneidenden Kälte in seinen Worten zusammen.

Nikolaj hingegen ließ sich von der Drohung nicht beeindrucken. Sein Blick blieb auf mir haften. »Es ist ein faires Angebot, moia ledi. Mit meiner Schriftrolle erhaltet Ihr eine Waffe, um Alexei zu stürzen. Danach seid Ihr die mächtigste Frau Xanthias. Euer Anspruch auf den Thron erlischt mit Alexeis Entmachtung nicht.«

»Und dann wollt Ihr an meiner Seite über Xanthia herrschen?«

»Oh nein, Xanthia ist nicht mein Begehr«, gab er säuselnd zurück. Seine Augen verdunkelten sich, und ein unangenehmer Schauder fuhr über meinen Rücken. »Ich will Nacht für Nacht neben Euch liegen und von Euch kosten, ledi Zoya. Eure zarte Haut unter meinen Lippen schmecken und … andere Dinge. Das mit dem Herrschen überlasse ich einem Freund.«

Bei seinen Worten überfiel mich ein Gefühl der Taubheit, das alles andere verdrängte. Meine Brust wurde zu einem Friedhof, wie dieser Ort hier es war.

»Du widerlicher Bastard!« Kas' Stimme brach durch die Halle, ehe seine Schatten aufstoben. Seine Augen glühten zwischen den schwarzen Schlieren wie eisiges blaues Feuer.

»Kas, nein!«

Doch es war zu spät.

Kas glitt durch die Dunkelheit wie ein fallender Stern und tauchte direkt vor Nikolaj wieder auf. Er packte den Knochenbaron am Kragen und drückte ihn tief in seinen Skelettthron. Nikolaj verzog nicht einmal eine Miene, als hätte er mit dieser Reaktion gerechnet.

»Entschuldige dich sofort bei ihr«, zischte Kas durch zusammengebissene Zähne.

Im nächsten Moment kräuselten sich die Schatten in den Ecken des Raumes, zogen sich zusammen und formten Gestalten, die nach und nach aus der Finsternis traten. Ihre Gesichter waren in schwarze Tücher gehüllt, ihre Augen glitzerten eisig im schwachen Licht. Lautlos, wie Gespenster, schlichen sie auf uns zu, ihre Bewegungen flüssig und präzise.

»Kas!«, rief ich wieder.

Er drehte sich blitzschnell um, doch eine der Gestalten war bereits auf ihn zugesprungen. Ein knochiger Arm glitt aus dem dunklen Gewand und schlang sich um seine Brust.

Sofort rief auch ich meine Schatten. Ich spürte schon ihre seidige Berührung auf meinem Gesicht, da bemerkte ich eine Bewegung aus dem Augenwinkel. Eine starke Hand schloss sich um meinen Arm. Der Griff war fest und hart und zog mich ruckartig zurück.

Ich schnappte nach Luft und drehte mich um, um zu sehen, wer mich gepackt hatte – und erblickte Mirons grimmiges Gesicht direkt über meiner Schulter. Nur einen Atemzug später fühlte ich etwas Spitzes und Scharfes zwischen meinen Rippen. Es drückte sich durch meine Kleidung direkt in meine Haut.

»Bleibt, wo Ihr seid.« Mirons warmer Atem traf auf meinen Nacken.

»Was soll das?«, keuchte ich. Meine Angst um Kas wurde größer, als zwei weitere Gestalten nach ihm griffen und ihn zu Boden rissen. Er kämpfte gegen sie an, schlug mit dem Ellenbogen nach einem von ihnen, doch er hatte keine Chance. Offenbar hatte er seine Stärke nach Alexeis Angriff noch nicht vollständig zurückerlangt.

Mein Herz sank.

Miron ignorierte meine Frage. Seine Augen waren fest auf das Geschehen vor uns gerichtet, auf die vermummten Angreifer, die Kas immer noch brutal zu Boden drückten. Es schien, als wären sie geübte Assassinen, unsichtbar und gnadenlos.

»Miron!« Ich versuchte, mich aus seinem Griff zu winden, aber er drückte die Klinge nur tiefer in mein Fleisch.

Die Erkenntnis zog sich wie Ketten um meine Glieder fest, während sich mein Körper dagegen zu sträuben versuchte. Meine Gedanken wirbelten, mein Herz verkrampfte. »Ihr habt das geplant. Die ganze Zeit über habt Ihr ein doppeltes Spiel gespielt.«

Miron sagte nichts. Musste er auch nicht. Die Kälte in seinen Augen und der starre Ausdruck auf seinem Gesicht sagten alles. Er hatte das hier mit Nikolaj abgesprochen. Meine Brust schmerzte. Da war wieder der zweite Herzschlag in mir.

»Wieso?«

»Wenn Alexei den Pakt mit der Mittlerin nicht erfüllen kann, dann muss es jemand anderes tun. Und ich biete mich gern dafür an.«

»*Ihr*?«, fragte ich ungläubig. »*Ihr* wollt über Xanthia herrschen?«

»Ich bekomme unendliche Macht, und Nikolaj bekommt Euch. Ich sagte doch, er ist ein Mitläufer.«

Kas schrie auf vor Schmerz, als einer der vermummten Angreifer ihm einen Schlag in die Rippen versetzte. Mein Magen zog sich zusammen, und die Verzweiflung übernahm die Kontrolle.

»Mal sehen, ob Nikolaj noch Interesse an Eurer Abmachung hat, wenn ich tot bin.« Ich ließ mich gegen ihn fallen, spürte, wie seine Klinge in meinen Leib fuhr, Adern zerschnitt, vielleicht sogar Organe verletzte. Ein zischender Laut entfuhr meinen Lippen, aber Miron war so überrascht, dass er aus dem Gleichgewicht geriet. Er riss die Waffe aus meinem Körper, starrte mich aus geweiteten Augen an, als würde er mich zum ersten Mal sehen.

Ich nutzte den Moment, um meine Schatten nach ihm schnappen zu lassen, doch der Baron fing sich schnell wieder. Er schirmte sich mit seinen eigenen Schatten ab, und meine zerstoben an ihnen zu Rauch. Er war ein Ursprünglicher, noch dazu vermutlich Hunderte Jahre älter als ich.

»Sofort aufhören!«, fuhr Nikolajs Stimme durch die Halle. Ich wirbelte zu ihm herum und sah Kas, der von mehreren Schattengestalten vor dem Baron auf die Knie gezwungen wurde, das Gesicht mir zugewandt. Nikolajs knochige Hand schoss hervor und legte sich von hinten um seine Kehle.

Ich hörte auf zu atmen.

»Nehmt Ihr meinen Antrag an, ledi Zoya? Ihr werdet meine Frau, und wir machen den Herrn der Spiegel zum Grafen von Xanthia.«

Es war kein Antrag. Kein Handel, kein Angebot, kein Pakt. Es war nichts weiter als eine bitterböse Drohung, wie er die Worte sprach, während Kas' Halsschlagader unter seinen Fingern pulsierte.

Kas' blaue Augen suchten meinen Blick, und obwohl er verletzt war, flackerte darin eine stumme Bitte: *Tu es nicht.*

Meine Gedanken rasten, suchten verzweifelt nach einem Ausweg. Doch es gab keinen. Ich war gefangen, eingekesselt von Nikolajs Schattengestalten, unfähig, auch nur einen Schritt in Kas' Richtung zu machen. Er würde sterben, wenn ich angriff, ich spürte die grausame Ernsthaftigkeit in Nikolajs Stimme.

»Antwortet«, flüsterte Nikolaj heiser, und seine Augen verengten sich.

Die Wunde in meiner Seite zog sich schmerzhaft zusammen, mein ganzer Körper bebte, die Kälte der Festung drang mir bis in die Knochen. Ich wollte diese Entscheidung nicht fällen, gleichzeitig wusste ich, dass es überhaupt keine Wahl gab. Ich würde Kas nicht opfern. Ich würde ihn nicht verlieren. Das war keine Option.

»Ihr lasst Kaspar gehen und händigt mir die Schriftrolle aus.«

Nikolajs Lippen verzogen sich zu einem triumphierenden Grinsen. »Natürlich. Ich habe keinen Grund, ihn weiter zu verletzen. Er wird leben. Und die alte Schriftrolle benötige ich ohnehin nicht mehr. Sie soll Euch gehören. Ihr habt mein Wort.«

Sein Wort. Was war das schon wert?

Der Blick in Kas' Augen drehte mir den Magen um. Etwas darin war zerbrochen, und doch flackerte es wild in ihnen.

»Du wirst sie nicht gegen ihren Willen anrühren«, knurrte er, woraufhin Nikolaj fester zudrückte, bis es knackte. Kas ächzte, und ich unterdrückte einen flehenden Laut, der sich aus meiner Brust kämpfen wollte.

Ich dachte an den Dolch in meinem Stiefel, und ich erinnerte mich daran, dass ich nicht so schwach war, wie ich immer gedacht hatte. Ich hatte mich bereits verteidigt. Ich würde es wieder tun, immer wieder.

Niemand würde mir je wieder etwas zufügen, das ich nicht wollte.

Bevor Nikolaj jemals Hand an mich legte, würde ich sie ihm abschneiden, dessen war ich mir gewiss.

»Gut«, sagte ich in einem geschäftigen Tonfall. »Ich werde Eure Frau. Lasst ihn los.« Mit dem Kinn deutete ich auf Kas.

Nikolajs Lächeln vertiefte sich, seine Augen funkelten triumphierend.

»Eine kluge Entscheidung, ledi Zoya.« Langsam lösten sich seine Finger von Kas' Kehle. Die Abdrücke, die sie hinterlassen hatten, verblassten sogleich. »Solltet Ihr mich auch nur anrühren, dunkler Prinz, platzt unsere Vereinbarung, und Ihr und die Gräfin sterbt hier und jetzt. Ist das klar?«

Kas presste seine Kiefer so fest aufeinander, dass ich das Knirschen seiner Zähne bis hierher hören konnte.

In mir brodelte es. Die Art, wie Nikolaj mit uns verfuhr, als wären wir gewöhnliche Bittsteller aus dem Volk, und dass er es gewagt hatte, Kas angreifen zu lassen. Ihn zu *verletzen*. Mit einer Selbstverständlichkeit, die er nicht haben sollte. Das würde er bereuen, dafür würde ich sorgen.

»Folgt mir in meine privaten Gemächer, ledi Zoya.« Sein Blick fuhr tastend über mein Gesicht, runter zu meinem Dekolleté, zu meinen Brüsten, wo er besonders lange verharrte. »Ihr seid eine schöne Frau, moia ledi, und Ihr wisst das, nicht wahr? Es verwundert mich kaum, dass Ihr den Grafen Xanthias verführt und um euren kleinen Finger gewickelt habt.«

Ich sah, wie Kas die Hände zu Fäusten ballte, als wollte er dem Baron jeden Moment ins Gesicht schlagen. Aber er hielt sich zurück. Er wusste, dass ich selbst genug zu sagen hatte. Sein Vertrauen ließ Wärme in mir erblühen, eine kleine fragile Knospe, hier, in den düsteren Hallen der Knochenfestung.

»Ich habe ihn nicht um meinen kleinen Finger gewickelt«, gab ich ruhig zurück. Das hatte Alexei mit mir getan. »Und ich habe nicht eingewilligt, mich mit Euch zu unterhalten, Baron, nur Euch zu ehelichen, nachdem Ihr mir die Schriftrolle ausgehändigt habt. Also bringen wir es hinter uns.«

Während Nikolajs Augen vergnügt aufblitzten, verengte Kas seine zu Schlitzen. Aber er mischte sich noch immer nicht ein. Ich meinte nur, ein leises Knurren zu hören. Er war da, doch er ließ mich machen, und ich spürte die Blüte in meinem Inneren wachsen.

»Hier entlang.«

Nikolaj stieg von seinem Podest und streckte einen Arm aus, um mir die Richtung in seine Gemächer vorzugeben. Seine Schultern waren kaum merklich angespannt, der Mund leicht gepresst, als strengte er sich an, sich zurückzuhalten, um nicht gleich hier und jetzt über mich herzufallen. *Widerling.*

Gerade als ich an ihm vorbeilief, legte er den ausgestreckten Arm um mich, seine knochige Hand an meine Taille. Die Berührung riss mich aus dieser Halle und warf mich zurück in eine kleine Kabine in einem dunklen Bordell. Enge feuchte Wände, ein klappriges Bett, alte Vorhänge, die uns von den anderen trennten. Übelkeit kroch meine Speiseröhre hoch, schmeckte wie Asche auf meiner Zunge.

Befreien.

Ich musste mich befreien.

»Ich habe Euch nicht erlaubt, mich anzufassen.« Es war meine eigene Stimme, die mich aus der zerstörerischen Erinnerungsschleife zog.

Nikolajs Hand fiel von mir ab, und ich konnte wieder atmen.

»Zoé«, hörte ich Kas nach mir fragen. Ich sah zu ihm hoch, er stand noch immer auf dem Podest neben dem Skelettstuhl, flankiert durch vier von Nikolajs Lakaien. Die anderen schienen sich in die Schatten zurückgezogen zu haben.

Sein Blick ruhte auf mir, folgte mir, während ich neben Nikolaj herging. Ich erwiderte ihn, als ich kurz über die Schulter blickte, und legte so viel Zuversicht hinein, wie ich in dieser Sekunde aufbringen konnte. Wärme flackerte in Kas' tiefblauen Augen, aber auch Angst. Um mich. Ich wollte ihm sagen, dass ich keine Angst hatte. Weil er da war. Weil er an meine Stärke glaubte und weil ich an meine Stärke glaubte. Ich ließ seinen Anblick erst los, als Nikolaj und ich um die Ecke bogen.

Ein Korridor erstreckte sich lang und dunkel vor uns, ein kalter Atem drang hinauf aus den Tiefen der Knochenfestung.

Die Wände zu unseren Seiten bestanden aus Rippen, die sich über unseren Köpfen zu einem Bogen wölbten und einen Durchgang formten. An seinem Ende erhob sich eine gewaltige Tür. Lange, filigran geschnitzte Oberschenkelknochen, die sich wie Säulen zum oberen Torbogen erstreckten, wuchsen aus der Erde wie die Bewacher des Eingangs.

»Nach Euch, meine Teuerste.« Nikolaj verzog die Lippen zu einem Grinsen, das mir unter die Haut fuhr – auf die unangenehmste Art.

Ich öffnete die Tür, und Grabeskälte drang aus dem Spalt. Dunkelheit floss heraus, schloss ihre Finger um meine Knöchel, kroch meine Beine hoch, wand sich um meine Brust wie ein Seil aus Eis. Ich hob den Blick ins Innere des Gemachs. Boden und Wände sahen aus wie der Rest der Festung, bildeten einen schmalen bogenförmigen Gang, dem ich langsam folgte.

»Weiter«, wies Nikolaj mich an, und ich fühlte, wie sich die Dunkelheit allmählich in mein Innerstes senkte. »Gleich dort beim Schreibtisch habe ich, was Ihr begehrt. Hübsch eingerollt und bereit für Euch.«

Mein Blick flog zu dem Möbelstück. Es war wuchtig und –

wie konnte es anders sein? – aus Knochen geschnitzt. Ich meinte sogar, rostige Rückstände alten Blutes zu erkennen, die man eingearbeitet hatte, als würden sie dem Tisch eine besonders ansehnliche Maserung verleihen.

Ich trat vorsichtig näher, die Augen auf den Schreibtisch gerichtet, als wäre er der Schlüssel zu meiner Freiheit. Mein Herz klopfte laut in meiner Brust, und die Anspannung in meinen Schultern wuchs.

»Aber vielleicht«, säuselte Nikolaj an meinem Ohr, »könnt Ihr mir zunächst einen kleinen Vorgeschmack auf das geben, was mich an Eurer Seite erwartet, ledi Zoya. Ich weiß, wir haben einen Handel, aber ich bin kein Narr. Ich kaufe keine Katze im Sack. Das versteht Ihr sicher, oder?«

Schock, Ekel, Entrüstung durchfuhren mich, und dann kam der Gedanke: *Ich hätte es wissen müssen.*

Ich blieb abrupt stehen, machte auf dem Absatz kehrt und stieß dem Baron den Finger in die knochige Brust. »Ihr könnt mich nicht kaufen!«

Erst nachdem ich die Worte gesprochen hatte, fühlte ich, wie eine Schwere von mir abfiel. Als hätte ich sie seit Ewigkeiten mit mir herumgetragen wie Gewichte auf meinen Schultern. Er konnte mich nicht kaufen, und auch niemand anderes konnte das. Sie hatten mich für Sex bezahlt, aber meine Seele gehörte mir. *Ich* gehörte mir.

Nikolaj lächelte ein Lächeln, das jede Spur von Menschlichkeit vermissen ließ, doch ich fühlte mich viel zu mächtig, als dass ich erschauderte.

»Die Vereinbarung ist bereits getroffen worden. Ihr habt mir Euer Wort gegeben«, sagte ich.

Er machte einen Schritt auf mich zu, seine Hände zuckten, als wollte er mich packen.

In diesem Moment explodierte die Wut in mir. Die Schatten in dem Raum reagierten auf meinen Zorn, sie zogen sich zusammen, dichter und finsterer, als sie um uns herumwaberten. Ich konnte die Dunkelheit in mir spüren, sie pulsierte durch meine Adern, verlangte danach, freigelassen zu werden.

»Wollt Ihr mich wirklich herausfordern, Zoya? Ich bin niemand, den Ihr leicht besiegen könnt.«

»Ganz genau«, erwiderte ich trocken. »Ihr seid *niemand.* Und Ihr werdet mich nicht besitzen.«

In einer fließenden Bewegung ließ ich die Schatten los, die sich blitzschnell auf ihn stürzten. Nikolaj reagierte sofort, seine eigenen Schatten erhoben sich, um meine Angriffe abzuwehren. Schwarze Nebelschwaden prallten aufeinander, Dunkelheit gegen Dunkelheit.

Nikolaj lachte und streckte eine Hand nach mir aus, um mich durch die Schatten hinweg zu greifen, doch ich wich zurück und befahl meinen Schlieren, sich um seine Handgelenke zu wickeln. Nikolaj riss sich los und warf mir mit solcher Brutalität eine geballte Ladung seiner Schatten entgegen, dass ich gegen eine Wand geschleudert wurde. Die Wucht des Aufpralls raubte mir den Atem, und für einen Moment verlor ich die Orientierung.

»Du wirst lernen, deinen Platz an meiner Seite zu akzeptieren«, sagte er, während er auf mich zukam, die Augen in ihren Höhlen vor Gier und Macht brennend. »Es ist unvermeidlich.«

War es nicht.

Ich spürte den Dolch in meinem Stiefel. Die Kälte der Klinge erinnerte mich daran, dass ich noch immer die Kontrolle hatte. Meine Hände zitterten, doch ich zog den Dolch heraus und hielt ihn fest umklammert.

Nikolaj sah die Bewegung zu spät. In einem schnellen verzweifelten Stoß rammte ich ihm die Klinge in die Seite. Sein Lachen verstummte, und für einen Moment war alles still. Er keuchte, sah mich mit einer Mischung aus Unglauben und Wut an.

Blut sickerte aus der Wunde, tropfte auf den Boden. In der einen Sekunde fühlte sich die Situation so furchtbar vertraut an wie ein ewig wiederkehrender Albtraum, und in der anderen war alles daran so beängstigend neu.

Eines jedoch blieb: das Rauschen von purer Macht, das meine Adern durchzog.

Ich riss den roten Dolch aus Nikolajs erschlaffendem Körper, und er sank langsam zu Boden, das Leben wich aus seinen Augen.

Er war ein Ursprünglicher. Er würde wiederkommen. Ich verstaute die Waffe wieder in meinem Stiefel. Sie war für jemand Wichtigeres bestimmt als für den Knochenbaron.

Mit schnellen Schritten ging ich zum Schreibtisch hinüber, zog die Schublade auf und suchte hektisch nach der Schriftrolle. Und da war sie – wie er es gesagt hatte.

Mit blutigen, zitternden Fingern öffnete ich das Pergament, mein Herz rasend vor Adrenalin, vor Macht, vor Aufregung. Was würde der Leitfaden mir zeigen? Was genau waren die Relikte? Musste ich sie zusammensetzen, wie Xanthos es mir gesagt hatte, oder ihr Zueinanderfinden um jeden Preis verhindern, wie Kas, Nika und Nastya es glaubten?

Mein Blick flog über das alte Schriftstück, wieder und wieder, erfasste sämtliche Buchstaben, die in verschnörkelter Schrift darauf geschrieben standen. Mit jedem weiteren Wort sank mein Herz ein Stück tiefer.

Das war ein Brief. Ein gewöhnlicher Brief, den Nikolaj an einen Lord verfasst hatte. Irgendetwas über Ländereien, die an ihn überschrieben werden sollten.

Mit einem frustrierten Schrei zerriss ich das Schriftstück, zog meine Schatten um mich und ließ den toten Baron hinter mir zurück.

# KAPITEL 34

## ZOÉ

Ich hetzte zurück durch die knochenverzierten Gänge, das Adrenalin pumpte weiter in meinen Adern.

Kas stand auf dem Podest, noch immer von den Schattengestalten umzingelt. Sie hielten ihn fest, ihre klauenartigen Finger tief in seine Arme und Schultern gegraben. Sein Blick fand sofort meinen, und Erleichterung huschte über sein Gesicht, von einem Hauch Sorge überschattet, als er das Blut bemerkte, das an mir klebte. An meinen Händen, an meiner Bluse, an meinem Rock, in meinen Haaren.

»Es ist nicht meins«, sagte ich schnell, aber das schien Kas nicht sonderlich zu beruhigen. Kaum hatte ich es ausgesprochen, da ging ein Ruck durch die Schattengestalten. Ihre Umklammerung um Kas lockerte sich, ihre Bewegungen wurden unruhig, als hätten sie ihren Halt verloren, und ihr Flüstern hallte durch den Raum wie eine Stimme ohne Worte. Dann lösten sie sich in Rauch auf.

Irritiert blickte ich um mich. »Wo ist Miron? Was ist hier los?«

Etwas Dunkles zog sich in Kas' Augen zusammen, und sein Kiefer spannte sich an. Er schluckte schwer, als würde es ihm schwerfallen, mir zu antworten. »Ist Nikolaj tot?«

Wieso fragte er das so, als wäre es etwas Schlimmes? Die Barone hatten uns in einen Hinterhalt gelockt und angegriffen. Nikolaj hatte mich zwingen wollen, seine Frau zu werden. Vielleicht würde er weiter darauf bestehen, wenn er wieder aufwachte. Wahrscheinlich würde er meinen Angriff als Übersprunghandlung einer hysterischen Frau bewerten und sogar Gefallen an meinem *Temperament* finden. Bei dem Gedanken wurde mir schlecht.

»Er ist ein Ursprünglicher«, sagte ich, doch ich konnte das Zittern in meiner Stimme nicht verbergen. Irgendetwas stimmte nicht. Kas' Reaktion war nicht die, die ich erwartet hatte. Er trat langsam vom Podest und kam auf mich zu, während sich seine Wunden nach und nach schlossen.

Ich wich einen Schritt zurück, was ihn innehalten ließ. Er zog die Brauen zusammen, und Schmerz flammte in seinen Augen auf.

»Du hast Angst vor mir?«

»Nein«, gab ich ruhig zurück. Zumindest hoffte ich, dass es ruhig klang. »Aber ich verstehe nicht, was hier los ist. Nikolaj ist ein Ursprünglicher«, wiederholte ich nachdrücklich. »Er kommt doch wieder.«

Kas nickte langsam, sein Blick huschte durch die Halle, suchte nach den verbliebenen vermummten Gestalten, die nun aufgescheucht durch die Schatten glitten. Immer wieder ging einer von ihnen in Rauch auf. »Er ist ein Ursprünglicher«, bestätigte Kas, was mich nur weiter verwirrte. »Was bedeutet, dass seine gesamte Blutlinie mit ihm stirbt. Alle Xathyr, die Nikolaj je verwandelt hat.«

Die Worte schienen in der Luft zu verharren, schwer und unwiderruflich. Mein Herz setzte einen Schlag aus.

»Aber er kommt doch wieder«, sagte ich ein weiteres Mal, wartete auf die langersehnte Bestätigung.

»Ja.« Kas sah mich mit ernster Miene an, und in seinen Augen lag eine Traurigkeit, die mich erschütterte. »Nikolaj kommt wieder. Aber die von ihm erschaffenen Xathyr …« Vorsichtig kam er näher und streckte seine Hand nach meiner aus. Sanft strich er über meine Haut. »Die anderen Xathyr kommen nicht zurück, Zoé.«

Mir blieb die Luft weg, und ein eiskalter Schauer kroch meine Wirbelsäule hinauf.

»Ursprüngliche können wiederauferstehen und neue Xathyr schaffen, doch mit ihrem nächsten Tod stirbt auch die neue Blutlinie aus.«

Mein Kopf begann zu schwirren, als die Bedeutung seiner Worte auf mich einstürzte. Der Raum schien enger zu werden, die Luft schwerer. Ich hatte gerade Hunderte, vielleicht Tausende Xathyr umgebracht. Und … Da war noch etwas, das penetrant an der Innenseite meines Schädel kratzte.

»Alexei«, sagte ich heiser. »Er hat mich verwandelt. Bedeutet das … Nein. Das bedeutet nicht, dass ich an ihn gebunden bin, oder? Das darf es nicht bedeuten.«

Doch in Kas' Augen lag eine Gewissheit, die mich bis ins Mark erschütterte.

*Du bist mein in Geist und Blute. Es gibt nichts, das dich von mir fortreißen könnte.*

In dieser Sekunde verstand ich das Ausmaß von Alexeis Worten. Mein Leben war an seines gekettet. Die Wucht dieser Erkenntnis ließ mich taumeln.

Er besaß mich nicht, und er besaß mich doch.

Er hatte mich an sich gebunden, auf eine Art, der ich niemals zugestimmt hatte.

»ER IST TOT!«, gellte ein Schrei durch die Halle. Er klang wie das Kratzen von Stein, der gegen Stein scheuerte. »TOOOOOOOOT!«

Im nächsten Moment verdichtete sich die Dunkelheit um uns herum, als würde sie zum Leben erwachen. Ihre wütenden Augen flammten auf, rote Funken, die im schwachen Licht der Halle aufblitzten.

»Zoé«, flüsterte Kas, seine Stimme drängend. »Wir müssen hier raus. Sofort.«

Doch noch bevor ich antworten konnte, krachte die große

Doppelflügeltür des Saals auf. Soldaten, in dunkle Rüstungen gekleidet, strömten in den Raum. Das Wappen auf ihren Brustplatten funkelte schwarz und rot, und in ihren Augen lag die kalte Entschlossenheit von Kriegern, die nichts zu verlieren hatten.

Alexeis Truppen. Was machten sie hier?

Kas' Fluch ging in einem Keuchen unter, als sich etliche Schatten aus der Dunkelheit lösten und sich auf die heranstürmenden Soldaten stürzten. Es war wie ein Inferno aus Schatten und Stahl, als beide Seiten aufeinanderprallten.

Die Schattengestalten kreischten, eine gespenstische Melodie des Zorns, während sie sich mit unnatürlicher Geschwindigkeit durch die Reihen der Soldaten schnitten.

Chaos. Reines Chaos.

Kas packte mich am Arm und zog mich zurück. »Ich wette, Alexei hat sie geschickt, um Nikolaj von sich zu *überzeugen.*« Seine Augen wurden finster. »Wir müssen hier weg, bevor sie uns erkennen. Jetzt!«

Mein Blick war auf die tobende Schlacht vor uns geheftet, auf die glühenden Augen der Schattengestalten und die fallenden Soldaten. Mein Herz raste. Der Bluthunger pochte in mir, laut, unaufhörlich, ein flüsternder Ruf in meinem Kopf.

»Zoé!« Kas' Stimme holte mich zurück.

Ich riss mich los und folgte ihm durch die tobende Menge, vorbei an den Kämpfenden. Um uns herum krachten Schwerter aufeinander, Schatten prallten gegen die Wände, und die Luft war erfüllt von Schreien und metallischen Klängen. Und immer wieder sah ich, wie sich einige von Nikolajs Leuten in Rauch auflösten, bevor es war, als hätten sie nie existiert.

»Unser Herr ist tooooooot«, kreischte eine hohle Stimme wieder und wieder. »Er steht nicht mehr auf, er steht nicht mehr auf!«

Das Herz in meiner Brust fühlte sich schwer und kalt an

wie ein Eisklumpen. Was hatte das zu bedeuten, er stand nicht mehr auf? Er war ein Ursprünglicher, und ich hatte den Dolch wieder aus seiner Wunde gerissen. Ich bekam kaum Luft und bemerkte die Gestalt, die sich zwischen mich und Kas schob, zu spät. Der Soldat bleckte die Zähne, ging zum Angriff über, und dann spritzte Blut auf.

Kas hatte dem Mann die Kehle mit nur einer Bewegung seiner Krallen aufgeschlitzt. Er griff wortlos nach meiner Hand und zog mich hinter sich her.

Wir irrten gerade durch einen Korridor auf der Suche nach einem weiteren Ausgang, da nahm ich eine Regung am Rande meines Blickfelds wahr. Eine Gestalt, die lautlos durch das Chaos glitt. Direkt in unsere Richtung.

Alina.

Meine Kehle schnürte sich zusammen. Was tat sie hier?

Einen Moment lang stand die Zeit still. Dann trat sie auf uns zu, die Hand am Griff eines Dolches, der an ihrem Gürtel hing. Dass sie ihn nicht brauchte, wusste ich nur zu gut. Ich erinnerte mich daran, wie sie aus dem Himmel in die Aschewüste herabgestiegen war wie eine Rachegöttin, um Nika und mir gegen die Ghule zu helfen. Doch damals hatten wir noch auf derselben Seite gestanden.

Kas schob sich vor mich, sein Körper angespannt, bereit zum Kampf.

»Alina«, sagte ich, meine Stimme so ruhig, wie es mir in dieser Situation nur möglich war. »Was willst du?«

Sie blieb stehen, ihr Blick wanderte zwischen Kas und mir hin und her. »Alexei möchte dich zurück.«

Ihre Worte schickten ein Schaudern durch meinen Körper. Er wollte mich zurück. Wie einen Gegenstand, den man ihm gestohlen hatte. Als hätte ich mich nicht selbst dazu entschieden, zu gehen.

»Und du bist hier, um mich zu holen?«

Ihre herzförmigen Lippen teilten sich zu einem schiefen Grinsen, das ihre Fangzähne aufblitzen ließ. »Ich bin hier, um euch zu helfen.«

Kas lachte bitter. »Du und Nika, ihr seid wirklich gleich. Ihr verdient einander.«

Seine Worte erinnerten mich daran, dass auch ich bemerkt hatte, dass da etwas zwischen Nika und der Baroness war. Ob sie deswegen so unterkühlt auf Nastya reagiert hatte?

»Ich weiß, wie das aussieht«, gab Alina zurück und duckte sich, als ein schwarzes Schattengeschoss an uns vorbeiflog. »Aber ihr vergesst, dass Alexei meine Mutter getötet hat. Ja, ich habe sie gehasst, doch es war an mir, sie umzubringen. Er hatte nicht das Recht dazu.« Ihre Stimme klang drängend, aber ehrlich. »Ihr müsst hier weg. Alexeis Truppen werden euch sonst in ihrem Wahn erledigen, und wenn nicht sie, dann die Schatten. Ihr habt keine Zeit mehr, und ich fürchte, ich brauche euch, wenn ich meine Rache bekommen und diesen Bastard von Graf umlegen will.«

Ich zuckte zusammen, wohl wissend, dass das gleichzeitig mein Ende bedeuten würde. Ein Moment der Stille wob sich in die Luft, inmitten des Chaos. Dann erklang ein krachendes Geräusch, so ohrenbetäubend laut, dass ich die Luft anhielt. Ein eigenartiges Rauschen erfüllte meine Sinne, und ich spürte meinen Körper nicht mehr. Reste von Schattenschlieren schoben sich in mein Blickfeld.

»Zoé!«

Der Horror in Kas' Stimme riss mich zurück in die Realität.

»Sie ist verletzt!«, brüllte er Alina entgegen. Seine Augen waren schreckgeweitet, und ich wollte eine Hand nach ihm ausstrecken, um ihn zu beruhigen, doch ich konnte mich nicht rühren. Stattdessen drehten seine Worte Runde um Runde in meinem Kopf, bis ich begriff. Ich blickte an mir hinab und sah das Loch in meinem Bauch, all das Rot, das an mir hinablief.

»Sie braucht Blut, sofort«, knurrte Alina. »Kommt mit!«

Sie zögerte nicht. Sie stürzte sich ins Getümmel, bahnte uns einen Weg durch die kämpfenden Massen. Ich wollte hinterher, aber ich spürte meine Beine nicht mehr. Sofort waren da Kas' Arme, die mich hochhoben. Er drückte mich fest an seine Brust und folgte Alina, während das Chaos hinter uns immer lauter wurde. Die Schattengestalten kreischten, und Alexeis Truppen drangen weiter in die Knochenfestung vor. Es war schon jetzt deutlich zu erkennen, wer diesen Kampf gewinnen würde, nicht zuletzt, weil die Soldaten des Knochenbarons nach und nach zu Rauchschwaden wurden. *Und das war allein meine Schuld.*

Meine Sicht flackerte, doch ich konnte gerade noch erkennen, dass sich das Schlachtfeld langsam lichtete, bevor die Dunkelheit immer mehr von meinem Bewusstsein einnahm.

»Trink von mir, Zoé.« Kas' Stimme klang so weit entfernt, driftete immer weiter fort. Ich fühlte seine Hand an meiner Wange, die mein Gesicht in seine Halsbeuge schob. »Trink.«

Ich blinzelte. Wir waren stehen geblieben, im Schatten einer breiten knochenverzierten Säule, immer noch irgendwo in der Knochenfestung. Kas kniete sich auf den Boden, ohne mich loszulassen. Der Geruch seiner Haut sank in mich ein. Ich spürte, wie mein Blut pochend durch meine Venen rauschte wie ein reißender Strom Lava. Auf seinem Weg verbrannte es mich von innen heraus, so sehr sehnte ich mich danach, meine Zähne in ihn zu schlagen.

Ein Schrei erklang, als Alina einen Soldaten niedermetzelte, der in unsere Richtung sah.

»Beeilt euch!«, rief sie.

»Zoé«, sagte Kas mit Nachdruck. »Du bist schwer verletzt.«

»Aber ich werde nicht aufhören können.« Ich war nicht sicher, ob ich die Worte wirklich laut ausgesprochen hatte, weil sich meine Zunge so unfassbar schwer anfühlte. Doch es war das, was ich dachte. Dass ich zwei Sklaven beinahe getötet hatte, weil ich mich nicht unter Kontrolle hatte, wenn warmes, süßes Blut meine Kehle hinabrann.

»Du *wirst* aufhören können«, insistierte Kas, und sein Atem streifte mich. »Ich habe gesagt, dass ich für dich da sein werde, Zoé, lass es mich dir beweisen. Trink.«

Tränen sammelten sich zwischen meinen Lidern, verklebten meine Wimpern. Ich wusste, dass ich es tun musste, wenn ich nicht sterben wollte. Ich hob den Kopf, bis mein Mund Kas' Hals berührte. Seine Haut war warm und weich, und ich hörte das Blut, das dahinter pulsierte. Meine Lippen teilten sich. Ich biss zu. Senkte meine Zähne in sein Fleisch, fühlte, wie es nachgab und schließlich riss.

Kas keuchte leise, dann fuhr ein Zittern durch ihn hindurch.

Sein Blut quoll aus den Einstichstellen und sickerte in mich. Der Geschmack war mir vertraut, warf mich zurück in eine schmale Gasse in Domcourt bei der *Église des Saints*. Ich erinnerte mich daran, wie dunkel Kas' Augen geworden waren, als ich von seiner Hand getrunken hatte, um mich zu stärken, nachdem meine Schatten mich beinahe überwältigt hatten. Ich erinnerte mich daran, wie sein Körper mich schwer gegen die Wand gedrückt hatte, sein Gesicht, das sich so dicht vor meines schob, dass ich meine Hand nach ihm ausstreckte. Ihn berührte. In dem Moment hatte ich realisiert, wie sehr ich ihn wollte.

Ich stöhnte, als Kas' heißes Blut in meinen Rachen rann, und er beugte sich weiter über mich. Allein der Gedanke an den Strom seines Lebens in mir entfachte ein Feuer in meinem Herzen. Ich spürte, wie sich die Wunde in meinem Bauch schloss. Wie der Schmerz, den ich zuvor gar nicht richtig bemerkt hatte, von mir abließ.

»Sie haben uns entdeckt, es werden immer mehr!«, sagte Alina. Sie klang angestrengt. »Das muss jetzt reichen, wir müssen weiter!«

Ich presste mich fester gegen Kas, nahm tiefere Schlucke, in der Hoffnung, sie würden mich ausfüllen. Mehr in mir heilen als nur die offensichtliche Wunde.

»Zoé, ich glaube, du hast genug«, flüsterte Kas an meinem Ohr, doch die Worte verhallten irgendwo am Rande meiner Wahrnehmung. Sein Griff blieb ruhig, aber seine Stimme klang nun eindringlicher. »Wir müssen hier weg. Schaffst du es, aufzuhören?«

Ich blinzelte, und einige Tränen fanden einen Weg über meine Wange. Ein weiteres Rinnsal Blut floss meine Kehle hinab. Kas strich über mein Haar, schob es mir aus dem Gesicht. Wieder flüsterte er meinen Namen. Sein Puls gegen meine Lippen verlangsamte sich, fast wie in einem stummen Rhythmus, der mir zeigen wollte, wie ich aufhören konnte. Ein letzter tiefer Atemzug, dann zwang ich mich, die Augen zu öffnen und hoch in sein Gesicht zu sehen. Seine Augen waren sanft und geduldig, und in ihnen lag ein Vertrauen, das mir half, den letzten Rest Kontrolle zusammenzunehmen und meinen Griff zu lockern.

Meine Lippen lösten sich von seinem Hals, und eine seltsame Mischung aus Erleichterung und Verlust durchströmte mich. Kas lächelte nur, warm und ohne jegliche Spur von Schwäche, obwohl ich ihm einiges abverlangt haben musste.

»Du hast das gut gemacht, Zoé«, sagte er. »Ganz ruhig. Siehst du? Du bist stärker, als du denkst.«

Ich blinzelte die Tränen fort, versuchte, mich auf sein Lächeln zu konzentrieren statt auf das pochende Drängen in meinen Adern. Seine Finger streichelten über meine Wange, und die Berührung seiner Haut sandte einen Schauer durch mich hindurch.

»Du trägst deine Handschuhe gar nicht mehr.«

Kas erhob sich und reichte mir seine Hand. »Hier in Xanthia müssen sie mich nicht länger davor bewahren, jemanden zu berühren, den ich nicht berühren darf.«

Seine Worte schlugen in mir ein, als wären sie es, die anstelle der Schattengeschosse scharf durch die Luft wirbelten. Er musste sehr einsam gewesen sein auf der Erde, wenn er Handschuhe brauchte, um sich davon abzuhalten, die Nähe eines Fremden zu suchen.

Ich ergriff seine Hand und ließ mich von ihm auf die Beine ziehen. Für einen Moment blickten wir uns in die Augen, und mit einem Mal meinte ich, so viel mehr in den seinen zu erkennen als noch vor seiner Offenbarung.

»Seid ihr endlich fertig?« Alina wischte sich Blut aus dem Gesicht, vermutlich das eines Soldaten oder von Nikolajs Lakaien. Dann reckte sie ihr Kinn und bedeutete uns, ihr zu folgen. Sie führte uns durch einen schmalen Gang, weg von der Haupthalle. Wir rannten hinter ihr her durch die Flure, verfolgt von Schatten, die von Fackeln an die Wände geworfen wurden. Mein Herz raste.

Schließlich blieben wir vor einer schweren Holztür stehen. Alina stieß sie auf und winkte uns hindurch. »Hier entlang«, sagte sie keuchend.

»Roman wartet auf uns«, gab ich ebenso atemlos zurück. »Irgendwo in der Nähe des Eingangstors.«

»Ich hole ihn.« Alina griff nach dem Dolch an ihrem Gürtel und lächelte schwach. »Wartet draußen auf uns.«

Ich wollte etwas sagen, vielleicht um ihr zu danken, doch

die Worte blieben mir im Hals stecken. Kas nahm meine Hand und zog mich durch die Tür.

»ER IST TOOOOOOOOOOOT«, tönte es wie ein grausiges Echo durch die Luft. Die Worte krochen wie giftige Schlangen über meine Haut.

»Kanntest du jemanden?«, setzte ich an, als wir uns erneut hinter einer der etlichen massiven Knochensäulen versteckten. »Jemanden, der von Nikolaj verwandelt wurde?«

Kas streckte seinen Arm aus und zog mich an seine Brust. Ich hörte sein Herz schlagen, und es beruhigte mich auf eine Art, wie nur er es konnte.

»Sag mir erst, ob es dir gut geht.«

Ich nickte an seiner Brust. »Danke.«

»Ja«, sagte er dann leise und küsste mich auf den Scheitel. »Und du kanntest ihn auch.«

Ich spürte, wie mein gesamter Körper steif wurde vor Angst. Dabei wollte ich dieses Gefühl doch nie wieder empfinden.

»Wer?«, presste ich irgendwie hervor und hielt die Luft an. Die Zeit schien stillzustehen, während ich auf seine Antwort wartete.

Kas drückte mich fester an sich und hielt einen Moment inne, als kämpfte er mit dem, was er sagen musste.

»Stanislav.«

In dem Moment, als mein Herz brach, barst die Tür. Alina kam raus, dicht gefolgt von Roman.

»Meine Kutsche ist weg«, stammelte er nur.

»Miron«, knurrte Kas.

Roman warf die Hände in die Luft, bevor er das Gesicht in ihnen vergrub. »Das waren einzigartige Zuchtpferde!«

Ich hörte die Diskussion, die daraufhin losbrach.

*Wie kommen wir hier weg?*

*Was hat Miron geplant?*

*Werde ich meine Pferde zurückkriegen?*

Ich hörte alles, und doch hörte ich nichts. Die Worte klangen dumpf. Stanislav war tot. Wegen mir. Wegen dem, was ich getan hatte.

Erst Marie, jetzt er. Ich brachte immer nur Pech über jene, die mir wichtig waren.

»Zoé?«

»Was?«

»Die Schriftrolle«, sagte Kas. »Hast du sie?«

Ein bitteres Lachen staute sich in meiner Brust und drang als Schnauben aus meiner Kehle. Wie viel schlimmer konnte das alles noch werden?

»Nein«, sagte ich. »Nikolaj hat uns reingelegt.«

»Dieser götterverfluchte Wichser«, keifte Roman. »Und Miron, der Pferdedieb, hat sich *dem* angeschlossen?«

»Ein Problem nach dem anderen«, sagte Alina, als ein gewaltiges Krachen aus der Knochenfestung ertönte. »Ich kann zwei von euch tragen. Wer kommt mit, und wo fliegen wir hin?«

Alinas Flügel rauschten in der kalten Nachtluft. Der Wind fuhr mir durchs Haar, und ich klammerte mich fester an Kas. Es war jedes Mal ein ungewohntes Gefühl, in der Luft zu sein, losgelöst von der Schwere der Welt. Ein Moment des Schwebens, als würden die Probleme von unten uns nicht länger berühren können. Doch ich wusste, dass das nicht stimmte. Die Welt war immer noch da, mit all ihren Gefahren.

Wir stiegen höher, und der Knochendistrikt verschwand langsam unter uns. Die düsteren Strukturen aus Knochen und Totenschädeln, die sich wie ein groteskes Labyrinth aus dem Boden erhoben, verblassten im Nebel, der über dem

Land hing. Ich blickte runter, konnte die Schattengestalten und die Truppen von Alexei nur noch als winzige verschwommene Punkte erkennen, die sich wie Ameisen durch das Festungsareal bewegten.

Ein Teil von mir fühlte sich erleichtert, diesen Ort zu verlassen, aber die Schuld an dem, was dort passiert war, würde für immer an meinen Händen kleben.

Der Himmel war tiefrot, wie Blut, das über den Horizont gekippt worden war. Die Nacht brach endgültig herein, und die wenigen Sterne, die durch die Wolkendecke schimmerten, schienen uns zu beobachten.

»Bist du in Ordnung?« Kas' Stimme erreichte mich über das Rauschen des Windes.

Ich nickte, konnte jedoch nicht die Bitterkeit in mir abschütteln. Alles, was passiert war, hallte in mir nach: Nikolajs Tod, die Schattengestalten, die Bedrohung, die uns immer noch verfolgte. Stanislav ...

»Es muss enden«, murmelte ich. »Dieser endlose Kreislauf aus Tod und Verrat.«

Kas drückte meine Hand, sagte aber nichts.

Alina trug uns mühelos über die Grenzmauern zwischen den Distrikten. Wir passierten den Übergang in den Aschedistrikt, und sofort veränderte sich die Landschaft unter uns. Wo der Knochendistrikt von den Überresten der Toten geprägt war, war der Aschedistrikt eine trostlose Einöde, verbrannt und karg. Die Luft war schwer und dunstig, Aschepartikel wehten durch die Atmosphäre. Sie begruben den Boden unter sich in einer Schicht aus Grau und Weiß, und vereinzelte Brandherde glühten schwach wie die letzten Atemzüge eines sterbenden Feuers. Die Gebäude hier waren entweder Ruinen oder gänzlich unter Asche begraben.

Es war ein stiller Ort, aber nicht friedlich. Mehr die Art von Stille, die Unheil versprach.

Ich konnte kaum glauben, dass wir hierher zurückkehrten – zu Romans Haus, dem letzten Rückzugsort, der uns noch geblieben war.

»Warum habe ich nie bemerkt, wie zerbrochen alles um mich herum ist?«, fragte ich, ohne eine Antwort zu erwarten.

Alina schwieg, ihre Flügel schlugen gleichmäßig. Sie war stark, und doch wusste ich, dass auch sie die Bürde Xanthias auf ihren Schultern trug. Keiner von uns war von der Dunkelheit dieses Ortes unberührt geblieben.

»Weil du damit beschäftigt warst, zu überleben«, sagte Kas. Da lag nichts Wertendes in seiner Stimme. Nur eine schlichte Wahrheit. Und sie traf mich heftiger, als ich erwartet hatte.

»Ich will nicht mehr überleben müssen.« Ich sprach leise, war sicher, die Worte würden vom Wind verschluckt werden. Aber in Kas' Augen konnte ich lesen, dass er mich gehört hatte.

Unter uns tauchte Romans Haus auf. Es war ein seltsamer Anblick in dieser trostlosen Gegend – fast wie ein Licht in der Dunkelheit, obwohl es selbst nicht mehr denn eine karge, robuste Fassade hatte. Das Haus war aus schwarzem Stein errichtet, seine Mauern von Ruß überzogen. Aber es war ein Zufluchtsort, und in diesem Moment war das alles, was zählte.

Alina setzte zur Landung an. Der Wind nahm ab, und meine Füße berührten sanft den Boden. Ich ließ Kas los und strich mir das Haar aus dem Gesicht, das wild vom Flug zerzaust war.

»Danke«, sagte ich zu Alina, deren Flügel in diesem Moment zu Schatten zerstoben. Sie nickte nur kurz, und ich konnte sehen, dass auch sie erschöpft war.

Wir gingen die letzten Schritte zum Haus, die Dunkelheit des Aschedistrikts hinter uns lassend.

# KAPITEL 35

## ZOÉ

Als wir ins Haus traten, umfing uns Stille, nur durchbrochen von dem Knistern eines Feuers. Alina, Kas und ich schoben uns durch die schwere Holztür, und meine Augen gewöhnten sich langsam an das warme Licht im Inneren. Es war ein seltsamer Kontrast zur Kälte und Düsternis draußen. Fast tröstlich.

Es entblößte zwei Silhouetten am Tisch. Nika und Nastya waren bereits aus dem Anwesen des Aschebarons zurückgekehrt.

Die Anspannung zwischen den beiden Frauen war fast greifbar, auch wenn sie sich Mühe gaben, gefasst zu wirken. Ihre Körperhaltung war steif, ihre Blicke voneinander abgewandt. Es war, als hinge ein unsichtbarer Schleier über ihnen, schwer von unausgesprochenen Worten und verlorenen Gefühlen.

Nika hob den Kopf. Ihre Augen leuchteten kurz auf, als sie Alina entdeckte, doch dann fiel ihr Blick schnell wieder zu Boden. Ihre Vergangenheit schien sich über die Gegenwart zu spannen.

»Ihr seid zurück«, sprach Kas das Offensichtliche aus, seine Stimme rau von den Erlebnissen der letzten Stunden.

»Ihr auch«, erwiderte Nika unterkühlt. »Und ihr habt jemanden mitgebracht, wie ich sehe.«

Nastya beobachtete Nika aufmerksam, fast schon zu intensiv, als wollte sie erraten, was sich hinter ihrer Maske aus Gleichgültigkeit verbarg. Ihre Augen verengten sich leicht, und obwohl ihr Gesicht ruhig blieb, spürte ich einen Hauch von Unsicherheit in ihrer Haltung. Ob sie wusste, dass Nika und die Baroness ebenfalls eine Geschichte teilten? Sie wirkte aufgewühlt, auch wenn sie es sich nicht anmerken lassen wollte.

»Ich wollte, dass Alexei mir dabei hilft, meinen Vater zu stürzen, um dessen Platz als Baronin einzunehmen«, begann Alina. »Weil ich schon immer gewusst habe, dass er ein feiges Arschloch ist. Was sich heute Nacht überraschenderweise ein weiteres Mal bestätigt hat.«

Nika horchte auf. Ihr Blick hetzte erneut durch den Raum, als bemerkte sie erst jetzt, dass jemand fehlte. »Wo ist Miron? Was hat er getan? Und …« Schatten glitten dunkel über ihre Miene. »Wieso ist Roman nicht bei euch?«

»Dafür, dass du immer wieder behauptest, du hättest keine Freunde, wirkst du gerade ziemlich bestürzt«, sagte ich trocken. »Aber keine Sorge, Roman geht es gut. Alina hat ihn zum Haus eines Bekannten geflogen, bevor sie Kas und mich abgeholt und hierhergebracht hat.«

Alina stand immer noch abseits, nahe dem Türrahmen, als wollte sie Abstand halten. Ihr Blick wanderte unruhig zwischen Nika und Nastya hin und her, und für einen kurzen Moment sah Nika ihr in die Augen. Es war nur eine flüchtige Sekunde, aber ich konnte die Spannung darin spüren. Und die unausgesprochenen Gefühle zwischen ihnen.

»Miron hat uns verraten«, erklärte Kas. »Und Nikolaj hat uns betrogen. Er hat uns die Schriftrolle mit dem Leitfaden nicht ausgehändigt.«

Ich spürte die Schwere seiner Worte in meinen Magen sacken.

»Das konnte er auch gar nicht«, sagte Nika, die etwas aus ihrem Umhang zog. »Der Leitfaden war bei Gregori. Er hat ihn uns gegeben.«

»Hat mich auch nur einen Liter meines Blutes gekostet«,

murmelte Nastya missmutig, während sie mit verschränkten Armen dabei zusah, wie Nika eine Schriftrolle auf dem Tisch ausbreitete.

Ich spürte nur, wie mein Puls in meinem Schädel hämmerte. Nikolaj hatte den Leitfaden gar nicht gehabt. Er war die ganze Zeit über bei Gregori gewesen. Er hatte mich in seine Gemächer gelockt, um mir einen unbedeutenden Brief zu übergeben. Ich hatte ihn getötet. Er war gestorben. Wofür? Was hatte er gedacht, wie lange er diese Scharade hätte aufrechterhalten können? Hatte er gedacht, er hätte mich vertrösten können, bis ich seine Frau wurde und er Miron zum Herrscher über Xanthia machte?

»Aber es gibt ein Problem.« Nika schob die Schriftrolle über den Tisch, sodass wir sie alle sehen konnten. Es standen nur wenige Zeilen darauf. »Man kann den vollständigen Leitfaden nur mit den Relikten lesen. Ohne sie ist er so gut wie wertlos.«

Die Hoffnung, die gerade in mir aufgekeimt war, begann sofort wieder einzugehen wie meine Mitternachtsrosen in Alexeis Garten.

»Ein Relikt haben wir.« Nastya legte die Kugel auf den Tisch, behielt ihre Finger jedoch fest um ihre obere glatte Hälfte geschlossen. Das Artefakt zu sehen, rüttelte Erinnerungen in mir auf. Was Kas und ich auf uns genommen hatten, um es zu beschaffen. Wie sehr uns diese gemeinsame Reise verbunden hatte. Wie sehr sein Verrat daraufhin alles zerstörte. Und dass ich trotz allem erkannte, dass ich ihn liebte, auch wenn es sicher dauern würde, bis ich ihm wieder vollends würde vertrauen können, ohne einen Stich im Herzen zu verspüren.

»Aber solange *sie* hier ist, werde ich es nicht loslassen.« Ihr Blick streifte Alina, und ich wusste, dass es nicht nur ihr Misstrauen gegenüber der Baroness war, das ihr diese Worte entlockte. Nastya war eifersüchtig.

»Ich vertraue ihr«, sagte Nika mit rauchiger Stimme. Es lag etwas Trauriges in der Art, wie sie Alina flüchtig ansah, fast sehnsüchtig, als wollte sie mehr sagen. Und darin, wie Alina sich zurückzog, als ob die Nähe zwischen ihnen zu gefährlich war.

»Du hast auch Baron Miron vertraut«, keifte Nastya, der die Blicke zwischen den beiden nicht entgingen. Ihre Haltung blieb beherrscht, fast schon stoisch, doch ihre Finger um die Kugel glühten weiß. Sie sprach es nicht aus, aber ich sah den Ausdruck von Zerbrochenheit in ihren Augen, die sie hinter ihrer wütenden Maske zu verstecken versuchte.

»Nastya«, begann Kas und trat näher an den Tisch heran. »Gib mir das Relikt.«

Sie hob eine Augenbraue und musterte ihn argwöhnisch. »Was denkst du, wer du bist?«

»Ich denke, dass ich diese Kugel gemeinsam mit Zoé unter schwersten Umständen aus den Fängen von Fanatikern gestohlen habe. Und jetzt möchte ich mir Kyrios' Leitfaden ansehen.«

Ich bemerkte nur nebenbei, wie Nastya ihn bitterböse anfunkelte, weil meine Gedanken für einen Moment zurück zu den Chasseuren drifteten. Ich hoffte, dass Maman sich weiterhin in Maries Haus aufhielt, damit die *Église des Saints* sie niemals finden würde. Irgendwann musste ich wieder an einen von Alexeis Spiegeln kommen, um nach ihr zu sehen.

Eine Bewegung am Rande meines Sichtfelds riss meine Aufmerksamkeit zurück zum Tisch. Nastya drückte Kas die Kugel in die Hand. Er nickte knapp, eine Geste des stummen Danks, dann las er die ersten Zeilen vor, schwarze Tinte auf weißem Pergament:

*An Baal, meinen geliebten Bruder, über die Erschaffung von unserer neuen Welt*

*Ich habe endlich herausgefunden, wie wir unsere Zwischenwelt erschaffen. Ihre Erbauung ist ein Werk der unvergänglichen Ewigkeit, geboren aus Macht und dem Opfer dessen, der uns gleich ist. Zu seinen Ehren soll sie Xanthia heißen. In diesen Zeilen offenbare ich den Pfad, auf dem unsere Zukunft gesichert wird, und wie wir das Fundament errichten, das für immer bestehen soll.*
*Doch sei gewarnt, Baal: Dieser Leitfaden ist nicht ohne Gefahr. Die Erschaffung einer neuen Welt verlangt den ultimativen Preis und das unwiderrufliche Brechen des Blutes, das uns einst verband.*
*Im Folgenden findest du die drei Schritte, die wir vollziehen müssen. Ich werde sie so verschlüsseln, dass du sie nur mithilfe göttlicher Macht lesen kannst.*

»Xanthia«, sagte ich langsam. »Sie nennen es zum ersten Mal beim Namen.«

»Sie haben einen Gott geopfert.« Nika lehnte sich in ihrem Stuhl zurück.

*Dem Opfer dessen, der uns gleich ist*. Sie hatte recht. Kyrios und Baal waren Götter. Doch …

Ein Gedanke zuckte durch meinen Kopf, und er ließ den Raum um mich herum schwanken. Bilder folgten, Fetzen von Erinnerungen an Visionen von …

*Es ist eine schmerzhafte Erfahrung, von jemandem verraten zu werden, den man liebt, nicht wahr?*

Xanthos.

Kas hob das Relikt über das Pergament, um den Leitfaden

mit der Macht eines Gottes – mit dem Relikt – aufzudecken. Für mich blieb es weiß, doch er schien die verborgenen Worte zu sehen. Er las weiter laut vor:

*Schritt 1: Das verratene Herz*
*Bevor das große Werk beginnen kann, muss der Verrat vollzogen werden. Unser Bruder wird nichts ahnen. Er vertraut uns, so wie wir ihm vertrauen. Doch sein Vertrauen ist eine Schwäche, die wir zu unserem Vorteil nutzen müssen. Der Verrat ist der Schlüssel, das Tor zu unserer Macht.*
*Der Verrat muss sein Herz brechen, damit es vollständig uns gehört. Nur durch das verratene Herz kann der Bau von Xanthia in Gang gebracht werden.*

»Hier endet der lesbare Absatz.« Kas ließ das Pergament sinken. »Ich denke, wir brauchen die anderen Relikte, um weiterlesen zu können.«

Eine schwere Stille folgte seinen Worten. Der Druck, der auf uns lastete, war fast unerträglich, und es schien, als würden wir alle in dieser lähmenden Hoffnungslosigkeit ersticken. Ich erkannte sie in den Gesichtern der anderen, in jedem einzelnen von ihnen. Trotzdem glomm in ihrer aller Augen eine Entschlossenheit, die auch in meiner Brust ein kleines Feuer schürte.

Wir mochten ein dysfunktionaler Haufen sein, jeder auf seine eigene Art zerbrochen, und doch war da etwas, das uns verband und aufrechthielt. Eine Aufgabe, die wir gemeinsam angehen würden. Und vielleicht würden wir nicht nur Alexei und die Mittlerin aufhalten, sondern irgendwann auch die Brüche zwischen uns heilen.

Ich sah zu Kas, der meinen Blick sofort auffing, als hätte er mich schon die ganze Zeit über beobachtet. Auch zwischen uns standen noch immer unausgesprochene Worte, das wussten wir beide. Doch gerade war mir nicht nach Reden zumute. Gerade brauchte ich etwas anderes. Etwas, das mich ablenkte. Wir hatten schon genug Dunkelheit um uns herum.

Kas musterte mich aufmerksam, und als er begriff, loderten schwarze Flammen in seinen Augen auf. Alles, was ich jetzt wollte, war in ihnen zu brennen.

»Ich sorge dafür, dass du dich besser fühlst«, sagte Kas und küsste mich, als er die Tür des Gästezimmers hinter uns schloss. Es war unerklärlich, wie er mich ohne Worte verstand. Dabei war es von Anfang an so gewesen.

»Die anderen werden uns hören«, flüsterte ich mit rauer Stimme, bevor ich meine Zunge zwischen seine Lippen gleiten ließ.

»Sollen sie doch.« Kas beugte sich vor und griff unter meinen Rock. Er zog mir den Slip runter, der feucht an meinen Beinen zu Boden sank. Mit dem Fuß schob ich ihn beiseite.

»Vielleicht bringen wir sie damit ja auch auf andere Gedanken.«

Ich spürte sein Grinsen an meinem Mund, als er mich mit seinem Körper gegen die Tür in meinem Rücken drängte und wieder küsste.

»Spreiz deine Beine für mich«, befahl er, und seine Worte rannen als Gänsehaut über meinen Körper.

Ich tat, was er verlangte, und öffnete mich für ihn. Nur einen Wimpernschlag später ging Kas vor mir auf die Knie. Er verschwand mit dem Kopf unter meinem Rock, und in der nächsten Sekunde blies er seinen warmen Atem gegen mich. Stöhnend krallte ich mich an seine Schultern und wölbte mich der Luft entgegen. Er brauchte mich noch nicht einmal zu berühren, um mich um den Verstand zu bringen.

»Mehr«, flüsterte ich erstickt.

Ich hörte Kas leise lachen und erzitterte unter seinem Atem. Dann spürte ich, wie er mich mit seinen Daumen weiter öffnete und in mich hineinpustete.

»Noch mehr«, keuchte ich.

Kas steckte seine Finger in mich, und ich vergaß alles um mich herum. Ich konnte nicht einmal sagen, wie viele es waren, aber sie füllten mich vollständig aus. Als er sie vorsichtig krümmte und einen empfindlichen Punkt in mir berührte, sank mein Kopf gegen das harte Holz der Tür.

»Ist es gut so?«, raunte Kas zwischen meinen Beinen, während er sich in mir bewegte. Langsam. So quälend langsam, dass ich ihm ungeduldig entgegenkam.

»Schneller!« Mehr konnte ich unmöglich hervorbringen. Es war, als würde mein ganzer Körper schmelzen und mein Sprachzentrum mit ihm.

Kas erhöhte das Tempo, mit dem er mich fickte, wobei er mich mit jedem Stoß fester gegen die Tür drückte. Meine Beine bebten so heftig, dass ich kaum mehr aufrecht stehen konnte. Wimmernd rutschte ich ein Stück nach unten.

Kas fing mich auf, grub seine Hände in meinen Hintern, hielt mich fest, als er seine Zunge flach gegen meine nasse Hitze presste. Kaum berührte sie mich, erschütterte mich der Orgasmus. Meine Knie gaben endgültig nach, und ich bemerkte nur am Rande, wie Kas mich sanft auf den Boden legte. Dann war er bereits über mir, öffnete seine Hose und drang in mich ein, noch bevor mein Höhepunkt verklungen war.

Seine Stöße waren wild und ungehemmt und verlängerten meinen Orgasmus, bis ich aus nichts mehr denn heftigem Zucken bestand. Mein Herz raste in meiner Brust, und meine Lippen suchten die seinen.

Ich spürte, wie Kas in mir pulsierte. Seine Bewegungen wurden ruckartiger, verloren jeglichen Rhythmus. Er flüsterte drei Worte, die mir unter die Haut gingen und sich dort für immer verewigten. Als er kam, schlang ich meine Arme um seinen Rücken und hielt ihn fest.

Kas lag neben mir, sein Atem gleichmäßig, seine Arme fest um mich geschlungen. Irgendwann hatten wir es dann doch noch ins Bett geschafft. Ich ließ meine Finger über seinen Nacken hoch in sein seidiges Haar wandern, was ihm ein unverständliches Gemurmel entlockte. Ein Lächeln formte sich auf meinen Lippen, doch es hielt sich nicht lange. Ich wollte das hier genießen, wollte ebenfalls zur Ruhe kommen und die Erlebnisse des Tages für den Rest der Nacht abschütteln.

Aber ich konnte nicht.

*Der Verrat muss sein Herz brechen, damit es vollständig uns gehört. Nur durch das verratene Herz kann der Bau von Xanthia in Gang gebracht werden.*

Kyrios hatte von Xanthos gesprochen. Er und Baal hatten ihren Bruder mit Absicht verraten, um ihm wehzutun. Weil sie sein Herz brauchten?

Es war grausam, und es war ein Rätsel.

Ein grausames Rätsel, dessen Lösung zum Greifen nahe schien, auch ohne die beiden fehlenden Relikte. Eines war bei Alexei, und das andere … Wir wussten es nicht. Vielleicht hatte Miron uns von Anfang an belogen, und es war die ganze Zeit über in seinem Besitz gewesen. In seinem Kabinett der

Albträume hatte ich es in den Händen gehalten. Es war dort gewesen, und es war nicht mit mir gekommen, als ich vom Spiegel herausgezogen wurde. Es würde zu diesem Verräter passen, zu behaupten, es wäre verschwunden, während er es sicher verschlossen in seiner Truhe verwahrte.

Ich drehte mich vorsichtig zur Seite, löste mich langsam aus Kas' Umarmung, um ihn nicht aus dem Halbschlaf zu reißen. Die Erholung hatte er sich nach den letzten Stunden verdient. Sein Arm glitt von meiner Taille, und er murmelte etwas, doch er blieb still liegen. Ein flüchtiger Kuss auf seine Schläfe, und dann war ich auf den Beinen.

Das Wohnzimmer war nur ein paar Meter entfernt, aber jeden Schritt ging ich mit angehaltenem Atem. Der alte Holzboden knarrte leise unter meinen nackten Füßen, als ich mich dem Tisch näherte.

Der Leitfaden lag noch immer ausgebreitet dort, war schließlich nutzlos ohne das Relikt. Und das hatte Nastya mit sich in ihrem Zimmer eingeschlossen.

*Doch sei gewarnt, Baal: Dieser Leitfaden ist nicht ohne Gefahr. Er verlangt den ultimativen Preis und das unwiderrufliche Brechen des Blutes, das uns einst verbunden hat.* Die Zeilen flogen mir ins Auge, und ich nahm das Pergament in die Hände. *Das unwiderrufliche Brechen des Blutes, das uns einst verbunden hat.* Ja, sie hatten Xanthos etwas Schreckliches angetan, ich spürte es bis in meine Fingerspitzen.

Aber da war noch etwas anderes, das ich unter ihnen fühlte. Sie kribbelten. Und dann … Ich keuchte, als sich Buchstabe für Buchstabe weitere Worte in schwarzer Tinte bildeten.

*Schritt 2: Das gestohlene Herz*
*Nachdem der Verrat vollzogen und Xanthos' Vertrauen zerschlagen ist, liegt sein Herz entblößt und verwundbar vor uns. Dieses Herz ist der Kern seiner Macht, der Ursprung seiner Stärke.*
*Wir brauchen das Herz. Mit Bedacht und Schnelligkeit muss es aus seiner Brust gestohlen werden. Das Herz wird bluten, doch wir dürfen keinen Moment zögern, wenn wir es in unsere Hände nehmen. Denn in seinen Schlägen liegt das Leben Xanthias verborgen. Ein Herz, das einst für Unsterblichkeit schlug, muss jetzt die Unsterblichkeit eines Reiches nähren. In unserer Macht liegt es, den Weg des Blutes zu versiegeln und es in die Gefäße zu sperren, die wir dafür vorbereitet haben.*

*Was zum …* Wieso konnte ich diesen Abschnitt ohne ein weiteres Relikt lesen? Ohne die Macht eines Gottes? War es Xanthos, der sie mir offenbarte? Wollte er, dass ich –

»Es ist furchtbar, nicht mehr schlafen zu können, nicht wahr?«

Ich fuhr hoch, als ich die Stimme erkannte. Marie saß im Schatten der Kerzen, ihre Augen auf mich gerichtet. War sie schon die ganze Zeit da gewesen?

»Ja«, gab ich zu und ließ mich auf einen der Stühle sinken, weil ich so aufgewühlt war, dass meine Beine zitterten.

»Ich habe gehört, was du gestern gesagt hast. Über mich.«

Ich runzelte die Stirn, versuchte mich daran zu erinnern, was sie meinen könnte, doch sie fuhr bereits fort.

»Du hast mich nicht um mein Leben betrogen, Zoé.«

Als sie meinen richtigen Namen sagte, statt mich wie früher Claire zu nennen, spürte ich einen Stich in meiner Brust, der sich zugleich schmerzhaft und heilsam anfühlte.

»Doch«, widersprach ich. »Du hast nichts getan, das dich auf das Schafott geführt hätte. Nichts, außer meine Freundin zu sein.«

»Weißt du«, begann Marie nach einem kleinen Moment der Stille. »Ich habe in den letzten Tagen viel nachgedacht. Ich bin immer noch wütend auf dich. Irgendwie … enttäuscht. Weil du nicht dazwischengegangen bist, als mir Unrecht angetan wurde, obwohl du es hättest verhindern können. Aber …« Sie hielt einen Augenblick inne und strich sich gedankenverloren über das kurz geschorene Haar. »Ich verstehe auch, weshalb du es nicht getan hast. Und du hattest recht: Keiner von uns ist ohne Sünde. Je länger ich darüber nachdenke, desto mehr komme ich zu der Erkenntnis, dass ich … Vermutlich hätte ich auch nicht eingegriffen, wenn du dort oben an meiner Stelle auf dem Schafott gestanden hättest. Wegen meiner Tochter. Wegen Louise.« Marie lächelte schwach, und ich konnte in ihren Augen erkennen, wie sehr sie ihr Kind vermisste. »Doch es ist auch wegen Louise, warum ich dir nicht verzeihen kann. Es ist absurd. Ich verstehe, wieso du getan hast, was du tun musstest, und doch kann ich es dir nicht vergeben.«

Mit jedem weiteren Wort schlug mein Herz schneller und höher. Seit meiner Verwandlung hatte ich all die schlechten Emotionen weggesperrt, so gut ich konnte, in der Hoffnung, sie würden irgendwann einfach absterben.

Aber vielleicht wollte ich das gar nicht. Nicht wirklich. Denn als ich jetzt die Tränen spürte, die langsam über meine Wangen liefen, hatte ich zum ersten Mal seit einer Ewigkeit das Gefühl, wieder ich zu sein. Ich selbst, nur anders. Ich selbst, nur stärker.

Und die Tränen änderten nichts daran. Sie zuzulassen, war vielleicht das Stärkste, das ich seit Langem getan hatte.

»Danke«, sagte ich leise. »Für deine Ehrlichkeit. Ich verstehe, dass du mir nicht vergibst, und ich verlange es auch gar nicht. Es gibt Dinge, die unverzeihlich sind.«

»Vielleicht nicht für immer.«

Ich meinte, ein schwaches Lächeln auf ihren Lippen zu erkennen, doch möglicherweise täuschte das schwache Licht.

»Hast du etwas Neues entdeckt?«, fragte Marie mit einer Kopfbewegung in Richtung der Schriftrolle in meinen Händen.

Ich nickte langsam. »Unter meiner Berührung hat sie etwas offenbart.«

Maries Brauen zogen sich zusammen, bis eine steile Falte zwischen ihnen entstand, als dächte sie angestrengt über etwas nach.

»Was hast du?«

»Es erinnert mich nur an etwas«, gab sie mit einem Kopfschütteln zurück. »Vermutlich hat es nichts damit zu tun, nur … Damals hat auch eine Berührung von dir genügt, damit ich sehen konnte, was passiert war. Du weißt schon …« Sie knetete ihre Finger. »Das, worüber wir gerade gesprochen haben.«

»Du hast recht«, sagte ich, als sich eine vermeintliche Erkenntnis dumpf in mein Bewusstsein zu kämpfen versuchte.

*Seit Ihr als Xathyr erwacht seid, spüre ich, dass Euch eine große Macht innewohnt. Bisher gab es nur einen Xathyr, bei dem ich sie ebenfalls fühle, und das ist unser Graf höchstpersönlich.*

*Was bedeutet das?*

*Das weiß ich auch nicht, moia ledi. Vielleicht ist es eine göttergegebene Kraft, die zufällig verteilt wird. Doch ich habe nie wirklich an Zufälle geglaubt.*

Stanislavs Stimme in meinem Ohr klang so echt, dass sich eine Gänsehaut auf meinem Körper ausbreitete. Doch es war nur eine Erinnerung an unser Gespräch im Rosengarten. Stanislav war tot – meinetwegen –, und ich hatte mich noch nicht einmal von ihm verabschiedet, als ich das Schloss fluchtartig verlassen hatte.

Ein stechender Schmerz durchbohrte meine Brust, schwoll an, bis ich das Gefühl hatte, zu zerreißen. Ich rutschte vom Stuhl, sackte auf die Knie, krümmte mich, doch als ein Schatten auf mich fiel, hob ich den Kopf.

Er war wieder da.

# KAPITEL 36

## ZOÉ

Eine Gestalt manifestierte sich aus dem Nichts vor mir – groß, erhaben und geflügelt.

Xanthos.

Seine Augen glühten silbrig, tief wie die Unendlichkeit, und sie schienen bis in meine Seele zu blicken. Mein Atem stockte, als der Schmerz in mir tiefer wurde, intensiver, als hätte ich plötzlich zwei Herzen, die gegeneinanderschlugen.

»Zoé«, sagte er. Seine Stimme klang gedämpft, als würde sie durch Wasser dringen, schwer und verzerrt. »Mein Ende naht.«

Ich starrte ihn an, unfähig zu antworten. Ein scharfer Stich zog sich durch meine Brust, und ich presste eine Hand gegen mein Herz, in der Hoffnung, den Schmerz zu lindern. Doch er ließ nicht nach. Es war, als würde ein Teil von mir auseinanderbrechen, eingespannt zwischen dieser Welt und einer anderen.

»Was bedeutet das?«, stieß ich atemlos hervor, meine Stimme kaum mehr als ein Flüstern.

Xanthos trat einen Schritt näher, seine Präsenz so überwältigend, dass der Raum um uns herum zu flimmern begann. Ich nahm Marie gar nicht mehr wahr.

Seine Augen glitzerten für einen Moment, und in ihnen sah ich nicht nur Trauer, sondern auch eine Art stille Entschlossenheit. »Meine Zeit läuft ab. Das Herz, verraten, gestohlen und zerrissen, schlägt bald nie wieder.«

Die Schmerzen in meiner Brust wuchsen auf ein solches Ausmaß an, als wäre Xanthos' Schicksal unweigerlich mit meinem eigenen verwoben. Als wäre mein schlagendes Herz an sein gebrochenes gebunden.

»Was soll ich tun?«

»Wenn Ihr mir wirklich helfen wollt, Zoé, wenn Ihr Gerechtigkeit für mich wollt, dann findet die Mittlerin.«

»Die Mittlerin?« Ich biss die Zähne zusammen und versuchte, meine Gedanken klar zu halten, während mich der Schmerz fast in die Bewusstlosigkeit trieb. »Sie ist … Eure Mutter, nicht wahr?«

Xanthos' Gestalt begann sich aufzulösen. Er hob die Hand, als wollte er mich beruhigen, doch ich spürte nur, wie der Schmerz in meiner Brust noch stärker wurde. »Sie hat den Schlüssel. Sie kennt die Geheimnisse der Relikte und der Vergangenheit. Nur sie kann Euch helfen, die Teile meines Herzens wieder zusammenzusetzen … bevor es für immer zu spät ist.«

Ich wollte protestieren, wollte ihm sagen, dass ich niemandem mehr traute, dass jeder, der mir vermeintliche Wahrheiten offenbarte, nur Lügen und Verrat für mich übrig hatte.

Doch Xanthos' Präsenz war so stark, seine Worte so leidgetränkt, dass ich nur nicken konnte.

»Zoé«, flüsterte er noch einmal, und seine Stimme hallte in meinem Kopf wider, während seine Gestalt weiter verblasste. »Rettet mich.«

Dann war er weg. Und mit ihm verschwand der quälende Schmerz aus meiner Brust, als hätte jemand ein unsichtbares Band durchtrennt. Ich sackte auf die Knie, keuchend, der Nachhall seines letzten Satzes eindringlich in meinem Schädel.

»Ich muss ihm helfen«, sagte ich leise, als ich Marie neben mir bemerkte. Sie hatte einen Arm um mich gelegt, ihre Augen ertranken in ungeweinten Tränen. Sie sah aus, als wäre sie gerade Zeugin ihres eigenen Albtraums geworden.

»Wovon sprichst du? Was war hier gerade los?«, fragte sie mit brüchiger Stimme. »Ich habe dich sprechen hören, aber da war niemand. Niemand außer uns beiden.«

»Ich muss ihm helfen«, wiederholte ich. »Ich kann niemals wiedergutmachen, dass ich zugesehen habe, wie man dich tötete, Marie.«

Eine Träne rollte stumm über ihre rosige Wange.

»Aber vielleicht kann ich diesmal etwas tun. Vielleicht kann ich diesmal einen Unschuldigen vor dem Tode bewahren.«

»Zoé … Sag doch, was ist hier eigentlich los?« Weitere Tränen befreiten sich von ihren Wimpern.

»Ich muss zur Mittlerin«, sagte ich. »In Alexeis Tagebuch stand etwas von einem weißen Raum und einem weißen Spiegel … Er muss sich irgendwo in seinem Schloss befinden.« Vorsichtig zog ich mich an meinem Stuhl auf die Beine und reichte dann Marie die Hand, um auch ihr aufzuhelfen. Sie ergriff sie. Ihre Finger waren warm, und diesmal stieß sie mich nicht von sich.

»Zoé, ich weiß nicht, was das alles zu bedeuten hat. Aber ich glaube, ich weiß, wo dieser Spiegel ist.«

Mit angehaltenem Atem starrte ich Marie an.

»Ich habe den Grafen oft in einen Nebenraum in der Sklavenhalle gehen sehen. Du weißt doch, wie ich immer bin«, murmelte sie kleinlaut. »Einmal spähte ich durch den Türspalt und erhaschte einen Blick auf die kleine Kammer. Wenn der Spiegel darin nicht so eindrucksvoll ausgesehen hätte, wäre mir dieser Zwischenfall bestimmt nicht im Gedächtnis geblieben, aber … Er war von einem so eindrücklichen Weiß, dass ich wusste, er stammt nicht von dieser Welt.«

Der Geheimgang unter Romans Haus war enger und dunkler, als ich ihn in Erinnerung hatte. Meine Finger glitten über das raue Gestein der Wände, während ich mich durch die Dunkelheit tastete. Allein. Ich hatte mich gleich nach dem Gespräch mit Marie entschlossen, nach dem Spiegel zu suchen, ohne die anderen einzuweihen. Kas würde vielleicht verletzt sein, doch letzten Endes würde er es verstehen. Die Chance, ohne größere Schwierigkeiten in den geheimen Raum zu gelangen, stand für mich am besten. Mit ihnen allen im Schloss aufzutauchen, würde sofort Aufmerksamkeit auf uns ziehen. Wenn ich allein aufgegriffen würde, war ich mir sicher, dass ich es Alexei gut verkaufen konnte, dass ich meinen Verrat an ihm bereute und nur zurück an seine Seite wollte.

Also hatte ich Marie gebeten, die anderen nicht über mein nächtliches Verschwinden zu informieren und vorerst Stillschweigen zu bewahren. Außerdem … Es musste einen Grund geben, wieso Xanthos immer nur mir erschien. Er hatte *mich* gebeten, ihn zu retten. Ich wusste, ich wollte ihn nicht verraten. Nicht, wenn ich dieses Gefühl so gut kannte und er mir vertraute, nach allem, was er erlebt hatte.

Irgendwann sah ich ein schwaches Licht, dem ich zurück in das verlassene Haus am Gebirgspass folgte. Kühle Luft wehte mir entgegen. Mein Atem bildete kleine Wolken vor meinem Gesicht, als ich durch die Haustür schlüpfte und zwischen die Berge trat. Und da stand er noch immer: der Gargoa, mit dem ich Nika hinterhergejagt war.

Er wirkte fast wie eine Statue, ein groteskes Kunstwerk inmitten des stummen, frostigen Gebirgspasses. Seine mächtigen Schwingen waren ausgebreitet, als hätte ihn jemand in seiner Bewegung eingefroren, und sein verzerrtes Gesicht zeigte nach wie vor den Ausdruck wilder Entschlossenheit.

Meine Finger streiften über das kalte Gestein seiner Haut, bevor ich meinen Arm hob, die Augen schloss und meine

Zähne in die weiche Haut meiner Handinnenfläche schlug. Ein scharfer Schmerz durchzuckte mich, dann spürte ich das warme Rinnsal, das über meine Hand floss.

Der Gargoa trank, und dann, ganz langsam, nahm ich ein Vibrieren unter meinen Fingern wahr. Es begann tief in seinem steinernen Körper, wie ein Pulsieren, das sich ausbreitete, bis der Stein lebendig wurde.

»Guten Morgen«, flüsterte ich, als seine Augen sich öffneten, zuerst träge und dann mit einem unvermittelten Aufblitzen von Leben. Er schüttelte sich kurz, dann zuckten seine Schwingen einmal, zweimal, bevor sie sich wieder zu ihrer vollen Spannweite ausbreiteten. Mit einem tiefen, kehligen Knurren verbeugte er sich vor mir.

Ohne ein weiteres Wort setzte ich mich auf seinen Rücken, und er erhob sich, seine mächtigen Flügel zerschnitten die Luft mit einem donnernden Schlag.

Der Flug war schnell und erbarmungslos. Die Kälte stach mir ins Gesicht, ließ meine Haut brennen wie Feuer, doch ich hielt mich fest. Die Welt unter uns verschwamm, und der Gebirgspass wurde bald von der schroffen Silhouette des Blutdistrikts abgelöst.

Jetzt verstand ich die düstere Energie, die aus jedem Stein, jedem Schatten hier strömte. Xanthia war das Produkt eines gebrochenen Herzens, und man spürte den Schmerz in jedem Winkel.

Der Gargoa setzte zur Landung an, als wir die Schatten von Alexeis Schloss erreichten. Er brachte mich in die Nähe der Sklavenhalle. Ich sprang ab, mein Herz hämmerte in meiner Brust, als ich mich dem Eingang näherte.

Irgendwo in den Tiefen dieser Halle befand sich der weiße Spiegel zur Mittlerin, verborgen vor den Augen derer, die keine Antworten suchten.

Die Halle war still, fast totenstill, als ich eintrat. Die Luft war abgestanden, und die Schatten krochen über den Boden wie Schlangen. Mein Herz schlug hart in meiner Brust, während ich mit festen Schritten durch den weitläufigen Saal schritt, jede Faser meines Körpers angespannt. Überall spürte ich die Kälte, den dumpfen Geruch von Verfall und Angst, der diesen Ort tränkte. Die Sklaven, die hier untergebracht waren, befanden sich vermutlich noch im Schloss und gingen ihrer Arbeit nach. Ihre Pritschen standen verteilt in der Gegend herum, und ich erwischte mich nur kurz dabei, wie ich daran dachte, dass auch Marie hier genächtigt hatte.

Neben mir tat sich eine gerundete Tür auf, und ich trat hindurch. Da war er, der weiße Spiegel. Er stand am Ende eines langen, dunklen Korridors, wie ein Leuchtfeuer in der Dunkelheit. Sein Rahmen war aus Elfenbein oder etwas, das dem ähnlich war, und er strahlte ein seltsames, sanftes Licht aus, das nicht zu dieser Welt zu gehören schien.

Mein Atem stockte. Ja, das musste er sein. Der Ort, von dem Marie gesprochen hatte. Langsam trat ich näher.

Das Licht, das von der glatten, makellosen Oberfläche ausging, schien lebendig zu sein, pulsierend wie ein Herzschlag, der mit meinem eigenen im Takt schlug. Der Gedanke, durch den Spiegel zu gehen, flößte mir eine seltsame Mischung aus Furcht und Entschlossenheit ein. Was würde mich auf der anderen Seite erwarten?

Ich hob zögernd meine Hand, spürte den Luftzug, der um den Rahmen des Spiegels tanzte. Fast erwartete ich, auf festen Widerstand zu stoßen, auf Glas, das mich daran hinderte, weiterzugehen. Aber als meine Fingerspitzen die Oberfläche berührten, schmolz sie unter meiner Haut dahin. Es war, als würde ich in Wasser eintauchen – kühl und fließend, und gleichzeitig irgendwie weich und einladend. Beinahe so, als wollte jemand, dass ich hindurchtrat. Ein Schauer jagte über meinen Rücken, aber ich zog meine Hand nicht zurück.

Ich machte einen Schritt nach vorn. Mein Herz schlug heftig, nicht nur einmal, sondern zweimal, und der zweite Herzschlag – jener, den ich seit geraumer Zeit immer wieder spürte – verstärkte sich mit jedem Schritt, den ich näher an die Welt dahinter trat.

Ein Teil von mir wollte zurücklaufen, zu Kas, zu Nika und Nastya. Und zu Marie. Aber der Drang, weiterzugehen, war stärker, tiefer in mir verwurzelt als jeder Zweifel.

Langsam folgte ich meiner Hand. Erst war es nur mein Arm, der in den Spiegel tauchte, dann meine Schulter. Ein kaltes Prickeln legte sich über meine Haut, aber es war nicht unangenehm, eher ein seltsames Ziehen, als würde etwas von mir Besitz ergreifen. Ich holte tief Luft und schloss die Augen, bevor ich den Rest meines Körpers nachzog.

Mit einem letzten zögernden Schritt trat ich vollständig durch den Spiegel.

Über mir spannte sich ein endloser weißer Himmel ohne Sonne, ohne Wolken. Alles war still, bis auf das Schlagen meiner beiden Herzen. Ich fasste mir an die Brust, als könnte ich den Schmerz wegdrücken, aber er blieb. Für einen Moment schloss ich die Augen, versuchte, meine Atmung zu beruhigen, doch der zweite Herzschlag war beharrlich, so, als wäre etwas tief in mir endgültig erwacht und könnte nicht mehr zum Schweigen gebracht werden.

Langsam öffnete ich die Augen und blickte mich um. Ich war allein – vollkommen allein in dieser weißen Leere. Keine Wände, kein Horizont, kein Anfang und kein Ende. Nur der Spiegel hinter mir.

Ein unbehagliches Gefühl kroch mir über die Haut, schrie mich an, dass ich hier nicht willkommen war. Die Stille war bedrückend, fast schon ohrenbetäubend, und dennoch fühlte ich mich beobachtet. Es sah beinahe so aus, als würden die Wände sich bewegen. Flirren. Als wären sie irgendwie … lebendig.

»Es ist nun also ganz von selbst zu mir gekommen«, ertönte plötzlich eine Stimme hinter mir, und ich fuhr zusammen.

Ich drehte mich um, und da stand sie. Sie musste es sein.

Die Mittlerin.

Sie war anders, als ich sie mir vorgestellt hatte. Ihre Gestalt war rauchig, beinahe durchsichtig, als ob sie aus demselben weiß schimmernden Stoff dieser Dimension gemacht worden wäre, eingefangen durch die schwarzen Eisenketten, die sie rundherum umschlangen – bis auf eine einzige Stelle inmitten ihrer Brust. Dort, wo ihr Herz schlug.

Sie richtete ihren Blick fest auf mein Gesicht, fixierte mich mit einer Intensität, die mir bewusst machte, dass sie jedes meiner Geheimnisse kannte. Sie war vollkommen reglos, und trotzdem spürte ich den steten Fluss einer unheimlichen Macht, die von ihr ausging. Und in diesem Moment wurde mir klar, dass ich mein Schicksal besiegelt hatte, in der Sekunde, in der ich *ihr* Reich betrat.

»Du hast lange gebraucht, Zoé«, sagte sie leise, beinahe bedächtig, als hätte sie all meinen Schmerz während meiner Reise hierher bis in seine Tiefen gespürt. »Du hast sein Geschenk angenommen, und jetzt bist du hier. Endlich seid *ihr* hier.«

Irritiert blickte ich um mich, doch ich war allein gekommen. »Xanthos schickt mich«, gab ich zurück, weil ich nicht wusste, was ich sonst sagen sollte. »Ich muss ihm helfen.«

Die Mittlerin nickte sanft, aber ihre Augen schienen mich förmlich zu durchbohren. »Ich weiß. Das will ich auch.« Sie schwebte auf mich zu, und es wirkte, als würde sich der Raum um sie herum beugen. »Ich bin nur eine Mutter, die ihr Kind liebt. Du kennst diese Bindung zwischen Mutter und Kind, nicht wahr?«

Ich schluckte. Sie versuchte mich zu manipulieren.

»Was ist mit Xanthos geschehen?«, fragte ich, ohne auf ihre Frage einzugehen. »Seine Brüder haben ihn verraten und sein Herz gestohlen?«

So etwas wie Traurigkeit flackerte über ihre undefinierbaren Züge. »Sie haben etwas Unverzeihliches getan.«

»Um Xanthia zu erschaffen?« Der Schmerz in meiner Brust und der zweite Herzschlag überwältigten mich beinahe.

»Ja.«

»Und um ihm zu helfen, benötigt Ihr die Relikte?«

Die Mittlerin lächelte, ein eisiges, wissendes Lächeln, das mich frösteln ließ. »Ja«, sagte sie wieder.

Ich rieb mir über die Arme, dabei hatte dieser Ort kein Wetter, keine Atmosphäre. »Was genau sind die Relikte? Was wird geschehen, wenn wir sie zusammensetzen, um Xanthos zu helfen?«

Sie schwieg einen Moment und neigte den Kopf leicht zur Seite, als würde sie abwägen, ob ich ihrer Antwort würdig war.

»Die Relikte«, sagte sie leise, »sind älter, als du es jemals verstehen wirst. Sie sind nicht nur Machtinstrumente. Sie sind ein Teil von mir, ein Teil von dir, ein Teil der Welten, ein Teil von etwas, das du nicht begreifen kannst.«

»Dann erklärt es mir!«

Doch sie lächelte nur wieder, dieses eisige, überlegene Lächeln. »Es wird sich alles offenbaren … zur richtigen Zeit.«

Ich wollte ihr widersprechen, als eine Bewegung in meinem Augenwinkel meine Aufmerksamkeit erregte. Ich drehte mich zur Seite, dorthin, wo der Spiegel war, und mein Herz raste, als sich eine Gestalt hindurchschob.

Sie war groß, muskulös, mit weinroten Augen, rabenschwarzem Haar und diesem vertrauten, selbstbewussten Gang.

»Alexei …«, flüsterte ich, als er näher kam. Er zeigte keine Anzeichen mehr von Schwäche, nur eine gleichgültige, unnachgiebige Maske.

»Zoé«, sagte er, seine Stimme tief und durchdringend, ohne jede Spur von Samt.

»Wo ist das Relikt des Aschebarons?«, fragte ich ihn geradeheraus. »Was habt ihr wirklich vor, du und die Mittlerin?«

Er grinste, und seine Fangzähne blitzten gefährlich. »Wir wollen Xanthos retten. Genau wie du.«

»Als ich dir von Xanthos erzählt habe, hast du mir kein Wort geglaubt!«

»Die Dinge ändern sich, Zoé.«

Zoé, nicht Zoya.

Es war das zweite Mal, dass er mich bei meinem richtigen Namen nannte, seit er mich zur Xathyr gemacht hatte. Hatte er seine Fehler eingesehen? Endlich verstanden, dass ich von ihm nicht durch einen neuen Namen zu einer anderen gemacht werden wollte?

»Was hat sich geändert?«, flüsterte ich leise.

Alexeis Blick wanderte an mir hinab zu meiner Brust. Er leckte sich über die Lippen, seine Zunge glitt langsam über die Spitzen seiner Zähne. Der Schmerz in mir wurde stärker, der zweite Herzschlag hämmerte heftiger, schien mich vor etwas warnen zu wollen.

»Alexei, was –« Der Rest meines Satzes blieb mir im Hals stecken, als ein Schrei aus meiner Kehle fuhr. Alexei stand plötzlich hinter mir, einen Arm um meine Taille geschlungen, den anderen um meine Brust. Alles an seiner Berührung fühlte sich falsch und anders an als sonst. Selbst sein Geruch schien ein anderer zu sein.

Mit seinen nächsten Worten wallte Panik in mir auf, und

ich sah hilfesuchend zu der Mittlerin, die die Szenerie jedoch ungerührt beobachtete.

Nein, nicht ungerührt. Ihre Eisenketten flossen schneller, ihre Augen waren gierig verzogen. Sie *wollte* das hier.

»Du duftest köstlich«, raunte Alexei an meinem Ohr. »Zu schade, dass ich dich aufschlitzen muss, um es aus dir herauszuholen. *Das Herz.*«

»Das … Herz«, flüsterte ich, als das letzte Teil in meinem Kopf mit tödlicher Präzision an seinen Platz rückte und sein grausames Bild endlich vollständig vor meinem inneren Auge offenbarte.

# KAPITEL 37

## XANTHOS

»Halt ihn fest«, dringt Kyrios' Stimme an mein Ohr, und Baal gehorcht. Er kniet sich auf meine Beine, sein Gewicht drückt mich tiefer in den Boden, der mich gnadenlos in seine kalten Arme schließt. Ich kann mich nicht wehren. Nicht jetzt, da der Verrat wie Gift in meinen Venen pocht.

»Warum?« Ich frage es immer und immer wieder, klinge heiser und gebrochen. Es ist das Einzige, das ich sagen kann, und selbst das klingt nur wie ein Echo dessen, was ich wirklich fühle.

Kyrios zieht seine Hände aus meinem Brustkorb, und ein gewaltiger Schmerz durchzuckt mich. Ein brennendes Feuer flammt in meinem Inneren auf, als würde mein Herz gegen das Schicksal selbst rebellieren. Ich versuche zu schreien, aber kein weiterer Laut verlässt meine Lippen.

Er hat es in seiner Hand – mein Herz, pulsierend und voller Leben.

»Er wird es nicht verstehen«, murmelt Baal, der mein Herz in den Händen unseres Bruders betrachtet. »Als Mittler hat er nie verstanden, wie schwer unsere Aufgabe wiegt, deine und meine.«

»Unsere Mutter wird von nun an seinen Platz einnehmen«, erwidert Kyrios nickend.

Ich will schreien. Ich will ihre Namen in den Himmel rufen, auf dass unsere Mutter sie verflucht für das, was sie tun. Wie können sie Götter sein? Wie kann so viel Macht in den Händen solch korrumpierter Wesen liegen?

Aber ich bin machtlos, mein Körper gehorcht mir nicht

mehr. Ich bin gefangen in diesem Moment, während das, was mich ausmacht, in den Händen meiner Brüder liegt.

Kyrios hält mein Herz Baal entgegen und blickt auf ein Pergament, das auf dem Tisch neben ihm liegt.

»Wir müssen es in drei Stücke zerreißen.«

Baal lässt von mir ab und greift danach.

Ich kann mich ohnehin nicht mehr rühren, der Schmerz ist unerträglich. Es fühlt sich an, als ob sich jeder Faden, der mein Wesen zusammenhält, in diesem Augenblick auflöst. Stück für Stück, langsam und grausam, ziehen sie die Essenz aus mir heraus. Ich kann es spüren – meine Seele, meine Kraft, alles, was ich war und bin, wird zerbrochen.

»Wenn wir das vollendet haben«, sagt Kyrios, »wird sein Körper zu Xanthia. Sein Blut wird die neue Welt nähren, sein Geist wird sie lebendig machen.«

Baal tritt zurück und betrachtet mein zerrissenes Herz. Ich sehe zu, wie Kyrios jedes der drei Teile in einem unförmigen Behältnis versiegelt.

»Diese Relikte«, sagt Kyrios, als er sein Werk vollendet hat, »dürfen nie mehr zueinanderfinden. Jedes Teil wird in einem von Xanthias drei Herrschaftsgebieten versteckt. Solange sie getrennt voneinander existieren, wird Xanthia bestehen.«

Meine Welt verschwindet. Mein Körper beginnt sich zu verändern, ich fühle, wie ich mich auflöse, wie Stein und Staub beginnen, mich einzuschließen.

»Und Xanthos«, höre ich Baals Stimme, »wird für immer in der Erinnerung an diesen Moment gefangen sein.«

Der Raum um mich herum löst sich auf in Strudel aus Farben. Die Pergamentrolle, auf die Kyrios während meiner Hinrichtung immer wieder gestarrt hat, fliegt durch die Luft, wird in die Wirbel gespeist, und ich sehe noch, wie er vergeblich die Finger danach ausstreckt.

Dann falle ich tiefer in die Dunkelheit, mein Körper vergeht, und ich weiß, dass ich in den Felsen von Xanthia überleben werde – aber nicht als Mittler, sondern als etwas, das nie hätte sein sollen.

Ein ewiger Verrat.

Und alles, was bleibt, ist Schmerz.

# KAPITEL 38

## ALEXEI

Genug!« Meine Stimme hallte durch den leeren Raum. »Lass sie gehen, sofort!«

Zoyas Kopf schnellte zu mir herum. Juri hielt sie so fest, dass sie nur noch flach atmete. Ihr Blick wirkte verschleiert, als hätte sie gerade in eine andere Welt gesehen, dann klärte er sich und zuckte zwischen Juri und mir hin und her. »Alexei, was … Wie kann das sein?«

Ich trat näher, und die Spannung in der Luft wurde greifbarer.

»Du kommst genau rechtzeitig«, höhnte Juri. »Willst du zuschauen, wie ich mir nehme, was mir gehört? Oder willst du tauschen, *Bruder*?«

Zoyas Augen weiteten sich, die Frage darin unübersehbar.

»Zoya«, sagte ich ruhig, »darf ich dir meinen Zwillingsbruder Juri vorstellen?«

Für einen kurzen Moment huschte Verwirrung über ihre Züge, danach dämmerte Verständnis in ihrem Blick, bevor es von Angst verdrängt wurde.

»Du willst sie zurück?« Juris Stimme klang schneidend, beinahe amüsiert. »Es ist ganz einfach. Gib mir das Relikt, und ich lasse sie gehen.«

»Nein!«, schrie Zoya, als hinge ihr Leben davon ab. »Du darfst es ihm nicht geben! Er wird Xanthia zerstören! Ich habe es gesehen, gerade eben!«

Juri packte sie fester, und sie ächzte unter Schmerzen.

Trotz allem, was zwischen uns geschehen war, fiel es mir schwer, sie ihrem Schicksal zu überlassen. Sie hatte etwas

Besseres verdient, das hatte ich schon gespürt, als Nika sie damals gefunden und in mein Schloss getragen hatte. Zuerst hatte sie meine Aufmerksamkeit erregt, weil sie aussah wie Nastya. Doch es war ihr hoffnungsvolles, mutiges Herz, in das ich mich am Ende verliebt hatte.

»Was wählst du, Bruder?« Juri ließ die Worte provozierend über seine Lippen gleiten, bevor er Zoya näher zu sich zog und seine Zunge über ihren Hals gleiten ließ. Sie knurrte und versuchte sich ihm zu entreißen. Es war zwecklos. »Gibst du mir das Relikt, oder lässt du sie sterben?«

Jeder Muskel in mir schrie nach Widerstand, nach einem Weg, beides zu verhindern. Ich suchte Zoyas Blick. »Bist du dir sicher?«, fragte ich sie. »Er wird Xanthia zerstören?«

Zoya nickte. »Die Relikte sind die drei Teile von Xanthos' Herz. Seine Brüder haben ihn verraten. Sobald die Teile zusammenfinden, wird er auferstehen und es wird Xanthia nicht mehr geben, da diese Welt nur durch sein Leiden bestehen kann. Durch den ewigen Verrat.«

Die Macht des Relikts pulsierte in meiner Hosentasche, als wollte es ihre Worte bestätigen. Ein schweres Gewicht, das das Schicksal ganzer Welten in sich trug. Meiner Welt. *Unserer* Welt. Nach dem letzten Gespräch mit Aurora hatte ich es geahnt. Schon seit Zoya mir von ihren Visionen erzählt hatte. Aber ich wollte auch nicht dabei zusehen, wie Juri sie tötete. Wie er mir schon wieder etwas wegnahm. Vor mehr als hundert Jahren bereits hatte er versucht, Xanthia zu zerstören, und es war ihm nicht gelungen, weil ich ihn aufgehalten hatte. Ich würde einen Ausweg finden. Den Mittelweg.

»Du wirst sie gehen lassen?« Ich sah zu Juri, während ich das Relikt aus meiner Tasche zog.

Ein dunkles Grinsen formte sich auf Juris Gesicht, ganz langsam. »Natürlich.«

Ich konnte sehen, wie seine Augen auf das Relikt fixiert waren, gierig, wie die eines Raubtiers, das sich jeden Moment auf seine Beute stürzen würde. Hinter seinem Lächeln verbarg sich etwas, das mir sagte, dass das hier nicht so einfach enden würde, wie er es versprach.

Ich wusste, er wollte mich töten, und mit dem Relikt in seinem Besitz – mit der Macht der Götter – würde es ihm gelingen.

Zoya starrte mich an, ihre Augen voll von etwas, das ich nicht so recht deuten konnte – Angst, Wut, Hass? Oder etwas anderes? Ich wusste, dass sie es mir nie verzeihen würde, dass ich Kas beinahe getötet hatte. Und trotzdem wollte ich noch immer, dass sie sich für mich entschied.

Für einen Moment verlor ich mich in ihrem Blick, und die Zeit schien stillzustehen. »Es tut mir leid, Zoya. Dass ich dich nicht nach Hause schicken konnte.«

»Alexei, nein«, flüsterte sie erstickt, als wüsste auch sie, was gleich geschehen würde. Wenn Juri mich tötete, würde sie unweigerlich mit mir sterben. »Verschwinde von hier und nimm das Relikt mit dir. Er wird mich ohnehin umbringen. Mirons Relikt ist in mir. Er darf Gregoris nicht auch noch bekommen.«

Mirons Relikt war … in ihr? War das die Macht, die ich von ihr ausgehen spürte, seit wir die Soiree im Spiegelpalast besucht hatten? Stärker noch nach ihrer Verwandlung? Wenn das stimmte, führte jede Option ins Verderben.

Eine seltsame Veränderung in der Luft riss mich aus meinen Gedanken. Schwarze Schlieren huschten am Rande meines Blickfelds entlang. Ich blinzelte, versuchte mich zu konzentrieren, zu verstehen, was vor sich ging.

»Was ist …« Juri wirbelte herum, als sich die dunklen Schatten um ihn und Zoya legten. Sie zogen an seinen Armen, wirbelten wie Rauch um seine Gestalt, und ich wusste sofort, dass *er* gekommen war. Der dunkle Prinz, der die

Prinzessin retten wollte, die nicht die seine war. Nicht einmal kurz vor meinem bevorstehenden Tod wurde ich von ihm verschont.

Ich drehte mich um, und dort, hinter mir, traten Kas, Nastya, Nika und Alina durch den Spiegel. Ihre Gesichter waren angespannt, jeder harte Zug darin zeigte feste Entschlossenheit. Kas stand an der Spitze, seine Augen voller Hass auf Juri gerichtet. Seine Schatten waren wie lebendige Wesen, die um meinen Bruder kreisten, bereit, anzugreifen.

»Lass sie los«, sagte Kas, seine Stimme leise und gefährlich. Tödlich.

Doch durch Juris Adern floss das Blut Tausender Sünder. Das Blut, das *mir* zustand. Er war stark. Zu stark.

Mit einer blitzschnellen Bewegung zerriss er die Schatten um sich herum und stieß dabei Zoya beiseite. Sie fiel zu Boden, aber Kas' Schatten waren sofort da, um sie aufzufangen.

Das Chaos nahm seinen Lauf.

Auch Nikas Schatten gingen nun wie Peitschen auf Juri nieder, aber er wich präzise aus. Seine Bewegungen waren schnell, und doch hielt Nika mit ihren Schatten dagegen. Alina warf sich ebenfalls in den Kampf, um Juri festzuhalten, während Nastya Zoya auf die Beine half.

Auch ich spürte den Drang, mich in den Kampf zu stürzen, aber etwas hielt mich zurück. Mein Blick wanderte zu der Mittlerin, die immer noch regungslos dastand, ihre Augen auf das Geschehen gerichtet. Sie beobachtete alles, als wäre das Chaos, das sie angerichtet hatte, nicht mehr als ein weiterer Schachzug auf dem ewigen Spielbrett.

»Alexei, Vorsicht!« rief Zoya verzweifelt. Doch bevor ich reagieren konnte, spürte ich schon eine weitere Veränderung in der Atmosphäre. Ein Flüstern, ein seltsames Beben, das durch die weiße Dimension fegte.

Und dann … traten *sie* durch den Spiegel.

Große Gestalten mit riesigen weißen Flügeln, golden schimmernder Haut und silbrigen Augen. Sie waren von blendendem Licht umhüllt, und doch war da etwas Grausames, Unerbittliches an ihnen.

Engel.

»Ephemera … Sie will ihn zurückholen«, flüsterte Zoya, die in Schock und Furcht auf die blonde Frau starrte, die die Gruppe von einem Dutzend Engeln anzuführen schien. »Sie will ihren Geliebten zurück. Xanthos.«

Mein Herz sank. Die Engel waren hier, um Juri und der Mittlerin zu helfen. Der Verrat, der einst die Welt verändert hatte, sollte nun rückgängig gemacht werden.

Und ich war machtlos.

Juri nutzte die Ablenkung und stürzte sich auf mich. Ich taumelte, wollte mich verteidigen, aber er war mir überlegen.

Kas versuchte, zu uns durchzukommen, doch die Engel hatten sich in den Kampf eingemischt, und alles versank in einem einzigen zerstörerischen Strudel aus Licht und Schatten.

Juri drückte mich zu Boden, sein Griff um meine Kehle war fest, seine Augen brannten vor Gier und Zorn. »Gib es mir, Bruder«, zischte er. »Es ist vorbei.«

Der Druck auf meiner Brust nahm zu, und ich wusste, dass ich keine Wahl hatte. Wenn ich Juri das Relikt nicht gab, würde er uns beide töten, mich und damit auch Zoya.

Mit zitternden Fingern zog ich das Relikt aus meiner Tasche und hielt es ihm hin.

Juri grinste.

Doch in dem Moment, als seine Hand es berührte, brach die Dunkelheit über uns herein. Kas' Schatten stürzten sich auf ihn, und das Relikt, das er endlich in die Finger bekommen hatte, entglitt ihm.

Ich sah zu, wie sich Nastya daraufwarf, nicht wissend, welchen Fehler sie damit beging.

Kaum berührte sie es, glühte ihr gesamter Körper in einem schwarzen Licht. Das kugelförmige Relikt, das sie bei sich getragen hatte, brannte ein Loch in die Tasche ihres Umhangs, als es sich einen Weg hinaus bahnte. Zum anderen Teil. Hier – an diesem ganz speziellen Ort – zogen sie einander anscheinend an wie Magnete, wenn sie nicht durch genug Widerstand voneinander getrennt waren. Die Relikte vereinten sich mit einem klickenden Geräusch, das nichts als grausame Endgültigkeit verhieß.

Die Welt brach auf.

Ein unheimliches Knirschen durchzog die Luft, und vor meinen Augen rissen die unsichtbaren Wände der weißen Dimension auseinander, und die Realität begann zu zerbröckeln. Die Seelen lösten sich nach und nach und stoben hinaus in die Unendlichkeit, hinterließen schwarze Risse im feinen Gewebe der Welten. Sie sahen aus wie klaffende Wunden, aus denen reine Dunkelheit blutete, die lebendig zu sein schien.

Ein eisiger Wind peitschte durch die weiße Zwischenwelt. Ein Gefühl des Unheils kroch über meine Haut, und ich spürte, dass diese Dunkelheit aus einer anderen, einer älteren Welt stammte. Sie wollte verschlingen, und alles, was sie berührte, wurde schwarz.

»Alina!«, schrie Nika plötzlich.

Die Zeit verlangsamte sich.

Ich blickte nach oben. Alina kämpfte gerade in der Luft gegen einen Engel, wich seinen Angriffen mit erstaunlicher Geschicklichkeit aus – bis sich die Dunkelheit wie eine Fessel um ihren Knöchel schloss. Sie kreischte auf, als der Riss sie zu sich zog, bereit, sie zu verzehren. Ihre Flügel schlugen verzweifelt, aber sie hatte keine Chance. Alina rutschte tiefer in den Riss, und ein zweiter Schatten griff nach ihrem Arm. Ich sah, wie sie mit letzter Kraft dagegen ankämpfte, ihre Hände verzweifelt in Nikas Richtung ausgestreckt, als wäre sie ihr Anker. Ihre letzte Hoffnung.

Ich sah die wilde Panik in ihren roten Augen.

Nika erhob sich mit einem peitschenden Schlag ihrer Flügel, raste auf Alina zu. Im selben Augenblick gellte ein weiterer Schrei durch die weiße Dimension, der sie innehalten ließ – Nastya wurde von einem der Engel zu Boden gedrückt. Licht glühte zwischen seinen Fingern auf, und er presste seine leuchtende Hand auf ihre Brust, um sie zu verbrennen.

Ich sah die Zerrissenheit in Nikas Augen, und wenn Juri mich nicht in seinem Würgegriff gehalten hätte, hätte ich ihr die Entscheidung abgenommen, indem ich zu Nastya gestürmt wäre, um diesen Engel aus dem Leben zu reißen, doch ich konnte mich immer noch nicht rühren.

Nikas Blick schoss zwischen den Frauen hin und her, und ich verstand.

Sie liebte sie beide.

Ihre Flügel schlugen kräftig, ihr Gesicht eine Maske der Qual. Nika hatte sich entschieden. Sie rauschte höher in die Luft, packte Alinas Hand und zog die Baroness aus dem schwarzen Riss, der nur widerwillig von ihr abließ.

Einen Atemzug später stieß Nastya ihren letzten Schrei aus. Ihre Augen waren weit aufgerissen und starrten noch immer an den Fleck, auf dem Nika bis gerade eben noch gestanden hatte. Leer und leblos. Als Nika sich wenige Augenblicke später über sie beugte, war Nastya bereits tot. Und diesmal, da war ich mir ziemlich sicher, war es kein Trick, um von mir loszukommen.

Während alles im Chaos unterging, ließ Juri endlich von mir ab. Irritiert beobachtete ich, wie er von jetzt auf gleich das Interesse an mir verlor.

»Hol sie dir!«, bellte Aurora. Dann stürzte er auf Zoya zu. Als ich die Gier in den Augen der Mittlerin sah, begriff ich es: Zoya war das Letzte, das zwischen ihr und der Wiederauferstehung ihres Sohnes stand – und damit der Zerstörung Xanthias.

Die Geräusche des Kampfes, das Knirschen des zerreißenden Raumes, all das wurde zu einem gedämpften Flüstern. Alles, was zählte, war, dass ich Zoya erreichte, bevor es zu spät war. Bevor Juri und Aurora das letzte Relikt an seinen Platz setzten. Die anderen zwei Relikte schwebten in der Luft, umgeben von einem schwarz glühenden Schleier.

Ich sprang auf. Mein Herz raste. Die Welt um mich herum versank in Dunkelheit, als ein ohrenbetäubendes Kreischen meine Sinne erfüllte.

»VERRÄTER! VERRAT, VERRAT, VERRAT, VERRAT, VERRAT, VERRAAAAAAAT!«

Ich war zu fokussiert, um zu begreifen, wovon Aurora sprach. Zoya war in Reichweite. Ich machte einen großen Schritt, warf mich vor sie, und im selben Moment zerriss ich.

Zoyas braune Augen waren weit aufgerissen vor Schreck. Ich folgte ihrem Blick auf meine Brust. Eisenketten ragten daraus hervor wie schwarze Tentakel. Sie hatten sich durch meinen Rücken gebohrt.

Aurora. Jetzt, wo ihre Welt zerfiel, konnte sie ihre Macht entfesseln. Mit einem Ruck zog sie die Ketten wieder zu sich, aus mir heraus, und ich fiel auf die Knie.

»Alexei!« Zoyas Schrei durchbrach meine Gedanken, holte den Schmerz zurück in meine Gegenwart. Ich starb, und sie starb mit mir.

»Ich habe es dir gesagt«, presste ich hervor, während ich mich an meine letzten Atemzügen klammerte. »Du bist entweder meine Zukunft oder … mein Tod … Zoy- … Zoé.«

Ich spürte ihre Hände auf meiner Brust, wie sie versuchten,

den Blutfluss zu stoppen, aber es war zu spät. Der Schmerz wich einem lähmenden Gefühl der Leere. Alles begann zu verblassen. Ihr Gesicht war das Letzte, was ich sah – die Tränen in ihren Augen, das verzweifelte Flüstern meines Namens.

Ich wusste, dass sie nicht um *mich* weinte, und das machte das Sterben so viel einfacher.

# KAPITEL 39

## ZOÉ

Alexei lag in meinen Armen, sein Körper wurde schwer. Die von schwarzen Schwaden durchzogene Leere der Zwischenwelt schien für einen scheinbar endlosen Augenblick stillzustehen, als ob selbst sie auf seinen Tod wartete. Sein Blut sickerte warm und klebrig durch meine Finger, doch ich hielt ihn fest.

Ich konnte nicht loslassen. Denn das hieße, dass es endgültig wäre.

Unser beider Schicksal besiegelt.

»Alexei …« Meine Stimme war kaum mehr als ein Flüstern, von dem Chaos, das nun wieder um uns tobte, fast verschluckt. Die Welt war ein Sturm aus Schreien, Blut und Lichtstrahlen, die durch Schatten zuckten.

Die Engel kreisten über uns, ihre Flügel blitzten wie scharfe Klingen in der Luft, die immer weiter auseinanderbrach.

Juris schattenhafte Gestalt war einige Meter von mir entfernt stehen geblieben, seine Augen glühten.

»Es ist zu Ende«, rief ich ihm zu, und ein verzweifeltes Lachen brach aus mir heraus. »Ich bin an Alexei gebunden. Ich werde sterben und das Relikt mit mir.«

Ich hatte es geahnt, nachdem sich mir der Leitfaden gezeigt hatte. Nach Maries Offenbarung. Und in dem Moment, in dem Juri von dem Herzen in mir gesprochen hatte, hatte ich es endgültig begriffen. Deswegen war mir Xanthos erschienen.

Als ich durch Mirons Spiegel gegangen war, musste sich das Relikt in mir manifestiert haben. Ich erinnerte mich an sein schwarzes Aufglühen.

Daher auch der zweite Herzschlag in mir.

Juri war mit einem Sprung bei mir, seine Finger gruben sich schmerzhaft in meine Schultern, und ich wusste, es war vorbei. War es schon, seit Alexei seine Augen geschlossen hatte.

Alles war zu viel – der Schmerz, der Tod um mich herum, das wütende Brüllen der Engel und die Schatten, die sich um uns wanden und alles verschlangen. Ich konnte nicht mehr klar denken, nicht mehr atmen.

»Zoé!« Kas' Schatten wickelten sich um Juris Hals und schleuderten ihn davon. Er war sofort bei mir, zog mich hoch in seine Arme.

Diesmal war er hier. Diesmal war er gekommen. Marie musste ihm erzählt haben, wohin ich gegangen war, und in diesem Moment war ich ihr dankbar dafür.

»Es tut mir leid«, flüsterte ich. »Alexei hat … Seine Blutlinie …« Ich würde ihn zurücklassen. Meine Augen füllten sich mit Tränen, die mir unaufhaltsam über die Wangen liefen. Kas wischte sie sanft fort.

»Ich weiß«, flüsterte er und drückte mich an sich. »Ich gehe mit dir.«

Mein Herz zerbrach, seine Splitter bohrten sich erbarmungslos in mein Innerstes. »Nein, Kas, du wirst leben.«

Ein stechender Schmerz in meiner Brust ließ mich aufkeuchen, und Kas hielt mich noch fester.

»Versprich es mir«, flehte ich ihn an. Sein Gesicht war qualvoll verzogen, und ich konnte sehen, dass er mit den Tränen kämpfte.

»Nicht«, sagte er heiser. »Du kannst mich um alles bitten, aber nicht darum … nicht darum, dieses Leben ohne dich ertragen zu müssen.«

Mein Körper krampfte sich zusammen, als eine weitere Schmerzwelle durch mich hindurchrauschte. Nika und Alina schlossen zu uns auf, ihre Schattenschlieren zu Schilden geformt. Es waren nur noch wir vier übrig. Wir vier gegen zehn Engel – Ephemera an ihrer Spitze –, Juri und die Mittlerin.

Und sie alle kamen näher.

»Sobald ich sterbe, müsst ihr meinen Körper nehmen und durch den Spiegel gehen«, sagte ich leise. »Das dritte Relikt ist in mir.«

Alinas Mund fiel auf, aber Nikas Gesicht blieb eine Maske des Todes. »Du stirbst nicht.«

»Doch«, erwiderte ich, »ich bin an Alexei gebunden, er hat mich –«

»*Ich* habe dich verwandelt, technisch gesehen«, fiel Nika mir ins Wort. »Mein Blut war noch in deinem System, als du von Alexei getrunken hast.«

»Aber ich …« Ich dachte fieberhaft nach. »Ich habe nie von dir –«

»In der Aschewüste«, mischte Alina sich ein. »Nachdem wir dich aus Anas Fängen befreit haben. Du bist während des Angriffs der Ghule beinahe gestorben, erinnerst du dich?«

Mein Herz begann zu rasen, ich versuchte die bruchstückhaften Erinnerungen zusammenzusetzen. Das Letzte, das ich gesehen hatte, war das Aufblitzen von etwas Rotem, das ich für Nikas Augen gehalten hatte.

»Nika hat dir von ihrem Blut gegeben.«

»Deswegen habe ich mich nach dem Aufwachen so viel besser gefühlt«, schloss ich. »Das heißt …«

»Dass du Teil *meiner* Blutlinie bist«, vervollständigte Nika meinen Satz. »Mein Blut war zuerst in deinem Körper. Du hast kurz vor deinem Tod von mir getrunken, da zirkulierte es noch durch dein System.«

Ich würde … nicht sterben?

Kas ließ mich los, und im nächsten Moment umarmte er Nika. Sie zögerte keine Sekunde, ehe sie ihre Arme um ihn legte. Ich spürte, wie sich mir die Kehle zuschnürte, weil ich wusste, dass das mehr war als nur ein Ausdruck seiner Dankbarkeit.

Es war zugleich Trost.

Mein Blick schweifte zu Nastya, deren toter Körper langsam in einen der schwarzen Risse gezogen wurde. Es war grausam, dass sie und Nika nach so vielen Jahren wieder zusammengefunden hatten, nur um auf diese Weise getrennt zu werden.

Diesmal für immer.

»Es reicht«, donnerte Auroras Stimme durch die zerfallende Dimension. »Ich habe euch Zeit zum Trauern gegeben. Juri, bring mir das letzte Relikt!«

Juris Augen waren auf mich gerichtet, als hätte er nur auf diesen Befehl gewartet. Und dann bewegte er sich erneut auf mich zu.

Kas, Nika und Alina stellten sich um mich herum auf, ihre Schatten bereit, auf alles und jeden loszugehen, der es wagen würde, sich uns zu nähern.

Aus dem Augenwinkel sah ich, wie sich die Oberfläche des Spiegels mit dem weißen Rahmen ein weiteres Mal verflüssigte. *Oh nein, bitte nicht.* Wer würde diesmal kommen? Noch mehr Engel, die sich auf Xanthos' Seite stellten? Das würde unseren Untergang endgültig besiegeln.

Doch es war Roman, der die Zwischenwelt betrat – gefolgt von … *Miron*?

Alina, die ihren Vater ebenfalls bemerkt zu haben schien, knurrte neben mir.

»Ich bin hier, um zu helfen«, sagte der Schattenbaron.

*Na klar.*

Doch als Juri vorsprang, direkt auf mich zu, waren es seine Schatten, die Alexeis Zwillingsbruder festhielten.

»Hier!« Ich warf ihm den roten Dolch zu, den ich aus meinem Stiefel zog. Ich musste jetzt darauf vertrauen, dass Miron die Wahrheit sagte.

Er fing die Klinge auf und trieb sie tief in Juris Brust.

»NEEEEEIN«, kreischte Aurora.

Die Engel stürmten auf uns zu, ihre Lichtstrahlen prallten gegen unsere Schatten.

»Wir müssen die Mittlerin vernichten!«, rief Nika durch das Chaos. »Aber wie tötet man eine Göttin?«

»So, wie man einen Gott tötet. Wir folgen Kyrios' Leitfaden«, gab ich mit heftig klopfendem Herzen zurück. »Sie ist bereits geschwächt durch Alexeis Verrat!« *Durch meinen Verrat an ihr und Xanthos*, korrigierte ich in Gedanken. Sie hatte ganz offensichtlich fest damit gerechnet, dass ich ihr helfen würde, Xanthos' Leben zu retten, indem ich Xanthia opferte. Doch die Bürde dieses Wissens würde ich den anderen nicht auferlegen. Es genügte, wenn ich die schreckliche Wahrheit kannte, dass ein Einzelner auf ewig leiden musste, nur damit wir leben konnten.

»Aber wir kennen nicht alle erforderlichen Schritte!«

»Doch, ich kenne sie. Wir brauchen ihr Herz«, erwiderte ich, mein Blick fest auf Auroras Brust gerichtet.

Nika starrte mich an, ihre Augen geweitet. Ich sah den Moment, in dem sie es verstand, den Moment, in dem die Erkenntnis ihr ins Gesicht geschrieben stand. Dann stürmte sie los, Alina hinterher. Roman und Miron hielten ihnen den Rücken frei, so gut sie konnten.

Die Engel stürzten sich auf die beiden Frauen, versuchten sie aufzuhalten, doch Alina war schneller und tödlicher. Sie zückte zwei Dolche, die Klingen durchdrangen die gefiederten Flügel der himmlischen Wesen. Nikas Schatten schossen als Pfeile in die greifenden Arme der Finsternis, und sie brüllte ihre Wut und ihren Schmerz hinaus, verwandelte sie in eine Stärke, die ich so noch nie bei ihr gesehen hatte. Nichts konnte die beiden aufhalten.

Doch noch während ich ihnen hinterhersah, überwältigte mich der Schmerz in meiner Brust.

Xanthos.

Ich hörte ihn.

*Zoé, bitte. Ich dachte, Ihr würdet mich verstehen.*

*Das tue ich,* antwortete ich ihm in Gedanken. *Besser, als mir lieb ist.*

*Dann helft mir. Ich will mein Leben zurück. Ich will leben.*

*Euer Leben bedeutet das Ende von Xanthia,* sagte ich. *Und damit auch mein Ende.*

Ich blickte zu Kas. Nachdem man mich mein Leben lang weggestoßen und abgelehnt hatte, nach meinem Leben in Einsamkeit, hatte ich ihn gefunden. Er stand hier, bei mir, mit seinem gebrochenen Herzen, das immer noch so verdammt kräftig schlug. Für mich. Zum ersten Mal hatte sich jemand für mich entschieden. Er. Kas. Kas hatte sich für mich entschieden, und ich entschied mich für ihn. Für ihn gab ich meinen einzigen heimlichen Wunsch auf, der zugleich der Fluch meines Lebens gewesen war. Ich wollte nicht mehr sterben. Ich wollte Kas. Ich wollte lieben. Ich wollte … *leben.*

*Es tut mir leid, Xanthos. Aber ich entscheide mich für mich.*

Sein verzweifelter Schrei prallte gegen die Wände meines Schädels, laut, immer lauter, bis sich noch eine weitere Stimme darin verwob.

Mein Blick zuckte hoch. Ich sah die Überraschung im Gesicht der Mittlerin. Für den Bruchteil einer Sekunde war ihre Arroganz verschwunden, ersetzt durch eine pure, rohe Angst. Nikas Hand steckte in der winzigen Öffnung, die sich in Höhe ihrer Brust zwischen den schwarzen Eisenketten auftat.

Und dann zog Nika ihre Hand zurück. Es war, als würde die Welt um uns herum für einen Moment den Atem anhalten. Die Zeit erstarrte. Die Engel und Schatten, der Lärm des Kampfes, die Risse in der Realität – alles schien stillzustehen.

In Nikas Faust pulsierte ein Herz.

Die Mittlerin schrie, ein schrecklicher, markerschütternder Laut. Ihre Augen weiteten sich, als sie auf ihr eigenes Herz starrte.

Die Bilder von Xanthos schossen durch meinen Geist. Wie er auf dem Stein gelegen hatte, seine beiden Brüder über ihm. Wie sie ihm das Herz aus der Brust gestohlen hatten, bevor … der dritte und letzte und alles vernichtende Schritt folgte.

»Ihr müsst es zerreißen!«, rief ich. »Das Herz!«

Nika und Alina tauschten einen Blick, und dann geschah es. Sie zerrissen es. Sie zerrissen das Herz der Mittlerin.

Auroras makellose Gestalt begann sich aufzulösen.

Sie hatte nur ihren Sohn zurückholen wollen.

Ihr Sohn hatte ins Leben zurückkehren wollen.

Man hatte ihm so viel Unrecht getan.

Und ich machte damit weiter.

Ich konnte nicht atmen, und etwas in mir zerbrach. Ich wusste sofort, dass es für immer sein würde.

Mein Blick fiel auf Aurora, deren Körper sich immer weiter zu Rauch verflüchtigte. Die Schwaden schwebten in der Luft, bevor sie sich durch den Raum bewegten. Dorthin, wo Alexei lag.

»*Die Macht muss weitergegeben werden, die Seelen brauchen einen Mittler*«, hallte ihre körperlose Stimme ein letztes Mal durch die sterbende Dimension. Gänsehaut erfasste meinen gesamten Körper, noch bevor ich begreifen konnte, was ihre Worte bedeuteten.

»Wir müssen hier weg«, brüllte jemand neben mir. Ich wurde am Arm gepackt, es war Kas, der mich eindringlich ansah. Wir stürmten auf den Spiegel zu, Nika, Alina, Miron und Roman dicht hinter uns. Alles andere blieb hier zurück, Alexei, Nastya, Ephemera und die überlebenden Engel – sogar Auroras zerrissenes Herz. Ich warf einen letzten Blick hinter mich. Alexeis Körper glühte in einem schwarzen Licht, und als würde alles rückgängig gemacht werden, fanden die herausgebrochenen Teile der weißen Dimension ihren Weg zurück an ihren Platz. Der Raum setzte sich Stück für Stück zusammen, als wäre nie etwas geschehen.

Dann zog der Spiegel mich in sich.

# EPILOG

## Zoé

Die Geräusche des Festes dringen wie ein dumpfer Herzschlag an meine Ohren, während ich auf der Brücke des Schlosses stehe und den Sonnenuntergang über dem Blutdistrikt betrachte. Seit Auroras Tod hängt ein weißer Schleier über Xanthia, der das rotgoldene Glühen der Sonne dämpft. Ein Teil von mir glaubt, dass sie es ist, die als Teil des Himmels über uns schwebt. Über der Welt, die einst ihr Sohn war. Auf groteske Art und Weise sind sie wieder miteinander verbunden. Der Gedanke, dass erlittenes Unrecht im Tod wieder ausgeglichen werden kann, gefällt mir.

Ich schließe die Augen und atme tief ein. Der sanfte Wind streicht über meine Haut, trägt den Geruch von Feuer und den schwachen Duft von Blut mit sich. Es ist der gleiche Wind, der über die Ruinen des vergangenen Krieges zieht, aber auch durch die Straßen, in denen jetzt gefeiert wird.

Ein Lachen hallt in der Ferne. Das Leben geht weiter, nun, da zwei der drei Relikte zurück in ihren Schreinen sind. Der dritte Teil von Xanthos' zerrissenem Herzen schlägt nach wie vor in meiner Brust wie eine ewig währende Erinnerung an seinen Schmerz.

Ich weiß, dass ich hinuntergehen sollte zu den anderen, zu Kas, Nika, Alina und Roman. Sie sind unten in der Menge, Teil des Festes, Teil dieses Neuanfangs, den wir geschaffen haben. Doch etwas hält mich hier oben fest – dieser eine Moment des Stillstands zwischen dem Ende eines Krieges und dem Beginn von etwas Ungewissem.

Ich fühle mich, als würde ich von hier oben auf etwas blicken, zu dem ich nicht gehöre.

Ich öffne die Augen und sehe hinunter in den Innenhof. Die Fackeln leuchten hell, Tänzer wirbeln zwischen den Gebäuden hindurch, und über allem schwebt Musik. Kas sitzt an einem Klavier im Schatten. Er spielt fröhliche Klänge, als wäre alles, was geschehen ist, nur ein böses Märchen, das bereits in die Vergangenheit gleitet. Trotzdem wandert sein Blick immer wieder zu den dunkleren Ecken des Festes, als würde er fürchten, dass dort ein letzter böser Schatten lauert, um uns alles wieder zu nehmen.

Er scheint zu spüren, dass ich ihn beobachte, und sieht zu mir hoch. Er lächelt, aber ein Funken Schmerz gräbt sich in die kleinen Fältchen um seine Augen. Er versteht, was in mir vor sich geht. Kas versteht immer. Mein Herz macht einen Satz, sehnt sich nach seiner Berührung, weil sie alles ist, was ich für immer fühlen will. Ich weiß nicht, ob wir uns je getroffen hätten, wenn ich mich in meinem Leben nicht immer wieder dazu durchgerungen hätte, weiterzumachen. Wenn mich nicht all meine Entscheidungen – so falsch sie sich zwischendurch auch anfühlten – an diesen Punkt geführt hätten. Wenn ich aufgegeben hätte, als ich mich am schwächsten fühlte.

Jetzt stehen wir gemeinsam hier, Kas und ich, unsere Blicke fest ineinander verhakt. Wir, die nirgendwo hingehörten, gehören zueinander.

*Zwei Einsame, die zusammen nicht mehr einsam sind.* Stanislavs Worte klingen in mir nach, und ich wünschte, er würde mit den anderen dort unten stehen. Aber vielleicht ist er gerade bei Mikayla, wo auch immer dieser Ort ist. Vielleicht kann er ihr endlich gestehen, was er für sie empfindet.

Ich drehe mich um und lehne mich gegen die Brüstung der Brücke. Der Stein unter meinen Händen ist kühl und fest, ein

Anker in dieser flüchtigen Wirklichkeit. Und doch spüre ich immer noch die Dunkelheit in mir, tief in meinem Inneren, als hätte sie sich dort eingenistet, untrennbar von dem, was ich geworden bin. Womöglich schon immer war.

»Zoé.«

Eine vertraute Stimme reißt mich aus meinen Gedanken. Nika steht am Ende der Brücke, ihre Silhouette zeichnet sich gegen die letzten Strahlen der Sonne ab. Ihr Gesicht ist im Halbdunkel kaum zu erkennen, aber ich weiß, dass ihre Augen mich wachsam mustern, wie sie es immer tun.

»Kommst du nicht runter?«, fragt sie leise, ohne näher zu kommen.

Ich schüttele kaum merklich den Kopf und blicke wieder in die Ferne. »Noch nicht.«

Ein Moment der Stille dehnt sich zwischen uns aus.

»Mir geht es auch nicht gut.«

Ich drehe mich zu ihr, und unsere Blicke treffen sich. Natürlich erkenne ich, dass das Rot ihrer Iriden in schwarze Schatten getaucht ist.

»Ich will nur, dass du das weißt. Dass du nicht allein bist, auch wenn es sich so anfühlt. Gerade wenn du uns lachen siehst. Ich glaube … Ich glaube, gerade dann sind wir eigentlich am verletzlichsten.«

Ich muss schlucken, und die Dunkelheit in ihren Augen wirbelt weiter. Die Schatten haften an ihr, wie Nastyas Tod es tut. Ich weiß, dass es Nika beinahe zerstört hat, sie gehen zu lassen. Aber ich weiß auch, dass das Leben weitergehen muss. Dass Nika damals, vor acht Jahren, als Nastya verschwand, weitermachen musste. Sich nicht aufgeben durfte. Und dass sie Alina fand, in ihrer dunkelsten Stunde. Ich verstehe, was sie für Nika bedeutet. Und ich verstehe, warum Nika sich für sie entschied.

»Danke«, sage ich leise.

Ich höre, wie Nika sich umdreht und leise zurückgeht, ohne noch etwas zu erwidern. Sie weiß, wann ich meine Ruhe brauche.

Die Nacht bricht langsam herein und nimmt die weichgezeichneten Konturen der Berge mit sich.

Unter mir sehe ich, wie Nikas vertraute Gestalt sich zurück unter die Feiernden mischt. Ihr Lachen hallt kurz durch die Luft, als sie versucht, Alina in einen Tanz zu verwickeln, und die Wahrheit hinter diesem Laut lässt mich für einen Moment zusammenzucken.

Alina wehrt sich erst, ihre Locken wippen, als sie verlegen über die Schulter schaut, doch dann lässt sie sich mit einem Seufzen auf den Tanz ein.

Ein weiteres Lachen, dieses Mal von Roman, der die beiden beobachtet. Selbst er scheint verändert, härter irgendwie, doch ich sehe auch, wie er ein bisschen leichter atmet als zuvor. Er kichert, als eine Frau um die Ecke kommt, zwei Getränke in ihren Händen. Es ist Marie.

Meine Finger krampfen sich um den kalten Stein der Brüstung. Ich sollte froh sein, dass sie lachen, dass sie tanzen können. Es ist das, wofür wir gekämpft haben. Aber ich kann mich nicht dazu durchringen, diesen Frieden zu spüren. Denn ich weiß etwas, das sie nicht wissen.

Xanthos … Sein Name brennt in meiner Brust wie eine Erinnerung, die nicht vergeht. Der Frieden, den wir jetzt haben, wurde durch den Tod eines Unschuldigen erkauft. Ich habe sein Leben nicht beendet, aber ich habe verhindert, dass er es zurückbekommt. Damit wir Xathyr weiterleben können.

Die Finsternis, die sich tief in meinem Inneren regt, ist der Schatten seines verlorenen Lebens.

Die Sonne ist endgültig verschwunden. Die Nacht hat Xanthia in Besitz genommen, aber das Fest geht weiter, unbeeindruckt von der Dunkelheit, die in diese Welt gehört wie das Blut der Sünder, das den Boden nährt.

Eine Berührung an meiner Taille jagt einen wohligen Schauer über meinen Körper. Ich weiß, wer es ist, noch bevor ich mich zu ihm umdrehe.

Kas' blaue Augen mustern mich voller Liebe, und das warme Gefühl drängt die Finsternis in mir für den Moment zurück. Ich schmiege mich an ihn, und er haucht mir einen Kuss auf die Stirn.

»Da ist jemand, der dich sehen will«, flüstert er an meiner Haut. Dann tritt er einen Schritt zur Seite.

Hinter ihm verschmilzt eine Silhouette mit den Schatten der Dunkelheit. Sie ist zierlich und bewegt sich sanft. Ich erkenne schulterlanges braunes Haar, das vom Wind aufgewirbelt wird. Er trägt einen Geruch an meine Nase, der nach Zuhause riecht.

»Ich habe dich gefunden«, sagt Claire, und ihre Stimme zieht den Stachel aus meiner Brust. Erinnert mich daran, wer ich einst war und wer ich heute bin.

Ich weiß nicht, seit wann sie in Xanthia ist, aber vielleicht hat der neue Mittler sie zu mir geschickt. Vielleicht war dies ein letztes Zeichen der Versöhnung von Alexei, dem ehemaligen Grafen von Xanthia. Ohne weiter darüber nachzudenken, stürme ich auf Claire los und schließe sie in meine Arme.

In dem Moment habe ich zum ersten Mal die leise Hoffnung, dass vielleicht auch ich ihn irgendwann fühlen kann.

Frieden.

ENDE

# NACHWORT

*This is how Villains are made* ist ein Lied von Madalen Duke, das ich 2022 zum ersten Mal gehört habe. In dem Moment wusste ich, dass ich mit *Empire of Sins and Souls* die Geschichte von drei Bösewichten erzählen möchte, auch wenn mir klar war, dass ich damit ein Risiko eingehe.

Denn nein, Zoé, Kas und Alexei sind keine Helden (vor allem Alexei nicht, haha). Sie handeln nicht immer richtig, tun Dinge, die sie unsympathisch machen, Dinge, die unser moralischer Kompass als verwerflich einstuft. Sie tun diese Dinge, um auf ihre Art zu überleben – was sie in keiner Hinsicht richtiger macht. Aber eben auch nicht *nur* böse.

Wir alle bestehen aus etlichen Graustufen, und auch wenn wir uns täglich bemühen, immer nur gut zu sein, so können wir nie gänzlich vermeiden, andere zu verletzen oder auch selbst verletzt zu werden. Und jemand, der verletzt ist, handelt oft anders als jemand, der unbeschwerter durchs Leben geht.

Als ich angefangen habe, intensiv an dieser Reihe zu arbeiten, habe ich begleitend eine Traumatherapie begonnen. Dann habe ich sie wieder abgebrochen, so, wie ich es immer tue, um mich nicht mit mir selbst auseinandersetzen zu müssen. Stattdessen schreibe ich Bücher, in denen die Protagonistinnen und Protagonisten gegen ihre eigene Dunkelheit ankämpfen und sie am Ende vielleicht sogar als Teil von sich akzeptieren.

Die Protagonistinnen meiner ersten Bücher, die ich als Jugendliche schrieb (und die niemals das Licht der Welt erblicken werden), haben ihre Geschichten nicht überlebt. Ich habe sie zum Schluss den einzigen Schritt gehen lassen, den ich damals gesehen habe, wenn es darum ging, ihr Leid zu beenden.

Bei Zoé habe ich mich bewusst dagegen entschieden. Ich habe mich dagegen entschieden, sie ihren Tod wählen zu lassen. Zoé hat das Leben gewählt, wie auch ich es einst tat. Und ich hoffe aus tiefstem Herzen, dass ihr alle, die ihr diese Reihe gelesen habt und ähnliche Gefühle durchlebt wie Zoé, ebenso entscheidet. Immer wieder, jeden Tag.

Ich schreibe weiter meine Bücher, und es wird auch in Zukunft keine klassischen, fröhlichen Heldinnen und Helden bei mir geben, keine leichten Liebesgeschichten, durch die Figuren geheilt werden. Das können wir am Ende nur selbst – uns heilen. Ob mit einer Therapie oder mit der Flucht in düstere Geschichten, in denen wir uns gesehen und verstanden fühlen (am gesündesten ist vielleicht Ersteres – oder eine Kombination aus beidem).

Vergesst dabei nie: Keiner von uns ist allein.

# DANKSAGUNG

Wie beginnt man die Danksagung für den letzten Band einer Reihe, die ein Durchbruch war? Damit meine ich nicht einmal karrieretechnisch, sondern vielmehr persönlich. Es hat mir sehr viel gegeben, diese Trilogie zu schreiben. Für mich war sie mein Befreiungsschlag. Meine Art, mir meine Kontrolle über eine Situation zurückzuholen, die mich vor fünfzehn Jahren entmachtet hat. Und ich kann gar nicht fassen, dass es jetzt euch gibt, die ihr diese Bücher gelesen habt.

Also gilt mein erster Dank euch, liebe Leserinnen und Leser.

Seit ich vierzehn oder fünfzehn Jahre alt bin, höre ich Metal (hi an alle, die meine Playlists feiern, hehe), weil die Songtexte mir schon immer das Gefühl gaben, verstanden zu werden. In einer Welt, in der ich mit niemandem reden konnte, haben mir diese Texte gezeigt, dass ich mit meinen Gefühlen nicht allein bin. Dass es okay ist, wenn es mir nicht gut geht, weil es andere gibt, die genauso empfinden. Andere, die trotz ihres Schmerzes auf großen Bühnen stehen und Menschen begeistern.

Ich habe so eine Art Space für euch schaffen wollen. Das war immer mein größter Antrieb beim Schreiben dieser Bücher, wird es auch in Zukunft bleiben.

Und an dieser Stelle danke ich meinem Verlag Droemer Knaur und Maria Weber für ihr Vertrauen. Die Bücher mögen zunächst *seichte spicy Vampir-Romantasy* schreien, aber für mich gehen sie so viel tiefer. Danke, dass ich diese Geschichte mit all ihren Facetten so erzählen durfte, wie ich es wollte und brauchte.

Danke an meine Agentin Franziska Hoffmann, die mich in diesem wunderbaren Verlagszuhause untergebracht hat. Danke auch dafür, dass du dir meine Sorgen anhörst und immer den perfekten Ratschlag parat hast. Manchmal glaube ich, du kannst in meinen Kopf gucken und Wahrheiten aufdecken, die ich viel zu gerne verdränge.

Danke an meine Lektorin Jacqueline Wagner. Ich glaube, nur wir beide wissen, was dieses Buch uns abverlangt hat. Klar, der Inhalt bleibt Geschmackssache, aber was wir geleistet haben – unter den gegebenen Umständen –, ist übermenschlich und krass. Diesen Wahnsinn hätte ich mit niemand anderem durchgestanden als mit dir. Danke für diese intensive Reise mit diesen drei intensiven Büchern. Ich kann die nächsten kaum erwarten!

Danke an meine beste Freundin Juli Dorne. Als ich gesagt habe *Juli, ich glaube, ich kann nicht mehr*, hast du alles stehen und liegen lassen, um für mich da zu sein. Ich habe mich zwar hundert Mal bedankt, aber das bringt nicht annähernd zum Ausdruck, wie viel mir deine Hilfe in dem Moment gegeben hat, auf so vielen Ebenen. Ich hoffe, du weißt, dass du mich jeden Tag aufs Neue rettest.

Danke an meine Testleserinnen Steffi, Sara, Leonie und Mallak. Es ist wild, dass wir schon wieder eine Reihe beendet haben. Danke für eure Sprachnachrichten, die Heul-Selfies, die GIFs und natürlich eure klugen Anmerkungen.

Danke an meine Familie und meinen Mann, der in den letzten Wochen einige sehr furchtbare Tage mit mir ausgehalten hat.

Danke, dass ihr alle mich während der Arbeit an dieser Trilogie begleitet habt, die erst der Anfang von so vielem ist. Ich hoffe sehr, wir lesen uns bald wieder!

Eure Beril
31.10.2024

PS: Um die wichtigste Frage des Buches aufzuklären: Roman hat seine Pferde zurückbekommen!

# GLOSSAR

**Tozkrejz iz zwoy adrekhov, dobli stuthit' Xanthii. Kust' ty dozhneth' robli'mye adrekhi. Ich taufe dich *Zoya*, dhivoii.** – Geboren aus deinen Sünden, um Xanthia zu dienen. Mögest du ertragreiche Sünden ernten. Ich taufe dich *Zoya*, die Lebende.

**Gud' maim y gravi zyarom zo mnoia.** – Sei die Meine und herrsche an meiner Seite.

**Zoya** – das Leben

**Moia ledi** – meine Dame

**Moie ledie** – meine Damen

*République Adrasteau:*

Jeanne Durand – Mutter von Zoé
Jean-Paul Montblanc – Zuhälter
Raoul Vignaud – Freier
Louise Catteau – Tochter von Marianne Catteau

*Xanthia:*

Zoé Durand – Gräfin, auch bekannt als Zoya
Alexei – Graf
Nika – Generalin
Maxim – General
Vadim – Wache

Stanislav – Bediensteter

Mikayla – Zofe

Pavel – Bekannter von Nika

Roman – Freund von Nika

Gregori – Aschebaron

Nikolaj – Knochenbaron

Miron – Schattenbaron, auch bekannt als Herr der Spiegel

Ana – Lebensgefährtin von Miron, Baronin

Nastya – ehemalige Geliebte von Alexei

Kaspar – »Prinz«, auch bekannt als Kas, eigentlich Gaspard Mathieu

Marianne Catteau – Bedienstete, auch bekannt als Marie

Claire Moreau – Freundin von Zoé

*Göttliche Wesen:*

Aurora – Mutter der Götter, Mittlerin

Kyrios – Gott des Himmels

Baal – Gott der Hölle

Xanthos – Mittler

Ephemera – Engel, ehemalige Geliebte von Xanthos

# CONTENT NOTES

- Sexualisierte Gewalt
- Psychische und physische Gewalt, Folter
- Suizidgedanken
- Pflege/schwere Krankheit von nahen Angehörigen
- Selbstverletzendes Verhalten
- Menschenhandel/Sklaverei
- Tod, Mord
- Tod eines Elternteils

Der heißersehnte Auftakt der Fantasy-Dilogie
von Bestsellerautorin Hafsah Faizal

HAFSAH FAIZAL

# WE HUNT THE FLAME

*Menschen lebten, weil sie tötete. Menschen starben, weil er lebte.*

Die Jägerin Zafira kann nur als Mann verkleidet im verfluchten Wald des Arz ihr Volk beschützen. Wird sie als Frau entlarvt, droht ihr Verbannung oder Schlimmeres.
Als Prinz des Todes ist es Nasirs Aufgabe, alle zu vernichten, die töricht genug sind, sich seinem tyrannischen Vater zu widersetzen. Niemals darf er Mitgefühl zeigen, denn sonst wird er selbst zum Opfer des grausamen Königs.
Gegen ihren Willen sind Zafira und Nasir Legenden im Königreich Arawiya. Als sich ein Krieg zusammenbraut und der Arz mit jedem Tag näher rückt und das Land in Schatten hüllt, bricht Zafira zu einer gefahrvollen Suche auf. Ein verlorenes Artefakt könnte den Fluch des Arz brechen. Doch auch Nasir wird auf eine ganz ähnliche Mission geschickt. Sein Auftrag: das Artefakt finden – und Zafira töten.

Der *New York Times*-Bestseller »We hunt the Flame« wurde vom *TIMES Magazine* unter die Top 100 der besten Fantasy-Bücher aller Zeiten gewählt.

»Ich bin besessen von dieser Geschichte!«
Kerri Maniscalco, *SPIEGEL*-Bestsellerautorin
von »Kingdom of the Wicked«

KNAUR

Zwei einsame Seelen, zwei Welten in Gefahr –
ein Geheimnis, das alles zerstören könnte …

BRANDON SANDERSON

# YUMI AND THE NIGHTMARE PAINTER

EIN KOSMEER-ROMAN

Heimlich sehnt Yumi sich nach einem einzigen Tag als normaler Mensch – doch nur durch absoluten Gehorsam kann sie die Geister beschwören, deren Hilfe für ihr Volk lebenswichtig ist. Während er durch dunkle Straßen patrouilliert, träumt Maler davon, ein Held zu sein. Doch dieser Wunsch hat ihm nur Herzschmerz gebracht und Einsamkeit am Rand der Gesellschaft.
Als das Schicksal Yumi und Maler zusammenführt, steht plötzlich alles auf dem Spiel: Vergangenheit und Gegenwart müssen in Einklang gebracht, begangenes Unrecht wiedergutgemacht und ein Geheimnis gelüftet werden. Sonst riskieren sie nicht nur, das zarte Band, das zwischen ihnen wächst, für immer zu verlieren. Sondern auch die Welten, für deren Schutz sie so verzweifelt kämpfen.

»Yumi and the Nightmare Painter« vom internationalen Bestsellerautor Brandon Sanderson ist ein romantischer, asiatisch inspirierter Fantasy-Roman voller einzigartiger Magie und Figuren, die tief berühren. Mit zahlreichen atmosphärischen Illustrationen ist er ein echtes Highlight auch für Fans von Manga und der Anime-Sensation »Your Name«.

KNAUR